Frank Goldammer

Roter Rabe

Kriminalroman

dtv

Von Frank Goldammer
sind bei dtv außerdem erschienen:
Der Angstmann (21696)
Tausend Teufel (21756)
Vergessene Seelen (26201)

MIX
Papier aus verantwortungsvollen Quellen
FSC® C083411

Originalausgabe 2019

Umschlaggestaltung: Isabelle Hirtz, Inkcraft unter
Verwendung von Fotos von
Trevillion Images und akg-images
Satz: Greiner & Reichel, Köln
Gesetzt aus der Palatino 9,5/13,5'
Druck und Bindung: CPI books GmbH, Leck
Gedruckt auf säurefreiem, chlorfrei gebleichtem Papier
Printed in Germany · ISBN 978-3-423-26209-5

8. September 1951, Nachmittag

Es war still im Zugabteil. Heller war erschöpft und müde. Seine Glieder fühlten sich taub und schwer an. Das rhythmische Klack-Klack der Eisenbahnräder untermalte die Stille, nur unterbrochen vom metallischen Quietschen in den Kurven. Heller konnte nicht schlafen. Mit brennenden Augen starrte er aus dem Fenster.

Karin saß ihm gegenüber. Annis Kopf lag in ihrem Schoß und sie kraulte das schlafende Kind hinter dem Ohr. Die anderen Passagiere im Abteil, Herr und Frau Kramer aus Radebeul und ein stiller Mann in Zivil, der sich nicht vorgestellt hatte, dösten. Die lange Fahrt, die Wartezeiten in Berlin, die ewigen Kontrollen und der Umweg über Potsdam hatten sie allesamt so ermüdet, bis sogar die ewig lamentierenden Kramers verstummt waren. Sie waren jetzt schon acht Stunden unterwegs, und die Fahrt war noch lange nicht zu Ende.

Obwohl der Zug langsam fuhr, verwischte vor Hellers Augen die Welt. Er war zu müde, um seinen Blick zu fokussieren. Der Schatten des Waggons begleitete ihn, huschte über Gräser, Büsche und Häuser hinweg und wurde größer, je länger die Fahrt andauerte. Heller hatte den Kopf an die Scheibe gelehnt, was sonst gar nicht seine Art war. Seit ein paar Tagen war er in einer seltsamen Stimmung, eigentlich schon seit Beginn ihrer Reise an die Ostsee.

Sehr überraschend war Niesbachs Offerte gekommen,

zehn Tage Urlaub in einem FDGB-Heim in Ahrenshoop anzutreten. Er sollte das als eine Belobigung betrachten, hatte der Chef der Kripo ihm zu verstehen gegeben, für seine Verdienste beim Aufbau der DDR und des Sozialismus. Heller hatte das mit keinem Wort kommentiert. Der wahre Grund blieb natürlich unausgesprochen. Niesbach wusste, dass Heller sich zu einem Parteibeitritt weder erpressen noch locken lassen würde. Er selbst schien es aufgegeben zu haben, Heller zu drängen, aber sicherlich wurde er von höherer Stelle weiterhin genötigt, es zu versuchen.

Karin, die seit einem Jahr als Schreibkraft bei den Sachsenwerken arbeitete und seitdem auch Mitglied des FDGB war, hatte problemlos Urlaub bekommen. Auch das, wusste Heller, war das Werk der SED. Vermutlich hatte ein Anruf bei ihrem Abteilungsleiter oder der Kaderleitung genügt. Pflegetochter Anni sollte erst nächstes Jahr eingeschult werden. Zum einen war man sich wegen ihres Alters nicht sicher, zum anderen galt sie noch immer als sehr still und zurückgezogen.

Heller hatte dem Urlaub zugestimmt. Seiner Frau und dem Mädchen zuliebe.

Karin nestelte an ihrem Rucksack und zog etwas hervor. Heller starrte unverwandt aus dem Fenster und ließ seinen Blick über die Felder streichen. Er wusste nicht genau, wo sie sich jetzt befanden. Königs Wusterhausen lag schon hinter ihnen. Zwischen den zerstörten Städten Rostock, Berlin und Dresden war es, als hätte es nie Krieg gegeben. Auf den abgeernteten Äckern sah man immer wieder Menschen, die sich nach einzelnen Ähren bückten oder Kartoffeln aufklaubten.

»Magst du?«, fragte Karin und hielt Heller die Trinkflasche entgegen. Er sah kurz auf und schüttelte den Kopf. Anfangs hatte es geheißen, ein Mitropa-Wagen sei angehängt, doch das hatte sich als Trugschluss erwiesen. Beim letzten Halt vor Berlin hatte er die Blechflasche noch einmal mit Wasser füllen können. Während der Gepäck- und Passkontrollen in Berlin war es ihnen verboten gewesen auszusteigen. Seinen Pass und den des stummen Mannes hatten sie besonders sorgfältig kontrolliert. »Als ob wir Verbrecher wären«, hatte Frau Kramer gemurmelt, als sie wieder allein im Abteil waren.

Karin schraubte die Flasche auf und trank direkt daraus. Heller beobachtete sie dabei. Ihr blondes Haar war in der Sonne heller geworden und sie hatte Farbe im Gesicht bekommen. Karin blickte auf, fühlte sich ertappt, lachte und verschluckte sich beinahe.

»Es schlafen doch alle«, entschuldigte sie sich flüsternd für ihr Verhalten.

Heller schüttelte kurz den Kopf. Deshalb hatte er sie nicht angesehen.

»Hoffentlich hat sie etwas zu essen da, wenn wir daheim sind«, flüsterte Karin weiter.

»Bestimmt«, erwiderte Heller, obwohl ihm gerade gar nicht zum Sprechen zumute war.

»Hoffentlich hat sie das Haus nicht abgebrannt«, fügte Karin halb scherzend und halb ernsthaft hinzu. Frau Marquart war seit einiger Zeit ihre größte Sorge. Sämtliche Nachbarn hatte Karin vor ihrer Abreise instruiert, nach der alten Dame zu sehen, in deren Haus sie nach wie vor wohnten und die so vergesslich geworden war in den letzten zwei Jahren. So rapide hatte sich deren Zustand verschlechtert, dass sie manchmal vergaß, einen Satz zu beenden oder die Milch vom Herd zu nehmen, oder sie trank ihren Tee kochend heiß, was sie nicht einmal zu spüren schien.

»Ich habe noch so viel zu tun, wenn wir angekommen sind«, stöhnte Karin. Doch ihrem Gesicht war anzusehen, dass die Unternehmungslust sie gepackt hatte. Heller spürte die Veränderung seiner Frau mit jeder Faser. So viele Jahre hatte sie sich aufgeopfert, erst für die Jungen, dann im Krieg, der keinen Raum gelassen hatte für Individualität, dann in den schweren Jahren danach. Doch seit einigen Wochen schien sie zu glühen. Ihr Gesicht leuchtete und sie war förmlich aufgeblüht, wie Heller sie zuletzt an dem Tag erlebt hatte, als es hieß, der Krieg sei zu Ende.

Dabei drohte längst wieder der nächste Krieg. Seit einem Jahr kämpften die Amerikaner in Korea, und jeder wusste, dass die Sowjets die Kommunisten dort mehr als nur unterstützten, auch wenn sie es nicht offen taten. Der Ton zwischen den ehemaligen Alliierten war seit der Währungsumstellung und der Berlinblockade noch schärfer, die Bedrohungen immer realer geworden. Die Fronten zwischen der DDR und der BRD waren völlig verhärtet, und man warf sich gegenseitig vor, an der Teilung Deutschlands Schuld zu haben.

Man hatte es an den Kontrollen bemerkt. Als Polizist war es ihm seit einiger Zeit verboten, Westberliner Boden zu betreten. Auslöser dafür war der Zwischenfall mit ein paar Funktionären vom Kulturbund, die nur dreihundert Meter über Westberliner Gelände abgekürzt hatten. Sie waren von der Westberliner Polizei aufgegriffen, die mitgeführten Akten konfisziert worden. Nun konnten sie nicht zurück in die DDR, denn ihnen drohte hier der Prozess wegen Spionage und Boykotthetze. Die Regierungen waren nervös, die Nerven zum Zerreißen gespannt. Jederzeit konnte der noch fern ausgetragene Konflikt zwischen den Großmächten auf deutschen Boden überschwappen und in einem Krieg ausgefochten werden, der entscheiden sollte, wer die Welt beherrschte, und als dessen Ergebnis einzig die totale Vernichtung Deutschlands sicher schien.

»Es wird schon alles gut sein«, beruhigte Heller eher sich selbst als Karin. Er zwang sich, nicht schwarzzusehen, und beschwor seinen Glauben an den klaren Menschenverstand, der sich der Konsequenzen eines Atomkrieges schon bewusst sein würde.

Karin nickte und sah für einen Moment aus dem Fenster.

»War das nicht schön?«, seufzte sie unvermittelt. »Wer hätte gedacht, dass das Wetter so herrlich wird. Und der Strand, fast nur für uns. Anni hat in den vergangenen Tagen mehr gesprochen als in den letzten beiden Jahren zusammen. So gelöst war sie.«

Gelöst, das war das Wort, nach dem Heller gesucht hatte. Karin wirkte gelöst, geradezu befreit.

Karin sah auf Annis Kopf, der in ihrem Schoß lag, und lachte erneut.

»Sie hat noch Sand im Ohr«, flüsterte sie. »Bestimmt wird noch in zwei Wochen alles voller Sand sein.«

Zwei Wochen, dachte Heller. So lange würde Karin weg sein. Wie sehr sie sich freute auf ihre nächste Reise, während er von Wehmut überrollt wurde. Sie wollte sich die Freude nicht mit traurigen Gedanken verderben und eigentlich tat sie gut daran. Auch er sollte dankbar sein für diese vergangenen zehn Tage.

»Machst du dir Sorgen um mich?«, fragte Karin, beugte sich ein wenig vor und berührte seine Hand.

»Ein wenig schon«, murmelte Heller. »Nicht ungefährlich, die Reiserei.«

»Das musst du nicht, Max, ich kann auf mich aufpassen. Das weißt du!«

Anni regte sich und Karin lehnte sich wieder zurück. »Max, hast du gehört?«

Er nickte. Und im Grunde wusste er es ja auch. Aber das war nicht alles. Der Urlaub war wirklich schön. Die Ostsee, der Weststrand, die Villa, in der sie untergebracht waren. Das schlichte, aber reichliche Essen in der HO-Gaststätte. Das Rauschen der Wellen, die Wärme, der laue Wind. Die Weite. Alles war schön. Zu schön. Ab jetzt würde sich alles an diesen zehn Tagen messen müssen. Und zum ersten Mal seit Jahren schien ihm ein sonst so beständiger Teil seines Lebens ungewiss.

9. September 1951, Vormittag

»Hast du auch alles?«, fragte Heller und sprach fast zu leise gegen den Lärm auf dem Bahnhof Dresden Neustadt an. Auf dem Bahnsteig herrschte reges Treiben, unzählige Menschen redeten, riefen und lachten durcheinander, Gepäckstücke wurden in die Waggons gereicht, weiter hinten kreischten die Bremsen eines einfahrenden Zuges. Die Lautsprecher knackten und die kaum verständliche Durchsage kündigte, vielfach hallend, die baldige Abfahrt des Zuges an, mit dem Karin erst einmal nach Leipzig fahren würde.

»Hat du deinen Pass? Die Reisegenehmigung? Die Fahrkarten?«, fragte Heller und schaute seine Frau besorgt an.

»Max, das fragst du nun zum fünften Mal.« Karin lächelte vorwurfsvoll und traurig. »Du musst sie jetzt nehmen«, bestimmte sie dann.

Heller nickte und wollte Anni, die sich an Karins Hals klammerte, wegziehen. Seitdem das Mädchen den Bahnhof gesehen und damit realisiert hatte, dass Karin wirklich wegfahren würde, war sie untröstlich. Vorsichtig löste Karin Annis Arme von sich, die aber nicht loslassen wollte. Heller gelang es schließlich, das Kind zu sich zu ziehen und neben sich auf den Bahnsteig zu stellen. Doch schon war Anni wieder zu Karin gerannt und klammerte sich an deren Hüfte.

Heller seufzte und legte seine Hand auf Annis Kopf. »Vergiss nicht, immer alles abstempeln zu lassen, aber lass den Rückreisetag nicht vorschnell eintragen. Sollte sich etwas ändern, kannst du das auf diesem Schein nicht mehr korrigieren, das ist nicht erlaubt.«

»Max, das weiß ich auch. Du hast es mir mehr als einmal erklärt. Ich muss jetzt einsteigen.«

»Und lass nie das Gepäck aus den Augen!«, ergänzte Heller mit ernster Stimme.

»Werde ich nicht. Anni, du musst jetzt loslassen.«

»Will mitfahren!«, schluchzte das Mädchen.

Karin befreite sich aufs Neue und ging in die Hocke, um Anni in die Augen sehen zu können. »Du darfst leider nicht mitfahren. Aber du musst auf den Vati aufpassen und auch auf Frau Marquart, damit sie keinen Unsinn anstellt. Versprichst du mir das, ja? Und in zwei Wochen bin ich wieder da, das verspreche ich dir. Ich bringe dir auch ganz bestimmt etwas mit.« Sie streichelte Anni die Tränen von der Backe.

»Scholade?«, fragte das Mädchen und versuchte die Tränen wegzublinzeln, was ihr nur schlecht gelang.

»Scho-ko-lade, ja. Sei schön artig, auch im Kindergarten, hörst du?« Karin gab dem Mädchen einen Kuss auf die Wange, erhob sich und strich ihr noch einmal über das gescheitelte und zu zwei langen Zöpfen geflochtene Haar. Heller bezweifelte, ob er in der Lage sein würde, dem Kind die Haare so zu flechten, obwohl Karin es ihm im Urlaub mehrmals gezeigt hatte. Nun gab sie ihm einen beinahe flüchtigen Kuss und stieg schnell die drei steilen Stufen hinauf in den Waggon.

Heller, der mit diesem kurzen Abschied nicht gerechnet hatte, wollte noch etwas sagen, doch verstummte dann. Sie hatte recht. Sie konnte auf sich aufpassen. Bis nach Eisenach war ihre Reiseroute gesichert. Doch sobald sie die Grenze überschritten hatte, war sie, um nach Köln zu kommen, auf die Eisenbahnverbindungen drüben angewiesen, hatte weder einen Fahrplan noch einen Fahrschein und besaß nur zweihundertfünfzig Deutsche Mark der DDR und musste sich darauf verlassen, dass sie diese gerecht eintauschen konnte. Noch immer bestand jederzeit die Gefahr, beraubt zu werden. Und wie die Zustände im Westen waren, konnte Heller nur ahnen. Im März war in Thüringen ein Volkspolizist über die Grenze hinweg erschossen worden.

Da erschien Karin am offenen Fenster ihres Zugabteils. Heller nahm Anni auf den Arm, woraufhin das Mädchen sofort die Arme nach Karin ausstreckte. Heller trat einen kleinen Schritt zurück. Vielleicht hätten sie das Kind zu Hause lassen sollen. Ihm allein fiel es schon schwer, Karin wegfahren zu sehen. Wie mochte es erst Anni ergehen, die das alles nicht verstand und nur Angst um die Frau hatte, von der sie glaubte, es sei ihre Mutter.

»Ich komme bald wieder, Anni, ich verspreche es dir. Du musst nicht weinen! Ich besuche deinen Bruder, den Erwin, weißt du. So lange hab ich den nicht mehr gesehen. Freust du dich nicht für mich, dass ich ihn wiedersehen darf?«

Ihre schon lange beantragte Reisegenehmigung nach Westdeutschland war ebenso überraschend gekommen wie Niesbachs Urlaubsangebot.

»Lass ihn ein Foto von sich und seiner Frau machen«, bat Heller, doch auch das hatte er schon drei Mal gesagt.

Karin lächelte nur und winkte. Dann gellte ein Pfiff und der Zug fuhr mit einem Rucken an. Heller hob die Hand. Plötzlich war ihm, als müsste er noch etwas sagen. Etwas, das ihm seit dem Eintreffen der Reisegenehmigung vor vier Wochen auf der Zunge lag. Etwas, weswegen er letzte Nacht nicht hatte schlafen können. Doch die Worte wollten ihm nicht über die Lippen kommen, weder in den vergangenen Wochen noch jetzt, da es die letzte Gelegenheit war. Es war einfach zu albern.

Auf seinem Arm brach Anni wieder in Tränen aus und winkte heftig, als versuchte sie, Seifenblasen aus der Luft zu schnappen. Und dann war es zu spät, etwas zu sagen, und er stand einfach da und sah zu, wie der Zug die dunkle Bahnhofshalle verließ, um ins gleißende Mittagslicht einzutauchen.

Die wenigen auf dem Bahnsteig zurückgebliebenen Leute verstreuten sich und es wurde merklich ruhiger um sie herum.

»Wollen wir sehen, ob wir irgendwo eine Bockwurst bekommen?«, fragte Heller das Mädchen und setzte es ab.

»Mit Sempf?«, fragte sie leise.

»Mit Senf, ja, und möchtest du Luftschaukel fahren?« Er hoffte, die Schaukel stand noch am Alaunplatz, wo er sie zuletzt vor dem Urlaub gesehen hatte.

Anni nickte und fasste nach seiner Hand. Für den Moment schien sie sich damit abgefunden zu haben, dass Karin weggefahren war. Sei nicht dumm, ermahnte Heller sich selbst. Sei nicht dumm.

Und trotzdem fühlte er sich mit einem Mal ganz und gar verloren.

10. September 1951, Morgen

»Max!« Oldenbusch fuhr aus seinem Stuhl, kaum dass Heller die Tür zu seiner Schreibstube geöffnet hatte. Auch der junge Salbach erhob sich. Heller stellte die Aktentasche ab und hängte Schiebermütze und Jacke an die Garderobe.

»Max, war es schön? Du siehst ja aus wie ein Neger!«, rief Oldenbusch, nahm Hellers Hand und schüttelte sie ein wenig zu euphorisch, wie Heller feststellte. Auch Peter Salbach schien höchst erfreut zu sein, seinen Chef wiederzusehen. Der kürzlich zum Unterkommissar beförderte Kollege hatte sich erst mal zurückgehalten, doch nun schüttelte auch er Heller kräftig die Hand.

Ein klein wenig befremdet darüber nahm Heller seine Tasche und setzte sich an seinen Tisch.

In der Zwischenzeit hatten sie sich ein wenig professioneller eingerichtet in ihrem Kellerabteil. Die Beleuchtung war verbessert worden. Zwei Wochen lang hatte eine Elektrikerfirma Kabel gezogen und hell leuchtende Lampen montiert. Die alte Schreibtischlampe, die so lange als Provisorium diente, hatte er aber behalten.

»Erzähl doch mal, wie war es?«, fragte Oldenbusch. Wie Bittsteller standen die beiden vor Hellers Tisch. Heller lehnte sich zurück.

»Herrliches Wetter, ohne Ausnahme. Dabei sagten die Einheimischen, der ganze Sommer sei kühl und regnerisch gewesen. In einer richtigen Villa haben wir gewohnt. Die wurde beschlagnahmt und ist nun ein FDGB-Heim. Es ist wirklich herrlich da.«

Heller hatte lange darüber nachgedacht, ob es gerecht war, dass diese Häuser enteignet worden waren. Wiederum standen diese vielen Zimmer nun dem normalen Arbeiter zur Erholung zur Verfügung.

»Und Essen?«

»Essen gab es genug, allerdings immer nur Graubrot mit Margarine und Marmelade zum Frühstück und Muckefuck. Richtigen Kaffee habe ich nur einmal getrunken, da war Karin in einem Frisiersalon. Blaues Haus hieß das. Das ist da oben ganz berühmt. Die verkaufen auch Bücher. Dort ist ja eine Künstlersiedlung in Ahrenshoop. Sehr interessant, wirklich.«

Der allerletzte Abend fiel ihm ein, als sie nach dem Essen noch einmal allein am Strand gewesen waren. Nur Karin und er. Heller verstummte. Es war ihm ganz recht, dass er hier in seinem Büro war. Die Arbeit würde ihn davon abhalten, ständig an Karin denken zu müssen und darüber, ob sie schon heil angekommen war.

»Ich war letzten Dienstag bei Frau Marquart, wie du gebeten hattest. Sie wusste gar nicht mehr, wer ich bin, ich musste es ihr mehrmals erklären«, sagte Oldenbusch.

Heller seufzte. Der Zustand der alten Dame machte ihm Sorgen. Sie noch einmal mehrere Tage allein zu lassen, war eigentlich nicht mehr möglich.

Heller blickte zu Oldenbusch hoch. »Und bei dir, Werner? Neuigkeiten?«

Oldenbusch schüttelte den Kopf. Heller beließ es dabei. Im Frühjahr hatte Werner sich mit einer jungen Frau verlobt, die in Moskau Maschinenbau studiert hatte. Vor zwei Wochen war sie plötzlich verschwunden, und es sah ganz so aus, als sei sie in den Westen gegangen. So verletzt Oldenbusch deshalb auch war, mehr Gedanken sollte er sich über die Reaktion seiner Partei machen. Der Verdacht des Verrates war heutzutage schnell ausgesprochen.

Oldenbusch aber tat so, als sei nichts. »Seid ihr auch mit dem Schiff gefahren? Ist das überhaupt erlaubt?«

»Werner, was ist los?«, fragte Heller eindringlich.

Oldenbusch atmete tief durch und warf einen raschen Blick zu Salbach.

»Es ist ein riesiger Schlamassel«, seufzte er dann.

Heller hob gespannt die Augenbrauen, beugte sich vor und langte nach Bleistift und Notizheft. »Ich höre.«

»Kaum warst du weg, kam eine Meldung, dass in der Verwaltung vom Friedhof in Tolkewitz eingebrochen wurde, auch im Krematorium. Die Einbrecher richteten einigen Schaden an, verwüsteten die Büros, und offenbar wurden einige Särge gestohlen, vermutlich wegen des Holzes. Und ein Leichenwagen kam weg. Wir haben eine Spurenaufnahme durchgeführt. Die nächsten Tage verliefen ganz ruhig. Letzten Freitag wurde ich dann zu Niesbach bestellt. Im Rahmen einer groß angelegten Aktion des Ministeriums für Staatssicherheit gab es eine erhebliche Anzahl von Verhaftungen.«

»War mein Sohn involviert?«, fragte Heller schnell dazwischen.

Oldenbusch zögerte. »Nicht dass ich wüsste, aber der ist doch sowieso in Potsdam, oder?«

Heller nickte knapp. Klaus besuchte die Schule des erst im Februar gegründeten Ministeriums. Zwischenzeitlich war er zu den Weltjugendfestspielen in Berlin beordert worden.

»Gegen wen richtete sich die Maßnahme? Wie lautete der Vorwurf?«

»Bei den Verhafteten handelt es sich um Mitglieder der

Wachturmgesellschaft. Die Anklage lautet Boykotthetze gegen demokratische Einrichtungen und Spionage. Ihnen werden Kontakte zum amerikanischen Geheimdienst nachgesagt. Es gibt konkrete Hinweise, vor allem aus sowjetischen Geheimdienstkreisen und vom MGB.«

Heller legte seinen Stift nieder und klappte das Notizbuch zu, ohne etwas geschrieben zu haben.

»Die Zeugen Jehovas? Es hat doch im letzten Jahr schon Prozesse gegen Zeugen Jehovas gegeben. Hier, in Dresden. Ich meine mich zu erinnern, dass lange Zuchthausstrafen verhängt wurden.«

Oldenbusch nickte. »Sie hatten sogenannte Gebietskarten über ihr Büro in Magdeburg in den amerikanischen Sektor nach Wiesbaden-Dotzheim weitergeleitet, auf denen sie Adressen und Vorkommnisse notiert hatten. Offenbar war man bei dieser ersten Aushebung nicht konsequent genug gewesen.«

Heller sagte nichts und sah Salbach an, der außer einer Begrüßung noch nichts gesagt hatte. Salbach war ein guter Mann, aufmerksam und tüchtig. Heller selbst hatte ihn zum Dienst in der Kripo animiert und dafür gesorgt, dass er in seine Abteilung aufgenommen wurde. Doch gerade wegen ihm schwieg Heller jetzt. Er wollte weder sich noch Salbach in die Bredouille bringen, indem er Dinge sagte, die von eifrigen Staatsschützern falsch verstanden werden konnten. Aber die aufkommende Paranoia der Regierenden der DDR erinnerte ihn allzu sehr an die des untergegangenen Dritten Reiches. Niemand war vor Verdächtigungen sicher und die einzelnen Behörden versuchten sich durch besonders eilfertiges Handeln hervorzutun. Auch sein Sohn Klaus hatte das Weltjugendtreffen nicht zu seinem Vergnügen besucht, sondern um sich die Namen jener zu notieren, die trotz Verbotes heimlich Westberlin besucht hatten, Kontakt zu den aus der BRD angereisten Jugendlichen pflegten oder anderweitig auffällig wurden. Und verdächtig war im Prinzip jeder, der zu den Spielen delegiert worden war.

Heller fragte sich, welchen Schaden die recht kleine Gruppe gläubiger Menschen mit diesen Gebietskarten der DDR zugefügt haben sollten.

»Also, was ist geschehen?«

»Zwei der Festgenommenen brachte man aus Platzmangel in unserem Untersuchungsgefängnis unter. Oskar Machol und Julius Weichert, beide Mitte vierzig. Das war letzten Donnerstag, besser gesagt in der Nacht zum Freitag.«

»Also vom sechsten zum siebten September?«

»Ja, und am Freitagmorgen waren sie tot. Beide haben offenbar Selbstmord begangen.«

»Offenbar?«

Oldenbusch holte von seinem Schreibtisch ein Blatt und reichte es seinem Vorgesetzten. Heller las den Bericht, las ihn noch einmal und rieb sich dann mit der Hand im Genick, wo sich ein wenig Haut vom Sonnenbrand pellte.

»Peter, holen Sie zwei Stühle.« Salbach beeilte sich, seinen und Oldenbuschs Stuhl zu holen. Heller deutete ihnen an, sich ihm gegenüber hinzusetzen. »Also?«, fragte er dann. »Was hat das jetzt für uns zu bedeuten?«

»Seither geht es hier drunter und drüber. Die Sowjets machen uns große Vorwürfe. Sämtliche Wärter wurden schon zur Vernehmung gebracht. Niesbach wurde gleich in die Kommandantur bestellt. Alle sind hochgradig nervös und fangen an, sich gegenseitig zu beschuldigen.«

»Inwiefern?«, fragte Heller.

»Nicht richtig aufgepasst zu haben. Im besten Falle.« Oldenbusch zupfte sich an der Nase.

»Sie behaupten, dass jemand seine Hände im Spiel gehabt haben könnte? Jemand vom Personal?« Unwahrscheinlich, wenn sie eher zufällig in diesem Gefängnis untergebracht worden waren, dachte er sich.

»Wer hat denn die Verteilung der Festgenommenen bestimmt?«

Oldenbusch hob die Schultern. »Also, das weiß ich nicht.«

Werners Verhalten machte Heller langsam ungehalten. Es war fast, als sei dem Mann jegliche Selbstsicherheit abhandengekommen. Doch auf einmal verstand Heller.

»Du bist selbst verhört worden? Und Sie auch, Salbach?«

Beide nickten.

»Mensch, Max, die waren nicht gerade freundlich«, murmelte Oldenbusch. »Sechs Stunden haben sie mich dabehalten und Peter auch. Oben auf der Bautzner. Erst haben sie mich zwei Stunden in einer Zelle sitzen lassen. Dann haben sie mich vier Stunden lang immer wieder dasselbe gefragt und ich habe immer wieder dasselbe erzählt. Dabei hatten wir gar nichts damit zu tun gehabt. Aber die verdächtigen jeden hier. Du hast übrigens auch gleich einen Termin bei Niesbach. Der steht auf der Kippe, sag ich dir, den mögen die Russen sowieso nicht mehr.«

Heller hatte von Niesbachs Niedergang schon mitbekommen, obwohl dieser Erzkommunist war, Spanienkämpfer und jahrelang in der Emigration in Moskau. Doch offenbar galt auch das nichts mehr heutzutage. Sie trauten ihren eigenen Leuten nicht mehr. Paranoid war das.

»Und Niesbach wird von mir verlangen, dass ich *was* herausfinde?« Heller öffnete die Handflächen und sah seine Gegenüber fragend an.

»Wäre es Mord, müssten wir alle um unsere Posten fürchten«, sagte Salbach leise.

»Und um unsere Leben«, fügte Oldenbusch hinzu. »Die würden uns allesamt Verrat vorwerfen.

Heller wusste, dass Werner nicht übertrieb. Es gab anscheinend nur noch Gut und Böse und nichts dazwischen. Sechs Jahre lang war man ein guter Kommunist, ein Held, und am nächsten Tag eine Unperson.

»Genug der Mutmaßungen. Werden wir konkret. Ich nehme an, du wurdest erst spät informiert, und es war dir nicht möglich, eine ordentliche Spurenaufnahme durchzuführen.«

»Doch. Nachdem man feststellte, dass den beiden Männern nicht mehr zu helfen war, beließ man alles so, wie es war, und rief uns. Ich konnte einige Fotografien anfertigen sowie Fingerabdrücke nehmen.«

»Ist es denn anzuzweifeln, dass sie Selbstmord begingen? Auf diesem Bericht steht Strangulation. Haben sie sich erhängt?«

Statt eine Antwort zu geben, beugte sich Oldenbusch weit zu seinem Schreibtisch hinüber und langte nach einer Mappe, die er Heller gab.

Heller öffnete sie, breitete die Fotos, Zeichnungen und Formulare aus. Dann schaltete er die Schreibtischlampe ein und betrachtete die Fotos genau.

»So wurden sie gefunden?«, fragte er dann und drehte das eine Bild um neunzig Grad. Es war nicht gut ausgeleuchtet. Es sah aus, als hinge der Mann mit einem dicken Strick an einer Eisenstange, seine zu weite Hose schien seltsamerweise an der Wand zu kleben.

Oldenbusch nahm Heller die Fotografie aus der Hand und drehte sie wieder zurück. »So ist es richtig.«

»Sie lagen auf dem Boden? Beide?«

»Sie haben sich ihrer Hemden entledigt, diese dann zu einer Art Strick gedreht. Den haben sie an der Eisenstange befestigt, die unten an die Pritsche zur Verstärkung geschweißt ist. Dann haben sie ihre Köpfe in die Schlaufe gesteckt und müssen sich auf dem Boden liegend mindestens zwanzig Mal um sich selbst gedreht haben, bis die Schlaufe sich so eng um den Hals schnürte, dass ihnen die Blutzufuhr zum Gehirn abgedrosselt wurde. Sie wurden bewusstlos und starben dann an Sauerstoffmangel.«

»Und beide taten das unabhängig voneinander, in getrennten Zellen?«, fragte Heller noch einmal nach, obwohl es genau so im Bericht stand.

Oldenbusch nickte und sah auf seine Armbanduhr. »Beide auf dieselbe Art und Weise, und wohl auch zur selben Zeit.«

»Wann habe ich den Termin bei Niesbach?«, erkundigte sich Heller.

»Um acht. Wenn er noch da ist … Niesbach, meine ich.«

Heller sah auf seine Uhr und nickte. Dann beugte er sich wieder über die Bilder. »Sie steckten also ihre Köpfe in die Schlinge, legten sich auf den Boden und drehten sich um sich selbst. Zwangsläufig schnürt es einem die Luft und die Blutzufuhr ab. Wie lang dauert so etwas?«

»In der Regel nur wenige Minuten, bis man bewusstlos ist, und nur wenige Minuten mehr, um zu sterben. Fünf, vielleicht?«

»Mit Vorbereitung?«, fragte Heller skeptisch.

»Soll ich es einmal vorführen?«, fragte Salbach.

Heller sah den jungen Polizisten erstaunt an, dann nickte er.

»Moment noch«, bat er und sah auf seine Uhr, bis der Sekundenzeiger auf zwölf stand. »Und … los!«

Salbach knöpfte sein Hemd auf, zog es aus, begann es zu wringen und zu drehen, bis sich eine Art Seil gebildet hatte, lief dann zum Rohr des Heizkörpers, schob das Seil dahinter und verknotete die Enden.

»Schon gut, Peter!«, rief Heller, leicht amüsiert über den Übereifer Salbachs, als dieser, nur im Unterhemd, nun auch noch den Kopf in die Schlinge stecken wollte. »Ich habe zwei Minuten gezählt. Rechnen wir noch zehn Minuten dazu. Zwölf Minuten. Das genügt tatsächlich, sich mehr oder weniger unbemerkt umzubringen. In welchen Abständen sollen die Wärter die Zellen kontrollieren?«

»Dafür gibt es keine einheitlichen Richtlinien«, brummte Oldenbusch.

Salbach entknotete sein Hemd, zog es wieder über seinen sportlichen Körper und knöpfte es zu.

»Keiner kann nachweisen, ob die Wärter ihrer Pflicht nachgekommen sind. Es lag auch kein Hinweis auf Selbstmordabsichten vor. Eigentlich kann man niemandem einen Vorwurf machen«, sagte er.

»Nun ja, wenn man einen Menschen in Gewahrsam nimmt, übernimmt man auch die Verantwortung für ihn. Wenn er in der Haft ums Leben kommt, muss man uns das zum Vorwurf machen. Besteht die Möglichkeit, dass die beiden Leichen vor eurem Eintreffen manipuliert wurden?«

»Natürlich«, antwortete Oldenbusch knapp. »Aber wahrscheinlicher ist es doch, dass die beiden Gefangenen sich abgesprochen haben. Sie schienen bei ihrer Einlieferung aufs Äußerste erregt zu sein, wurde uns berichtet.«

»Peter sagte gerade, es lag keine Suizidabsicht vor.«

»Wir geben nur wieder, was wir von Dritten erfahren haben.«

»Von den Vernehmern der Sowjets?«

»Vom Ministerium für Staatssicherheit der UdSSR.«

»Der MGB steckt mit dahinter?«

»Ich sag ja, Chef, das war eine große Sache. Und möglichweise hatten die beiden wirklich Grund, sich umzubringen. Dann können uns die Russen nur Nachlässigkeit vorwerfen.«

»Du meinst den Wärtern«, verbesserte Heller und erntete bedeutsames Nicken. »Aber ist es für gläubige Menschen wie den Zeugen Jehovas nicht eine schwere Sünde, sich selbst zu töten? Wo befinden sich die Toten jetzt? Bei Kassner?«

»Die Sowjets haben sie abgeholt.«

Heller hatte das geahnt. Er erhob sich. »Ich werde jetzt zu Niesbach gehen.«

»Es ist noch zu früh«, warf Salbach ein, der Heller noch nicht ganz so gut kannte wie Oldenbusch.

»Wenn Niesbach an einem Gespräch mit mir liegt, wird er mich auch eher empfangen«, sagte Heller. »Danach besuchen wir das Untersuchungsgefängnis. Melden Sie uns an, Peter. Ich will beide Zellen sehen.«

»Wie war denn Ihr Urlaub, Herr Oberkommissar?« Niesbach wollte freundlich sein und nicht gleich mit der Tür ins Haus fallen, das war ihm deutlich anzusehen. Er massierte sich dabei mit geschlossenen Augen die Schläfen, während er sprach.

»Er war sehr schön. Sehr erholsam«, antwortete Heller.

»Und Ihre Frau? Sie ist gerade in Köln, oder? Ihren Sohn Erwin besuchen.« Noch immer hielt Niesbach die Augen geschlossen.

»Ja, das ist sie. Zwei Wochen lang.«

»Ihre Tochter ist nicht mit?« Niesbach nahm die Hände herunter und sah Heller an. Worauf seine Frage zielte, war eindeutig.

»Für sie lag keine Reisegenehmigung vor«, sagte Heller ungeduldig. »Genosse Niesbach, bitte halten wir uns nicht mit formellem Geplänkel auf. Ich bin über die jüngsten Geschehnisse informiert. Sagen Sie mir, wie ich damit umgehen soll.«

»Wie würden Sie denn damit umgehen?«, fragte Niesbach und verbarg mit dieser Gegenfrage nur schlecht seine Schwäche.

»Ich werde sie untersuchen, wie ich es sonst auch machen würde.«

»Richtig, so hatte ich das von Ihnen auch erwartet. Wir müssen unseren sowjetischen Freunden zeigen, dass auf uns Verlass ist. Die Vorkommnisse werden auf das Gründlichste untersucht und ausgewertet. Wir müssen denjenigen, der dafür verantwortlich ist, dingfest machen und bestrafen. Vorkommnisse wie diese schaden dem Aufbau des Sozialismus aufs Erheblichste! Verlorengegangenes Vertrauen muss wieder aufgebaut werden.«

Auf das Gründlichste, auf das Erheblichste, wiederholte Heller in Gedanken und wunderte sich über seinen Vorgesetzten. Das war ganz untypisch für den sonst ruhigen und gesetzten Mann. Wenn er diesen Fall untersuchen sollte, hätte ein einfacher schriftlicher Bescheid der untersuchenden Staatsanwaltschaft genügt. Dieser Termin war reine Zeitverschwendung. Heller erhob sich. Niesbach stand ebenfalls auf.

»Ich begleite Sie nach draußen Heller, ich habe einen kleinen Weg zu erledigen.«

Niesbach öffnete die Tür zu seinem Vorzimmer. Seine Sekretärin Frau Schindler, die gerade die Schreibmaschine bearbeitete, unterbrach ihr Fingerspiel und sah auf.

»Bin gleich zurück!«, rief Niesbach, öffnete auch die nächste Tür und verließ gemeinsam mit Heller das Zimmer. Schweigend liefen die beiden Männer den Flur entlang. Als Heller ins Treppenhaus abbiegen wollte, zupfte Niesbach ihn am Ärmel und deutete mit seinem Blick auf die Pendeltür am anderen Ende des Ganges. Heller verstand und begleitete seinen Chef zu den Toiletten. Noch immer schweigend betrat Niesbach den Toilettenvorraum, Heller folgte ihm und beobachtete stumm, wie der schmale Mann die Kabinen überprüfte, um sicherzustellen, dass sie alleine waren. Dann lehnte sich Niesbach an ein Waschbecken und schaute Heller besorgt an.

»Max, die Sowjets sind aufgebracht. Ein Mitarbeiter des MGB unterstellte mir wortwörtlich, wir hätten die beiden Verdächtigen umgebracht. Ich habe diesen Vorwurf mit aller Entschiedenheit zurückgewiesen und wurde dabei vom Polizeipräsidenten unterstützt. Über das Wochenende haben sich die Wogen ein wenig geglättet, doch gerade jetzt schlägt uns wieder großes Misstrauen entgegen.«

»Welchen Grund sollten wir denn gehabt haben, diese Männer umzubringen?«, fragte Heller skeptisch.

Niesbach fuhr auf. »Sie wissen doch so gut wie ich, dass es keinen Grund geben muss, Max. Fünfundzwanzig Millionen Tote sind den Sowjets Grund genug. Selbst mir gegenüber sind sie misstrauisch, obwohl ich in Spanien gekämpft habe und zehn Jahre lang in Moskau war. Ich bin Deutscher, deshalb misstrauen sie mir. Max, gehen Sie mit aller Vorsicht an den Fall heran. Handeln Sie vollkommen transparent, geben Sie Informationen weiter, suchen Sie den Kontakt zum MfS. Ich nehme an, es wird sowieso bald ein Verbindungsoffizier Kontakt zu Ihnen aufnehmen.«

»Welches Ermittlungsergebnis wäre Ihnen denn das liebste?«, fragte Heller leise.

»Ein eindeutiges. Eines, das keinen Spielraum zulässt, um anders ausgelegt zu werden.«

»Dazu brauche ich die Leichen. Ich muss die Wärter vernehmen können und ich muss das Umfeld der Toten abklopfen. Genau genommen müsste ich Zugang zu den Akten der Verdächtigen bekommen. Ich nehme an, sie wurden eine Zeit lang beobachtet, ihre Wege, ihre Kontakte, ihr Schriftverkehr. Vielleicht ergibt sich daraus schon etwas, worauf man eine ordentliche Ermittlungsarbeit aufbauen kann.« Heller verstummte.

»Heller, machen Sie das, was Sie machen können. Ich habe den Verdacht, dass an dieser Sache mehr hängt als nur die üblichen Verdächtigungen.« Niesbach sah Heller bedeutungsvoll an. »Etwas soll hier geschehen. In dieser Stadt. Ich habe keine Ahnung, was.« Dann beugte er sich über das Waschbecken und wusch sich die Hände. An einem groben grauen Handtuch trocknete er sie sich ab.

»Warten Sie noch eine Minute«, befahl er Heller dann und verließ den Raum.

Heller sah ihm nach. Er ließ ungefähr zwanzig Sekunden verstreichen, dann ging auch er.

10. September 1951, Vormittag

Heller ließ sich von dem Wärter durch den langen Kellergang führen, in dem sich der provisorische Zellentrakt befand. Die vielen massiven Holztüren waren geschlossen. Ihm folgte ein weiterer Wärter. Ihre Schritte hallten durch den langen Gang. Ansonsten war es still.

Vor der Tür mit der Nummer siebzehn blieb der Wärter stehen, schob den Schieber des Gucklochs beiseite und warf einen Blick in die Zelle.

»Gefangener, stellen Sie sich links von der Tür, mit dem Gesicht zur Wand!«, befahl er dem Insassen. Dann schloss er auf.

»Ich dachte, die beiden Zellen wären unbelegt«, bemerkte Heller.

»Wir brauchen jeden Platz. Die Zellen wurden uns wieder freigegeben«, erklärte der Wärter. Dann schob er den großen Riegel beiseite und öffnete die Tür. Der zweite Wärter hatte sich mit einem hölzernen Knüppel neben der Tür positioniert, bereit, einen möglichen Angriff abzuwehren. Heller warf einen Blick in die Zelle. Der Inhaftierte stand wie befohlen und regte sich keinen Millimeter. Er trug eine Hose ohne Gürtel, ein dünnes Hemd und Strümpfe an den Füßen. Die Pritsche war blank, nicht einmal eine Decke lag auf ihr. Es gab noch einen Tisch, der in die Wand eingelassen war. Sonst nichts. Der Boden war blanker Beton.

Wenn die Zellen schon wieder belegt waren, hatte es kaum einen Sinn, noch einmal gründlich nach Spuren und Fingerabdrücken zu suchen. Er konnte nur hoffen, dass Oldenbuschs Spurensuche etwas gebracht hatte. Noch fehlte es an Fingerabdruckkarteien zum Abgleich. Außerdem müsste dann jeder Wärter, der hier Dienst tat, seine Fingerabdrücke abgeben, und jeder, der in den Wochen zuvor in der Zelle eingesessen hatte.

Heller ging leicht in die Hocke und betrachtete die Eisenstange, die am Fußende der Pritsche aus der Wand ragte, schräg nach oben führte und ans Eisengestell der Pritsche geschweißt war. Er wusste aus Erfahrung, dass Menschen, die sich umbringen wollten, das auch irgendwann taten. Dass aber beide Gefangene unabhängig voneinander auf exakt dieselbe ungewöhnliche Weise sich umgebracht hatten, gab ihm zu denken. Es gehörte schon einiges dazu, sich selbst zu erdrosseln. Sich an einem Strick aufzuhängen, mochte das eine sein. Sich aber unablässig um sich selbst zu drehen, vor allem wenn einem der Strick schon längst die Kehle zudrückte, bedurfte wohl eines besonders starken Dranges, sich zu töten.

»Lassen Sie den Mann rühren und schließen Sie die Tür wieder, ich habe genug gesehen«, befahl Heller und richtete sich auf. »Und Sie hatten Dienst, als die beiden tot gefunden wurden?«, fragte er den Beamten der die Tür geöffnet hatte und nun wieder schloss.

»Nein, er war's«, sagte der Wärter und deutete auf seinen Kollegen. »Ich habe erst am Tag danach davon erfahren. Bin aber ebenfalls vernommen worden«, fügte er in leicht vorwurfsvollem Ton hinzu.

»Lassen Sie uns in Ihr Dienstzimmer gehen«, bestimmte Heller.

Schweigend, wie sie auch gekommen waren, gingen sie nun wieder bis zu der kleinen Wachstube zurück, die auch mal eine Zelle gewesen war und jetzt mit einem Holztisch, zwei Stühlen und einer Lampe mit angenehmem Licht ausgestattet war. An der Wand hingen zwei vergilbte Drucke von Landschaftsgemälden. Eines der neuen Telefonmodelle mit Bakelitgehäuse und ein kleines Regal mit Ablagefächern standen auf dem Tisch.

Heller setzte sich und holte sein Notizbuch hervor. »Setzen Sie sich«, befahl er dem Wärter. »Ihr Name?«

»Möbius, Viktor«, antwortete der Mann. Der andere Wärter lehnte leger im Türrahmen.

»Und Sie?«, fragte Heller.

»Ich war ja gar nicht da«, wich dieser aus.

Heller sah ihn streng an. »Wollen Sie mir jetzt bitte Ihren Namen nennen!«

»Tegelmann, Winfred.«

Heller notierte es sich und wandte sich wieder an den anderen Wärter. »Sie haben die beiden gesehen?«

»Ja, einer war hier in der siebzehn, der andere drüben in der dreiundzwanzig. Ich hab beide gesehen«, erwiderte Möbius.

Heller musterte den älteren Mann. »Sind Sie schon lange im Dienst?«

»Seit fünf Jahren jetzt. Vorher war ich Steinmetz, dann im Krieg in Russland in der Etappe.«

»Haben sich in den vergangenen fünf Jahren schon einmal Insassen umgebracht?«

»Jawohl, aber nicht auf diese Art. Einer hat sich am Fenstergitter erhängt, deshalb wurden diese abgeschafft und die Fenster zugemauert. Einem gelang es, sich am Bettgestell die Pulsader aufzureißen, weshalb wir an sämtlichen Pritschen die Ecken rund feilen mussten.«

»Sie laufen die Gänge auf und ab während der Schicht? Sehen Sie in jede Zelle hinein?«

»Nein, nicht immer. Da würden wir ja nie fertig werden. Wir schauen nach, ob die Insassen schlafen. In der Nacht bekommen sie zwei Decken. Wenn alles ruhig ist, muss man doch nicht andauernd kontrollieren.« Möbius war bereits in Abwehrhaltung gegangen.

»Aber den beiden galt doch besonderes Augenmerk, nicht wahr?« Heller sah den Mann nicht an, sondern schrieb etwas in sein Buch.

»Da dürfen Sie mich aber nicht fragen, ich hatte hier nicht Dienst, sondern der Rehm. Der hat die auch gefunden.«

Nun sah Heller dem Mann streng in die Augen. »Es ist auch in Ihrem Interesse, dass Sie mir möglichst eindeutige Antworten geben. Ist Ihnen klar, wie wichtig die Sowjets diesen Vorfall nehmen?«

Möbius nickte. »Weil der Ami angeblich etwas plant.«

Heller sah den Mann an. »Der Ami? Der Amerikaner? Meinen Sie das im Allgemeinen oder haben Sie etwas Konkretes im Sinn?«

Möbius sah zu seinem Kollegen und schien schon zu bereuen, etwas gesagt zu haben.

»Na ja, angeblich suchen die jemanden. Die Russen, meine ich. Einen Spion. Sie nennen ihn den Ami, mehr weiß ich auch nicht.«

»Und es hieß, die beiden Toten hätten Kontakt zu dem Ami?«

»Ich weiß gar nichts, Sie wissen doch, wie die Leute immer reden, ganz bestimmt ist das auch nur ein Gerücht. Dass die Amis hier eine Atombombe hochgehen lassen wollen und so.«

»Ausgerechnet hier?« Heller stutzte. »Warum nicht in Berlin?«, konnte er sich nicht verkneifen zu fragen.

»Weil da der Ami selber sitzt«, antwortete Möbius wie aus

der Pistole geschossen. Er hatte sich wohl schon seit Längerem Gedanken darüber gemacht. Auch Tegelmann schürzte die Lippen und nickte.

»Nun gut«, Heller hatte keine Zeit. »Sie haben die beiden gesehen bei ihrer Einlieferung? Weichert und Machol?«, fragte er Möbius.

»Das habe ich.«

»Welchen Eindruck hatten Sie von ihnen. Waren sie ruhig, aufgeregt, verzweifelt? Haben sie geschrien?«

»Die waren völlig durch, gezittert haben sie. Sie hatten Fieber und haben uns erst das Aufnahmebüro und dann die Zellen vollgekotzt.«

»Sie haben sich erbrochen? Beide? Wurden sie von einem Arzt untersucht?«

»Es ging drunter und drüber. Das Telefon klingelte, jemand war dran, der sich gar nicht erst vorstellte. Es hieß, wir bekommen ein paar Untersuchungshäftlinge. Dann passierte aber nichts und wir telefonierten herum, aber niemand wusste etwas. Und plötzlich standen sie vor der Tür. Ein großer schwarzer Opel und ein Russenlaster. Es gab Geschrei, und sie brachten vier Männer herein. Die wurden aber wieder mitgenommen, und dann haben sie die anderen beiden gebracht.«

Heller hatte Mühe, das alles mitzuschreiben. »Was war der Anlass des Streits bei den Sowjets?«

»Ich kann kein Russisch.«

Heller sah auf. »Sie waren in Russland und können kein Russisch? Irgendeiner Ihrer Kollegen vielleicht? Hat keiner von Ihnen verstanden, warum es ein solches Durcheinander gab?«

»Nein, Herr Oberkommissar.«

Heller schüttelte verständnislos den Kopf. »Dann überließen die Sowjets Ihnen die Männer? Haben Sie die Aufnahmeformulare ausgefüllt? Wer hat diese unterschrieben? Hat sich der sowjetische Vorgesetzte vorgestellt?«

»Nein, nichts von all dem. Wir sollten die Männer nur in Gewahrsam nehmen. Mehr nicht. Dann zogen sie alle wieder ab. Kaum waren die weg, sind uns die beiden schon umgekippt.«

»Und Sie oder Ihre Vorgesetzten ließen keinen Arzt kommen?«

Möbius rutschte unruhig auf seinem Stuhl herum. »Wir haben das ab und zu, dass einer hysterisch wird oder sich so sehr ereifert, dass er ohnmächtig wird. Die Russen sind ja nicht zimperlich, und wer von denen eingesammelt wird, ahnt ja, was ihm blüht. Bautzen oder Sibirien. Vielleicht hatten die ja vorher auch gesoffen. Zumindest mussten wir so was denken. Wir haben ihnen dann Wasser gegeben und sie durften sich hinlegen. Dann war erst mal Ruhe und wir dachten, die schlafen. Ein Arzt schien da nicht notwendig zu sein. Vielleicht waren sie ja auch so aufgeregt, weil sie schon wussten, dass sie sich umbringen werden?«

Heller schrieb schweigend weiter und ließ sich dabei nicht aus der Ruhe bringen, auch als der Wärter seinen Bericht längst beendet hatte.

»Haben die Männer gebetet?«, fragte Heller auf einmal.

»Was?«, fragte Möbius verblüfft.

»Gebetet«, wiederholte Heller deutlich. Wo war nur das gute alte ›Wie bitte‹ geblieben? »Zu Gott gebetet.«

»Also«, Möbius sah fragend zu Tegelmann, doch der zuckte nur mit den Achseln. »Nicht dass ich wüsste. Aber der Rehm hatte Schicht in dem Gang, er hat sie gefunden, den müssen Sie fragen.«

»Und wo finde ich den?«

»Der ist in Haft. In der Bautzner, in einer der Villen, in denen der MGB sitzt, hab ich gehört.«

Heller klappte sein Notizbuch zu. Vielleicht konnte ihm Doktor Kassner weiterhelfen bezüglich des Gesundheitszustandes der Häftlinge. Sofern Kassner überhaupt an die Leichen kam. Die Wärter misstrauten auch ihm und glaubten, er würde sie für die Sowjets aushorchen. Das schien ihnen eine größere Bedrohung zu sein als eine Atombombe in der Stadt.

Heller erhob sich. Auf was für Ideen die Leute nur immer kamen, dachte er sich.

»Ich brauche alle Namen der Wärter, die Dienst hatten, als die beiden Männer eingeliefert und als sie tot aufgefunden wurden. Auch die Namen derer, die am Tag zuvor Dienst hatten. Ich brauche die Dienstpläne der letzten Woche und die Namen aller Insassen. Ich nehme an, untereinander gibt es keinerlei Kontakte?«

»Das ist strengstens untersagt und würde sofort unterbunden.« Möbius sah zu Tegelmann, der auf der Unterlippe kaute, und begann dann in der Ablage zu suchen. Er holte eine Mappe hervor, der er einige Blätter entnahm. Er sah sie durch, sortierte einige aus, reichte sie Heller.

»Das sind nicht die Originale, nur Durchschläge, deshalb habe ich die unleserlichen Stellen mit Bleistift nachgezogen. Damit Sie sich nicht wundern.« Er hielt Heller die Blätter hin. Heller zögerte, ehe er zugriff. Möbius' Hand zitterte.

»Kann ich das Telefon benutzen?«, fragte Heller.

»Nein, Sie müssen oben das vom Pförtner im Erdgeschoss nehmen.«

Heller nickte. »Danke. Weitermachen!«

»An diesen Walter Rehm kommen wir nicht einfach so ran«, empfing Oldenbusch seinen Vorgesetzten, als dieser zurück im Büro war. »Es ist nicht einmal sicher, ob er in der Bautzner Straße sitzt oder am Münchner Platz. Salbach habe ich zum Meldeamt geschickt, am Telefon war niemand bereit, Auskunft zu geben. Ich hoffe, du bist damit einverstanden.«

»Natürlich, gut gemacht, Werner.« Heller setzte sich, nahm die Dienstpläne hervor und betrachtete sie eine Weile. Dann hielt er eines der Blätter gegen das Deckenlicht.

»Im Zug zurück von der Ostsee saß ein Ehepaar mit im Abteil. Zuerst waren sie ganz zurückhaltend, als sie sich aber sicher fühlten, fingen sie an zu klagen. Man bekomme nichts zu kaufen, selbst wenn man Geld habe. Überall stehe man an. Der Russe mische immer mit. Drüben gebe es alles. Wie die Leute eben immer reden. Und natürlich haben sie auch gewusst, dass ein nächster Krieg droht. Ich musste sie darum bitten, sich allein schon wegen Anni zurückzunehmen. Der Wärter gerade eben glaubt sogar, die Amerikaner wollen eine Atombombe in die Stadt schmuggeln und uns in die Luft sprengen.«

Anstatt zu antworten, erhob sich Oldenbusch und legte Heller etwas auf den Schreibtisch. Im Gegenzug gab Heller ihm den Dienstplan.

»Fällt dir etwas daran auf?«, fragte er Oldenbusch und betrachtete den Zettel vor sich.

Es war ein Flugblatt. *Vorsicht bei Gesprächen, NKWD hört mit*, las er. Ein finster dreinblickender Mann in sowjetischer Uniform untermalte die Warnung. *Diese und ähnlich lautende Flugschriften werden von Agenten des westdeutschen, vom CIA unterstützten KgU verbreitet*, stand erklärend dabei. *Es ist sicher, dass diese Organisation Sabotageakte plant und durchführt sowie Spionage betreibt. Es gilt erhöhte Wachsamkeit auf allen*

Ebenen, in den öffentlichen Ämtern und in den Verwaltungen und Einrichtungen der Volkspolizei und der HVA.

»Kam vorhin mit der Hauspost«, sagte Oldenbusch und gab Heller den Dienstplan zurück. »In Leipzig und Karl-Marx-Stadt hat es Verhaftungen gegeben. Der KgU betreibt ein ganzes Netz von Agenten in der DDR. Die Anweisungen und Informationen fließen über die Ostbüros der SPD.«

»Was heißt das? KgU?«

Oldenbusch malte Anführungszeichen in die Luft. »Kampfgruppe gegen Unmenschlichkeit. Und das ist ja nur eine Truppe. Dann gibt es noch den CIA und die Organisation Gehlen. Wir sind ja schon komplett unterwandert. Die knöpfen sich die Leute vor, die in den Westen gegangen sind. Die plaudern bestimmt freiwillig alles Mögliche aus. Und das wird dann über den RIAS hinausposaunt.«

Heller lehnte sich zurück. »Glaubst du das? Diese Geheimdienstgeschichten? Sabotage? Spionage? Eine Bombe?«

Oldenbusch hob langsam die Schultern und legte dabei den Kopf leicht schief, wie er es immer tat, wenn er eine Antwort geben musste, die seinem Chef nicht gefallen würde. »Du weißt doch, die Leute übertreiben gerne. Aber ein Funken Wahrheit ist eben auch immer dabei.«

»Die Leute werden nicht schlauer. Was haben die alles in den letzten Kriegsmonaten erzählt! Ich glaube, hier leiden alle an Verfolgungswahn. Wo soll das denn hinführen, wenn jeder jedem misstraut?«

Heller sah auf die Uhr. Er hoffte, Salbach würde noch vor dem Mittag zurückkommen, damit sie noch etwas erreichen konnten an diesem Tag.

Oldenbusch beugte sich ein wenig vor und senkte die Stimme. »Ich habe gehört, dass die Kesselexplosion im Kraftwerk Mitte im Juli inzwischen auch vom MfS untersucht wird.«

»Das war nachgewiesenermaßen ein Unfall.«

»Inzwischen geht man aber davon aus, dass es sich um einen Akt der Diversion handelt, Sabotage also. Das haben die Experten nämlich nicht ausgeschlossen. Es war höchstwahrscheinlich ein Unfall, stand im Abschlussbericht. Und dieser hätte von einem Saboteur herbeigeführt werden können.«

Heller starrte vor sich hin. Nicht einmal mehr denen schenkte man noch Gehör, die es wissen müssten. So weit waren sie schon einmal gewesen. Dann aber riss er sich zusammen. Es hatte keinen Zweck, sich im endlosen Lamentieren über die Menschheit zu verlieren. Er tat gut daran, sich den Einzelschicksalen zu widmen, die er tagtäglich kennenlernte.

»Nichtsdestotrotz, mir scheint es seltsam, dass zwei so gläubige Menschen sich umbringen. Dem müssen wir nachgehen. Sobald Salbach wieder auftaucht, soll er sich Informationen über die Wachturmgesellschaft besorgen, über deren Lebensweise, Gebote und ihre Einstellung dem Staat gegenüber. Und zwar im Allgemeinen und besonders gegenüber der DDR.«

»Vielleicht taten die ja nur so, als seien sie gläubig«, gab Oldenbusch zu bedenken.

»Ja, aber zu welchem Zwecke?« Heller sah Oldenbusch fragend an, ließ ihm aber keine Zeit zu antworten. Er tippte auf den Dienstplan. »Ist dir etwas aufgefallen?«

»Ja, es sieht aus, als hätte jemand nachträglich etwas ausradiert. Gegen das Licht gehalten, ist das Papier heller und dünner an dieser Stelle. Und weil über die Spalte hinausgeschrieben wurde, kann man in der Nachbarspalte sogar noch einen Buchstaben erkennen. Ich denke, es ist ein M oder ein doppeltes N.«

Heller nickte erfreut. »Tegelmann. Er stand vorhin dabei,

als ich seinen Kollegen befragte. Er hat den Plan manipuliert. Offenbar sollte er Dienst haben an dem Abend, doch er hat mit Walter Rehm getauscht. Fragt sich, warum, und warum er es nicht einfach gesagt hat. Es ist bestimmt nicht unüblich, Dienstzeiten zu tauschen.«

10. September 1951, Mittag

Oldenbusch bog langsam in die Burgenland Straße ab, bremste und hielt auf Hellers Handzeichen, ohne den scharfkantigen Granitbordsteinen zu nahe zu kommen. Nachdem er vor zwei Jahren auf Hellers Befehl während einer Verfolgungsfahrt seinen geliebten Ford Eifel hatte zu Schrott fahren müssen, hatte er als Ersatzfahrzeug einen alten Tempo A 400 bekommen. Doch mit dem dreirädrigen Pritschenwagen herumzufahren, verursachte bei Oldenbusch fast körperliche Qualen, weshalb er so lange bei Niesbach insistierte, bis ihm ein nagelneuer hellgrauer IFA F9 als Dienstwagen zugewiesen worden war, ein Fahrzeug, das ihm dem Rang eines Kriminalkommissars angemessen erschien. Nun hegte und pflegte er diesen, als wäre er sein Eigen, und hatte dessen Spritzigkeit aus lauter Vorsicht noch kein einziges Mal auf die Probe gestellt.

»Siehst du dort? Was ist das für eine Marke?«, fragte Heller und deutete auf einen schwarzen Wagen, der an der nächsten Querstraße parkte. Die Sonne stand hoch und das Wetter war wenig herbstlich. Der Sommer glühte noch nach und erinnerte Heller schmerzlich an die zurückliegenden Tage an der Ostsee.

Oldenbusch kurbelte sein Fenster ganz hinunter. »Ein Opel!«, wusste er sofort.

»Die Wärter erzählten etwas von einem schwarzen Opel, vermutlich vom MGB.«

»Jemand sitzt im Wagen. Wollen wir aussteigen?«, fragte Oldenbusch.

»Wir müssen ans andere Ende der Straße, Haus Nummer drei. Fahr einfach weiter. Wir haben ja nichts zu verbergen.«

Oldenbusch legte den Gang ein und fuhr an. Als sie die nächste Kreuzung passierten, versuchte Heller ganz ungeniert einen Blick in den Opel zu werfen, doch die Sonne reflektierte genau auf der Frontscheibe des Wagens und blendete ihn. Kaum waren sie vorbeigefahren, fuhr der Opel an, bog an der Kreuzung ab und entfernte sich schnell.

»Wollen wir auch Abstand halten, damit nicht gleich alle weglaufen?«, fragte Oldenbusch und grinste.

»Wir parken selbstverständlich vor der Haustür. Ich spiele hier doch nicht Räuber und Gendarm!«

»Also ... na ja«, meinte Oldenbusch zögernd.

Heller seufzte. »Werner, du weißt, wie das gemeint ist.«

Haus Nummer drei war ein großes für sich stehendes Haus mit vier Etagen. Das Grundstück, auf dem es stand, war dagegen sehr klein, ein hoher Holzzaun trennte es vom Gehweg und den Nachbargrundstücken.

Heller stieg aus und warf die Tür ein wenig zu heftig zu, was Oldenbusch mit einem vorwurfsvollen Blick quittierte. Heller ging zur Haustür, die nicht abgeschlossen war, und betrat den kühlen Flur. Für einen Moment stützte er sich an der braun lackierten Hauswand ab, um sein rechtes Bein zu entlasten. Seit einiger Zeit, eigentlich schon seit Monaten, schmerzte ihn wieder der rechte Fuß, obwohl er ihn nicht mehr belastete als sonst und auch kein Wetterumschwung anstand. An der Ostsee hatte er den Schmerz fast vergessen, doch nun war es ihm, als müsste er doppelt dafür büßen. Hatte sich die alte Verletzung in den letzten zwanzig Jahren nur gelegentlich bemerkbar gemacht, schien der Schmerz jetzt dauerhaft und latent pulsierend, er verschwand einfach nicht mehr.

Oldenbusch war hinter ihm in den Flur getreten. Heller stieß sich von der Wand ab und nahm sich der Haustafel an. Sorgfältig verglich er die Namen mit denen in seinem Notizbuch. »Machol und Weichert. Die haben in einem Haus gewohnt. Zweite und dritte Etage. Gehen wir hinauf.«

»Es ist so still hier.« Oldenbusch lauschte. Langsam fiel die Haustür hinter ihm zu.

Heller war auf der Treppe schon einige der blank gebohnerten Stufen hinaufgestiegen. Oldenbusch folgte ihm.

»Es ist keiner da!«, rief plötzlich eine weibliche Stimme aus dem Hausflur. Die beiden Polizisten kehrten wieder um. Eine alte Frau, weitaus älter als Frau Marquart, stand in der Tür zur Erdgeschosswohnung. Sie trug einen schlichten Hausmantel, ihr weißes Haar war zu einem strengen Dutt gebunden und sie stützte sich auf einen Gehstock.

»Kriminalpolizei. Wir wollen zu Frau Machol und zu Frau Weichert.«

»Es ist niemand mehr da. Gar niemand. Die Russen haben alle mitgenommen. Alle im Haus, nur mich nicht.«

»Alle wurden verhaftet?« Jetzt sah Heller, dass die Wohnungstür neben dem Schloss gesplittert und nur notdürftig vernagelt war.

»Ja. Wenn Sie also jemanden suchen, wenden Sie sich an die Russen.« Die alte Frau wollte ihre Tür wieder schließen.

»Moment bitte!«, rief Heller und kam näher, um das Namensschild zu lesen. »Frau Girtlitz. Sagen Sie, sind alle im Haus hier Zeugen Jehovas?«

»Jehovas Zeugen. Ja, wir haben diese Gemeinschaft selbst gewählt, es sind ja nicht mehr viele von uns übrig geblieben.«

»Sie meinen, nach den Verhaftungen im vorletzten Jahr?«

»Ich meine, nach dem Nationalsozialismus! Wir waren einige hundert in Dresden, aber die meisten wurden abgeholt. Die meisten kamen nicht zurück aus den KZ, auch nicht mein Enkel. Auch Herr Machol und Herr Weichert waren zum Arbeitsdienst gezwungen, dann zu zwölf Jahren Zuchthaus verurteilt und letztlich ins KZ gebracht worden. Vier Jahre waren sie in Buchenwald, bis zur Befreiung.«

Heller überlegte einen Moment, wie er fortfahren sollte, ohne seine Kompetenzen zu überschreiten, doch angesichts der Umstände konnte er wohl kaum noch viel Unheil anrichten.

»Wissen Sie vom Tod der Herren Machol und Weichert? Und von den näheren Umständen?«

Frau Girtlitz nickte knapp. »Ich wurde nicht offiziell unterrichtet, weil ich keine direkte Angehörige bin. Aber ich habe davon gehört, ja. Aber, wollen Sie nicht hereinkommen?« Die alte Frau ließ Heller und Oldenbusch eintreten.

Heller staunte über die Größe der Wohnung, doch dann erkannte er, dass die Frau nicht allein hier wohnte.

»Wer lebt denn noch hier?«

»Mein Sohn und die Urenkel.«

»Und alle sind verhaftet worden? Die Urenkel auch?« Heller sah sich noch einmal prüfend um. Es sah nicht danach aus, dass kleine Kinder hier lebten.

Frau Girtlitz schüttelte den Kopf. »Bitte setzen Sie sich, ich kann Ihnen Wasser anbieten. Und hier, das können Sie zur Lektüre mitnehmen.«

Die Frau hielt den Männern zwei Broschüren entgegen. Heller setzte sich an den Esstisch, Oldenbusch folgte seinem Beispiel.

Königreich Gottes, las Heller, während die Frau, die offenbar an einer schmerzenden Hüfte litt, in die Küche humpelte und mit Gläsern hantierte.

»Wissen Sie«, rief sie halblaut, »für uns gibt es nur den einen Führer. Und nur ein Reich. Das Königreich Gottes. Jesus Christus herrscht in diesem Reich, er spricht für uns zu Gott.«

Nun kehrte sie mit zwei Gläsern auf einem Tablett zurück. Oldenbusch sprang von seinem Stuhl auf und nahm ihr das Tablett ab.

»Sie können sich denken, dass es Hitler nicht gefiel, dass wir ihm nicht gehorchten. Unsere Männer verweigerten den Waffendienst, auch heute noch. Deswegen wurden wir angefeindet und werden es nach wie vor. Unter Hitler hat man versucht, uns zu vernichten, und jetzt holen sie sich den Rest.«

»Sie meinen, der Vorwurf der Spionage ist nicht gerechtfertigt?«

»Ich meine, Gott tut, was er tun muss.«

Das war keine Antwort, doch Heller war nicht hier, um das zu erörtern. »Wann haben Sie Herrn Machol und Herrn Weichert zuletzt gesehen?«

»An dem Tag, als sie verhaftet wurden. Wir leben hier wie in einer großen Familie, sehen uns jeden Tag.« Die alte Frau stand immer noch im Zimmer. »Hatten Sie das Gefühl, dass es den beiden nicht gut ging, waren sie krank?«

»Sie waren bei bester Gesundheit«, erwiderte die Frau rasch und blieb unbewegt auf ihren Stock gestützt stehen.

»War Ihnen denn bewusst, dass sie möglicherweise beobachtet wurden und unter Verdacht stehen, Spionage zu betreiben?«

»Natürlich, und es war uns auch klar, dass sie eines Tages kommen und uns alle holen werden. Doch was sollen wir tun? Wir arbeiten, wir beten und es ist unsere Pflicht, den Menschen vom Königreich Gottes zu berichten.«

»Sie meinen, Sie missionieren?«

»Wir versuchen die Menschen zu retten, vom falschen Glauben zu befreien oder von ihrer Gottlosigkeit. Es sind schwere Zeiten für uns.«

Und trotzdem stehen sie es durch, kommentierte Heller in Gedanken. Er konnte das verstehen und dann auch wieder nicht. Offenbar gab ihnen der Glaube den nötigen Halt, alle Unbill zu ertragen. Andererseits machte er ihnen das Leben schwerer als nötig. Und wenn ihr Glaube so stark war, wenn sie so wenig korrumpierbar waren, warum sollten sie dann spionieren? Was konnte ihnen der Westen verheißen, das Jehova nicht konnte.

»Ist es Ihnen denn erlaubt, Selbstmord zu begehen? Ich dachte, er gilt bei Ihnen als Sünde?«

Frau Girtlitz' Miene erhellte sich ein wenig. Plötzlich regte sie sich und nahm sich einen Stuhl heran. »Wir glauben nicht an die Unsterblichkeit unserer Seelen und daran, dass die Seele sich nach dem Tod in eine andere Welt begibt. Das Leben ist heilig und kostbar, und sich selbst zu töten, erregt das Missfallen Jehovas. Doch berücksichtigt Jehova die Umstände des Todes. Hat derjenige im Affekt gehandelt, war er nicht bei Sinnen, war er krank? Auch Saul, der König Israels, stürzte sich ins Schwert, als sicher war, dass er die letzte Schlacht gegen die Philister nicht gewinnen konnte. Er wollte von ihnen nicht mit Schimpf und Schande behandelt werden. David, der von Jehova Gesalbte, segnete die Bewohner Jabesch Gileads, die den von den Philistern geschändeten Leichnam Sauls von der Stadtmauer nahmen, ihn verbrannten und ihm zu Ehren sieben Tage fasteten. Möge Jehova euch gegenüber liebende Güte und Treue üben, sprach er.«

Heller hatte zwar seinen Stift gezückt, zögerte aber bei seinen Notizen, da er nicht wusste, wie lange sich die Ausführungen der alten Frau noch hinziehen würden. Nun legte er den Stift weg, ohne etwas geschrieben zu haben.

»Daraus ziehe ich den Schluss, es ist nicht ausgeschlossen, dass die beiden Männer Selbstmord begingen. Glauben Sie denn, die beiden haben sich umgebracht? Nachdem sie all die Jahre im Zuchthaus und Konzentrationslager durchgestanden haben?«

Frau Girtlitz schloss ihren Mund und sah Heller in die Augen. Sie schien nachzudenken, und als Heller schon glaubte, sie würde nicht mehr antworten, nickte sie plötzlich.

»Durchaus. Vielleicht hatte sie die Verzweiflung übermannt. Vielleicht hatten sie für einen Moment die Besinnung verloren. Mitten in der Nacht hat man sie ihren Frauen und Kindern entrissen. Es ist den Bolschewisten egal, ob wir wirklich Spione sind, sie brauchen Opfer, denn sie dienen dem falschen Herren, sie dienen dem Teufel.«

Heller erwiderte den festen Blick der Frau und ließ diese Aussage unkommentiert.

»Haben Sie denn jemals erlebt, dass hier im Haus Methoden zum Suizid besprochen werden?«, fragte Oldenbusch. »Wurden die beiden in irgendeiner Art und Weise angeleitet, sich auf eine bestimmte Art umzubringen?«

»Ich weiß nicht, wie sich die beiden umgebracht haben. Taten sie es auf dieselbe Art und Weise?«

Oldenbusch warf einen Blick auf seinen Chef, ehe er antwortete. Heller nickte. »Ja. Aber das tut nichts zur Sache.«

»Nein, im Haus wurde nicht darüber gesprochen, aber es mag sein, dass Julius und Oskar während ihrer langen Zeit im KZ sich mit anderen Häftlingen darüber austauschten. Es gab viele Selbstmorde damals.«

»Wissen Sie, was die beiden an dem Abend ihrer Verhaftung gegessen hatten?«, fragte Heller, ehe die Frau ins Sinnieren geraten konnte.

Frau Girtlitz hob die Augenbrauen. »Nun, Brot nehme ich an.«

»Nichts, womit man sich gelegentlich den Magen verdarb? Ging es Ihnen oder irgendjemandem sonst im Haus schlecht an dem Tag?«

»Mir ging es nicht schlecht, über die anderen kann ich nicht urteilen. Es wurden ja alle mitgenommen, selbst die Kinder.«

»Wo sind die jetzt?«

»In einem Heim, soviel ich weiß.«

Heller wollte sich nicht ausmalen, wie es den Kindern jetzt erging. Er konnte nur hoffen, dass man Erbarmen hatte und wenigstens die Frauen wieder entließ, wenn man mit den Vernehmungen fertig war. Er nahm sein Glas, trank es aus, dann erhob er sich.

»Sie sagten, die Türen sind eingetreten worden? Stehen die alle offen? Wir würden uns im Haus gern umsehen.«

»Ich werde Sie dabei nicht aufhalten.«

»Ist dir was aufgefallen?«, raunte Oldenbusch, als sie die Wohnung von Oskar Machol betraten. »In der ganzen Wohnung der alten Dame habe ich kein einziges Kreuz gesehen. Für überzeugte Christen ist das doch eher unüblich, oder?«

Heller war tatsächlich etwas aufgefallen. Vielmehr hatte er etwas gespürt. Mit spitzem Finger drückte Heller die kaputte Wohnungstür hinter sich zu und warf einen ersten Blick auf das Chaos im Flur. Oldenbusch stand inmitten auf den Boden geworfener Kleidung und zertretenen Porzellans. Ein Tablett lag auf den Dielen, Messer und Gabeln waren verstreut, als hätte jemand gerade etwas von der Küche ins Wohnzimmer tragen wollen, als die Tür eingetreten wurde.

»Jehovas Zeugen beten das Kreuz nicht an. Soviel ich weiß, bestreiten sie sogar, dass Jesus am Kreuz starb. Ich dachte, dir wäre etwas anderes aufgefallen. Ich hatte nämlich die ganze Zeit über das Gefühl, wir waren nicht allein mit Frau Girtlitz.«

Oldenbusch drehte sich auf der Stelle um und sah Heller an. »Du meinst, es war noch jemand in der Wohnung? Wollen wir nachsehen?«

Heller schüttelte den Kopf. »Es wäre ja nicht verboten. Vielleicht hatte die alte Frau Besuch, der sich aus Angst vor uns versteckt hielt. Wäre ihm ja kaum zu verübeln. Kannst du in das Zimmer da sehen?«

Oldenbusch drehte sich wieder um, beugte sich vor, konnte aber keinen Schritt machen, ohne auf Scherben oder Kleidung zu treten.

»Ein wüstes Durcheinander, alle Schränke offen, alles liegt auf dem Boden.«

Heller seufzte. Was für eine Unsitte. Was sprach dagegen, auch gegen Spione mit korrekten kriminalistischen Methoden vorzugehen? Warum die Zerstörungswut und Körperlichkeit? Weil man schon wusste, dass nichts zu finden war?

»Soll ich mal nachsehen?«, fragte Oldenbusch.

»Wirf einen Blick in die Küche. Sieh, ob du Fisch findest. Fett vielleicht.«

Er selbst hatte die Erfahrung gemacht, dass seine Galle einige Zeit gebraucht hatte, sich wieder an fettigere Speisen zu gewöhnen. Die Bockwurst, die Werner anlässlich seiner Verlobung ausgegeben hatte – für Heller die erste nach fünf Jahren –, hatte ihm eine üble Nacht beschert.

»Nichts«, rief Oldenbusch nach wenigen Sekunden. »Hartes Brot nur, nicht einmal Butter, nur Margarine. Hier ist auch alles offen, Schränke, Schubladen.« Dann verstummte er. »Max!«, rief er schließlich halblaut.

Heller zögerte nicht, sondern folgte dem Ruf in die Küche. Oldenbusch stand etwa einen Meter vom Fenster entfernt und sah durch die Gardine hinaus. »Da!« Er deutete zur Kreuzung, wo im Schatten des Wohnblocks auf der Tauernstraße ein schwarzes Auto parkte. »Wieder der Opel.«

»Ein Opel oder *der* Opel?«, fragte Heller, vergrößerte mit zwei Fingern den schmalen Spalt in der Gardine, um besser sehen zu können.

»Der fuhr doch aber weg. Ist er wegen uns zurückgekommen?«, murmelte Oldenbusch unglücklich.

»Das Haus wird observiert. Vielleicht haben sie doch nicht alle erwischt.«

Oldenbusch gab sich geschlagen und wich vom Fenster zurück. »Wollen wir uns gründlicher umsehen?«

»Ja, du hier, Werner, ich gehe in die Wohnung von Weichert. Für die anderen Wohnungen haben wir keinen Durchsuchungsbefehl.«

»Werner!«, rief Heller eine halbe Stunde später in die Wohnung der Familie Machol hinein. Er hatte ein Bündel Papiere in der Hand, die ihm vielleicht dienlich sein konnten, weitere Bekannte von Weichert ausfindig zu machen. Alles, was irgendwie hätte von Belang sein können, war vom Geheimdienst konfisziert worden. Dazu hatten die Männer der Staatssicherheit sogar Kissen und Matratzen aufgeschnitten, Dielenbretter ausgehebelt, Schrankrückwände zertreten. An einer Stelle hatte man sogar ein Loch in die Wand gehackt, war jedoch nur auf einen Kamin gestoßen, nicht auf ein zugemauertes Versteck, wie sie vermutet hatten. Welchen Sinn es machen sollte, Informationen, die zur Weitergabe dienten, in die Wand einzumauern, hatte sich dabei wohl keiner der Männer gefragt. Längst wurden Dinge nicht mehr hinterfragt, inzwischen wurde nur noch befohlen und ausgeführt. Ob es im Westen auch so war? Ob man tat, was die Amerikaner verlangten? Vermutlich schon, dachte Heller.

»Werner?«, rief er noch einmal lauter.

»Komme!«, rief dieser nun zurück. Leicht verschwitzt kam Oldenbusch aus dem hintersten Zimmer der Wohnung, ebenfalls ein Bündel Papier in der Hand. »Ich habe eine hohle Stelle im Fensterkasten entdeckt. Aber die war leer. Ansonsten nur ein paar Papierfetzen, Briefe und einen Stapel Zeitungen, hauptsächlich die Sächsische Zeitung. Nimmst du das? Dann gehe ich noch einmal in den Keller.« Oldenbusch gab Heller den Stapel.

Heller hätte mitgehen können in den Keller. Mittlerweile war das möglich, auch wenn er sich zwingen musste. Auch daheim, spätestens jetzt, da Karin nicht da war. Doch wenn Oldenbusch es ihm anbot, oben zu bleiben, dann wollte er sich nicht unnötig zur Wehr setzen.

10. September 1951, Nachmittag

Niesbach las sich Hellers kurzen Bericht durch und legte ihn dann beiseite. Er wirkte erschöpft und müde. Beim Anblick seines Vorgesetzten dachte sich Heller, dass er gut daran getan hatte, sich nicht vereinnahmen zu lassen, um auf diesen oder einen höheren Posten zu gelangen. Früher oder später geriet man in parteiinterne Machtkämpfe. Irgendwann wurde die gerade noch hoch gepriesene Integrität angezweifelt. Schließlich genügte der geringste Verdacht, um aus Amt und Partei verstoßen zu werden. Paul Merker, der angeblich dem imperialistischen Agenten Noel Field zugearbeitet haben soll, war ein gutes Beispiel dafür, dass selbst Mitglieder des Politbüros des ZK der SED nicht sicher waren. Ähnlich war es Kreikemeyer ergangen, dem Chef der Reichsbahn, der sich nach seiner Verhaftung offenbar in seiner Zelle erhängt hatte.

»Ich betrachte dies nicht als einen Abschlussbericht«, begann Niesbach, nachdem er eine Weile nach den richtigen Worten gesucht hatte.

»Als solcher war das auch nicht gedacht, er diente nur zu Ihrer Information«, antwortete Heller. »Suizid ist nicht auszuschließen. Dann jedoch kann man den diensthabenden Wärtern allenfalls Unachtsamkeit vorwerfen. Und man müsste hinterfragen, ob sie über die Brisanz der Situation ausreichend informiert waren. Mir lag jedoch auch daran, meine Bedenken zu äußern. Angesichts der tragischen Rolle, welche die Wachturmgesellschaft im Dritten Reich spielte, scheint mir doch die Motivation zum Selbstmord nicht ausreichend.«

Niesbach winkte müde ab. »Mir ist die Rolle der Zeugen Jehovas im Dritten Reich durchaus bewusst. Nicht nur mir, auch die Sowjets sind darüber informiert. Nichtsdestotrotz ist es nicht von der Hand zu weisen, dass diese Gesellschaft Beziehungen zu den Amerikanern pflegt, und es ist erwiesen, dass sie Informationen in den Westen geschleust hat, die zur Boykotthetze und zur Durchführung subversiver Aktionen dienten. Wir sehen uns täglicher Angriffe ausgesetzt. Die imperialistische Propaganda des RIAS zum Beispiel schürt Unzufriedenheit und Widerstand und wird mit Informationen von Agenten gespeist, die hier unter uns leben. Wir können uns nicht leisten, auch nur einen von denen aus falscher Rücksicht zu übersehen.«

Redet er nur so, weil er glaubt, abgehört zu werden?, fragte sich Heller. Oder wegen seiner Sekretärin? Es wirkte jedoch keineswegs so, als trüge er nur einen auswendig gelernten Text vor. Doch Niesbach war noch nicht fertig. Er redete weiter, ohne Heller dabei anzusehen.

»Heller, ganz unter uns. Wir wissen, dass vieles noch nicht funktioniert, dass es Versorgungsengpässe gibt. Der Amerikaner füttert den Westen, macht ihn satt und hörig, und es wächst ein neuer Imperialismus, der den Krieg will, weil er vom Krieg lebt. Warum sonst ist Krieg in Korea? Wir hier müssen für den Frieden kämpfen, mit allen Mitteln. Wir müssen aus den Fehlern der Weimarer Republik lernen und diesen ersten deutschen sozialistischen Staat mit allem schützen, was wir aufbieten können.«

Das war das Problem, dachte Heller, Phrasen, immer nur Phrasen. Als ob man damit jedes Problem lösen könnte. Er ließ seinem Vorgesetzten noch eine Sekunde Zeit, um nicht unhöflich zu erscheinen.

»Wenn Sie möchten, dass ich die Untersuchung weiterführe, brauche ich ausreichende Kompetenzen. Durchsuchungsbefehle für alle Räumlichkeiten. Akteneinsicht. Die Untersuchungsberichte der Gerichtsmediziner«, erklärte er dann. »Die Wohnung dieser Frau Girtlitz möchte ich gern durchsuchen. Mir kam es vor, als hätte sich da noch jemand in der Wohnung versteckt. Außerdem muss ich das Umfeld der Wärter Rehm und Tegelmann durchleuchten.«

Niesbach schien ein stummes Zwiegespräch mit sich selbst zu führen. »Ich kann Ihnen keine Akteneinsicht gewähren, weil dies nicht in meinem Kompetenzbereich liegt. Durchsuchungsbefehle können wir auch erst nach Rücksprache mit dem MfS beantragen. Soweit ich informiert bin, werden einige der Festgenommenen morgen wieder entlassen. Es steht Ihnen frei, diese Personen zu befragen oder zur Vernehmung ins Kriminalamt zu bestellen, ebenso Tegelmann. Die Leichname der beiden Männer verbleiben weiterhin zur näheren Untersuchung beim MGB. Es steht noch nicht fest, wann sie freigegeben werden und ob Sie die Berichte einsehen können. Über den Verbleib von Walter Rehm kann ich Ihnen leider keine Auskunft geben.«

»Aber einen Hausdurchsuchungsbefehl für seine Wohnung können Sie mir besorgen?«

Niesbach nickte und rieb sich die Stirn. »Ich will es versuchen.«

»Vati!«, rief Anni und kam Heller durch den Garten der Nachbarin entgegengerannt. Heller ging in die Hocke und schloss das Kind in die Arme. Vera, die Tochter der Nachbarin und Annis Kindergartenfreundin, kam hinterhergerannt. Die

Mädchen kannten sich nun schon seit längerer Zeit. Familie Eigner hatte das Haus auf der anderen Straßenseite, etwa fünfzig Meter oberhalb vom Grundstück von Frau Marquart, vor zwei Jahren bezogen. Herr Eigner war Tiefbauingenieur und hatte in Moskau studiert.

»Seid ihr brav gewesen?«, fragte Heller. Die Mädchen nickten.

»Wir haben einen Zuckertütenbaum gepflanzt!«, erklärte Vera.

»Wollen wir hoffen, dass er gut wächst. Vergesst nicht, ihn zu gießen, jeden Tag. Vera, sagst du deiner Mutti Bescheid, dass die Anni abgeholt ist?«

Vera nickte und stürmte davon.

»Kommt die Mutti bald wieder?«, fragte Anni leise.

»Ein wenig dauert es noch«, sagte Heller und strich Anni liebevoll über das Haar. Er hoffte, dass zu Hause ein Telegramm läge, das besagte, dass Karin gut angekommen sei. Frau Eigner kam aus dem Haus, Vera an der Hand. Die junge Frau kam ans Gartentor, und Heller reichte ihr die Hand. Ihr dunkles Haar war kurz geschnitten, wie es gerade Mode war.

»War Anni lieb?«, fragte er.

»Ganz lieb, wirklich. Sie ist ganz artig mitgegangen. Sie kann schon ganz allein Schleifen binden, wissen Sie das? Vera muss noch üben.« Frau Eigner sah zu ihrer Tochter, die verlegen kicherte.

»Macht es Ihnen auch wirklich nichts aus, Anni mitzunehmen? Leider kann ich mich auf Frau Marquart nicht mehr verlassen, sie ist sehr durcheinander. Ich kann Ihnen auch gern …« Er hatte schon darüber nachgedacht, ihr von den Fleisch- oder Zuckermarken abzugeben, solange Karin nicht da war.

Frau Eigner legte Heller schnell die Hand auf den Unterarm. »Ach, Herr Heller, das ist völlig in Ordnung. Vera freut sich, dass sie am Nachmittag noch jemanden zum Spielen hat. Ich kann Ihnen auch sonst gern mal zur Hand gehen, wenn Sie möchten oder wenn Ihr Dienst es erfordert. Es ist bestimmt alles nicht leicht für Sie gerade.«

»Danke«, erwiderte Heller, verwundert über die übereifrige Anteilnahme. »Ich komme gern darauf zurück.«

»Frau Marquart hatte übrigens Besuch heute.«

»Ach ja?«

»Ja, eine Frau, sie ist noch nicht lange weg. Seit einer halben Stunde etwa.«

»Eine Frau?« Heller überlegte, wer das gewesen sein könnte. »Frau Thieme vielleicht?«

»Nein. Ich weiß auch nicht, wie lang sie geblieben ist. Ich habe sie nur weggehen sehen. Und ich glaube, sie war auch schon einmal da, als Sie im Urlaub waren. Damals dachte ich mir nichts, aber als ich sie heute sah, fiel es mir ein.«

»Ich werde Frau Marquart fragen, vielen Dank noch mal, bis morgen dann!« Heller winkte, nahm Anni bei der Hand, um mit ihr das letzte Stück Weg bis nach Hause zu gehen.

»Anni, wohin muss man schauen, wenn man die Straße überquert?« Vielleicht hatte die Frau versucht, Frau Marquart etwas zu verkaufen, befürchtete er.

»Links, rechts, links«, erklärte Anni.

»Eine Frau? Nein!« Frau Marquart runzelte die Augenbrauen. »Eine fremde?«

Heller nickte und sah sich in der Küche um. »Haben Sie ihr etwas abgekauft?«

Frau Marquart lachte in belustigter Entrüstung. »Lieber Max, da war keine Frau. Ich war doch den ganzen Tag hier!«

»Ja, aber Sie vergessen auch manches.«

»Das mag sein, aber doch keine Frau an der Haustür!« Frau Marquart nahm die Kartoffeln, die sie gerade gewaschen hatte, und legte sie in die Waschschüssel. Heller sagte nichts dazu und ging stattdessen zum Herd, drehte ein Kochfeld auf und entzündete es. Bald konnte man die alte Dame nicht mehr allein lassen, fürchtete er. Und ein Telegramm war auch nicht gekommen.

»Kommt denn die Karin bald wieder?«, fragte Frau Marquart.

Heller nahm ihr die Schüssel ab und tat die Kartoffeln in einen Topf.

»Ja, bald!«

Auch das hatte er schon oft erklärt. »Wollen Sie nicht nach der Wäsche sehen? Der Himmel zieht zu.«

»Die Wäsche, ja!« Die alte Frau wischte sich die Hände an ihrer Schürze ab.

»Anni soll Ihnen dabei helfen. Das macht sie schon sehr gut. Und sie soll die Kaninchen füttern.«

Als Frau Marquart weg war, setzte sich Heller an den Tisch und nahm die Sächsische Zeitung. Dann erhob er sich wieder und stellte das Radio an. Ein Schlager ertönte und Heller drehte den Ton leiser. Es ging ihm nicht um die Musik, er brauchte nur etwas, damit es nicht ganz so still war.

Unsere Produkte auf der Textilmesse in Köln – überzeugende Argumente einer funktionierenden Planwirtschaft, las Heller, nachdem er sich wieder gesetzt hatte. Nach wenigen Minuten legte er die Zeitung weg. Stattdessen nahm er sich nun des Stapels älterer Zeitungen an, die Oldenbusch in der Wohnung der Machols gefunden hatte. Sie waren von innen nach außen gefaltet und Heller musste zuerst die Blätter in die richtige Reihenfolge bringen, um sie zu sortieren. Die älteste war drei Wochen alt, die neueste vom letzten Mittwoch.

Er breitete sie auf dem Küchentisch aus und betrachtete die Überschriften der ersten Seiten. Aber er fand keine Gemeinsamkeit. Nun blätterte er sie nach und nach durch, suchte nach einem Anhaltspunkt, nach Artikeln vielleicht, die über die Wachturmgesellschaft berichteten, entdeckte aber auch hier keinen Zusammenhang.

Inzwischen kochte das Wasser und der Topfdeckel begann schon zu hüpfen. Heller sprang auf, drehte die Flamme kleiner, schob den Deckel ein wenig zur Seite und verbrannte sich dabei fast die Fingerspitzen am zu heißen Griff.

Er hatte plötzlich eine Idee. Er begann, die Zeitungen auf dem Tisch wieder so zu falten, wie sie zuerst gewesen waren, und stellte dabei fest, dass die Seiten mit den Annoncen offen gelegen haben mussten. Heller blies nachdenklich die Luft durch die Mundwinkel und fuhr mit dem Zeigefinger an den Anzeigen entlang. Er fand keine Markierung, kein Kreuz, nichts war eingekreist. In den Anzeigen wurde alles Mögliche angeboten, von einer Ehe bis hin zu Brennholz, Schmuckgegenständen und Grundstücken und jeder Menge Arbeitsleistung. Das alles zu studieren, war eigentlich die Aufgabe von Salbach. Oder seine. Denn wenn Anni im Bett lag und Frau Marquart sich zurückgezogen hatte, blieb ihm sowieso nichts anderes, als mit dem Radio allein in der Küche zu sitzen. Heller erhob sich und sah noch einmal nach den Kartoffeln. Dann ging er in den Garten, um Frau Marquart und Anni zu suchen.

Die alte Frau nahm gerade die Wäsche ab und sang dabei leise ein Lied. Anni half ihr, die Handtücher zu falten. Heller sah die Tür zum Kaninchenschuppen offen stehen, wollte aber nicht rufen, um die traute Zweisamkeit der beiden nicht zu stören. Er ging deshalb selbst, um die Tür zu schließen. Er zog den Schlüssel ab und steckte ihn ein.

Auf dem Weg zurück zum Haus hörte er ein Motorengeräusch. Das war ungewöhnlich. Außer Herrn Eigner besaß in der Straße niemand ein motorisiertes Fahrzeug. Heller reckte sich, um über die Ligusterhecke zu sehen, die ihr Grundstück zum Nachbarn abgrenzte. Er erkannte das schwarze Dach eines Autos, das schnell die Straße hinunterfuhr. Heller beschleunigte seinen Schritt, kürzte über den Rasen ab, um an der linken Seite des Hauses vorbeizusehen, und erblickte tatsächlich noch das Heck des schwarzen Wagens, konnte jedoch das Kennzeichen nicht ausmachen. Dann kehrte er ins Haus zurück, bemüht darum, der Sache keine große Bedeutung beizumessen. Er wollte sich nicht anstecken lassen von diesem Verfolgungswahn. Doch noch im Flur stehend hörte er das Motorengeräusch zurückkehren. Er eilte zum Küchenfenster und sah jetzt das schwarze Auto. Es war tatsächlich ein Opel. Der Fahrer bremste ab, schaute sich um, als suche er etwas, fuhr im Schritttempo weiter, beschleunigte jedoch abrupt, als hätte er Heller gesehen, der ihn durchs Fenster beobachtete. Heller wartete noch einen Moment, ob der Wagen noch einmal zurückkehren würde. Doch dann lenkte ihn lautes Blubbern vom Herd ab, wo das Kartoffelwasser erneut überzukochen drohte.

11. September 1951, morgens

»Kaffee?«, fragte Oldenbusch. Heller nickte. Er verbarg seine Müdigkeit. Eine schlechte Nacht hatte er hinter sich, ohne bestimmten Grund. Unruhig hatte er sich im Bett gewälzt, an Karin gedacht, wie sie von Erwin empfangen wurde. Ob sie nun im Überfluss des Westens schwelgte, Kaffee trank, Wurst aß und Schweinebraten? Dann, als er doch schon fast eingeschlafen war, hatte er sie wieder aus dem Wasser steigen sehen, an diesem letzten Abend. Schon war er wieder wach, sein Herz schlug laut. Das war der Moment des Abschieds gewesen, sagte ihm eine innere Stimme, nicht der auf dem Dresdner Bahnsteig.

Dann fiel ihm ein, dass Anni heute Morgen geweint hatte, als er sie zum Kindergarten brachte. Sie war immer eines der allerersten Kinder und sie hatte versucht, ihre Tränen zu verbergen.

»Ich mach das schon«, hatte Frau Decker gemeint und Anni aufgetragen, das Frühstücksgeschirr an die Plätze zu verteilen. Das schien Anni abzulenken und zu helfen, doch trotzdem hätte Heller gerne noch etwas Tröstliches zu ihr gesagt.

»Herr Oberkommissar?«, fragte Salbach. Aus dem Jungen, der ihm vor gut drei Jahren als Schreiber zugeteilt worden war, hatte sich inzwischen ein junger Mann entwickelt, stellte Heller fest. Dort, wo früher bei Aufregung rote Flecken Salbachs Gesicht schmückten, wuchs nun Barthaar, das nach einer täglichen Rasur verlangte. Noch immer wirkte er zurückhaltend, manchmal schüchtern, doch das würde er ihm noch austreiben, dachte Heller bei sich. Was ihm jedoch etwas Unbehagen bereitete, war der Umstand, dass Oldenbusch den Kaffee aufgoss.

»Haben Sie etwas für mich?«, fragte Heller den jungen Kollegen.

Salbach nickte und reichte Heller eine Mappe. »Ich habe alles zusammengetragen, was ich gestern bekommen konnte. Unter anderem die Namen der restlichen Mitglieder der Wachturmgesellschaft. Es ist keine sehr lange Liste, und viele von den Personen sind bei der Razzia letzten Donnerstag verhaftet worden. Viel mehr konnte ich in den wenigen Stunden gestern nicht tun. Eines aber ist mir aufgefallen. Im Kraftwerk Mitte gab es doch im Juli eine Kesselexplosion, bei der zwei Personen schwer verletzt wurden und erheblicher Sachschaden entstand.«

»Zufällig habe ich gestern mit Kommissar Oldenbusch darüber gesprochen.«

»Also, einer der beiden toten Männer im Untersuchungsgefängnis, Oskar Machol, arbeitete im Kraftwerk Mitte, und die Explosion ereignete sich, während er Schicht hatte.«

Heller nahm den Ordner, blätterte kurz darin und machte sich eine Notiz in seinem Buch. Er legte den Ordner beiseite und breitete die Zeitungen aus.

»Ich habe eine Aufgabe für Sie, Salbach. Es mag Zufall sein oder aber auch nicht, jedenfalls fehlen bei den Zeitungen fortlaufend immer einige Nummern. Die älteste ist mehrere Wochen alt, die neueste vom fünften September, dem Tag vor der Razzia. Ich möchte, dass Sie die Zeitungen nach Auffälligkeiten und Gemeinsamkeiten untersuchen.«

Salbach raffte die Zeitungen zusammen und nahm sie mit an seinen Platz. Heller hoffte, dass er bei den Anzeigen doch noch fündig werden würde, obwohl er selbst bis spät in die Nacht gesucht und nichts gefunden hatte.

»Und wir?« Oldenbusch stellte Heller eine Tasse hin.

»Wir nehmen uns die Wohnungen vor.« Heller nahm die randvolle Tasse samt Untertasse und trank vorsichtig ab.

»Werner?«, fragte er und blickte hoch, weil Oldenbusch am Tisch stehen geblieben war.

Oldenbusch druckste herum.

»Ich habe eine Vorladung bekommen. Vom MfS. Als ob ich was dafür kann, dass die in den Westen geht. Ich hätte ja mitgehen können, bin ich aber nicht.« Oldenbusch fuhr sich nervös übers Haar. »Und jetzt werde ich zur Verantwortung gezogen. Das muss man sich mal vorstellen. Ich! Obwohl ich seit sechsundvierzig in der Partei bin. Woher soll ich denn wissen, was in der Frau vor sich geht. Da verliert man ja gleich den Glauben an die ganze Menschheit.«

Heller hob die Hand. »Immer langsam, Werner. Den behältst du mal schön! Meinen Leumund hast du, und Genosse Niesbach wird auch nur das Beste über dich sagen können. Es ist doch ganz normal, dass sie die Hintergründe erfragen, das darfst du nicht persönlich nehmen. Bisher war deine Arbeit als Genosse und als Kriminalpolizist tadellos. Das werden sie dir anrechnen. Ganz bestimmt.«

Oldenbusch ließ die Schultern sinken. »Wollen wir es hoffen.«

»Langsamer«, bat Heller, und Oldenbusch bremste den Wagen ein wenig ab. Heller kurbelte das Fenster herunter und sah sich um. Der Arbeitstag hatte längst begonnen und mit ihm geschäftiges Treiben auf den Straßen. Zwar hatte es nicht geregnet, doch der Himmel war bewölkt. Heller, noch verwöhnt von der Sonne der Ostsee, fröstelte.

»Ich sehe nichts«, brummte Oldenbusch, der wusste, wonach sein Chef Ausschau hielt.

»Ich bin trotzdem sicher, dass das Haus überwacht wird«, erwiderte Heller.

Oldenbusch fuhr den Wagen wieder bis vor die Haustür und stellte den Motor ab.

»Aber nicht von unseren. Also nicht von der Polizei. Vom MfS vielleicht oder den Sowjets. Aber immerhin hat sich uns noch niemand in den Weg gestellt.«

Heller nahm seine Tasche aus dem Fußraum und stieg aus. Während er auf Oldenbusch wartete, sah er am Haus hinauf. Es war vollkommen still.

»Fangen wir oben an?«, fragte Werner. Heller schüttelte den Kopf, öffnete seine Aktentasche und nahm den Durchsuchungsbefehl der Staatsanwaltschaft heraus.

»Zuerst die Wohnung von Frau Girtlitz.«

Werner trat an ihm vorbei an die Haustür und probierte, die Türklinke hinunterzudrücken. Die Tür öffnete sich. Gemeinsam betraten sie den dunklen Hausflur. Oldenbusch streckte seine Hand nach dem Lichtschalter aus.

»Nicht!«, rief Heller aus und schlug auf Werners Arm. »Riechst du das nicht?«

Oldenbusch sog Luft ein. Seine Augen weiteten sich. Heller stemmte die Haustür wieder weit auf und hakte sie mit dem kleinen Riegel ein, damit sie nicht wieder ins Schloss fiel. Dann eilte er zur Wohnungstür von Frau Girtlitz und versuchte sie aufzudrücken. Sie ließ sich nicht öffnen, obwohl sie noch immer defekt war. Sie schien von innen verriegelt zu sein. Heller langte mit den Fingern in den Schlitz und tastete am Rahmen entlang. Aus der Wohnung roch es stark nach Stadtgas.

»Frau Girtlitz!«, rief er in den Spalt. »Werner, hilf mir! Bei drei!« Heller stellte sich seitlich zur Tür und Oldenbusch tat es ihm gleich.

»Eins, zwei, drei!« Gleichzeitig warfen sich die Männer gegen die Tür, die unter der Wucht aus den Angeln brach.

»Die Fenster!«, rief Heller, lief in die Wohnung hinein sofort Richtung Wohnzimmer am Sofa vorbei, auf dem die alte Frau lag, direkt in die Küche und drehte das Gas am Herd zu, das aus den Brenndüsen und der offenen Ofenklappe strömte. Oldenbusch lief währenddessen von einem Fenster zum nächsten und öffnete sie.

Heller rannte zurück ins Wohnzimmer.

»Frau Girtlitz!«, rief er, packte die Frau bei der Schulter und schüttelte sie, schlug ihr sacht ins Gesicht, dann etwas derber. »Einen Arzt, Werner! Wir brauchen einen Arzt.«

»Gibt es denn ein Telefon hier?« Oldenbusch schaute sich suchend um.

»Ruf hinaus auf die Straße oder ins Treppenhaus. Jemand soll zur nächsten Wache laufen!«

»Frau Girtlitz!«, rief Heller und schlug der alten Frau weiter ins Gesicht. »Einen Arzt!«, hörte er Oldenbusch rufen. »Hallo, Sie da! Einen Arzt!«

Nun zerrte Heller Tisch und Sessel beiseite, zog die Frau vom Sofa und legte sie auf den Boden. Er hockte sich über sie, nahm ihre Arme bei den Handgelenken und begann sie wie Pumpenschwengel auf und ab zu bewegen. Er beugte sich zu ihr hinunter, das Ohr an ihren Mund gelegt, dann schlug er ihr wieder ins Gesicht.

Oldenbusch kam. »Jemand holt Hilfe.« Heller rutschte ein Stück hinab und horchte am Brustkorb der Frau.

»Kein Herzschlag.«

»Lass mich!« Oldenbusch kniete sich hin, schob Heller beiseite. Dann hob er die Faust über der Brust der leblosen

Frau und ließ sie auf die Stelle fallen, wo er unter den Rippen das Herz vermutete. Das wiederholte er noch dreimal, dann beugte er sich hinunter, horchte wieder und wiederholte den Vorgang.

»Versuch es so!« Heller zeigte Oldenbusch, wie er mit beiden Händen die Eingeweide der Frau entgegen der Rippen schob und dann abrupt losließ. Dann stieg er über die Frau hinweg, drückte nun seinerseits seinen Kollegen zur Seite, um sich hinzuknien, und hielt der Frau mit der linken Hand die Nase zu und drückte ihr mit der rechten Hand den Mund auf. Dann presste er seinen Mund auf den der Frau und blies kräftig hinein. Zwar hob sich ihr Brustkorb und senkte sich wieder, als Heller abließ, doch weiter geschah nichts. Heller wiederholte den Vorgang noch mehrmals, doch seine Bemühungen blieben erfolglos.

»Ich denke, das hat keinen Zweck«, flüsterte Oldenbusch.

»Versuchen wir es weiter«, bestimmte Heller.

»Wo hast du das denn gelernt?«, fragte Oldenbusch eine halbe Stunde später. Er lehnte an der Hauswand. In der Zwischenzeit war ein Leichenwagen gekommen und zwei Männer trugen gerade die tote Frau Girtlitz in einer einfachen Holzkiste aus dem Haus. Etliche Zuschauer hatten sich angesammelt und beobachteten das Geschehen aus einigem Abstand.

»Ich habe mich an ein Buch erinnert, das Karin besaß. Darin habe ich manchmal geblättert. *Die gute Hausärztin* oder *Die Frau als Hausärztin,* hieß das. Ich weiß es nicht mehr genau. Das ist vor fünfzig Jahren von einer bekannten Frau aus Österreich geschrieben worden. Die hatte einen seltsamen Namen. Sie hat sogar einige Zeit lang eine Praxis hier in Oberloschwitz geführt. Die meisten Leute haben sie damals

als Emanze verlacht oder angegriffen. Ich weiß es wieder, Fischer-Dückelmann.«

Wie alles, was sie vor dem Krieg besessen hatten, war auch dieses Buch den Bomben zum Opfer gefallen. Vielleicht aber sollte man das Buch als Pflichtlektüre für alle Polizisten wieder auftreiben, notierte sich Heller in Gedanken.

Langsam kam wieder Gefühl in seine Fingerspitzen. Sie waren wie taub gewesen seit dem Moment, als er die alte Frau auf dem Sofa gefunden hatte. Die Erkenntnis, dass seine Bemühungen vergeblich waren, hatte ihn unerwartet getroffen und tief erschüttert.

»Ich nehme an, Frau Girtlitz war schon zu lang tot, als dass man sie mit diesen Methoden ins Leben hätte zurückholen können.« Oldenbusch stieß sich von der Wand ab.

Die Männer schoben den Holzsarg in den Wagen, schlossen die Heckklappen und winkten Heller zum Gruß. Heller tippte mit dem Finger an seine Schiebermütze.

»Das stimmt. Tote wird man damit nicht zum Leben erwecken können«, sagte er und hatte doch genau das Gegenteil erhofft. »Doch ich glaube schon, manchmal genügt ein Impuls, das Herz wieder schlagen zu lassen. Lass uns die Wohnung untersuchen, es müsste nun genug gelüftet sein.«

»Und alle Fenster waren wirklich geschlossen, nicht nur angelehnt?«, fragte Heller noch einmal und schaute sich in der Wohnung um.

»Ganz sicher«, beteuerte Oldenbusch.

Heller setzte sich auf das Sofa, auf dem die Tote gelegen hatte, beugte sich vor und zog den niedrigen Tisch wieder heran. Ein Bleistift, der auf der Tischdecke gelegen hatte, kam ins Rollen und Heller hielt ihn nicht auf, sondern ließ ihn zu Boden fallen.

»Der muss nach Abdrücken untersucht werden, Werner!«

Oldenbusch nickte, nahm eine Papiertüte aus seinem Arbeitskoffer und sammelte den Stift mit spitzem Finger auf.

»Und auch auf die Gefahr, dass du mich nicht mehr leiden magst, aber ich will sämtliche Fensterriegel untersucht haben, die Gashähne und den Riegel an der Tür.«

»Das habe ich mir selbst schon auf die Agenda geschrieben«, murmelte Oldenbusch mit leisem Vorwurf in der Stimme. Heller ging auf die Knie, um den Boden unter den hochbeinigen Schränken und den Sesseln abzusuchen. Er wurde fündig. Unter einem der Sessel zog er ein Blatt Papier hervor.

Eine Flut wird kommen, las er. Vier Worte nur, mit der Hand geschrieben. Er setzte sich wieder und klopfte sich gedankenverloren die Hose ab. Eine Flut. Was mochte das bedeuten? Wurde den Zeugen Jehovas eine Flut prophezeit?

Heller stand auf, durchquerte Wohnzimmer und Flur und besah sich die Wohnungstür. Sie hing schräg in den Angeln und war völlig unbrauchbar, doch was sie aufgehalten hatte, war nur ein einfacher Holzkeil gewesen, der von innen untergeschoben war.

Heller betrachtete den Keil genauer. Er war mit stumpfem Sägeblatt aus weichem Holz gesägt, ungeschliffen, das schmale Ende ausgefranst. Aus der Mitte war etwas herausgebrochen. Heller suchte im Hausflur den Boden ab, aber fand das fehlende Stück nicht. Vielleicht hatte es jemand aufgesammelt. Jemand, der dann am schmalen Ende des Keils einen Bindfaden befestigt hatte. Mit einem kleinen Nagel vielleicht. Den Faden hätte er unter dem Türblatt hindurchgefädelt, die Tür geschlossen und mithilfe des Fadens den Keil von innen unter die Tür gezogen. Ein straffer Ruck, um den Bindfaden zu lösen, hätte wohl genügt, das kleine Stück Holz aus dem Keil zu brechen.

Eine sehr vage Theorie. Heller wollte sie vorerst für sich behalten.

»Max!«, rief Oldenbusch.

Heller eilte in die Wohnung, wo Oldenbusch in der Mitte des Wohnzimmers stand und nach draußen blickte.

»Da ist der schwarze Opel wieder!« Er deutete zur Straße. »Der Fahrer ist nicht im Wagen, aber ich glaube, es ist der, der da im Schatten unter der Linde steht. Das ist vielleicht schon unser Amerikaner mit der Bombe? Geheuer ist der mir jedenfalls nicht.«

Heller kniff die Augen ein wenig zusammen, weil seine Augen definitiv nicht mehr so gut waren wie Werners. Der Mann unter dem Baum war groß und schlank und trug einen perfekt sitzenden Anzug. Wahrscheinlich maßgeschneidert, vermutete Heller. Auffallend war sein Hut, ein Fedora, der ihn wie einen Gangster aussehen ließ. Der Mann wirkte gelangweilt, rauchte und sah in keine bestimmte Richtung. Jetzt nahm er einen letzten Zug und schnippte die Kippe dann über die Straße. Heller kannte diese Geste.

»Jetzt schlägt's dreizehn«, entfuhr es ihm.

Er richtete sich auf und sah Oldenbusch sprachlos an. Oldenbusch erwiderte den Blick seines Chefs ratlos und verwundert.

»Was machst du denn jetzt?«, rief er dann erstaunt, als Heller unvermittelt aus der Wohnung stürmte.

Als Heller auf der Straße stand, fürchtete er schon, die Szene hätte sich aufgelöst wie eine Fata Morgana. Doch der Opel war noch da und der Mann, etwa zwanzig Meter abseits. Heller ging geradewegs auf ihn zu. Der Mann schüttelte sich eine weitere Zigarette aus der Packung, zündete sie mit einem silbernen Feuerzeug an.

Er hatte Heller entdeckt und blickte ihn jetzt mit offenem Gesicht und freudiger Erwartung an. Dann nahm er noch einen Zug und kam Heller entgegen.

»Genosse Heller!«, rief er und nahm Hellers Hand, umschloss sie dann auch noch mit seiner Linken, zwischen deren Zeige- und Mittelfinger die Zigarette klemmte, und schüttelte sie heftig.

»Alexej Saizev.« Heller freute sich zwar, den jungen Russen nach sechs Jahren wiederzusehen, doch ihr Treffen war kein Zufall, dessen war er sich bewusst.

»Der Hase hoppelt noch, wie Sie sehen, Genosse Heller.« Saizev deutete einen kleinen Sprung an, ohne Heller loszulassen.

»Saizev, der Hase, ich erinnere mich.« Heller entzog dem Russen sanft die Hand. »Seit wann sind Sie denn in Dresden? Kommen Sie direkt aus Moskau?«

»Ich bin schon lange in der DDR, habe hier zu tun und dort.«

»Ihr Deutsch, Alexej, ist ja nahezu tadellos.« Heller konnte seine Bewunderung nicht verbergen. Der Russe sprach fast akzentfrei.

»Nun, hier in der Gegend verrät man sich durch allzu gutes Deutsch.« Saizev blitzte Heller mit seinen stahlgrauen Augen an. Heller schmunzelte pflichtgemäß. Selbst Russen machten sich gerne über das Sächsisch lustig.

»Dagegen muss ich zugeben, dass meine Russischkenntnisse noch immer furchtbar schlecht sind«, gestand er.

»Nun, unsere Reden kennen Sie doch alle auswendig, um zu wissen, wann geklatscht werden muss.« Saizev blieb ernst, aber seine Augen lächelten. Er schien bester Laune zu sein. Jetzt tat er so, als sei ihm gerade etwas Entscheidendes in den Sinn gekommen.

»Ihre Frau, Karin. Wie geht es ihr?«

»Gut… nehme ich an«, Heller zögerte kurz, »sie ist gerade …«

»Ich weiß, Herr Heller, Köln! Das war eine schöne Stadt. Jetzt ist sie sehr zerstört.«

Heller wich intuitiv etwas zurück. Wie konnte Saizev von Karins Reise wissen? Er wurde nicht schlau aus dem ehemaligen Politkommissar, den er im Sommer fünfundvierzig kennengelernt hatte.

»Tapfer sind Sie, Oberkommissar, das gefällt mir. Sie haben Rückgrat und hängen das Fähnlein niemals in den Wind. Sie sind Max Heller. Bis ans Lebensende, nicht wahr?«

»Alexej, halten Sie mich zum Narren?« Heller betrachtete den Russen genauer. Er machte einen guten Eindruck, war kräftig, dabei trotzdem schlank. Seine Gesichtszüge waren weicher als damals, seine Gestik geschmeidiger. Er war längst nicht mehr der zornige junge Mann, dem jeder Deutsche ein Feind zu sein schien. Wie ein gut trainierter Boxer, der aber rauchte und trank, so kam er Heller vor.

Mit einem Schlag wurde Saizev ernst. »Keineswegs, verzeihen Sie, Herr Heller. Und wie Sie vielleicht wissen, ich folge Ihnen, seitdem sich gestern unsere Wege kreuzten. Ich muss mit Ihnen sprechen. Ganz in Ruhe.«

»Sie könnten mich in mein Büro begleiten, wenn ich hier mit der Arbeit fertig bin«, sagte Heller ruhig.

Schon hob Saizev die Hand. »In Ihrem Büro sind mir zwei Leute zu viel. Beiden misstraue ich, der eine scheint mir zu jovial, der andere zu eifrig zu sein.«

Heller stellte sich gerade hin. »Ich habe vollstes Vertrauen zu Oldenbusch und Salbach.«

»Das glaube ich Ihnen aufs Wort. Doch ich möchte beide nicht in die Sache involvieren. Es ist eine Geheimsache.«

»Und fragen Sie mich, ob ich involviert werden möchte?«

»Nein, mein lieber Herr Heller, das muss ich Sie nicht fragen, Sie sind schon mittendrin.«

»In Ordnung, aber jetzt kann ich hier nicht weg. Es gibt da drinnen noch einiges zu tun.« Heller sagte das aus Prinzip. Er wollte sich nicht so von der Straße auflesen lassen, ohne zu wissen, was von ihm verlangt wurde.

»Was ist denn geschehen?«, fragte der Russe.

»Offenbar ein Suizid.«

Saizevs schmalen Lippen entwich ein leiser Zischlaut. »Die arme alte Frau, was sie alles hat aushalten müssen.«

Heller mochte diese Art zu sprechen nicht. Entweder machte Saizev sich lustig, oder aber er wusste mehr und schauspielerte nur. Beides war Heller nicht recht. Er hatte den Eindruck, dass Saizev maßgeblich an der Razzia und den Verhaftungen beteiligt gewesen war.

»Haben Sie kein Büro oder dergleichen?«, fragte Heller.

Saizev nahm einen Zug und stieß den Rauch wieder aus. »Nichts, wohin ich Sie einladen möchte«, antwortete er in eine Rauchwolke hinein.

»Kommen Sie in mein Büro. So gegen drei? Ich entlasse Oldenbusch und Salbach in den frühen Feierabend. Dann können wir reden. Das Kriminalamt ist im Keller des alten Präsidiums untergebracht.«

Saizev machte ein unglückliches Gesicht. Dann aber nickte er und griff noch einmal nach Hellers Hand.

»Ich freue mich, dass es Ihnen gut geht, Ihnen und ihrer ganzen Familie!« Dann warf er seine halb aufgerauchte Zigarette weg und zündete sich eine neue an. Es war eine Lucky Strike.

11. September 1951, Mittag

Das Haus von Wärter Walter Rehm in der fast dörflichen Umgebung des Stadtteiles Dobritz schien trotz seiner Größe vollkommen leer zu stehen. Etwas größer als ein Einfamilienhaus, würde es nach heutigen Maßstäben Platz für mindestens zwei Familien bieten. Aber vielleicht war es doch zu baufällig, mutmaßte Heller. Obwohl es vom Krieg verschont geblieben war, fiel es jetzt der Zeit zum Opfer. Das Dach war marode, im Holz steckte der Schwamm, im oberen Stockwerk sah es aus, als zerfielen die Fenster von allein. Putz platzte von den Wänden. Die Haustür war eingetreten. Heller wusste, dass Rehms Haus gleich bei dessen Verhaftung durchsucht worden war. Weder wusste er, von wem, noch, welche Ergebnisse die Durchsuchung gebracht hatte.

»Das Gebäude hat gar keine Bewachung«, bemerkte Heller halblaut. Nachdem mit Frau Girtlitz die derzeitig einzige Bewohnerin des Hauses in der Burgenlandstraße verstorben war, hatte er die Bewachung des Hauses beantragt. Rehms Haus hingegen stand offen für jedermann.

Heller drückte gegen die Tür, die sich quietschend öffnete.

Oldenbusch folgte ihm ins kühle Treppenhaus, das, ungeachtet des äußeren Zustandes des Hauses, einen sauberen Eindruck machte. Innen war es dunkel, denn die zum Bahndamm zeigenden Fenster waren mit Sperrholz und Pappe vernagelt. Heller vermutete, dass Rehm schon daran gelegen war, das Haus nicht verkommen zu lassen. Wahrscheinlich fehlten ihm, wie fast jeder Privatperson heutzutage, jegliche Art von Baumaterial. Weder Ziegel, Zement noch Holz und Glas waren zu bekommen. Heller stieg die halbe Treppe hoch, griff nach dem Fensterriegel, öffnete das Fenster und ließ Luft und Licht hinein.

Zwischen dem Haus und dem Beginn des steil aufsteigenden Bahndamms befand sich nur eine etwa zehn Meter breite Freifläche und diese war von einem dichten Brombeergebüsch zugewachsen, regelrecht überwuchert. Zwar mochte Heller Brombeeren gern, doch wusste er, dass diese Pflanze eine regelrechte Plage war. Sie wuchs unaufhaltsam, wenn man sie ließ. Hatte sie sich erst einen Platz erobert, gab sie ihn nicht so leicht wieder her, so undurchdringlich waren die Büsche. Man konnte ihr nur mit schwerem Gerät beikommen.

»Das obere Stockwerk wirkt unbewohnt, ich will nur einen Blick hineinwerfen. Geh du schon in die Wohnung vor«, bestimmte Heller. Er stieg die Treppe ganz hinauf und fand auf dem oberen Absatz eine Tür, die ebenfalls mit einem Fußtritt geöffnet worden war. Die Wohnung dahinter war unbewohnbar. Über Monate und Jahre war Wasser eingedrungen und hatte das Holz aufquellen lassen. Die Tapete hing in großen Fetzen von den Wänden. Die drei Zimmer waren nicht ganz leer, ein Bett und zwei Schränke gab es noch, die allesamt aber unbrauchbar waren. Jemand hatte die Schränke von den Wänden gerückt, die Rückwände eingetreten und die Türen abgebrochen.

Rehm hatte Kübel und Wannen in die leere Wohnung gestellt, um das eindringende Regenwasser aufzuhalten. Sie waren leer, doch wenn es im Herbst wieder verstärkt regnete, würde er sie häufiger leeren müssen. Warum er die Schränke und das Bett so verderben ließ, erschloss sich Heller nicht, er konnte nur vermuten, dass Rehm das Haus erst kürzlich in diesem Zustand übernommen hatte.

Heller verließ die Wohnung wieder und betrachtete skeptisch die steile Stiege zum Dachboden. Er probierte ihre Festigkeit, rüttelte daran und kletterte dann hinauf, wobei er immer den linken Fuß aufsetzte und den rechten nachzog. Er brauchte den Dachboden gar nicht zu betreten. Hier gab es nichts zu sehen, außer den Lichtflecken, dort, wo das Dach Löcher hatte. Sonst nur Staub und Federn und hineingewehtes Laub. Heller kletterte wieder hinunter und begab sich zu Oldenbusch in die Küche.

Porzellansplitter knirschten unter seinen Schuhsohlen. Jemand hatte einen Tisch beiseitegestoßen und alles, was darauf gestanden hatte, war zu Boden gefallen. Heller konnte ein Essgeschirr ausmachen und die Scherben einer Glasvase. Eine vertrocknete Blume lag daneben.

»Keine Besonderheiten auf den ersten Blick. Unsere Freunde haben ganze Arbeit geleistet.« Oldenbusch hob die Augenbrauen. Heller sparte sich jeden Kommentar. Bei einer Hausdurchsuchung sollte man systematisch vorgehen, Zimmer für Zimmer, Schrank für Schrank. Protokollieren, was und wo man es fand, wer es fand. Der Zustand von Rehms Wohnung zeugte einfach nur von Zerstörungswut.

»Die hier habe ich gefunden.« Oldenbusch zeigte auf einen Stapel Zeitungen, die er auf den Küchentisch gelegt hatte. Es waren zehn oder mehr Ausgaben der Sächsischen Zeitung.

»Nicht ungewöhnlich, oder?«

Oldenbusch hob die Schultern. »Immerhin drucken die doch jeden Tag ein paar zehntausend Stück.«

»Wir nehmen sie trotzdem mit«, bestimmte Heller. »Sonst nichts? Papiere? Verdächtiges Gut?«

»Nichts. Die Einrichtung ist recht spärlich. Und hier in

der Wohnung ist alles sehr sauber, zumindest war es vor der Hausdurchsuchung aufgeräumt.«

Heller sah sich die Titelblätter der Zeitungen an. Es waren die Ausgaben der Tage, bevor sich die beiden Männer im Untersuchungsgefängnis das Leben genommen hatten. Er schob die Zeitungen wieder zu einem Stapel zusammen, sah sich dann um und öffnete die angelehnte Tür des Küchenbuffets. Auf ausgebreiteten Zeitungsblättern standen dort die Tassen sauber aufgereiht, daneben ein paar Teller. Mit abgespreizten Fingern nahm Heller eine Tasse heraus, hielt sie schräg gegen das Licht. »Hier sind Fingerabdrücke. Die brauche ich.«

»Er wird sie abgewaschen und in den Schrank gestellt haben«, meinte Oldenbusch, schloss dann aber wieder den Mund, als er Hellers Gesicht sah. »Von jeder Tasse?«, fragte er schließlich.

»Es sind nur vier, aber sieh dir bitte auch das Besteck an.«

»Ich erledige das, aber es wird etwas dauern, die Abdrücke alle auszuwerten.«

»Das mag sein, ich will sie nur zur Vorsorge.«

»Ich weiß schon, du willst mal wieder gründlicher sein als die anderen«, sagte Oldenbusch. »In Ordnung. Du kannst dich derweil noch einmal umsehen, danach gehe ich in den Keller.«

»Ich gehe in den Keller«, bestimmte Heller, zögerte aber noch.

Oldenbusch sah ihm eine halbe Sekunde zu lang in die Augen.

»Was ist, Max? Ist es wegen Frau Girtlitz?«

»Ich habe das Gefühl, wir sollten dort sein und nicht hier.«

»Max, ich habe wirklich alles genau untersucht. Ich muss die Fingerabdrücke noch prüfen, und die Handschrift muss verglichen werden, aber ich schwöre, es war alles zu, alle Fenster von innen verriegelt. Ich habe gesehen, wie du mit der Tür experimentiert hast. Aber ich bin überzeugt, Max, sie hat es selbst getan. Sie hatte einfach genug. Bei jedem Menschen mag irgendwann dieser Moment kommen.«

Heller sah auf die Uhr. Es war schon weit nach Mittag. Er wollte den Wärter Tegelmann noch vernehmen, und dann sollte Saizev kommen. »Ich gehe in den Keller, Werner.«

Irgendwann, dachte er auf dem Weg nach unten, musste es doch auch mit seiner Angst genug sein. Sie war irrational, das war ihm klar. Es waren nur die Erinnerungen, die ihn einholten, es war sein Kopf, der ihm etwas vorgaukelte. Und doch fühlte sich seine Angst echt an. Heller schaltete die Taschenlampe an, näherte sich dem Kellerabgang, holte Luft und stieg die wenigen Stufen hinunter ins Dunkel.

Der Keller war niedrig und sehr finster. Das Kohlenloch, durch das ein wenig Licht hätte fallen können, war dicht verrammelt. Es roch nach Kohlenstaub und Farbe. Heller leuchtete in die Ecken. Sein einziges Zugeständnis an seine Furcht war seine linke Hand, die immerzu Kontakt zur nächsten Wand hielt. Im Lichtkegel der Lampe erschienen leere Holzstiegen und ein paar Blecheimer. Eine Schaufel stand in der Ecke, in einer anderen ein Regal, in dem einiges Werkzeug lag. Eine Sichel, große Zangen, Brecheisen, Hammer. Ein großes Blechfass fand Heller, voller weißer Farbe. Vielleicht hatte Rehm vor, seine Wohnräume zu tünchen, vielleicht war er nur zufällig an die Farbe geraten. Heutzutage nahm man, was man bekam, weil man es immer irgendwann würde gebrauchen können.

Weiter fand Heller nichts. Aber er war stolz auf sich. Er hatte sich allein hinuntergewagt. Wie albern das war. Was hieß es schon, allein mit einer Taschenlampe in den Keller zu gehen? Er war ein Mann von über fünfzig. Noch einmal sah er sich um, zwang sich dazu. Erst als er sicher war, nichts übersehen zu haben, verließ er den Keller.

Als er die Treppe hinaufstieg, fielen ihm im Gegenlicht der offen stehenden Haustür einige kleine Steinchen auf, die dicht an der Wand auf den ausgetretenen Steingutfliesen lagen. Heller bückte sich nach ihnen. Das größte war gerade so groß wie eine kleine Haselnuss. Wie Kohle sahen sie aus, doch sie waren schwerer. Heller roch daran, konnte sich keinen Reim darauf machen. Vielleicht waren das Granitsplitter oder Steinkohle, die zu verheizen in einem normalen Kachelofen aber unmöglich war, soviel er wusste. Er nahm die Bröckchen mit in Rehms Wohnung, wo Oldenbusch ihn schon erwartete.

»Fündig geworden?«, fragte Oldenbusch seinen Vorgesetzten, doch seine Frage ging im plötzlichen Herannahen eines Zuges fast unter. Das ganze Haus bebte, leise klirrte das Geschirr. Das alles dauerte nur etwa zehn Sekunden, dann war der Zug vorbei.

»Was ist das?«, fragte Heller, als das Rauschen verklungen war. Er hielt Oldenbusch die Gesteinsbröckchen hin.

»Irgendein Erz?«, mutmaßte dieser. »Ich brauche noch ein paar Minuten«, sagte er dann.

Heller war das recht, er wollte sich noch einmal in der Wohnung umsehen. Dort, wo er das Wohnzimmer vermutet hatte, auf der vom Bahndamm abgewandten Seite, befand sich jedoch das Schlafzimmer. Rehm besaß ein großes Ehebett mit zwei Matratzen. Ein Vermögen! Matratzen und Bettzeug waren aus dem Bett gerissen. Die Sonne schien direkt ins Fenster. Deshalb musste mit den schweren dunklen Vorhängen aus Zeiten des Verdunklungsgebotes das Tageslicht abgehalten werden, wenn Rehm nach seinen Nachtschichten am Tag schlafen musste.

Heller verließ das Zimmer und betrat den Raum gegenüber, der als Wohnzimmer diente. Der Blick aus dem Fenster war trüb, der dicht bewachsene Bahndamm füllte das Fenster aus. Selbst jetzt, am helllichten Tag, hatte Heller das Gefühl, das Licht einschalten zu müssen. Doch vermutlich hatte Rehm die gute Lage des eigentlichen Wohnzimmers für einen ruhigeren Schlaf geopfert. Bestimmt fuhren Züge im Halbstundentakt vorbei, vermutlich auch in der Nacht.

Das Wohnzimmer selbst war karg eingerichtet. Es gab eine niedrige Kommode, zwei Sessel und einen flachen Tisch. In einem kleinen Regal an der Wand befanden sich einige Bücher. Ein Radio stand auf einem kleinen Beistelltisch. Heller bückte sich, betrachtete die Frequenzanzeige, aber sie war unverdächtig. Dann durchsuchte er die Schränke, konnte jedoch wie Oldenbusch nichts finden. Entweder besaß Rehm nichts mehr aus seiner Vergangenheit, keine Bilder, keine Urkunden, oder man hatte alles mitgenommen.

11. September 1951, früher Nachmittag

Tegelmann rutschte unsicher auf seinem Stuhl herum. Heller nahm den manipulierten Dienstplan und legte ihn vor dem Mann auf den Tisch.

»Gibt es dazu irgendetwas zu sagen?«, fragte er. Er hatte Tegelmann extra zu sich ins Kellerbüro bestellt, nicht in einen Vernehmungsraum. Er wollte ihn nicht einschüchtern, sondern nur befragen. An seinem Schreibtisch focht Salbach seinen ganz persönlichen Kampf mit der Schreibmaschine aus. Wie er in die Tasten hieb, würde sie beizeiten kaputt sein, fürchtete Heller. Jetzt aber vermittelte das laute, unrhythmische Klacken das Gefühl von Geschäftigkeit. Oldenbusch saß in seinem behelfsmäßigen Labor am Ende des Ganges. Ein großer Raum, mit einem russischen Mikroskop, starken Lampen und einer kleinen Dunkelkammer, in der die Fotos entwickelt wurden. Ein Provisorium seit nunmehr fast fünf Jahren.

Tegelmann tat, als müsste er erst herausfinden, worum es sich bei dem Dokument handelte. Heller wusste, er wollte sich nur einige Sekunden Bedenkzeit verschaffen. Er sah, wie es in dem Gesicht des Mannes arbeitete.

»Also, Genosse Oberkommissar, ich gebe zu, ich habe in den Plan reingekritzelt. Ich habe versucht, meinen Namen auszuradieren. Ich wollte nicht mit den beiden Toten in Verbindung gebracht werden. Das war dumm von mir.«

»Allerdings.« Heller zog den Plan wieder zu sich heran.

Er nahm sich ein Blatt mit den Notizen von Salbach und gab sich dabei keine Mühe, sie zu verdecken. Er sah Tegelmann auffordernd an.

»Ich hab da noch eine Sache anhängen. Ich wollte mir nicht noch mehr Ärger machen. Als ich von den Toten hörte, ging mir der Arsch auf Grundeis!«

Am Tisch gegenüber entfuhr Salbach ein Grunzen, nur mit Mühe hielt er ein Lachen zurück.

»'tschuldigung«, murmelte Tegelmann, doch seine Mundwinkel zuckten.

»Ihnen hängt ein Verfahren wegen Schmuggelei an. Meinen Sie nicht, Sie sollten dem Ernst der Lage etwas mehr Gebühr zollen?«, fuhr Heller ihn an.

»Entschuldigung«, wiederholte Tegelmann ernst. »Also, das war kein großes Ding, ich habe Kaffee bekommen, von meiner Mutter, die hatte ihn aus dem Westen mitgebracht.«

»Unverzollt, zum wiederholten Male. Aber wissen Sie, das tut jetzt nichts zur Sache. Kam Rehm auf Sie zu und bat um den Tausch? Oder war es Ihr Wunsch? Überlegen Sie bitte genau, bevor Sie antworten.«

»Walter kam auf mich zu. Er hatte einen Zahnarzttermin, seit einiger Zeit klagt er über Schmerzen.«

»Das würden Sie auch vor einem Gericht aussagen?«

Tegelmanns Augen weiteten sich im Schreck. Dann nickte er.

»Warum gerade Sie? Oder hat er zuvor schon jemand anderen gefragt?«

»Nein, er fragte mich als Ersten. Wir tauschen manchmal den Dienst. Wenn eines meiner Kinder krank ist etwa.«

»Würden Sie sagen, Sie sind miteinander befreundet? Besuchen Sie sich gegenseitig? Ihre Familien?«

»Befreundet, ja, das kann man so sagen. Zuerst gingen

wir immer zusammen zu Parteischulungen, dann fragte er, ob ich mit ihm ins Fußballstadion gehen würde. Manchmal tranken wir ein Bier zusammen. Er hat nicht viele Freunde, er ist sowieso allein. Er hat in der Bombennacht seine gesamte Familie verloren, auch sein Haus, seine Möbel, alles.«

»Und das Haus, in dem er wohnt? Gehört es ihm?«

»Das gehört ihm. Er hat es geerbt von einer entfernten Verwandten, die kürzlich gestorben ist. Er ist der Letzte der ganzen Familie.«

Viel mehr als das hatten sie bisher über Rehm auch nicht herausfinden können.

»Hat er keine Frau, eine Verlobte, Bekanntschaften?«

»Nicht dass ich wüsste. Nicht in letzter Zeit.«

»Würde er es Ihnen erzählen?«

»Ganz sicher.«

»Ganz sicher?«

»Ja, er erzählt mir alles. Sogar, dass sie ihn schon einmal in Haft genommen haben, das durfte er eigentlich niemandem erzählen!«

»Sie? Wer ist sie?«

»Na, unsere, das MfS. Das war vor zwei Monaten etwa. Er sagte nicht, warum. Angeblich war es eine Verwechslung.« Tegelmann dachte kurz nach. »Das müssen Sie aber für sich behalten, so als Dienstgeheimnis.«

Heller nickte, machte sich eine kurze Notiz. »Dieses Gerede gestern, vom Amerikaner und der Bombe. Ist das Geschwätz? Wissen Sie etwas Konkretes?«

Tegelmann blies die Backen auf und winkte dann ab. »Sie wissen schon, Genosse Oberkommissar, die Leute.«

»Ja, die Leute, aber Sie tratschen es doch weiter!«

Tegelmann wiegte den Kopf. »Na ja, da haben Sie recht. Aber vielleicht ist ja wirklich was dran, an der Atombombe.

Wenn man Richtung Altenberg fährt oder ins Erzgebirge, da gibt es überall Kontrollen, und Fotografieren ist verboten. In manche Gegenden kommt man gar nicht hin. Da wird Uran abgebaut und man fürchtet, der Ami will das sabotieren.«

Heller legte seinen Stift weg. »Gut, Herr Tegelmann, Sie dürfen jetzt gehen!«

Tegelmann sah sich erstaunt um. »Wirklich? Das war es schon?«

»Vorerst.« Heller deutete zur Tür. Tegelmann schob seinen Stuhl zurück, erhob sich und schlich beinahe zur Tür, als erwartete er, jeden Moment zurückgerufen zu werden.

»Das stimmt«, mischte sich Salbach ungefragt ein, kaum dass der Mann aus dem Zimmer war. »Da wird Uran abgebaut. Es gibt Sperrzonen. Man darf da nicht einfach so hinein und hinaus. Die Wismut-Bergarbeiter dürfen sich nicht ungefragt entfernen, und es kam in den letzten Monaten wiederholt zu Diebstahl.«

»Diebstahl? Was wurde denn gestohlen?«

»Uranhaltiges Erz. Angeblich bezahlt man im Westen tausend Mark für das Kilogramm. Westmark. Da können viele nicht widerstehen.«

»Uranerz? Und wie wird das herausgeschmuggelt aus den Sperrzonen?«

Salbach zog die Mundwinkel nach unten. »Das weiß ich nicht, aber es kam schon vor. Und nicht mal selten. Im letzten Jahr gab es wohl an die hundert Anklagen. Es wurden in einigen Fällen sogar Todesstrafen ausgesprochen.«

Heller erhob sich und ging zu Salbachs Tisch. »Woher wissen Sie davon?«

»Bei meinem letzten Lehrgang im Frühjahr haben wir darüber gesprochen. Uranerz wird zum Bau der Atombombe benötigt. Das Uran wird in Spezialfabriken bereichert, oder so ähnlich. Viele entlassene Kriegsgefangene melden sich freiwillig zum Wismut-Bergbau. Man bietet ihnen Unterkunft und gutes Gehalt.«

Heller nickte und dachte dabei an die kleinen Steinsplitter in Rehms Wohnung. »Finden Sie mir mal raus, wer mir eine Gesteinsprobe prüfen kann. Für heute dürfen Sie übrigens Feierabend machen.«

»Wirklich?« Salbach schien ebenso überrascht zu sein wie zuvor Tegelmann. »Danke schön!«

Saizev kam nicht. Nicht um drei, wie ausgemacht, nicht Viertel nach drei und nicht halb vier. Heller sah immer wieder prüfend auf seine Uhr, doch sie funktionierte einwandfrei. Dann stand er auf, prüfte mit einem letzten Blick seinen sortierten Schreibtisch.

Er war nicht wirklich enttäuscht. Vielleicht war es ganz gut, nicht allzu tief in Saizevs Angelegenheiten hineingezogen zu werden. Er würde jetzt auch Oldenbusch in den Feierabend entlassen und die halbe Stunde nutzen, die auch er früher ging, sich auf dem Heimweg bei Fleischer und Bäcker anzustellen und noch einen Blick in den neuen HO-Konsum werfen, der in der Bautzner Straße eröffnet worden war.

11. September 1951, früher Abend

»Ach, Herr Oberkommissar, Sie müssen uns doch nichts mitbringen.« Frau Eigner hob freundlich abwehrend die Hände. Heller stand bepackt in der Haustür und hielt ihr unbeholfen die Flasche Doppelkorn entgegen. Zwischen seine Beinen hatte er die beiden Stoffbeutel mit den Einkäufen geklemmt. Frau Eigners Bescheidenheit machte seine Verlegenheit nur größer. Lange hatte er überlegt, was er ihr als Entschädigung und Dank für ihre Hilfe mitbringen könnte. War das überhaupt schon der richtige Zeitpunkt dafür? Vielleicht war es doch angemessener, sie nach Karins Rückkehr zum Essen einzuladen? Doch dann hatte er im Konsum die Flasche Schnaps gesehen, und es war die letzte im Regal gewesen. Deshalb hatte er zugegriffen. Nun war es ihm peinlich.

»Nehmen Sie doch, bitte«, flehte er fast.

Frau Eigner griff endlich zu und stellte die Flasche auf einem kleinen Tisch neben der Tür ab. Anni schaute aus einer Tür heraus und winkte Heller mit ihren kleinen Fingerchen zu. Sie kicherte. Auch Veras Kopf erschien.

Frau Eigner scheuchte die Kinder noch einmal zurück ins Spielzimmer. »Es ist doch ganz selbstverständlich, dass wir Ihnen in dieser Situation helfen. Machen Sie sich nur gar keine Gedanken darüber«, sagte sie wieder an Heller gewandt und senkte dann die Stimme.

»Die Frau war heute wieder da. Sie blieb lange, zwei Stunden bestimmt, bis über Mittag. Ich bin nicht neugierig, Herr Heller, ich dachte nur, weil doch die Frau Marquart nicht mehr so gut beisammen ist, sollte man ein Auge drauf haben.«

»Wie hat sie denn ausgesehen?«, fragte Heller beunruhigt nach.

»So groß wie ich vielleicht, etwas älter bestimmt, hat dunkle Haare, aber hochgesteckt. Sie trägt einen Damenhut und einen Rock, wie er im Krieg Mode war.«

›In dieser Situation‹, wiederholte Heller im Stillen, als er mit Anni kurz darauf die Straße überquerte. Wie Frau Eigner das gesagt hat. Heller führte den Gedanken nicht fort.

»Magst du aufschließen?«, fragte er Anni, als sie an ihrem Haus angelangt waren. Das Mädchen nickte eifrig, und Heller musste beide Beutel in die linke Hand nehmen, um mit der rechten in der Hosentasche nach dem Schlüsselbund zu suchen.

Anni nahm sofort den richtigen Schlüssel, steckte ihn ins Schloss, drehte erst in die falsche Richtung, bemerkte ihren Fehler aber selbst, öffnete dann und gab Heller den Schlüssel mit einem gewissen Stolz zurück.

»Siehst du, nun kannst du schon Schleife binden, die Tür aufschließen und deinen Namen schreiben.«

»Anni ist doch leicht! Ich kann schon Mutti und Vati und Vera schreiben.«

»Prima. Und jetzt gehst du die Karnickel füttern, und das Wasser nicht vergessen, und danach wasch dir die Hände.« Das Mädchen nickte eifrig und rannte davon. Heller sah ihr lächelnd nach.

Er ging in die Küche, die leer war, und stellte den Einkauf ab.

»Frau Marquart?«, rief er, nachdem er auch einen Blick ins Wohnzimmer geworfen hatte, und lauschte auf Antwort. »Frau Marquart?«

Heller ging nach hinten zum Garten hinaus, sah die Schuppentür offen stehen und hörte Anni darin herumwerkeln und mit den Kaninchen flüstern, die dort in ihren dunklen Boxen ihr eher kurzes Dasein fristeten. In den letzten Jahren war es Karin gut gelungen, das Kind davon zu überzeugen, dass die Tiere an einen guten Mann verkauft werden, der sie hegte und pflegte. Nun aber konnte man dem Kind nichts mehr vormachen. Im Kindergarten hatte ihr schon jemand erzählt, dass die Tiere geschlachtet wurden.

»Frau Marquart?«, rief Heller nun noch einmal nach oben. Weil er noch immer keine Antwort bekam, ging er die Treppe hinauf, um nachzusehen. Er war erleichtert und besorgt zugleich, als er Frau Marquart angezogen auf ihrem Bett schlafend vorfand. Sie lag auf dem Rücken, der Mund halb geöffnet, ihr Atem rasselte leise. In diesem Moment machte sie einen sehr greisen Eindruck auf Heller, und ihr Anblick erinnerte ihn an die tote Frau Girtlitz.

»Frau Marquart.« Er berührte die Frau an der Schulter. Sie regte sich, schmatzte leise, blinzelte ihn dann träge an. »Sie schlafen ja am helllichten Tag«, sagte er gutmütig.

»Ich wollte nur kurz ausruhen.« Frau Marquart versuchte sich aufzurichten. Heller half ihr und ließ sie kurz auf der Bettkante sitzen. »Sagen Sie, die Frau war heute wieder da. Was will sie denn von Ihnen?«

»Die Frau?« Die alte Dame sah ihn fragend an.

Heller war sich nicht sicher, ob sie ihm das vorspielte oder ob sie sich wirklich nicht mehr erinnern konnte.

»Eine Frau, dreißig Jahre alt etwa, dunkles Haar, mit Hut.«

»Ach, Max, von wem sprechen Sie denn bloß?«

Heller suchte nach Worten, doch mehr wusste er auch nicht über den unbekannten Gast. Vielleicht musste er anders herangehen.

»Was hatten Sie denn zum Mittag?«

Frau Marquart runzelte die Stirn. »Eintopf, meine ich. Laucheintopf, ja.«

»Aber haben Sie denn gekocht?«

»Nein. Ach, herrje, die Edeltraud hat den mitgebracht!«

»Edeltraud, so heißt die Frau?«

»Edeltraud Hermann, ja natürlich, Max, wie konnte mir das entfallen? Die Tochter meiner Cousine Barbara. Ja, sie ist in die Stadt gezogen. Sie ließ mir Grüße ausrichten, ich hab ja die Barbara zehn Jahre nicht gesehen. Die wohnte in Böhmen, die sind da wohl vertrieben worden.«

»Und diese Edeltraud wohnt in Dresden?«

»Ja, ja, ich denke ja, ich hab sie gesehen, da war sie noch ganz klein.« Frau Marquart starrte in die Ferne.

Wenn sie noch ganz klein gewesen war, dann hatte sie sie nicht vor zehn Jahren das letzte Mal gesehen. Heller beließ es dabei, klopfte Frau Marquart sacht auf den Handrücken. Sie sah ihn an und lächelte, als hätte sie die letzten Minuten schon wieder vergessen.

Heller lag im Bett und hielt die Augen geschlossen. Doch er war hellwach. Etwas war mit ihm, nagte an ihm. ›In dieser Situation‹, hatte Frau Eigner gesagt. Was sie nur dachte. Als ob er nicht in der Lage wäre, für Anni und Frau Marquart zu sorgen. Heller lachte kurz auf. Er drehte sich auf die Seite und wusste, wenn er die Augen öffnete, würde ihn das Zifferblatt seines Weckers anleuchten. Wie viele Stunden Schlaf blieben ihm noch, vorausgesetzt er könnte gleich einschlafen? Er wollte es gar nicht wissen. Wieder drehte er sich um, auf die Seite, auf der Karin sonst lag. Wie lang war es her, dass sie getrennt geschlafen hatten? Er konnte sich nicht erinnern. Jahre.

Warum hatte sie kein Telegramm geschickt? War es denn wirklich so schwer, ein normales Telegramm aus dem Westen in den Osten zu senden? Ein Satz hätte genügt: Bin gut angekommen.

Heller zwang sich, einige Sekunden noch liegen zu bleiben, dann wälzte er sich auf den Bauch, schob sich das Kissen halb unter den Brustkorb, boxte es fest. Doch so ging es auch nicht. Dann legte er sich wieder auf den Rücken und öffnete die Augen. Er wurde diese Bilder einfach nicht los. Die Bilder des letzten Abends an der Ostsee. Karin neben ihm am Strand, den sie ganz für sich alleine hatten. Kein Mensch mehr zu sehen, im Westen die Sonne, die ins Meer tauchte, so schön, dass es einem im Herzen wehtat. Sie waren Richtung Norden gegangen, die Sonne halb im Rücken. Plötzlich hatte Karin die Schuhe von sich geworfen, das Kleid über den Kopf gezogen, sich von allem befreit und war nackt ins Wasser gerannt, hatte sich hineingestürzt, prustend und lachend.

»Komm!«, hatte sie gerufen und ihm gewunken. Und hinter ihr das Meer, wie flüssiges Gold, schimmernd und blendend.

Was war das? Heller schreckte hoch. Etwas schlug mit einem leisen hellen Geräusch ans Fensterglas. Heller fuhr herum und starrte das Fenster an. Wieder klirrte es ganz leise, und im Schein der Gaslaterne konnte er für einen winzigen Augenblick eine Bewegung ausmachen. Jemand warf Steinchen an die Scheibe.

Heller erhob sich und schlich sich aus dem Schlafzimmer, hinüber zu Annis Kammer. Er beugte sich über das schlafende Kind hinweg zu dessen Fenster und sah hinaus in die

Nacht. Ein Blick auf die Uhr hatte ihm gesagt, dass es weniger spät war, als er vermutet hatte, erst kurz vor Mitternacht. Jemand stand vor dem Grundstück auf dem Gehweg. Eine dunkle Gestalt, die sich nun wieder bückte, um ein weiteres Steinchen aufzuklauben. Schon ertönte wieder ein leises Pling vom Fensterglas.

Heller eilte lautlos zurück ins Schlafzimmer und langte auf den Kleiderschrank. Dort bewahrte er inzwischen seine Dienstwaffe auf, damit Anni sie nicht zufällig in die Hände bekam. Dann warf er sich den Hausmantel über, eilte die Treppe hinab in die Küche und öffnete dort das Fenster.

»Was soll das, wer sind Sie?«, fragte er scharf und starrte in die Dunkelheit.

»Max, ich bin es, Alexej!«, raunte der Russe. Das Ganze klang wie eine Persiflage auf einen Geheimagenten.

»Alexej, was soll denn dieses alberne Getue?«, fragte Heller empört.

»Haben Sie ein paar Minuten für mich? Ich muss Sie sprechen.«

»Kommen Sie herein.«

»Nein, wir laufen ein Stück, nicht weit, nur eine Runde.«

Heller zögerte einen Moment. Er wollte Anni im Schlaf nicht allein zurücklassen. Was war, wenn sie aufwachte? Andererseits war sie schon lange nicht mehr im Schlaf aufgewacht. »Gut. Ich komme. Ich ziehe mir etwas über.«

»Nun?«, fragte Heller. Er hatte sich komplett angekleidet, die Pistole trug er in der Jacke.

Saizev zündete sich eine Zigarette an und blies den ersten Zug seitlich aus dem Mundwinkel, weg von Heller. In der Dunkelheit war die Glut deutlich zu erkennen.

»Sie müssen mir einen Gefallen tun, und ich weiß, es wird

Ihnen nicht gefallen, denn es widerspricht Ihren Grundsätzen.«

»Die Sie natürlich kennen?«, hakte Heller scharf nach.

Saizev sah auf, blickte ihn erstaunt an. »Natürlich, Sie haben es mir doch selbst gesagt. Sie sind Max Heller.«

»Und was, meinen Sie, bedeutet das?«

Saizev sog lang an der Zigarette. Langsam liefen die beiden Männer die Straße hinunter. Heller bemerkte den seltsamen Geruch, den Saizev verströmte. Die süßlich scharfe Ausdünstung von Alkohol. Doch der Russe wirkte nüchtern.

»Es bedeutet, Sie machen Ihre Arbeit. Sie glauben nicht, den großen Lauf der Dinge ändern zu können. Sie machen das, was gemacht werden kann. Den Glauben in die Politik haben Sie aufgegeben, wie Sie auch den Glauben an Ihren Gott einst aufgegeben haben. Das macht Sie stark, aber klein zugleich.«

Heller ließ die Worte auf sich wirken, glaubte sogar, sie verstanden zu haben. »Wie meinen Sie das, Alexej?«, fragte er trotzdem.

Wieder zog der Russe an der Zigarette. »Der Lauf der Dinge wird geändert, immerzu. Und irgendjemand ist es, der ihn ändert. Sie wollen die Ordnung der Dinge aufrechterhalten, doch manchmal muss die Ordnung erst zerstört werden, damit Neues wachsen kann. Alles Bekannte muss aufgegeben werden, um neuen Ideen Platz zu machen. Sie wollen nicht daran teilhaben, wenn der Lauf der Dinge geändert wird, das ist gut, ich meine es ernst. Doch es ist auch schlecht, denn irgendwann bleiben Sie zurück.«

»Sie hören sich fast so an wie mein Sohn Klaus.«

Saizev, der schon wieder die Zigarette am Mund hatte, nahm sie noch einmal herunter, ohne zu ziehen. »Ja, ja, ich weiß. Ich kenne ihn.«

»Tatsächlich?«, fragte Heller verblüfft und Saizev nickte heftig, nahm einen langen Zug, dass der ganze letzte Zentimeter seiner Zigarette verglühte. Er schnippte den Rest weg und nahm sich sofort die nächste.

»Ich habe gesehen, wie sehr der Tod der alten Frau Sie beschäftigt hat. Ich bitte Sie, der Sache nicht weiter nachzugehen. Interessieren Sie sich nicht länger für das Haus in der Burgenlandstraße. Sie hatten den Auftrag, den Tod der beiden Männer im Gefängnis zu untersuchen. Das haben Sie getan, gewissenhaft. Belassen Sie es dabei. Die Lage hat sich beruhigt. Walter Rehm wird entlassen. Und auch die anderen Leute von dieser Gruppe. Jehovas Zeugen. Der Verdacht gegen sie hat sich nicht erhärtet. Zumindest nicht gegen die Frauen und Kinder. Zwei Männer behalten wir in Haft, Heinrich Busmann und Eugen Girtlitz, die interessieren uns. Und die beiden, die gestorben sind, hätten uns interessiert.«

Heller lief stumm neben Saizev her. Es war kühl geworden, und die Tage an der Ostsee schienen auf einmal ganz fern. Die Wolken am Himmel rissen ab und an auf, ließen ein paar Sterne erkennen. Langsam gingen sie über den staubigen Weg. Steinchen knirschten unter ihren Füßen.

Saizev roch wie damals, stellte Heller für sich fest. Nach Zigaretten, ein wenig nach Schnaps, ein bisschen nach Leder, obwohl er keines mehr trug. Vielleicht war es sein Rasierwasser. Sie mussten vertraut wirken, wie Freunde, die sich lange nicht gesehen hatten. Und tatsächlich hatten sie einige aufregende Tage miteinander verbracht. Doch genügte das, um eine Freundschaft daraus werden zu lassen? So groß war ihr Altersunterschied, so verschieden ihre Herkunft, und so lang war es nun schon her. Sechs Jahre.

Diese Zeit damals. Die Angst vor der Willkür der Russen, die Angst vor ihrer Rache, und doch dieses Gefühl der Freiheit, der Befreiung vom Nationalsozialismus, von dem Albtraum des Krieges, von der täglichen Furcht vor Denunziation und der grauenerregenden Herrschaft der Dummheit.

Und wo waren sie jetzt? Was war die Freiheit wert, wenn sie nur bis zur nächsten Grenze reichte, wenn alle nur noch sagten, was sie glaubten, sagen zu müssen, wenn sie bei Versammlungen nicht mehr diskutierten, nur noch Reden hielten und rhythmisch klatschten und Veliki Stalin hochleben ließen?

»Haben Sie denn eine Frau? Und Kinder?«, fragte Heller in die nachdenkliche Stille hinein.

Saizev ließ sich mit der Antwort Zeit. »Ich hatte eine Frau«, sagte er schließlich leise.

Heller sah ihn an, konnte im Dunkeln aber nur die Konturen von Saizevs Gesicht erkennen. Als dieser an der Zigarette zog, leuchtete es für einen Moment im rötlichen Schein auf. Saizev erwiderte den Blick.

»Wir haben uns in Moskau kennengelernt. Nachdem ich fünfundvierzig zurückbeordert wurde. Drei Jahre waren wir ein Paar. Dann verließ sie mich.«

»Das tut mir leid«, sagte Heller. Es war nur eine Floskel, doch ihm war in dem Moment nichts Besseres eingefallen.

Saizev winkte ab. Sie bogen wieder links ab, nun ging es bergauf, und ihr Tempo verlangsamte sich noch weiter.

»Alexej«, begann Heller, ehe er noch weiter außer Atem geriet. Er war müde und sein Fuß schmerzte. »Ich bin schon einmal aufgefordert worden, mich nicht weiter einzumischen. Doch eigentlich wollte derjenige nur meinen Ehrgeiz entfachen und irgendwie hat er das auch geschafft. Es war kein schönes Gefühl, das herauszufinden. Wenn Sie sagen, ich soll mich nicht weiter einmischen, meinen Sie es denn auch so?«

Saizev ging neben ihm her, ohne ein Zeichen von Erschöpfung zu zeigen. Dabei rauchte er schon wieder die nächste Zigarette.

»Sie arbeiten doch für den MGB, das ist offensichtlich«, sagte Heller jetzt fast flüsternd.

Saizev hielt kurz inne, verzögerte einen Schritt, ging dann aber im selben Tempo weiter. »Ich arbeite für den Geheimdienst, ja. Meine Aufgabe ist es, operative Überwachungen und Razzien zu koordinieren. Wir arbeiten eng mit dem deutschen Ministerium für Sicherheit zusammen. Deshalb traf ich auch Ihren Sohn Klaus. Wir waren einige Tage zusammen in Berlin. Er hat viel gesehen im Krieg.« Saizev machte eine kleine Pause.

»Er hat sich entschieden, anders zu sein als Sie, Heller. Er möchte an der Geschichte mitschreiben, er will einer von denen sein, die etwas ändern.«

Nun war es Heller, der schwieg. An der nächsten Kreuzung bog er links ab, um seinem Haus wieder näher zu kommen. Saizev folgte ihm stumm. Er mochte bemerkt haben, dass er ihn mit solchen Aussagen nicht aus der Reserve locken konnte, vermutete Heller. Die Geschichte schrieben ganz andere, war seine Meinung. Menschen wie Saizev und Klaus waren auch nur Soldaten, deren Leben so lange etwas galt, wie es denen etwas nützte, die Geschichte machten. Männer wie Hitler und Stalin hatten Millionen solcher Menschen gebraucht.

»Warum war Walter Rehm im Juli in Haft?«, fragte Heller. Jetzt konnte er sein Haus wieder sehen. Alles war still, es brannte kein Licht.

Saizev stieß den Atem aus. »So weit haben Sie schon forschen lassen«, seufzte er, und in der aufleuchtenden Glut erkannte Heller ein leises Lächeln im Gesicht des Russen. »Ich hätte es ja wissen müssen. Wir haben seit längerer Zeit damit zu kämpfen, dass in den Bergbaugebieten im Erzgebirge im großen Stil Erze geschmuggelt werden. Trotz starker Kontrollen und einer eigens geschaffenen Betriebspolizei kommt es immer wieder zu Diebstahl.« Saizev hielt inne. »Sie wissen auch davon?«

Heller nickte. Saizev atmete tief ein und schüttelte amüsiert den Kopf.

»Bei einer der letzten Razzien wurden mehr als zwanzig Bergleute festgenommen. Darunter ein Kurt Rehm, ein ehemaliger Kriegsgefangener, der aufgrund seiner Fachkenntnisse als Betriebselektriker in Johanngeorgenstadt arbeitete. Kurt Rehm wurde Spionage, Sabotage, Diebstahl und Schmuggel von Uranerz vorgeworfen. Bei der Überprüfung seiner Personalien stellte man die verwandtschaftliche Verbindung zu Walter Rehm fest. Die beiden Männer waren Brüder. Es lag die Vermutung nahe, dass Walter Rehm am Schmuggel beteiligt war, indem er das Erz zwischenlagerte und an einen Mittelsmann weitergab. Aber offenbar waren die Brüder davon ausgegangen, dass der jeweils andere tot war. Walter Rehms Familie galt als ausgelöscht und Kurt Rehm fünf Jahre lang als vermisst. Als er Ende neunundvierzig aus der Gefangenschaft entlassen wurde, kehrte er nicht nach Dresden zurück, sondern ließ sich für den Bergbau anwerben. Da zwischen den beiden keine Verbindung nachzuweisen war, wurde Walter Rehm von jedem Verdacht freigesprochen.«

»Sie sagten, sie *waren* Brüder?«

»Ja, Kurt Rehm hat sich im Gefängnis in Bautzen umgebracht.«

Heller blieb stehen. Saizev ging noch ein paar Schritte weiter, bis auch er stehen blieb und sich dann umdrehte. Sein

Feuerzeug flammte auf, als er sich eine weitere Zigarette anzündete.

»Wann starb Kurt Rehm?«, fragte Heller.

»Vor sieben oder acht Wochen etwa.«

»Und Walter Rehm wird jetzt entlassen? Und ich soll meine Arbeit einstellen.«

»Nein, Max, ich weiß, das ist nicht Ihre Art. Ich will, dass Sie Ihre Arbeit weitermachen.«

»Aber, Alexej, vorhin sagten Sie ...«

Saizev unterbrach Heller, indem er beschwichtigend seine Hand hob. »Ich sage es noch einmal, Max: Ich will, dass Sie Ihre Arbeit fortführen. Sie sollen jedoch ... nichts herausfinden. Ich weiß nicht, wie ich es anders formulieren soll. Kommen Sie, lassen Sie uns weitergehen.« Saizev sah an Heller vorbei in die Dunkelheit und fasste ihn dann sacht am Jackenärmel.

Heller ließ sich mitziehen und vermied es, selbst einen Blick zurückzuwerfen. »Alexej, genauso hat sich Niesbach ausgedrückt. Ich soll sauber arbeiten, aber keine Ergebnisse liefern, zumindest nichts, was den Sowjets nicht gefallen würde. Er ging sogar mit mir aus dem Raum, um mir das zu sagen, als hätte er Angst davor, abgehört zu werden.«

Saizev nahm sich die nächste Zigarette. »Das ist durchaus möglich.«

»Was? Dass Niesbach abgehört wird?«

»Max, der Kalte Krieg ist viel schwieriger als der andere Krieg. Hier kämpft man an vielen Fronten und weiß nicht, ob der Feind wirklich Feind und der Freund wirklich Freund ist. Man darf niemandem Vertrauen schenken, man muss wachsam sein. Immerzu. Ohne Unterlass.«

»Und wenn einen der Feind nicht erwischt, dann die eigenen Leute«, konnte Heller nicht vermeiden zu sagen. Statt aufzubrausen oder zu widersprechen, nickte Saizev nur erneut.

Sie waren beinahe am Haus von Frau Marquart angelangt.

»Max, Sie machen Ihre Arbeit bitte wie immer. Als hätte unser Gespräch nie stattgefunden. Alles soll normal aussehen, alles soll seinen gewohnten Gang gehen. Aber tauchen Sie nicht zu tief in dunkles Gewässer ein.«

»Alexej, was wollen Sie? Wen suchen Sie?«, fragte Heller eindringlich.

Saizev schwieg, bis sie das Gartentor erreicht hatten. Nun blieben die Männer stehen.

»Wir suchen den Amerikaner«, raunte der Russe.

Einige Augenblicke wusste Heller nicht, was er sagen sollte. Verspottete ihn der Russe? Tegelmanns Worte kamen ihm wieder in den Sinn und die seines Kollegen. Der Amerikaner, der eine alles vernichtende Bombe in der Stadt verstecken wollte. Das konnte doch nur Geschwätz sein. Was hätte die USA denn davon? Einen neuen Krieg. Aber darauf lief es doch sowieso hinaus. Ging es darum, den ersten Schritt zu tun, sich einen Vorteil zu verschaffen?

Er wünschte sich, jetzt würde Saizev an der Zigarette ziehen oder, besser noch, sich eine neue anzünden, damit er ihm wenigstens für eine Sekunde ins Gesicht sehen konnte.

»Suchen Sie einen ganz bestimmten Amerikaner?«

»Ja, einen ganz bestimmten. Vermutlich einen Agenten des CIA. Einen, der nicht zu existieren scheint und den es doch gibt, denn die Amerikaner wissen Dinge, die sie nicht wissen dürften. Ihre Leute nennen ihn den Amerikaner, wir nennen ihn *Woron*, den Raben.«

»Der Rabe. Bedeutet das etwas?«

»Werden nicht im deutschen Märchen die bösen Söhne in Raben verwandelt?«, sagte Saizev und grinste schief.

»Den alten Germanen waren die Raben weise Tiere, noch heute gelten sie als schlau und geschickt«, hielt Heller dagegen.

Saizev ließ sich nicht beeindrucken. »Nun, was Sie ein schwarzes Schaf nennen, heißt bei uns weißer Rabe. Wir glauben, es ist einer unserer Söhne, der uns in den Rücken fällt.«

»Könnte er für die Explosion im Heizkraftwerk verantwortlich gewesen sein?«

»Nein, was er tut, ist viel gefährlicher, viel wirkungsvoller. Es ist trotzdem möglich, dass er es war, vielleicht will er ablenken, eine falsche Spur legen.«

Heller trat näher an Saizev heran. Er roch die Alkoholfahne des Russen. Er musste einiges getrunken haben, ehe er hier aufgetaucht war.

»Glauben Sie das wirklich? Spione, Agenten? Was gibt es hier zu spionieren, in Dresden?«

Saizev wich zurück Richtung Straße. »Glauben Sie mir, Heller, es gibt genug zum Spionieren. Ja, ich glaube daran. Das ist mein Beruf. Der Amerikaner existiert und möglicherweise ist er einer von uns.«

12. September 1951, morgens

Heller war als Erster in seinem Büro, hörte aber schon Oldenbuschs schwere Schritte den Gang hinunterkommen. Nur Sekunden später öffnete sich die Tür.

»Guten Morgen«, brummte Oldenbusch, stellte seine Tasche neben seinen Tisch und ging sofort, um sich um den Kaffee zu kümmern.

Heller erwiderte den Gruß und las währenddessen die Notiz von Niesbach durch, die auf seinem Tisch gelegen hatte. Deren Wortlaut bestätigte, was Saizev angekündigt hatte. Bis auf die beiden Männer waren sämtliche Zeugen Jehovas wieder aus der Haft entlassen. Ebenso Rehm. Saizev schien also wirklich in den Fall involviert zu sein, oder mehr noch, er leitete das Kommando.

Wenn er aber Interesse an genau den beiden Männern gehabt hatte, die in ihren Zellen gestorben waren, warum hatte er sie überhaupt erst den deutschen Behörden überwiesen? Und wie sollte man die Freilassung der Leute dann verstehen? Waren sie wirklich unschuldig? Oder hatte man sie nur entlassen, um zu sehen, was nun geschah? Was erhoffte man sich davon? Jetzt mussten sie doch alle aufgeschreckt sein.

Es klopfte und Salbach betrat das Büro. Er grüßte und wirkte als Einziger richtig wach und frisch. Trotzdem stand er mit leicht betretener Miene vor Heller und legte das Bündel Zeitungen auf den Tisch.

»Ich habe mir den ganzen Abend damit um die Ohren geschlagen, Herr Oberkommissar, aber ich konnte beim besten Willen keine Kontinuität entdecken. Wenn Sie selbst noch einmal schauen mögen oder Kommissar Oldenbusch vielleicht.«

Heller deutete mit einem knappen Winken an, dass Salbach von dieser Aufgabe vorerst entbunden war. Er selbst hatte ja schon gesucht und nichts gefunden.

»Treiben Sie heute bitte zuerst einen Geologen auf. Vielleicht finden Sie in der Technischen Hochschule jemanden. Währenddessen fahre ich mit Kommissar Oldenbusch noch einmal zu dem Haus in der Burgenlandstraße.«

Salbach nickte unglücklich. »Ich hatte gehofft, Sie könnten mich heute an anderer Stelle gebrauchen. Kann ich nicht mitfahren? Ich kümmere mich heute Nachmittag um die anderen Angelegenheiten!«

Heller kniff die Lippen zusammen und sah den jungen Mann an. Er konnte seinen Wunsch nachempfinden. Es waren nicht sehr aufregende Aufgaben, die er zurzeit bekam. Doch er musste lernen, dass Geduld das wichtigste Werkzeug eines Kriminalisten war.

Obwohl es noch sehr früh war, schienen die Bewohner des Hauses schon in ihre Wohnungen zurückgekehrt zu sein. Hinter verschiedenen Fenstern brannte Licht, auch in der Wohnung der verstorbenen Frau Girtlitz. Heller stieg aus dem Wagen, warf die Tür zu und wartete auf seinen Kollegen. Oldenbusch schloss sorgfältig ab und stellte sich dann neben Heller.

Es war frisch. Heller hatte heute Morgen Anni eine Mütze aufsetzen und einen Schal umbinden müssen. Sie war auffallend still und hatte auch nicht nach Karin gefragt, aber die Frage war in ihren Augen zu lesen.

»Womöglich wissen die noch gar nicht, dass zwei Männer und die alte Frau tot sind«, murmelte Oldenbusch, und sein Atem erzeugte kleine flüchtige Wölkchen.

Heller zog die Luft durch die Schneidezähne und zischte dabei leise. Darüber hatte er schon die ganze Nacht nachgedacht. Das war auch einer der Gründe, warum er Salbach nicht hatte mitnehmen wollen. Er wollte ihn langsam an den Fall heranführen.

»Ich denke, sie wissen es noch nicht«, sagte Heller leise und setzte sich in Bewegung.

Es war still im Haus. Oldenbusch zeigte auf den Lichtschalter. Heller nickte. Das Hauslicht ging an und Heller näherte sich der Wohnungstür von Frau Girtlitz. Die Tür war nur angelehnt. Mit dem Fingerknöchel drückte Heller sie ein wenig weiter auf.

»Polizei! Jemand zu Hause?«

Er bekam keine Antwort. Er warf einen Blick auf die Namenstafel im Treppenhaus. »Sie haben wirklich alle in diesem Haus gewohnt.«

Oldenbusch blickte über seine Schulter auf das Blatt Papier, auf dem Salbach mit seiner sauberen, fast weiblichen Handschrift alle möglichen Informationen aufgelistet hatte.

»Bestimmt haben die Sowjets einfach alle mitgenommen, die sie vorgefunden haben. Laut Salbachs Aufzeichnungen gibt es noch mehr Zeugen Jehovas in Dresden. Zweimal die Woche treffen sie sich in ihrem Königreichsaal. Peter konnte noch nicht herausfinden, wo der ist.«

Heller nickte nur und ging zu der gegenüberliegenden Wohnungstür. ›Busmann‹ stand auf dem Türschild. Die aufgebrochene Tür war mit einem angeschraubten Riegel und einem Vorhängeschloss gesichert. Heller war sich sicher, dass das gestern noch nicht so gewesen war.

»Gehen wir hinauf.«

Bei jedem seiner Schritte schoss Heller ein Schmerz durch seinen rechten Knöchel. Fast war es so, als sei ein Holzspan übrig geblieben, eingewachsen in den letzten dreißig Jahren, umschlossen von festem Gewebe, und suchte sich nun seinen Weg nach draußen. Heller verzog keine Miene, er wollte nicht humpeln und wie ein Invalide erscheinen, nachdem er so lange dagegen angekämpft hatte. Wenn Karin davon erfuhr, würde sie ihn zwingen, zum Arzt zu gehen. Karin. Komm, hatte sie ihm aus dem Wasser zugerufen, und er war stehen geblieben.

In der ersten Etage waren beide Wohnungstüren nur angelehnt. Die eingetretenen Schlösser waren nicht repariert worden und kein Riegel angebracht. So etwas gab es nur selten zu kaufen. Und wenn es sie gab, kauften diejenigen, die davon erfuhren, alles auf, um es zu horten oder teuer weiterzuverkaufen. An allem herrschte Mangel. Da spielte es keine Rolle, wie oft sie im Radio priesen, um wie viel Prozent der Plan schon übererfüllt war.

Aus der Wohnung der Machols waren leise Gespräche zu hören. Heller klopfte und wartete. Jemand kam und zog vorsichtig die Tür auf. Es war eine Frau mittleren Alters, mit streng zu einem Zopf zusammengebundenen Haaren. Sie trug ein schlichtes Kleid und wirkte müde.

»Frau Machol?«

»Ja.«

»Oberkommissar Heller, Kriminalpolizei. Darf ich hereinkommen?« Heller nahm seine Mütze vom Kopf.

»Ja, bitte.« Die Frau wirkte verwundert, dass er fragte. Heller versuchte in ihrem Gesicht zu lesen, ob sie über den Tod ihres Mannes unterrichtet worden war. Er trat in den Wohnungsflur und sah einige Jacken ordentlich an Garderobenhaken aufgehängt und zehn Paar Schuhe in Reih und Glied aufgestellt.

»Haben Sie Besuch?«

»Wir sind seit zwei Stunden zurück und sitzen zusammen und beraten.«

»Kann ich Sie für einen Moment allein sprechen?«

Frau Machol dachte kurz darüber nach. »Kommen Sie herein, es gibt nichts zu bereden, was die anderen nicht auch hören sollen«, erwiderte sie dann fest. Heller machte sich nicht die Mühe, ihr zu erklären, dass er weder für die Razzia noch für all die anderen Repressalien verantwortlich war. In ihren Augen gehörte er zur Staatsräson, war der exekutive Vertreter derer, die an der Macht waren. Und letztlich erhob er sich ja auch bei Versammlungen wie alle anderen, beklatschte Stalin und marschierte am Ersten Mai mit, so, wie er unter den Nazis mitmarschiert war und mit Heil Hitler gegrüßt hatte. Was unterschied ihn also in den Augen dieser Menschen von den anderen?

Heller folgte der Frau in die gute Stube, wo an einem runden Tisch außer sechs Frauen noch zwei Kinder und zwei Jugendliche, ein sehr junger Mann und eine Frau, saßen. Der junge Mann sah aus, als hätte er gerade an einer Maschine gearbeitet, seine Haut auf den Armen und sein Hemd waren mit schwarzem Öl befleckt, sogar im Gesicht hatte er sich damit beschmiert. Die Frauen trugen allesamt schlichte, hochgeschlossene Kleider und hatten dieselbe Frisur wie Frau Machol. Die kleinen Kinder, zwei Jungen mit kurzgeschorenem Haar, mochten fünf und drei Jahre alt sein. Obwohl sie ihre Mutter nach mehreren Tagen gerade erst zurückhatten, wirkten sie erstaunlich gefasst.

Frau Machol bot Heller den Stuhl an, auf dem sie gerade gesessen hatte, doch Heller lehnte ab und blieb stehen.

»Das ist Kommissar Oldenbusch, ich bin Oberkommissar Heller«, stellte er sich und seinen Kollegen noch einmal vor und war irritiert von den versteinerten Mienen der Anwesenden. »Wollen Sie nicht wenigstens die Kinder aus dem Raum schicken?«, bat er.

Frau Machol, die anscheinend das Sagen hatte, nickte einer anderen, etwas jüngeren Frau knapp zu. Die erhob sich, schob die beiden Jungen aus dem Zimmer und kehrte allein wieder zurück.

»Was wollen Sie?«, fragte Frau Machol.

»Wir sind hier, um Sie …« Heller verstummte und blickte wieder reihum in die ausdruckslosen Gesichter. Sein Blick wurde von jedem Einzelnen erwidert. Die Frauen hatten die Hände im Schoß gefaltet. Nur die jüngste hielt unter dem Tisch die Hand des jungen Mannes.

»Wir sind hier, um Sie über den Tod von Frau Girtlitz zu unterrichten«, vollendete Heller den Satz. Noch immer war ihm nicht klar, ob Frau Machol und Frau Weichert vom Tod ihrer Männer eigentlich wussten.

»Wir fanden die alte Dame gestern in ihrer Wohnung. Offenbar hat sie Selbstmord verübt.«

Keine Regung der Anwesenden. Es war, als seien sie erstarrt.

»Leider müssen wir Sie außerdem darüber informieren, dass auch Herr Oskar Machol und Herr Julius Weichert tot sind. Sie nahmen sich in der Nacht vom sechsten zum siebten September beide ebenfalls das Leben.« Heller sah Frau Machol fest in die Augen, und diese hielt dem Blick, ohne zu blinzeln, stand. Von dieser Frau, ahnte Heller, würde er nichts erfahren. Und die anderen Frauen folgten ihrem Beispiel.

»Wir haben schon davon erfahren«, sagte Frau Machol jetzt leise.

Von wem, fragte sich Heller. Aber er hielt es wie die Frau, er rührte sich keinen Millimeter.

»Ich muss Sie fragen, ob er Ihnen gegenüber Andeutungen gemacht hat, dass er sich umbringen wollte und auf welche Art und Weise.«

Frau Machol sah ihn so lange an, dass er schon glaubte, sie hätte seine Frage gar nicht gehört. Keine der anderen wagte es, sich zu rühren. Endlich aber beugte sich Frau Machol ein paar Zentimeter nach vorne.

»Sie glauben, er hat sich umgebracht? Er und Julius?« Ganz ernst sah sie ihn an.

»Wollen Sie bitte meine Frage beantworten!«

»Er hat nie über Selbstmord gesprochen. Er wurde umgebracht. Genauso wie Frau Girtlitz.« Frau Machol sprach, als müsste sie jedes Wort aus einem Stück Hartholz schnitzen. »Es ist eine Sünde. Wir haben nicht das Recht, über unseren Leib zu verfügen.«

Heller nickte. »Frau Girtlitz hat es uns anders erklärt.«

»Und hat sich sogleich selbst umgebracht«, fügte Frau Machol trocken hinzu. »Es mag sein, dass gewisse Umstände zu einem Selbstmord führen können, aber Oskar wäre das niemals in den Sinn gekommen.«

»Und Sie denken nicht, dass die Umstände seiner Verhaftung ihn zu einer spontanen Handlung hätten hinreißen können?«

Frau Machol schwieg wieder einige lange Sekunden, bevor sie ihren Oberkörper noch ein paar Zentimeter weiter nach vorne beugte.

»Wissen Sie, wie oft er verhaftet wurde? Wissen Sie, wie oft er tagelang von der Gestapo verhört wurde, wie oft schon von den Sowjets? Verhört und gefoltert. Er hat all dem standgehalten. Sein Glaube ist fest und stark. Er glaubt fest an das

Königreich Gottes, und all unser Leid hat seinen Glauben nur bestärkt.«

Heller schwieg nun seinerseits. Er sah noch einmal in die Runde unbewegter Gesichter. Sein Blick verharrte auf dem Gesicht der jüngsten Frau. Sie senkte die Augen, hob sie wieder, doch ihr Blick war unstet. Der Armmuskel des jungen Mannes spannte sich an.

»In der Nacht ihres Todes ging es den beiden Männern schlecht. Sie hatten Fieber und haben sich übergeben müssen. Waren sie krank? Hatten sie etwas Verdorbenes gegessen?«, fragte Heller.

»Nein, nichts dergleichen. Sie waren gesund.«

»Können Sie sich vorstellen, warum Sie freigelassen wurden?«

Wieder sah Frau Machol ihn an, als hätte er in fremder Sprache mit ihr gesprochen.

»Weil wir nichts getan haben, außer unseren Glauben in die Welt zu tragen. Das ist unsere Aufgabe. Doch verletzen wir niemanden damit, wir zerstören kein Leben.«

Die Antwort schien ehrlich zu sein, doch Heller wurde aus der Frau nicht schlau.

»Glauben Sie denn, dass Sie denunziert wurden? Dass jemand anderes ein Interesse hat, Sie loszuwerden?«

Frau Machol schüttelte den Kopf.

»Hat vielleicht jemand Interesse an dem Haus? Wissen Sie, wem das Haus gehört?«

»Es gehört dem Staat. Wir wohnen nur zur Miete. Der Vorbesitzer hat das Haus der Deutschen Demokratischen Republik geschenkt.«

Was das zu bedeuten hatte, war unklar. Wurde der Besitzer enteignet, wie all die Villenbesitzer an der Ostsee, oder schenkte er dem Staat tatsächlich die Immobilie, vielleicht aus Idealismus, vielleicht weil er sich nicht in der Lage sah, es instand zu halten? Heller gab für den Moment auf.

»Ich möchte mir gern Ihre Namen notieren«, sagte er und zückte seinen Notizblock.

»Ich dachte eigentlich, wir wollen das Haus noch einmal durchsuchen. Wozu sonst die Bescheide?« Oldenbusch startete den Wagen und legte den ersten Gang ein. Er bog auf die nächste Querstraße ab. An der nächsten Kreuzung hob Heller die Hand.

»Bieg wieder rechts ab. Dann stell dich so, dass wir das Haus sehen können.«

Oldenbusch tat wie befohlen.

»Ich will wissen, was geschieht«, sagte Heller und kurbelte das Fenster herunter. Er versuchte, sich zu strecken, was aber im Auto kaum möglich war. Sein Knöchel wollte einfach nicht mehr aufhören zu schmerzen.

»Ich verstehe das nicht. Was erhoffst du denn zu sehen?«

Heller sah sich erst um, bevor er zu sprechen anfing.

»Werner, was ich dir jetzt sage, ist ganz vertraulich. Dieser Alexej Saizev war gestern Nacht bei mir daheim.«

»Der Russe? Den du von früher kennst?«

Heller nickte, ohne Oldenbusch anzusehen. »Er arbeitet für den sowjetischen Geheimdienst. Er ist auf der Jagd, sozusagen. Er jagt den …«, es war Heller fast peinlich, es auszusprechen, »… den Amerikaner. Er sagt, es gäbe einen Agenten der CIA, der sich in unserer Stadt aufhält. Der Rabe. So nennen sie ihn beim MGB.«

Oldenbusch sah Heller prüfend von der Seite an, aber Heller drehte das Gesicht weg.

»Du glaubst nicht daran?«, fragte Werner. »Aber es ist doch durchaus realistisch, findest du nicht?«

»Saizev macht einen seltsamen Eindruck. Früher war er zornig, da hasste er alle Deutschen. Nun aber scheint er …« Heller suchte nach dem passenden Wort. »Ich glaube, er säuft. Er hat damals schon damit begonnen.«

»Glaubt er, dieser Agent hat die Männer umgebracht? Machol und Weichert.«

Jetzt sah Heller seinem Kollegen endlich wieder voll ins Gesicht. Über diese Frage hatte er auch schon nachgedacht. Dann schüttelte er den Kopf. »Wie, wenn ich fragen darf? Es müsste Rehm gewesen sein oder einer der anderen anwesenden Männer.«

»Dann vielleicht Rehm.« Oldenbusch zog die Mundwinkel nach unten und hob die Schultern.

»Rehm ist geprüft, sonst wäre er nicht zu diesem Arbeitsplatz gekommen. Außerdem ist er seit drei oder vier Jahren schon im Dienst.« Heller überlegte, ob er Oldenbusch von der Sache mit Walter Rehms Bruder erzählen sollte, doch verzichtete vorerst darauf, das wäre nur Öl ins Feuer gegossen. Es gab viele Menschen, die an die große Verschwörung der Mächtigen glaubten, um sich ihr kleines unbedeutendes Leben erklären zu können und Gründe dafür zu finden, dass sie nicht bekamen, was sie sich erhofft hatten. Dauerhaftes Glück zum Beispiel. Oldenbusch war da nicht anders und er wollte ihn bei klarem Verstand wissen und nicht zu wilden Spekulationen animieren.

Heller versuchte, sich bequemer zu setzen, was ihm aber nicht gelang. Er öffnete die Wagentür etwas, streckte sein rechtes Bein hinaus und genoss die Dehnung, ließ den Fuß kreisen.

Oldenbusch verstand und ließ das Thema vorerst ruhen.

»Das wird mir jetzt zu lang«, bemerkte Heller nach über einer halben Stunde. »Werner, du fährst zu Salbach. Findet den Vorbesitzer des Hauses heraus und möglicherweise auch den davor. Vielleicht war es ein enteigneter Jude. So ließe sich wenigstens das Motiv der Rache prüfen. Es sind so viele zwangsenteignet worden und fühlen sich ungerecht behandelt. Dies könnte auch die Denunziation erklären. Und über die Staatsanwaltschaft versuchst du den abschließenden Bericht über die Kraftwerksexplosion zu bekommen. Ich will ihn wenigstens einmal lesen, damit ich mir nicht vorwerfen muss, etwas übersehen zu haben. Ich werde hier warten und weiter beobachten. Gegen Mittag kommst du wieder hierher. Sollte ich nicht da sein, warte bei der nächsten Polizeiwache.«

Heller stieg aus. Doch bevor er die Tür zuwarf, beugte er sich noch einmal hinunter und sah in den Wagen. »Werner, warum brühst du eigentlich den Kaffee auf? Sollte das nicht Peters Aufgabe sein? Jeder von uns ist einmal durch diese Schule gegangen, da musst du dich nicht genieren.«

Oldenbusch kratzte sich hinter dem Ohr, verzog das Gesicht, als hätte er Zahnweh. »Also erstens macht es mir nichts aus, zweitens schmeckt der Kaffee nicht, wenn der Junge ihn macht.«

»Und drittens?«, hakte Heller nach.

»Ich will ihn nicht gegen mich aufbringen.«

»Wie soll ich das verstehen?«

Oldenbusch zögerte kurz. »Na ja, ich traue ihm nicht ganz.«

»Aber wir kennen ihn schon seit drei Jahren, er ist zuverlässig und eifrig.«

»Zu eifrig vielleicht?«

»Wie kann jemand…« Heller verstummte.

»Er ist jung und glaubt an die Sache, an den sozialistischen Menschen, ist überzeugt, dass wir uns mit Pazifismus nur schaden. Du willst nicht in die SED eintreten und ich habe mich mit meiner peinlichen Affäre verdächtig gemacht.« Oldenbusch hatte sich schnell in Fahrt geredet.

»Du denkst, er spioniert uns aus? Für das MfS?«, fragte Heller fast ungläubig.

Oldenbusch hob die Schultern und legte den Kopf schief.

12. September 1951, vormittags

Seine Beine und der Rücken schmerzten ihm vom langen Stehen und Warten. Nachdem er schon überzeugt davon war, dass man ihn entdeckt hatte und sich deshalb niemand zeigte, öffnete sich die Haustür und die beiden jungen Leute erschienen. Das waren Hannah und Paul Girtlitz, wie Heller es sich notiert hatte. Sie waren Geschwister und die Urenkel von Frau Girtlitz. Ihr Großvater, der Sohn der Alten, war noch in Haft, ihren Vater und die Mutter hatten die beiden im KZ verloren. Paul war achtzehn, seine Schwester zwanzig.

Die beiden überquerten jetzt die Straße in Richtung Elbe. Heller folgte ihnen in großem Abstand.

Ein wenig untypisch für ihr Alter hielten sie Hand. Paul schien, obwohl er der Jüngere war, der Bestimmende zu sein. Heller musste einmal eine Gelegenheit finden, allein mit Hannah zu sprechen, notierte er sich in Gedanken. Weit vor ihm bogen sie nun links in die Österreicher Straße ab. Ein wenig beschleunigte Heller seinen Schritt, sah sich an der nächsten Kreuzung nach Saizevs schwarzem Opel um, entdeckte jedoch nichts Verdächtiges. An der Österreicher Straße angelangt, entdeckte Heller die beiden bei einem Kiosk. Paul reichte Geld über die Ladentheke, Hannah faltete eine Zeitung zusammen und klemmte sie sich unter den Arm. Dann liefen sie weiter und steuerten auf eine Straßenbahnhaltestelle zu. Heller blickte zurück, noch war keine Bahn zu sehen. Schnell ging er zu dem Kiosk.

»Welche Zeitung haben die beiden jungen Leute gerade gekauft?«, fragte er hastig den Kioskbesitzer.

»Was geht'n Sie das an?«, fragte der Verkäufer, ein älterer Mann an einer Krücke, unwirsch zurück. Ein dicker Zigarrenstumpen klemmte in seinem Mundwinkel.

»Ich möchte es gern wissen.«

»Sie sind wohl von der Gestapo?«, fragte der Mann ohne jeden Respekt.

»Es gibt keine Gestapo mehr.« Heller langte in der Hosentasche nach einem Geldstück.

»Ach, nee?«, antwortete der Mann sarkastisch und lachte, ohne den Stumpen aus dem Mund zu nehmen.

»Geben Sie mir eine SZ.« Heller legte eine Mark in die Schale.

»Da!« Der Kioskbetreiber deutete auf einen Stapel rechts von Heller. Der nahm sich die Zeitung, sah sich noch einmal nach der Bahn um. Sie bog gerade um die Ecke. Heller musste sich beeilen, zur Haltestelle zu kommen, die an die hundert Meter entfernt lag.

»Sie kriegen noch was wieder!«, rief der Mann aus dem Kiosk.

Heller ignorierte ihn und war schon losgeeilt. Es musste ihm gelingen, die Bahn zu bekommen, ohne dass ihn die beiden entdeckten. Es standen zwar viele Leute an der Haltestelle, doch das genügte nicht als Deckung. Heller schob sich die Mütze ins Genick, steckte die Hände in die Hosentaschen, hielt sich dicht an den Häusern und versuchte unauffällig auszusehen.

Paul und Hannah hatten die Zeitung aufgeschlagen, doch als die Bahn sich jetzt näherte, sahen beide auf und damit in Hellers Richtung. Heller ließ sich von der Bahn überholen und wartete, bis sie stand und die Passagiere ab- und aufsprangen. Erst als die Glocke laut schellte, lief er los, erreichte die Bahn, als sie schon anfuhr, und sprang auf den hinteren Perron. Jemand griff nach seinem Jackenärmel und half ihm hoch.

»Das war knapp«, meinte der Mann und blinzelte Heller zu, als müsste der ihn kennen. Heller überging das, er wusste nicht, wer der Mann in seinem schlichten Anzug war und wollte auch nicht sein Gedächtnis bemühen. So nickte er ihm nur dankend zu, schob sich in die Bahn und sah nach hinten hinaus, solange die Bahn fuhr. Erst an der nächsten Haltestelle blickte er sich kurz nach den beiden um. Sie standen dicht am Vorderausgang, schienen aber nicht die Absicht zu haben, auszusteigen. Sie hielten die Köpfe über die aufgeschlagene Zeitung gebeugt. Es war die Sächsische Zeitung. Eine ältere Frau stieg ein und verstellte ihm die Sicht, doch das war Heller ganz recht. Er sah wieder weg. Jemand tippte ihm auf die Schulter.

»Sie haben noch kein Billett gelöst. Einen Groschen«, ermahnte ihn der Schaffner. Heller kramte in seiner Hosentasche. Er fand kein passendes Kleingeld, gab dem Mann eine Mark und bereute nun doch, das Restgeld dem Kioskbesitzer überlassen zu haben. Er wollte nicht länger die Aufmerksamkeit auf sich ziehen als nötig. Der Schaffner gab ihm das Geld und einen kleinen gelben Fahrschein.

Die Bahn fuhr wieder an. Der Mann, der ihm geholfen hatte, sah zu ihm hin, zwinkerte, zog den Mundwinkel hoch. Heller ignorierte ihn konsequent und wartete, bis die Bahn sich der nächsten Haltestelle näherte. Die übernächste Station würde der Johannis Friedhof in Tolkewitz sein. Heller beugte sich zur Seite, um an der älteren Frau vorbeisehen zu können, doch noch immer machten die beiden jungen Leute keine Anstalten auszusteigen. Hannah hatte die Zeitung in der Hand und Paul hielt sich mit einer Hand an einem Griff fest, mit der anderen gab er seiner Schwester Halt, als die Bahn wieder anfuhr. Sie tuschelten miteinander, Paul schüttelte den Kopf. Auf Heller machten sie nicht den Eindruck, als trauerten sie um ihre Urgroßmutter. Vielleicht war sie ihnen fremd, vielleicht waren sie den Kummer aber schon zu sehr gewohnt.

Wieder bremste die Bahn.

»Schönen Tag noch!« Der fremde Mann hob den Hut und sprang mit elegantem Sprung von der noch fahrenden Bahn ab. Heller schwieg, hatte nicht einmal genickt und sah dem Mann auch nicht hinterher. Kaum jemand stieg hier zu. Die Straßenbahnglocke bimmelte und die Bahn fuhr wieder los. Plötzlich kam Bewegung in den Vorderteil des Wagens.

»Das ist doch gefährlich!«, rief jemand. Heller sprang zur Tür und sah Paul und Hannah gerade noch durch das weit offen stehende Tor des Friedhofs rennen. Für ihn war es zu spät, die Bahn fuhr schon zu schnell.

»Wollen wir anhalten?«, fragte der Schaffner und hatte seine Hand schon auf den Hebel der Notbremse gelegt. »Sie sind doch Polizist, oder?«

Heller schüttelte den Kopf. »Nein. Ich steige die nächste aus.«

Es hatte bestimmt keinen Zweck, dachte sich Heller, doch trotzdem stattete er dem Friedhof einen Besuch ab. Er betrat ihn durch das Tor an der Schaufußstraße und lief gemächlichen Schrittes die lange Hauptachse entlang. Ein paar ältere Frauen pflegten Gräber, zupften Unkraut und gossen. Weiter hinten hatte sich eine Trauergesellschaft um eine offene Grabstelle versammelt. Langsam lief er weiter.

Die hohen Kiefern mit ihrer hellen spröden Borke dufteten und lösten augenblicklich Fernweh in Heller aus. Es war ein schier unstillbares Fernweh, denn es war kein Ort, nachdem er sich sehnte, sondern eine Zeit, die längst vergangen war. Ein alter Friedhofsgärtner kam ihm mit einer hölzernen Schubkarre entgegen, deren Eisenrad leise quietschte.

»Sagen Sie, bitte«, begann Heller, »sehen Sie hier regelmäßig zwei junge Leute. Eine Frau und einen Mann?«

»Viele kommen hier zum Spaziergang«, erwiderte der Mann und ging weiter. Heller ließ es gut sein. Es wäre wenigstens ein Anhaltspunkt gewesen, zu wissen, dass die beiden immer hier ausstiegen. Doch ihrem Verhalten nach hatten sie ihn wohl doch bemerkt und waren deshalb hier aus der Bahn gesprungen. Heller schlenderte noch ein Stück weiter und setzte sich dann für einen Moment auf eine neu gebaute Holzbank. Sie hatte mittlerweile gute Chancen, den nächsten Winter zu überstehen. Die Not war längst nicht mehr so groß wie in den Jahren unmittelbar nach Kriegsende. Es gab Kohle und Briketts, nur noch selten Stromunterbrechung und in manchen Gegenden sogar Fernheizung.

Heller beugte sich leicht zur Seite und spähte in den Blechmülleimer. Er fischte eine Zeitung heraus. Es war eine ›Union‹, deshalb warf er sie wieder zurück. Er nahm nun die Zeitung, die er gekauft hatte, aus der Jackentasche. Er überflog die Nachrichten und warf einen Blick auf die Anzeigen. Es waren hunderte, deutlich zu viel, um sie hier zu studieren, während der Wind am Papier zupfte. Heller faltete die Zeitung wieder zusammen und erhob sich.

Ihm war ein Gedanke gekommen. Unvermittelt bog er an der nächsten Weggabelung wieder rechts zur Straße ab, stellte sich an die Haltestelle und wartete auf die nächste Straßenbahn.

12. September 1951, früher Nachmittag

Heller hörte Stimmen im Gang vor seinem Büro und sah von seiner Zeitung auf. Er hatte sich nicht getäuscht. Wenige Augenblicke später öffnete sich die Tür. Oldenbusch und Salbach traten ein.

»Mahlzeit!«, grüßte Werner unbekümmert und blieb dann neugierig vor Hellers Schreibtisch stehen. Salbach hatte sich in weiser Voraussicht zurückgehalten.

»Hoffst du, doch noch etwas zu finden?«, fragte Oldenbusch mit Blick auf die vielen Zeitungen auf Hellers Tisch.

»Allerdings. Ich habe mir die kompletten Ausgaben der letzten drei Wochen besorgt. Vielleicht finden wir ja etwas in den Zeitungen von den Tagen, die fehlen.« Heller schob die Zeitungen zusammen, schichtete sie zu einem ansehnlichen Stapel und schob sie dem jungen Polizisten hin. Salbach stöhnte leise auf, ergab sich seinem Schicksal und nahm sich seufzend den Stapel.

Heller presste noch einmal die Fingerspitzen auf den Stapel. »Konnten Sie wegen der Gesteinsprobe jemanden ausfindig machen?«

»Allerdings. An der Hochschule gibt es einen Professor, der bis achtunddreißig in Freiberg ein Seminar innehatte. Ich habe beim Pförtner nachgefragt, wer mir in dieser Frage weiterhelfen könnte. Der telefonierte und der Professor hat mich umgehend in sein Büro bestellt. Mit hoher Wahrscheinlichkeit handelt es sich bei den Brocken um Uraninit. Er will das

Gestein prüfen. Dazu musste ich ihm aber die Proben überlassen. Ich hoffe, Sie sind damit einverstanden, Herr Oberkommissar.«

»Einfach so?« Heller war verblüfft. Dass Salbach so schnell zu einem Ergebnis gekommen war, hatte er nicht erwartet. Ihm kam Oldenbuschs Verdacht in den Sinn. Doch er wollte Salbachs Leistung nicht vorschnell schmälern.

»Wie heißt der Mann?«

»Berenbom. Professor Berenbom. Ein alter Mann mit schlohweißem Haar. Er war sehr freundlich. Das Institut für Mineralogie und Geologie befindet sich auf der Würzburger Straße 46. Das eigentliche Institut auf der Schnorrstraße wurde fünfundvierzig zerstört. Er hat mir eine Fernsprechnummer hinterlassen, wenn Sie selbst mit ihm sprechen möchten. Morgen, im Laufe des Tages, wollte er ein Ergebnis haben.«

Salbach reichte Heller einen Zettel und Heller nickte anerkennend. »Nun gut, prima. Wenn Sie sich jetzt den Zeitungen widmen würden.«

Salbach, der gerade ein wenig aufgelebt war, sackte wieder in sich zusammen, machte sich dann aber, ohne zu murren, an die Arbeit.

Heller betrachtete den Zettel mit der Telefonnummer und legte ihn dann auf seinem Tisch ab. So schnell, wie Salbach zu einem Ergebnis gekommen war, passte das nicht mit dem zusammen, was Saizev über Rehm erzählt hatte. Wenn dieser mit dem Uranerzschmuggel nichts zu tun hatte, warum hatte er das Gestein in Rehms Haus gefunden? Hatten die Brüder doch gemeinsame Sache gemacht? Das schien so plausibel wie absurd zu sein. Warum wollten die Ermittlungsbehörden so schnell von Walter Rehm ablassen? Heller merkte, dass Oldenbusch ihn ansah. Aber er wollte Werner nicht in seine

Gedankengänge einweihen. Erst einmal musste er herausfinden, was es mit der ganzen Sache auf sich hatte.

»Warst du im Grundstücksamt?«, fragte er Oldenbusch.

»Ergebnislos«, brummte dieser. »Ich konnte aber den Bericht von der Kraftwerksexplosion bekommen.«

»Was heißt ergebnislos?«, unterbrach Heller. »Wurden die Unterlagen vernichtet?«

»Nein, sie sind nicht auffindbar.«

»Werner, wie soll ich das denn verstehen?«

»Die Unterlagen, also sämtliche Grundbucheinträge zu dem Haus und den anliegenden Grundstücken, sind verschwunden. Der Sachbearbeiter ist noch neu in der Abteilung. Soweit er es nachvollziehen kann, waren die Unterlagen vollständig, doch irgendwann waren sie nicht mehr auffindbar. Im Amt vermutete man irgendwelche Machenschaften, denn der vorherige Sachbearbeiter, Haffner, ist Ende August plötzlich verschwunden. Man vermutet stark, dass er in den Westen rübergemacht ist. Seine Wohnung stand leer, es fehlten nur Papiere und einige wertvolle Dinge, sonst nichts.«

Heller überlegte einen Moment und machte verschiedene Notizen. »Ergeben sich aus dem Bericht zur Kesselexplosion verwertbare Erkenntnisse?«

Oldenbusch nahm die Unterlagen hervor. »Du musst das selbst lesen, Max, es ist sehr technisch ausgedrückt. Ich denke, für eine genauere Analyse müssten wir den Ingenieur befragen, der die technischen Ermittlungen leitete, Wegmann. Ich verstehe das so, dass die Explosion sich ergab, weil ein Kessel mangels Wasserzufuhr überhitzte oder sich ein zu hoher Dampfdruck aufbaute. Beides hätte entweder absichtlich herbeigeführt oder aufgrund mangelnder Kenntnis passieren können. Es gibt verschiedene Warnhinweise, die übersehen oder ignoriert worden waren. Der untersuchende Ingenieur schließt einen technischen Fehler aus. Von allein hätte es nicht zu dem Unglück kommen können.«

»Also Dummheit oder Absicht?«, fragte Heller nach.

Oldenbusch wiegte den Kopf und zitierte noch von einem anderen Zettel aus der Berichtsmappe. »Da keine Manipulation nachgewiesen werden konnte, ging man von fehlerhaftem Verhalten aus. Das Verfahren wurde von der Staatsanwaltschaft eingestellt. Der Schichtleiter wurde wegen fahrlässiger Handlung gerügt, ebenso zwei Arbeiter.« Oldenbusch schien noch etwas sagen zu wollen, doch mit einem kurzen Blick auf Salbach deutete er an, dass er es unter vier Augen tun wollte.

Heller tat ihm den Gefallen, allerdings unwillig. Er wollte sich nicht von dieser Paranoia anstecken lassen. »War einer der Angeklagten Oskar Machol?«

»Ja, er war mit den anderen beiden in Haft, in Bautzen sogar, wurde aber nach zwei Wochen entlassen.«

»Entlassen heißt von jeder Schuld freigesprochen«, schlussfolgerte Heller.

»Man müsste wohl neue Ermittlungen einleiten. Ich fürchte nur, das überschreitet unsere Kompetenzen.«

»Du meinst wohl meine«, verbesserte Heller und hob sogleich die Hand, um Oldenbuschs Einwand zu unterbinden. Salbach musste von Saizev nichts wissen. »Aber ich verstehe, was du meinst. Ich werde auch keine Kompetenzen überschreiten. Genosse Salbach sieht sich die Zeitungen an, und wir werden noch einmal zum Grundbuchamt fahren. Ich will es mit eigenen Augen sehen.« Heller streckte auffordernd die Hand nach dem Bericht aus. Oldenbusch überreichte ihn ihm. Heller notierte sich den Namen des Ingenieurs und stand dann auf, um an Salbachs Tisch zu gehen. Der junge Mann hatte sich auf einem Blatt Papier eine Tabelle gezogen, sich Notizen gemacht, Fragezeichen gesetzt und mit dünnen Linien mögliche Verbindungen angedeutet. Heller gefiel, was er sah.

Salbach sah ein wenig unglücklich zu ihm auf. »Mir schwirrt schon jetzt der Kopf vor Buchstaben und Zahlen, dabei sind noch keine zehn Minuten um. Es ist fast unmöglich, etwas zu finden, wenn man nicht weiß, wonach man suchen soll.«

»Bleiben Sie dran. Sie haben schon gut begonnen. Manchmal glaubt man sich vor einer unlösbaren Aufgabe, bis man bemerkt, dass man schon seit Stunden auf die Lösung starrt. Zur Abwechslung besorgen Sie mir bitte einen Gesprächstermin mit diesem Mann, diesem Ingolf Wegmann. Seine Arbeitsanschrift finden Sie in der Mappe auf Werners Tisch. Wenn möglich gleich morgen!« Heller legte den Zettel mit dem Namen des Ingenieurs auf Salbachs Tisch und hörte hinter sich Oldenbusch leise aufstöhnen.

»Werner, was ist denn nur immer? Wagst du vor dem Jungen gar nichts mehr zu sagen?«

Oldenbusch startete den Motor des Wagens, schaltete und fuhr an. Heller ließ ihm noch ein paar Sekunden Zeit und grüßte den Wachmann vom Parkplatz.

»Es ist ja nur wegen meiner Sache«, sagte Oldenbusch leise. »Wenn die ausgestanden ist, dann soll es mir egal sein. Mag ja sein, er macht gar nichts Falsches, aber ich will nicht, dass er Dinge hört, die er vielleicht missversteht.«

»Und was wäre das?«

»Der Bericht liest sich, als wäre es doch ein technischer Defekt gewesen, aber es will keiner zugeben. So läuft es doch heutzutage. Im Radio und der Zeitung preisen sie dauernd unsere Errungenschaften und den Fortschritt des Sozialismus, da darf es zu solchen Unfällen eben nicht kommen. Dass der Schichtleiter nur gerügt wurde, ist doch der beste Beweis dafür. Wer weiß, welches Rohr rostig war oder welche Dichtung spröde. Frag nicht nach den Zündkerzen von diesem Wagen und dem verdammten Keilriemen, der ist kaum besser als Lakritz.«

Gegen seinen Willen musste Heller kurz auflachen. Dann wurde er gleich wieder ernst.

»Werner, du solltest dich mal hören! Du wirst schon ganz genauso. Wie soll das denn gehen, wenn nicht mal wir drei offen reden können?«

Oldenbusch nickte ungehalten, schwieg aber.

Sie fuhren ein Stück die längst geräumte, teilweise neu gepflasterte Wilsdruffer Straße entlang. Heller betrachtete nachdenklich die sich mit großer Selbstverständlichkeit geschäftig bewegenden Menschen. Vor sechs Jahren sah es hier völlig anders aus. Kaum ein Gebäude verstellte ihm jetzt die Sicht. Noch ging der Neubau zögerlich voran. Links sah man das große Rathaus, rechts die Ruinen der Frauenkirche. Dazwischen Ziegelberge, geschliffene Ruinen und an den Masten wehten die Fahnen der DDR, des FDGB und der Sowjetunion.

»Morgen komme ich erst spät zum Dienst, ich bin für acht Uhr morgens einbestellt«, brummte Oldenbusch.

Heller überlegte kurz, ob er das hätte wissen müssen, war er sich doch sicher, dass Werner ihm diesen Termin nicht genannt hatte. Trotzdem nagte das schlechte Gewissen an ihm, weil er sich über Oldenbuschs Befürchtungen beinahe lustig gemacht hatte.

»Du wirst sehen, Werner, so schlimm wird es nicht«, versuchte Heller zu beschwichtigen, doch wirklich sicher war er sich dabei nicht.

Später tat es ihm umso mehr leid, denn auch der Weg zum Grundbuchamt war umsonst gewesen. Es gab nichts mehr herauszufinden, was Oldenbusch ihm nicht schon mitgeteilt hatte. Selbst die ehemalige Wohnadresse des verschwundenen Sachbearbeiters Haffner hatte Oldenbusch schon am Vormittag notiert. Sämtliche Eintragungen und Grundrisse rund um das Haus auf der Burgenlandstraße waren entfernt worden, und zwar gründlich und systematisch. Vom Verbleib des Sachbearbeiters Haffner wusste man nichts. Angesichts des zweiten Polizeibesuches an nur einem Tag, zeigten sich die Männer und Frauen leicht nervös. Trotz der kühlen Räume, schwitzten die meisten von ihnen. Nach Oldenbuschs erster Anfrage hatten sie noch einmal alles gründlich durchsucht, aber ohne Ergebnis.

Da noch Zeit war bis zum Dienstschluss, bestimmte Heller, dass sie Haffners Adresse wenigstens noch einmal besuchten. Es war Oldenbusch anzusehen, dass er auf diesen Weg nach Dresden-Cotta gern verzichtet hätte.

»Angenommen, Haffner ist in den Westen gegangen. Warum sollte er Akten entfernt haben?«, brachte er seine Skepsis zum Ausdruck.

Heller erwiderte nichts. Er wollte einfach jeder Sache bis zum Schluss nachgehen. Dass ausgerechnet diese Grundstücksunterlagen fehlten, war Anlass genug.

»Ich meine, angenommen, er hätte die Unterlagen in den Westen mitgenommen. Was würde er sich davon versprechen?«

Auch Heller hatte sich das längst schon gefragt, aber er wollte sehen, in welche Richtung Oldenbusch denken würde. Deshalb schwieg er weiter.

»Bestenfalls hat er im Auftrag des Vorbesitzers gehandelt. Vielleicht ist der im Westen und hofft, Schadensersatz wegen

Enteignung einklagen zu können.« Heller fand sich in seinem Gedanken bestätigt.

Die Fahrt zog sich hin, die Straßen waren schlecht und rege befahren. Unerwartet versperrten ihnen zweimal Baustellen den Weg und zwangen sie zu einem Umweg. Als sie in der Mobschatzer Straße zwölf angekommen waren, standen sie vor einem zerstörten Wohnhaus, dessen Überreste fast völlig mit Gras und Birken überwachsen waren.

Heller stieg aus und steuerte auf eine kleine alte Frau mit einem Karren zu und fragte sie nach der Adresse.

»Das ist zwölf b«, erwiderte sie freundlich, »es befindet sich auf dem Grundstück dahinter. Sie müssen dem Pfad um die Ruine herum folgen.«

Haffner hatte in einem kleinen Eigenheim gewohnt. Das Grundstück hinter der zugewachsenen Ruine schien, eingeschlossen von einem Dutzend hoher Bäume, wie ein kleines Paradies zu sein. Die neuen Bewohner hatten Beete angelegt. Hohe Beerensträucher an der Grundstücksgrenze boten Sichtschutz. In einem Stall fristeten Kaninchen ein ähnliches kurzes Dasein wie die im Stall der Frau Marquart. An der Wäscheleine hingen weiße Laken. Heller hatte das Grundstück noch nicht betreten, da öffnete sich die Haustür. Eine junge Frau in Kleid mit Schürze und einem Stirntuch um den Kopf trat heraus. Mit einer schnellen und verlegenen Geste zog sie es sich vom Kopf, woraufhin ihr Haar breit über die Schultern fiel.

»Sie wünschen bitte?«

»Kriminalpolizei. Sie sind Frau Müller? Der Name steht am Briefkasten.«

»Ja?«

»Wir sind nicht wegen Ihnen hier, sondern wegen Herrn Haffner.«

»Der ist aber lang schon nicht mehr hier. Habe ihn nie gesehen. Wir haben das Haus zur Miete bekommen, da war er schon weg.«

»Er hat alles zurückgelassen, stimmt das?«

»Ja, fast alles. Möbel, Betten, Bilder und allerlei Kram. Deshalb hieß es, er sei in den Westen gegangen und hat nur das Nötigste mitgenommen.«

»Und Sie wohnen zur Miete? Wer ist denn der Vermieter?«

»Die Stadt, das Haus fiel an die Stadt, weil der Haffner wohl keine Erben hatte.«

»Macht es Ihnen etwas aus, wenn wir uns umsehen?«

Die Frau zögerte kurz, hob dann unschlüssig die Schultern. »Nun, es ist nicht sehr aufgeräumt und wir haben alles umgestellt. Außerdem wurde das Haus vor unserem Einzug gründlich durchsucht.«

Dessen war sich Heller sicher, doch nun hatte er schon einmal gefragt und wollte sich wenigstens einen Überblick verschaffen.

»Wir wollen uns wirklich nur kurz umsehen. Das Haus gehörte also Herrn Haffner?« Heller kam näher und die Frau tat einen Schritt beiseite, um die beiden Männer hereinzulassen.

»Soviel ich weiß, ja.« Sie folgte den Männern in den Flur. Jetzt fiel ihr anscheinend auf, dass sie das Haar offen trug. Schnell griff sie in ihre Schürzentasche, holte zwei Haarklammern hervor und band mit zwei, drei geschickten Bewegungen das Haar hoch und steckte es fest. Heller gab Oldenbusch einen leichten Stoß, weil der unverwandt seinen Blick auf der Frau ruhen ließ. Oldenbusch zuckte zusammen und schaute verlegen weg.

Dann gingen sie eine Runde durch das Haus, besichtigten alle Räume, warfen auch einen Blick auf den Dachboden und in den engen Kartoffelkeller. Das Haus war aufgeräumt und sauber, alle Betten waren sauber gemacht. Die Frau hatte übertrieben, genau wie Karin immer übertrieb, wenn sich Besuch ankündigte. Dann putzte sie und wischte mit doppeltem Eifer, auch dort, wo gar kein Staub war. Fast schon eine Woche herum, dachte Heller.

Nach wenigen Minuten fanden sie sich im Flur wieder. Oldenbusch schien nun gar nicht mehr ungehalten zu sein wegen des angeblich unnötigen Hausbesuchs.

»Fragt sich, wie gründlich sie gesucht haben«, raunte er Heller zu.

»Gründlich genug, um nicht einige gestohlene Aktenmappen übersehen zu haben.«

Ein seltsamer Geruch lag im Haus. Heller konnte ihn nicht definieren. Faulige Kartoffeln vielleicht. Oder Müll. Doch die Frau war eigentlich viel zu reinlich, um dergleichen zuzulassen.

»Wann kommt denn Ihr Mann heim?«, fragte Oldenbusch forsch und errötete unter Hellers strengem Blick.

Die Frau schien jedoch nichts zu bemerken. »Ich bin verwitwet, nur meine Mutter und meine beiden Kinder wohnen hier mit mir.«

Jetzt hatte Oldenbusch seine Antwort und wusste anscheinend nicht weiter. Heller schwankte zwischen Pflicht und Mitgefühl, entschied sich angesichts Oldenbuschs sowieso schon verzwickter Lage für Letzteres.

»Möglicherweise kommen wir noch einmal auf Sie zu, um Grundstück und Haus ein wenig gründlicher zu durchsuchen. Natürlich nur mit Ihrem Einverständnis.«

Das stimmte nicht, denn er konnte sich genauso gut einen Durchsuchungsbefehl beschaffen. Aber er hatte gar nicht vor, noch einmal herzukommen. Er wollte Oldenbusch nur den Abschied erleichtern.

»Natürlich. Ich bin nur nicht immer daheim. Ich arbeite stundenweise im HO-Konsum am Grillparzer Platz.«

Mit rotem Kopf stieg Oldenbusch ins Auto und wagte es nicht, seinen Chef anzusehen.

»Wir fahren zu Rehms Haus«, befahl Heller und ließ seinen Kollegen während der gesamten Fahrt schweigend in seinem eigenen Saft schmoren. Er wollte nicht zu streng sein mit Oldenbusch, er mochte ihn sehr und schätzte seine Genauigkeit. Und er wusste, dass Oldenbusch vor seiner unglücklichen Verlobung schon seit Jahren erfolglos auf Freiersfüßen ging. Doch im Dienst konnte er ein solches Verhalten nicht dulden.

Oldenbusch ahnte wohl, dass alles, was er zu seiner Verteidigung auffahren könnte, nicht ausreichen würde, um Heller zu besänftigen. Deshalb zog er das Schweigen vor.

Als sie nach beinahe einer halben Stunde vor Rehms Haus hielten, war Hellers Unmut schon verpufft. Er betrachtete das Gebäude aus dem Auto. Es lag still, scheinbar unberührt da. Der Himmel hatte sich zugezogen und kündigte Regen an, eine leichte Bö trieb gelbes Birkenlaub über den Gehsteig.

»Ich frage mich, ob er nach seiner Freilassung nach Hause zurückgekehrt ist«, durchbrach Heller endlich die Stille.

»Sofern er wirklich freigelassen wurde«, bemerkte Oldenbusch leise, und seine Erleichterung darüber, dass sie wieder sprachen, war spürbar.

Heller beobachtete aufmerksam die Straße, die wenigen Fahrzeuge und Passanten. Ein Mann fiel ihm auf, der an einem Telegraphenmast lehnte und in einer Zeitung las. Eine Frau näherte sich ihm und sprach ihn an. Der Mann nickte und ging mit ihr davon. Aus einem Fenster im Haus gegenüber Rehms sah eine alte Frau aus dem Fenster. Ein Mann fegte den Weg in seinem Vorgarten. Ein anderes Gebäude war mit einem hölzernen Gerüst versehen, auf dem Maurer arbeiteten und Mörtel an die Ziegel warfen.

»Da!« Oldenbusch deutete auf einen Mann, der gelangweilt auf den Füßen wippte, als wartete er schon längere Zeit ungeduldig auf jemanden.

»Das wäre zu offensichtlich.« Heller gab es auf. Falls Rehms Haus bewacht wurde, wie er vermutete, würde man es geschickter anstellen. Dann entdeckte er aber doch jemanden.

»Schnell, Werner, fahr los und bieg dort vorn rechts ein, aber nicht zu hastig!«

Oldenbusch fuhr los und bog ab wie geheißen. Er fuhr noch ein Stück und stellte das Auto dann im Sichtschutz eines großen Pferdefuhrwerks ab.

»Ich habe Hannah und Paul Girtlitz gesehen. Ich bin mir fast sicher.«

Die Männer stiegen aus, liefen zu einem kleinen Laden und betrachteten das karge Schaufenster, in dem eine Schneiderpuppe und ein Schild standen, auf dem Näharbeiten jeglicher Art feilgeboten wurden.

»Kannst du sie sehen?«, fragte Heller.

»Ja, sie sind es. Sie ziehen einen Leiterwagen. Der ist mit einem Tuch abgedeckt.«

»Sehen sie zu uns hin?«, fragte Heller.

»Nein, du kannst schauen!«

Heller löste sich vom Schaufenster und sah die beiden jungen Leute die Querstraße passieren.

»Die werden doch nicht zu Rehms Haus laufen? Folgen wir ihnen.«

Hannah und Paul Girtlitz waren mit ihrem offensichtlich schwer beladenen Karren die Straße weiter hinabgelaufen und hatten Rehms Haus jetzt fast erreicht. Vor dem Tor blieben sie stehen. Paul, der den Wagen gezogen hatte, gab seiner Schwester die Deichsel in die Hand, betrat dann ohne jede Hast das Grundstück und verschwand im Haus, um nach wenigen Augenblicken wieder herauszukommen. Gemeinsam zogen sie den Wagen weiter.

Mit großem Abstand folgten Heller und Oldenbusch ihnen. Sie mussten die gesamte Bismarckstraße bis zum Bahnhof Niedersedlitz hinunterlaufen, dann bog das Geschwisterpaar rechts ab.

»Wir müssen näher heran, sonst verlieren wir sie«, mahnte Heller. »Oder besser noch, Werner, lauf zurück, hol den Wagen. Ich folge weiter zu Fuß. Sollten wir uns verlieren, warte beim Bahnhof!«

Oldenbusch machte auf dem Absatz kehrt und Heller beschleunigte gerade so weit, dass er auf die Anwohner und Passanten nicht auffällig wirkte. An der Kreuzung bog er rechts ab und sah gerade noch, wie die jungen Leute nach links abbogen. Er querte die Straße diagonal, um abzukürzen, doch ehe er die nächste Ecke erreichte, trat jemand aus einem Hauseingang und zupfte ihn derb am Ärmel. Heller wollte protestieren, verstummte jedoch, als er Saizev erkannte.

»Bitte!«, sagte der Russe freundlich.

Heller war einen Moment lang hin- und hergerissen, entschied sich dann jedoch, die Verfolgung aufzugeben. Saizev würde einen Grund haben, warum er hier gestanden hatte.

Der junge Russe sah sich um, als vermutete er jemanden hinter sich. Dann wandte er sich wieder Heller zu, hob dabei die Hand und betrachtete erstaunt seine Finger. Suchend sah er zu Boden. Heller vermutete, dass der Russe eine Zigarette in seiner Hand wähnte, die er nun vermisste.

»Alexej, ist Ihnen nicht gut?«

Der Russe schwitzte unter seinem Hut. »Doch, doch, ausgesprochen gut. Satt und zufrieden.« Saizev griff in die Tasche seine Jacketts, nahm eine Zigarettenpackung heraus und zündete sich eine Zigarette an.

Heller beobachtete Saizev. »Haben Sie getrunken?«, fragte er besorgt.

»Nicht mehr als nötig«, erwiderte Saizev.

»Haben Sie vielleicht Fieber?«

»Nein, nein, lieber Heller. Es geht mir gut. Einen Moment hatte ich nur Sorge, dass Sie mir die beiden da vor der Nase wegschnappen würden. Ich ... wir beobachten sie schon lang, den Jungen und seine Schwester.«

»Schon lange? Wie soll ich das verstehen?«

»Nun, einige Wochen. Ich will wissen, was sie tun, habe es aber noch nicht herausfinden können.«

»Auch nicht beim Verhör?«

Saizev stutzte. »Ich verstehe nicht?«

»Wurden die beiden nicht verhört?«

Saizev runzelte die Augenbrauen. Er nahm einen tiefen Zug aus der Zigarette und riss dann die Augen auf, gleichzeitig begann er den Kopf zu schütteln. »Die beiden waren nicht in Haft. Sie waren nicht da am Tag der Razzia.«

»Paul und Hannah waren nicht in Gewahrsam? Hatten sie von der Razzia wissen können?« Heller war bisher davon ausgegangen, dass alle Hausbewohner, außer der alten Frau Girtlitz, verhaftet worden waren.

»Nein, eigentlich nicht.« Saizev wiegte bedeutungsvoll den Kopf. Dabei schien er für einen winzigen Moment die Balance zu verlieren. Mit zwei Fingern stützte er sich an der Wand ab. Es sah fast so aus, als wollte er sie nur fühlen.

»Sie meinen, sie wurden gewarnt?« Heller wagte einen Blick zur Straße, wo irgendwann Oldenbusch mit dem Wagen auftauchen würde. Noch war er nicht zu sehen. Saizev war scheinbar völlig übermüdet.

»Auch das versuche ich herauszufinden. Ich kann es aber nur, wenn die beiden sich unbehelligt fühlen.«

»Nun, sie werden nicht so naiv sein, zu glauben, sie seien unbeobachtet«, sagte Heller. Dass die beiden heute Morgen wahrscheinlich wegen ihm aus der Bahn gesprungen waren, unterschlug Heller vorsichtshalber.

Aber Saizev zuckte nur mit den Achseln.

»Wissen Sie denn, was die beiden auf dem Wagen transportieren, Alexej?«

»Ich vermute es nur.«

»Und Sie wollen es mir nicht sagen? Und auch nicht, wohin die beiden gerade gehen?«

»Nein, denn das geht Sie nichts an. Ganz und gar nichts. Es war auch sehr ungeschickt… nein, verzeihen Sie, Max, es war ein wenig überstürzt, Professor Berenbom mit dieser Gesteinsprobe zu behelligen. Zum Glück ist er ein sehr bedachter Mann und wird dies nicht weiterverfolgen, aber was wollten Sie ihm antworten, wenn er hätte wissen wollen, woher diese Proben stammten?«

»Ich hätte ihm gesagt, dass ich ihm diese Information aufgrund laufender Ermittlungsarbeiten vorenthalten muss«, erwiderte Heller kühl. Dass Saizev auch davon schon wusste, verblüffte und ärgerte Heller.

»Und mit welcher Begründung haben Sie bei der Staatsanwaltschaft den Untersuchungsbericht für den Kraftwerksunfall angefordert?« Saizev grinste dabei, doch seine Grimasse wirkte alles andere als heiter.

»Alexej, Sie sagten, ich solle ermitteln, wie ich es normalerweise mache, und genau das mache ich. Wenn Sie mich hindern wollen, dann ersparen Sie uns unnötiges Geschwätz.

Sagen Sie es einfach, anstatt mich vorzuführen. Aber drei Menschen sind tot. Drei Menschen, die sich kannten. Drei angebliche Selbstmorde und ein verdächtiger Wärter, in dessen Haus ich Uranerz finde.«

Saizev nickte, aber hatte die Hand bereits erhoben. Er war jedoch höflich genug, Heller aussprechen zu lassen.

»Recht haben Sie, Herr Heller. Aber das hier ist keine normale Ermittlung. Hier hat jemand etwas vor, hier will jemand manipulieren. Es könnte jeder sein. Jeder hier in der Stadt, selbst Sie. Und wenn Sie mit den Ermittlungen diejenigen aufschrecken, die Kontakt halten zum Amerikaner, dann verlieren wir womöglich seine Spur.«

»Haben Sie denn schon eine?«

Saizev blickte Heller in die Augen und erwiderte nichts. Seine Augen begannen plötzlich zu flackern, er sah durch Heller hindurch. Dann fuhr ihm scheinbar ein Schmerz in die Schläfe und er kniff ein Auge zu. Mit den Fingern begann er, die Schläfe zu massieren, presste dagegen, als wollte er sich durch den Knochen bohren.

»Kommen Sie, Heller«, stöhnte er, »ich bringe Sie nach Hause!«

»Das müssen Sie nicht, Alexej, ich kann auch gut …«

»Kommen Sie!« Saizev zeigte Heller den Weg, stolperte, geriet kurz ins Schwanken, lehnte aber unwirsch Hellers helfende Hand ab.

»Alexej, ich glaube, Sie gehören dringend ins Bett«, merkte Heller leise an.

Saizev blieb abrupt stehen, doch anstatt verärgert zu sein, nickte er nur.

»Da mögen Sie recht haben.« Er öffnete sein Jackett, löste seinen Schlips und die obersten zwei Hemdknöpfe und schob die Hände in die Hosentaschen.

»Wo wohnen Sie denn?«, fragte Heller.

Saizev winkte ab und lief langsam weiter, als gingen sie nur spazieren, in Richtung Bahnhof. Nach ein paar Schritten nahm er sich eine neue Zigarette, die er mit tiefen Zügen rauchte.

»Kennen Sie das?«, fragte er unvermittelt. »Dieses Gefühl, nie zur Ruhe zu kommen? Nie!«

Heller nickte nur. Saizev aber sah gar nicht zu ihm hin und sprach einfach weiter. »Früher war ich voll von Hass.«

»Ich weiß.«

Jetzt blieb Saizev stehen, klemmte die Zigarette in den Mundwinkel und griff in die Innentasche seiner Jacke, um etwas herauszuholen. Es war ein Flachmann. Ungeniert schraubte er die Flasche auf, trank einen Schluck und steckte die Flasche wieder weg. Heller vermied es, den Russen dabei direkt anzusehen.

»Das macht vieles einfacher«, bemerkte der Russe, und es klang wie eine Entschuldigung. »Sie haben gesagt, man kann nicht immer hassen. Das war ein guter Rat. Aber es war nur ein halber. Sie haben nämlich nicht gesagt, was man stattdessen tun soll.«

Heller forschte in Saizevs geröteten Augen, ehe er antwortete. Der Russe schien es ernst zu meinen.

»Lieben vielleicht?«, schlug er vor. »Also, jemanden lieben«, spezifizierte er, damit es nicht peinlich wurde zwischen ihnen.

Saizev nickte, er schien keine andere Antwort erwartet zu haben. »Das ist nicht alles, Max!«, sagte er dann. »Ich bin älter geworden, das haben Sie sicherlich bemerkt, nicht wahr. Ich mag Ihnen jetzt erwachsener erscheinen, aber ich befürchte, ich bin viel zu schnell gealtert.«

»Alexej, Sie sind betrunken, gehen Sie zu Bett, wo immer das steht. Kann ich Sie heimbringen?«

Saizev schüttelte den Kopf. »Nein, ich bringe Sie, mein Wagen steht gleich hier. Also, wohin?«

Heller zögerte, es war ihm nicht geheuer, dass der Russe ihn in diesem Zustand chauffierte, zumal er ihn wahrscheinlich nur von Rehms Haus und dem Geschwisterpaar wegschaffen wollte. Doch was immer Saizev da tat, die jungen Leute observieren oder einen feindlichen Agenten jagen, es sah nicht nach einer gut koordinierten Aktion aus.

»Zum Präsidium«, murmelte Heller.

Saizev winkte ihm schief grinsend zu. »Kommen Sie schon, Max, Sie müssen sich nicht fürchten.«

»Ich muss zugeben«, begann Heller, nachdem sie ein Stück gefahren waren, »meiner ersten Freude, Sie wiedergetroffen zu haben, ist einer gewissen Besorgnis gewichen.«

»Sie sorgen sich um mich oder um sich?«

»Um Sie, Alexej.«

»Das müssen Sie nicht, lieber Heller.« Saizev starrte auf die Straße. Er fuhr etwas zu schnell, jedoch noch nicht auf eine beängstigende Art und Weise. Er schien den Wagen gut unter Kontrolle zu haben, wich Hindernissen mit langen weichen Bewegungen aus, als befände er sich in einer Art Trance.

»Ich werde nicht schlau aus Ihnen«, gab Heller zu. »Was ist Ihnen denn geschehen?«

Alexej sah nach rechts und wollte seinen Blick gar nicht mehr zurück auf die Straße richten.

»Ein ganzer Krieg, Genosse Heller. Mit Toten und Verletzten.« Erst jetzt widmete er sich wieder dem Verkehr.

Heller dachte über die Antwort nach. Saizev schien nicht an den richtigen Krieg zu denken. Er hatte seinen Hass verloren und damit aber auch den Lebensinhalt. Der Russe wirkte ziellos. Er glaubte an nichts mehr, nicht einmal mehr an seine eigenen Worte der letzten Nacht. Und genau das machte ihn gefährlich, fand Heller. Unberechenbar, für andere, aber auch sich selbst gegenüber.

Heller schwieg vorerst. Er wusste, dass alles, was er jetzt sagen könnte, in Saizevs Ohren wie eine Floskel klingen würde. Jemandem den Sinn des Lebens wiederzugeben, war nicht so, als würde man ihm das wie ein Geschenk überreichen.

Doch vielleicht half es dem Russen, wenn er darüber sprechen konnte. »Ich frage trotzdem noch einmal: Wie ist es Ihnen ergangen in den letzten Jahren?«

»Fragen Sie mich das nicht«, sagte Saizev leise. Es war, als läge ihm etwas auf den Lippen, doch sein Mund verzog sich zu einem beinahe boshaften Lächeln. Er ließ es unausgesprochen.

Heller beschloss nun, für den Rest der Fahrt nichts mehr zu sagen.

Nach einer viertelstündigen schweigsamen Fahrt hielt Saizev in einigem Abstand vor dem alten Polizeipräsidium.

»Danke.« Heller öffnete die Tür und wollte aussteigen. Da langte Saizev in sein Jackett, und Heller sah für einen Moment eine Pistole in dem Schulterholster aufblitzen. Saizev holte einen Zettel hervor.

»Falls Sie mir etwas Dringliches mitteilen möchten, rufen Sie da an. Sagen nicht, wer Sie sind, falls jemand anderes als ich ans Telefon geht. Verlangen Sie einfach nur nach mir.«

Heller betrachtete die Nummer. Es schien eine private Telefonnummer zu sein oder die einer Pension oder eines Hotels. Heller faltete den Zettel zusammen und steckte ihn weg. Kurz überlegte er, ob es noch etwas zu sagen gab. Dann aber hob er nur die Hand zum Gruß und warf die Wagentür zu.

12. September 1951, Nachmittag

Heller betrat mit Anni an der einen und dem Einkaufsbeutel in der anderen Hand das Grundstück. Oldenbusch war nicht im Büro gewesen, und es hatte keine Möglichkeit bestanden, noch irgendwie Kontakt mit ihm aufzunehmen. Er hatte ihm eine Nachricht hinterlassen und hatte Salbach heimgeschickt, der mit den Anzeigen noch zu keiner Erkenntnis gekommen war. Dann war er mit der Bahn heimgefahren.

Fast eine Stunde hatte ihn das gekostet und eine halbe noch dazu, für den Einkauf. Die Bäckerin kannte ihn und hatte ihm ein Brot bereits zurückgelegt, das er sich an der Hintertür hatte abholen müssen, damit es im Laden keinen Aufstand gab. Heute Abend musste er noch Wäsche waschen, das Essen anrichten, später verlangte Anni nach ihrer Gute-Nacht-Geschichte und schließlich musste noch die Küche aufgeräumt werden. Heller war müde und ihm graute ein wenig vor der Arbeit. Da horchte er auf. Man hörte Stimmen aus der Küche. Frau Marquart lachte.

»Magst du gleich nach den Karnickeln sehen?«, fragte Heller das Mädchen. Anni nickte und flitzte in den Garten. Heller schloss die Haustür auf und betrat das Haus. Vorsorglich behielt er die Schuhe an, jemandem Fremden wollte er nicht in Pantoffeln gegenübertreten.

»Max, sind Sie das?«, flötete Frau Marquart fröhlich aus der Küche, und es klang in Hellers Ohren etwas aufgesetzt.

Heller hängte seine Jacke an die Garderobe und ging mitsamt dem Einkaufsbeutel in die Küche. Frau Marquart kam ihm so schnell entgegen, dass sie sich fast schon in der Tür trafen. Hinter ihr hatte sich eine Frau von ihrem Stuhl am Küchentisch erhoben und sah Heller freundlich und schüchtern zugleich an. Sie trug gute Kleidung, ein enges, schon elegant zu nennendes Kleid, darüber eine Pelzjacke mit gepolsterten Schultern. Ihr hochgestecktes Haar zierte ein schicker Hut, mit einem eigentlich aus der Mode gekommenen Schleier.

»Sehen Sie, das ist Edeltraud.« Frau Marquart nahm Heller beim Ellbogen und führte ihn zum Küchentisch. Die Frau, die ihre Hände verlegen ineinander verschränkt hatte, hielt Heller nun geziert und mit durchgedrücktem Ellbogen die Hand zum Gruß hin. Als er sie nahm und schüttelte, machte die Frau einen kleinen Knicks.

»Das ist Max, Max Heller, von dem ich erzählt habe. Oberkommissar ist er, bei der Kriminalpolizei«, erklärte Frau Marquart stolz.

»Angenehm. Hermann. Edeltraud«, erwiderte die Frau. Heller nickte und stellte die Tasche erst einmal auf dem Küchentisch ab, doch die Marquart nahm sie ihm ab und begann, sie aufzuräumen.

»Ich habe schon von Ihnen gehört«, sagte er dann. »Sie sind die Tochter von …?« Heller vollendete den Satz nicht.

»Meine Mutter heißt Barbara Rehse. Geborene Schulz.«

Frau Marquart hielt inne. »Das ist auch mein Mädchenname. Wir sind beinahe wie Schwestern aufgewachsen, die Barbara und ich.«

»Wo, wenn ich fragen darf?«

»In Eiland. Ostrov, wie es jetzt heißt. Ostrov u Tisé, in der Böhmischen Schweiz«, antwortete Fräulein Hermann.

»Und Sie wurden da vertrieben?« Heller beobachtete die junge Frau genau.

»Mein Vater betrieb dort ein Sägewerk. Wir mussten fünfundvierzig alles zurücklassen.«

»Und jetzt kommen Sie nach Dresden?«

»Die Umstände zwingen mich dazu. Vater starb kurz nach Kriegsende. Wir waren in Sebnitz angekommen. Gar nicht so weit weg von unserer Heimat. Er starb vor Gram, er konnte den Verlust nicht verkraften, denn die Sägemühle war ein Familienerbe und wurde schon von seinem Urgroßvater betrieben. Es war unmöglich, dorthin zurückzukehren. Ich musste dann bei Mutter bleiben, sie war bettlägerig und auf meine Hilfe angewiesen. Deshalb war es kaum möglich für mich, eine Anstellung zu finden.« Edeltraud Hermann schwieg und zupfte verlegen an ihrem Hütchen. »Meine Mutter starb vor kurzem, und nun will ich ein neues Leben beginnen.«

»Deshalb haben Sie sich Dresden ausgesucht?«, sagte Heller tonlos.

»Ja, aber es ist sehr schwer, ein Zimmer zu bekommen. Geschweige denn eine Wohnung. Ich könnte beim VEB Steingutfabrik als Schreibkraft beginnen.«

»Und wie verbleiben Sie nun?«, fragte Heller hartnäckig weiter.

»Nun …« Fräulein Hermann warf einen Blick zu Frau Marquart, die aber damit beschäftigt war, den Einkauf zu sortieren und von der Unterhaltung sowieso nichts mitbekommen hatte. »Hannelore war so freundlich, mir für einige Tage Logis anzubieten.«

»Hier im Haus?« Hellers Stimme klang fast schrill. Zu laut und zu schnell hatte er gefragt.

Die junge Frau nickte verlegen und verzog die Mundwinkel zu einem schüchternen Lächeln.

»Und für wie lang?« Es behagte Heller nicht, dass eine

Fremde hier im Haus wohnen sollte. Wegen Anni. Was würde das Kind denken?

»Nur solange mein Wohnantrag bearbeitet wird. Ich kenne die Gepflogenheit hier nicht, ich hoffe es geht schnell.«

Schnell? Heller kannte Leute, die seit Jahren auf Wohnraum warteten.

Fräulein Hermann sah ihm wohl sein Unbehagen an. »Ich will Ihnen auch nicht zur Last fallen. Ich kann mich um das Essen kümmern, und ich putze auch und wasche Wäsche. Auch Ihre, wenn es Ihnen nichts ausmacht.«

»Wo soll sie denn schlafen?«, wandte sich Heller an Frau Marquart.

»Im Wohnzimmer. Wie es auch Ihr Klaus getan hat«, erwiderte die alte Dame und kam mit einem Schneidebrett und zwei Äpfeln zum Tisch.

»Sie müssen sie noch waschen«, erinnerte Heller sie, und Frau Marquart erhob sich wieder, um zum Waschbecken zu gehen. Bestimmt hatte sie den Hinweis auf Klaus ohne Hintergedanken angebracht. Und sie hatte recht. Klaus hatte damals wochenlang im Wohnzimmer geschlafen. Es war Frau Marquarts Haus, sie hatte jedes Recht dazu, jemanden aufzunehmen, zumal Fräulein Hermann eine Verwandte war.

Heller hätte jetzt gern mit Karin gesprochen, ihre Meinung gehört. Karin war in solchen Fällen stets pragmatisch und hielt nicht hinterm Berg mit ihrer Meinung. Sie hätte etwas gesagt, wenn es ihr nicht gefiel. Doch vermutlich hätte Karin gar nichts dagegen gehabt, was Heller für diesen Moment nicht gerade in einem besonders guten Licht erscheinen ließ.

Heller bot der Frau jetzt einen Platz an und setzte sich selbst auch an den Tisch. »Verzeihen Sie meine Pedanterie, aber können Sie sich ausweisen?«

Heller hatte nachgerechnet. Für eine Tochter der Cousine, mit der Frau Marquart wie eine Schwester aufgewachsen war, schien sie ihm zu jung zu sein. Höchstens Mitte dreißig, schätzte er.

»Aber natürlich!« Frau Hermann öffnete ihre Handtasche mit dem Klammerverschluss, suchte nach ihren Papieren und reichte Heller eine kleine Ledermappe. Heller entnahm ihr einen Reichsausweis, in dem noch der alte Wohnort Eiland vermerkt war. Er war jedoch geändert und abgestempelt. Das Lichtbild war schon mehrere Jahre alt und sehr verblichen. Dazu fand Heller einen Schein mit dem Vermerk ›Ost-Umsiedlerausweis‹. Den Papieren nach musste die Frau tatsächlich siebenunddreißig Jahre alt sein.

»Haben Sie noch ältere Geschwister?«

»Nein, ich war das einzige Kind. Meine Eltern haben sehr viele Jahre versucht, Kinder zu bekommen. Als meine Mutter endlich mit mir schwanger wurde, hatten sie schon längst nicht mehr damit gerechnet. Sie war schon vierzig. Meine Entbindung soll recht schwierig gewesen sein.«

»Barbara wäre beinahe verblutet, sie war lange Zeit sehr schwach«, wusste Frau Marquart zu berichten.

Auf einmal hörte man draußen auf dem Flur schnelle kurze Schritte. Anni erschien in der Küchentür und blieb wie angewurzelt im Rahmen stehen, als sie die fremde Frau sah. Fragend sah sie Heller an. Frau Hermann hatte sich erhoben und war Anni einen Schritt entgegengegangen, ohne ihr jedoch zu nahe zu kommen.

»Du bist die Anni. Von dir hab ich schon viel gehört. Ich bin die Edeltraud, ich darf ein paar Tage hier wohnen. Wenn du magst, darfst du auch Traudl zu mir sagen.« Frau Hermann streckte die Hand aus.

Anni hatte sie angesehen und blickte nun wieder zu Heller.

Heller stand auf. »Sag ordentlich Guten Tag, Anni.«

Artig gab Anni die Hand und Frau Hermann setzte sich wieder. »Nun, falls ich gleich etwas tun kann, sagen Sie es nur«, bot sie sich an.

Anni flüsterte etwas und Heller verstand sie nur, weil er es inzwischen gewohnt war, dass sie nur selten laut sprach. »Sie möchte Ihnen die Kaninchen zeigen«, wiederholte er laut.

»Ihr habt Kaninchen?« Frau Hermann sprang auf. Anni nickte, und gemeinsam verließen sie die Küche.

Heller atmete auf. Nachdenklich wandte er sich dann Frau Marquart zu. Er hatte das Bedürfnis, der alten Dame seinen Zwiespalt noch einmal zu erklären. Aber sie war derart beschäftigt, die Äpfel zu schneiden, und schien so sehr in ihrer Welt versunken zu sein, dass Heller es dabei beließ.

13. September 1951, früher Morgen

Heller fühlte sich nicht wohl bei der Sache mit Edeltraud Hermann. Er war zutiefst misstrauisch. Ein Gefühl, dem er nicht gern nachgab, denn es machte einen klein und ängstlich.

Und noch ein Gefühl war da. Gern hätte er es ignoriert, doch er kannte sich gut genug, um zu wissen, dass er dazu nicht in der Lage war. Anni hatte gesprochen. Heute Morgen auf dem Weg zum Kindergarten. Sie war fröhlich gewesen und hatte nicht nach Karin gefragt. Sie schien nicht einmal einen Gedanken an sie verschwendet zu haben. Stattdessen hatte sie von Fräulein Hermann gesprochen, von der Geschichte, die Traudl ihr erzählt, von den schönen Kleidern, die sie aus dem Koffer geholt hatte.

Heute Morgen hatte die Frau dann schon in der Küche gestanden, noch früher als Heller, der um fünf aufzustehen pflegte. Sie hatte ganz leise gesungen, und Anni hatte auf ihrem Stuhl gesessen, gekämmt und mit geputzten Zähnen, und hatte andächtig gelauscht.

Es war die Eifersucht, die Heller zur Meldestelle geführt hatte. Ja, er war eifersüchtig. Und er fühlte sich schäbig deswegen.

»Wir kümmern uns darum, Herr Oberkommissar«, sagte der Beamte hinter dem Schalter und sah Heller freundlich durch seine Brille an.

»Es ist sehr dringlich!«

Der Beamte schob die Brille auf der Nase hoch. »Ich werde umgehend telefonieren. Der Vorgang wird aber einige Zeit in Anspruch nehmen. Soll ich Ihnen die Informationen auf Ihrer Dienststelle zukommen lassen?«

»Gern, danke sehr. Die Nummer ist auf dem Zettel notiert. Sagen Sie, darf ich telefonieren? Dienstlich.« Der Beamte nickte und deutete auf den Apparat. Heller nahm sein Notizbuch aus der Jacke. Dann wählte er Saizevs Nummer. Nach dem zweiten Rufton nahm jemand ab.

»Ja?«, hauchte eine weibliche Stimme, die sich ängstlich anhörte.

»Hans?«, fragte Heller.

»Hier ist kein Hans. Auf Wiedersehen!«

»Nein, warten Sie, ich habe diese Nummer bekommen. Hans sagte, ich könne ihn unter der Nummer erreichen.«

»Da haben Sie sich wohl verwählt«, flüsterte die Frau.

»Aber bei wem bin ich denn gelandet?«

Die Frau schwieg.

Heller setzte aufs Neue an. »Also, ich habe hier die 64 137.«

»Das ist meine Nummer, Sie müssen sich verschrieben haben, einen Hans gibt es nicht, auf Wiedersehen.« Die Frau legte auf.

Heller war nicht zufrieden. Er hatte gehofft, sie noch irgendwie am Hörer halten zu können. Er klappte das Notizbuch zu. Ob sie Saizev erzählen würde, dass jemand angerufen und nach Hans gefragt habe, und ob Saizev den richtigen Schluss daraus ziehen würde? Heller bereute es jetzt, es auf diese Weise versucht zu haben. Aber er war sich sicher, im Hintergrund das typisch schrille Quietschen einer Straßenbahn gehört zu haben, die gerade in eine steile Kurve fuhr, und das Hämmern einer Straßenramme.

Heller wählte sein Büro an. Salbach nahm ab.

»Ist Oldenbusch nicht da?«

»Nein, Herr Oberkommissar, aber gut, dass Sie anrufen. Ich habe es schon bei Ihnen daheim versucht.« Salbach hörte sich aufgeregt an, ein leises Vibrieren schwang in seiner Stimme mit. »Wo sind Sie? Ich hole Sie ab. Es hat einen Toten gegeben. Es handelt sich um Professor Berenbom.«

»Der Geologe? Bei dem Sie um die Prüfung der Probe gebeten haben?«

»Ja, der. Er ist auf offener Straße überfahren worden.«

»Ich bin im Hauptmeldeamt. Ich warte auf der Straße davor.«

Die Polizisten am Zelleschen Weg hatten den Menschenauflauf vor Ort geordnet und in einem Umkreis von zwanzig Metern um den Toten Platz geschaffen. Trotzdem hatten sie alle Mühe, den Straßenverkehr an den Zuschauern vorbeizulenken, die immer wieder auf die Straße traten, um besser sehen zu können. Heller kannte das Phänomen schon. Die Neugier war den Menschen einfach nicht auszutreiben, obwohl sie doch genug Tote in ihrem Leben gesehen haben mussten.

Salbach, der auf eine Art und Weise mit dem Dienstwagen umging, die Oldenbusch gar nicht behagen würde, bremste scharf und parkte den IFA F9 hinter dem schon herbeigerufenen Leichenwagen. Ein Vorkriegskrankenwagen stand auch noch am Ort.

Heller zeigte seinen Ausweis vor und wurde zu dem Toten vorgelassen, der mit einem Tuch bedeckt auf der Straße lag. Gerade wollte er sich hinkauern, da kamen die Rettungssanitäter dazu.

»Dem war nicht zu helfen«, begann der Ältere, ohne sich bei Heller vorzustellen. »Frakturen am ganzen Körper, auch eine schwere Schädelfraktur, Bruch der Halswirbelsäule am oberen Kopfgelenk, massive innere Verletzungen, Quetschungen. Man hätte uns nicht rufen müssen. Ich habe einen vorläufigen Totenschein ausgefüllt. Wenn Sie die Eile verzeihen, wir können hier nicht noch stundenlang stehen.«

Heller nickte und ließ sich den Totenschein aushändigen. Ein Uniformierter kam herbei und salutierte.

»Oberwachtmeister Ziesche. Ich war zuerst vor Ort. Als ich kam, lag der Mann hier, regungslos, kein Lebenszeichen. Ich ließ den Krankenwagen rufen. Das Unfallfahrzeug war nicht mehr zu sehen. Ich habe eine Liste von Zeugen. Diese beiden da«, er tippte auf die oberen zwei Namen auf der Liste, »haben es aus nächster Nähe gesehen. Sie sind beide recht mitgenommen. Laut deren Aussagen war es ein schwarzer Wagen, in Richtung Teplitzer Straße unterwegs. Zuerst fuhr er in normaler Geschwindigkeit, beschleunigte jedoch, als sie und das spätere Unfallopfer sich dem Bordstein näherten. Als sie die Absicht des Fahrers erkannten, sprangen sie intuitiv zurück, aber der Mann blieb stehen. Er wurde von dem Auto erfasst und einige Meter durch die Luft geschleudert. Der eigentliche Unfallort liegt beinahe zwanzig Meter weiter vorn. Wir haben ihn gesichert. Ein Autokennzeichen hat sich niemand merken können. Am Bordstein erkennt man die Stelle, wo der Wagen auf den Fußweg gefahren ist. Nachdem man den Tod des Mannes festgestellt hat, habe ich die Personalien geprüft.«

Heller nahm die Liste. »Diese beiden sind noch hier?«

»Jawohl, die Frau da und der Mann.« Der Polizist deutete auf zwei Leute, die etwas abseits standen. Die Frau hatte ihre Stirn an die Brust des Mannes gelehnt und verbarg ihr Gesicht in den Händen. Der Mann hielt sie scheu an den Schultern. Den Namen nach waren sie nicht verwandt oder verheiratet.

Heller zögerte einen Moment, dann sah er sich nach Salbach um, der umgehend herbeikam. »Schon mal einen Toten gesehen?«, fragte Heller ihn.

Salbach nickte knapp.

»Bereit?«, fragte Heller und bückte sich, um nach dem Tuchzipfel zu greifen. Salbach nickte erneut und Heller hob das Tuch an.

»Ist er das? Professor Berenbom?«, fragte er. Der Leichnam lag auf dem Rücken. Die Augen standen offen, im Gesicht hatte er einige Abschürfungen, ein wenig Blut war aus dem Ohr gelaufen. Der Anblick erträglich.

»Eindeutig, er ist es«, bestätigte Salbach, und Heller ließ das Tuch wieder hinabsinken. Dann erhob er sich und wandte sich an die beiden Zeugen.

»Guten Tag, Kripo, Oberkommissar Heller. Frau Schulze und Herr Brandt?«

Die Frau löste sich von dem Mann, wischte sich mit einem Tuch die Augen, doch sie wurde ihrer Tränen nicht Herr. Sie bebte am ganzen Leib.

»Ich ... ich kann mich gar nicht beruhigen«, entschuldigte sie sich. »Ich muss immerzu an meine Kinder denken. Es hätte auch mich treffen können. Was wäre dann gewesen? Er hat mir das Leben gerettet!« Sie zeigte auf Herrn Brandt. Der Mann im etwa gleichen Alter wie Heller blickte etwas verlegen vor sich hin. Wahrscheinlich verbarg er nur seine Gefühle, mutmaßte Heller.

»Meinen Sie, der Fahrer hat in voller Absicht gehandelt? War er nicht abgelenkt, geblendet, hatte ihn vielleicht etwas irritiert?«

»Nein, nein! Genau auf uns zu ist er«, knurrte Brandt. »Erst fuhr er normale Geschwindigkeit, dann drückte er aufs Pedal. Ich hab die Frau noch gepackt und geschrien ›zurück‹.

Aber der andere Mann hat das nicht gehört. Wie das gekracht hat! Und dann ist er hochgeschleudert worden und im hohen Bogen geflogen.«

»Der Fahrer machte keine Anstalten zu halten? Bremste er ab, sah er sich um?«

»Der wurde gar nicht langsamer, der fuhr einfach weiter.«

Heller nickte und schrieb. Wenn es ein Attentat gewesen war, hätte sich der Täter dann nicht überzeugen wollen, dass er sein Opfer wirklich getötet hatte? »Wie sah der Wagen aus?«

»Schwarz war er!«, stieß da Frau Schulze hervor.

»Es ging sehr schnell, aber ich bin sicher, es muss ein Opel gewesen sein.«

»Konnten Sie nicht erkennen, wer der Fahrer war?«

»Ein Mann, würde ich sagen. Er trug einen Hut, wie ein Gangster.«

Heller notierte sich die Angaben und sah noch einmal die Frau an.

»Geht es Ihnen gut? Soll jemand Sie nach Hause bringen?«

»Nein, es wird schon gehen. Aber wie der arme Mann durch die Luft flog ….« Sie schluchzte noch einmal auf.

Heller nickte. »Sie entschuldigen mich, bitte, ich muss der Sache weiter nachgehen.« Er winkte den Uniformierten heran. »Wo finde ich ein Telefon?«

Der Rufton ertönte nun schon zum zehnten Mal, doch Heller legte noch nicht auf. Endlich nahm jemand ab.

»Ja?« Es war dieselbe leise Frauenstimme wie bei seinem ersten Versuch.

»Ich möchte Herrn Saizev sprechen!«

Ein leises Klacken ertönte, die Frau hatte den Hörer auf den Tisch gelegt. Schritte näherten sich.

»Wer ist da?«, fragte Alexej.

»Ich bin es, Max Heller. Es hat einen Toten gegeben.«

Saizev blieb einen Moment lang stumm. »Wer?«, fragte er endlich.

»Professor Berenbom, der Geologe.« Heller lauschte.

»Wie ist es geschehen?«

»Er wurde auf der Straße überfahren. Vorsätzlich.«

Wieder blieb es eine Weile still. »Gibt es Zeugen?«, fragte Saizev dann.

»Eine Anzahl von Personen wollen einen schwarzen Opel erkannt haben.«

»Ah.«

»Alexej, wo sind Sie? Ich möchte Sie sprechen.«

»Heute nicht!«, unterbrach Saizev und legte auf.

Heller legte den Hörer auf die Gabel und blickte zu Salbach, der ihn mit finsterem Blick beobachtet hatte.

»Sie müssen sich keine Vorwürfe machen, Peter.« Hellers Blick fiel zu Boden. Der Amerikaner, dachte er plötzlich. Dann fiel ihm etwas ein.

»Ach, sagen Sie, Peter, haben Sie einen Termin mit dem Ingenieur ausmachen können?«

Salbach riss die Augen auf und schlug sich in ehrlichem Entsetzen an die Stirn. »Herr Oberkommissar, das hätte ich Ihnen gleich heute Morgen sagen wollen. Sie können keinen Termin mit Herr Wegmann bekommen, er fällt auf unbestimmte Zeit aus. Es scheint sogar so zu sein, dass er nie wieder arbeiten wird. Offenbar hat er vor einigen Tagen einen schweren Schlaganfall erlitten. Er liegt im Wachkoma. Im Johannstädter Krankenhaus.«

»Schlaganfall? Wie alt ist der Mann, wissen Sie das?«

»Noch nicht sechzig, so wie ich es verstanden habe.«

»Und vor einigen Tagen bedeutet genau?«

»Am sechsten September, am Donnerstag. Also genau an dem Tag …« Salbach verstummte.

Heller griff nach dem Telefon. »Finden wir heraus, wo er wohnte.«

13. September 1951, Vormittag

Frau Wegmann war eine zierliche Frau in Hellers Alter. Sie sah aus, als hätte sie seit Tagen nicht geschlafen. Fassungslos und mit ausdruckslosem Blick saß sie am Küchentisch. Ihre Tochter, selbst schon Mutter, war bei ihr und streichelte ihr unablässig die Schultern. Das Haus der Wegmanns stand am Rand der Stadt, in Luga, einem grünen, fast dörflichen Viertel, in dem es aussah, als hätte es niemals Krieg gegeben.

»Können Sie mir bitte schildern, was letzten Donnerstag geschehen ist?«, bat Heller leise, aber bestimmt. Gerade eben hatte die Frau ihn noch in die Wohnung gebeten, doch jetzt wirkte sie teilnahmslos und abwesend. Ihre Tochter presste ihr sacht die Schultern, um die Aufmerksamkeit der Mutter zu wecken.

»Wieso kommt denn jetzt die Polizei?«, fragte Frau Wegmann, »habe ich denn etwas Falsches getan?«

»Nein, Mutter, du sollst dem Kommissar nur erzählen, was vorgefallen ist.«

»Nichts, nichts ist vorgefallen. Ingolf kam heim, wie jeden anderen Tag auch. Ich bat ihn, mir die Wäsche reinzuholen, weil so starker Wind aufkam und vom Feld viel Staub angeweht wurde. So oft habe ich darüber nachgedacht, vielleicht hätte ich es selbst tun sollen …?« Frau Wegmann konnte nicht mehr weitersprechen. Die Tochter sendete einen flehenden Blick zu Heller.

»Das dürfen Sie nicht denken. Glauben Sie mir, das hat den

Schlaganfall nicht ausgelöst«, sagte Heller leise. »Erzählen Sie bitte, was noch geschah.«

Frau Wegmann sammelte sich einige Sekunden, bevor sie weitersprach. »Er kam mit der Wäsche herein. Ich hatte inzwischen das Abendbrot bereitet. Hier saßen wir, am Tisch, aßen, und er erzählte mir von einem neuen Projekt. Dann wollte er sich aus dem Keller ein Bier holen. Er stand auf und plötzlich … verkrampfte er sich … und ganz steif … wie … wie ein Brett … fiel er …« Die Frau schluchzte auf und schlug sich die Hände vor das Gesicht. »Wie er dalag«, wimmerte sie, »die Hände in der Luft … so …«

Heller wagte einen Blick auf Salbach neben ihm, der sich auf die Lippe biss und durch das Fenster in die Ferne starrte.

»Frau Wegmann«, mahnte Heller, »bitte versuchen Sie sich zu erinnern, was an dem Tag noch geschah. Was haben Sie gegessen? Hatten Sie Besuch? War jemand im Haus? War in den Tagen zuvor jemand da, den Sie nicht kannten? Erzählte Ihr Mann Ungewöhnliches?«

»Nein, kein Besuch, niemand war im Haus. Ich bin auch fast immer da, alles war zugeschlossen. Meine Nachbarin schaut auch immer. Wir aßen nur Brot, ein bisschen Aufschnitt, Margarine und Gurken.«

»Aß Ihr Mann etwas, das Sie nicht aßen?«

Frau Wegmann dachte nach, schüttelte dann den Kopf. Sie fuhr auf. »Denken Sie etwa, ich habe ihn vergiftet?«

»Nicht sie, jemand anderes!«, entfuhr es Salbach.

Heller hob seinen Zeigefinger, nur ein paar Millimeter.

»Ihnen fällt nichts ein? Denken Sie nach, jede Information ist wichtig, selbst wenn Sie Ihnen nichtig erscheint.«

»Nein, nichts!«

Die Tochter beugte sich hinab. »Willst du nicht von den Leuten erzählen?«

»Aber die waren doch nur am Zaun!«

»Frau Wegmann, bitte!«, bat Heller eindringlich.

»Also, das war am Mittwoch. Da waren Leute am Zaun. Die fragten nach Lumpen und nach Fallobst. Ich sagte, ich hätte nichts.«

»Sie kannten die Leute nicht? Wie viele waren es, wie sahen sie aus?«

»Zwei waren es, ein junger Mann und eine Frau. Sie zogen einen großen Leiterwagen, da lag schon allerhand Zeug drauf.«

Heller, der sich zum Schreiben nach vorn gebeugt hatte, sah auf. »Blond beide, etwa zwanzig Jahre alt?«

Nun war es Frau Wegmann, die ihn erstaunt anblickte. »Ja.«

»Und kamen sie noch einmal wieder? Hat jemand anderes sie gesehen?«

»Wir müssten in der Nachbarschaft fragen.«

»Und es ist ganz unmöglich, dass jemand im Haus war, ohne dass Sie es bemerkten? Kam Ihnen nichts seltsam vor? Wirklich gar nichts?«

Frau Wegmann schüttelte zwar den Kopf, doch sie dachte nach, es war ihr anzusehen. Dann verzog sie die Mundwinkel. »Einmal, ich weiß nicht, ob es an dem Mittwoch war oder tags zuvor. Da kam ich vom Einkauf zurück und im Vorhaus war Dreck, ein paar Krümel nur und ein kleines gelbes Blatt, wie von einer Birke. Das hat mich sehr geärgert. Ich wische jeden Tag die Böden. Aber die Tür war verschlossen, das weiß ich sicher.«

Heller wusste, jeder halbwegs geschickte Einbrecher war in der Lage, ein normales Bartschloss mit dem Dietrich zu öffnen und auch wieder zu schließen.

13. September 1951, früher Nachmittag

Niesbach wand sich. Es war ihm anzusehen, wie es in ihm arbeitete, wie er alle Möglichkeiten abwägte, sich dabei mit der flachen Hand über die Halbglatze strich, seine Brille zurechtrückte. Dann sah er auf.

»Heller, Sie *vermuten* nur, dass bei Wegmann eine Vergiftung vorliegen könnte, es gibt aber keine konkreten Hinweise«, sagte er leise.

»Ich ziehe es in Erwägung. Ich konnte ihn nicht sehen, wurde im Krankenhaus nicht zu ihm vorgelassen, und selbst wenn, ich hätte es ihm nicht ansehen können. Ich bin kein Experte für Vergiftungen.«

»Er könnte also tatsächlich nur einen Schlaganfall erlitten haben?«

Heller nickte.

»Gibt es denn jemanden, der eine Vergiftung diagnostizieren könnte?«

»Ich habe mit Doktor Kassner telefoniert. Er könnte es, wenn Wegmann verstirbt. Dann könnte er ihn obduzieren und feststellen, ob es ein Schlaganfall war. Falls nicht, kann er gezielt nach Indizien einer Vergiftung suchen.«

Niesbach sah Heller stumm an und rechnete sich wahrscheinlich aus, welches Szenario ihm lieber wäre. »Und Professor Berenbom ist laut Ihrem Bericht einem Anschlag zum Opfer gefallen.«

»Natürlich bleibt die Möglichkeit, dass es der Fahrer des

schwarzen Opels allgemein auf eine Gruppe Menschen abgesehen hatte, jedoch hätten sich ihm nur einige hundert Meter weiter, vorn an der großen Kreuzung zur Bergstraße, weit mehr Ziele geboten.«

»Und was möchten Sie, Heller?«

»Ich möchte einige Verdächtige observieren.«

Niesbach hob den nächsten Zettel an. »Hannah und Paul Girtlitz. Deren Großvater Eugen Girtlitz, außerdem Heinrich Busmann und den Wärter Walter Rehm.«

Niesbach seufzte. »Sie wissen, dass all diese Leute vermutlich schon unter Beobachtung stehen!«

Heller sah ihn unverwandt an. »Ja, durch das MfS oder den MGB. Da wir von diesen aber keine Informationen bekommen werden, müssen wir uns selbst darum bemühen.«

»Und Sie wollen ein Haus durchsuchen, in dem Herr Haffner gewohnt hat. Ein Mann vom Grundbuchamt, der sich vor einigen Wochen vermutlich in den Westen abgesetzt hat?« Niesbach verzog die Mundwinkel nach unten. »Den Zusammenhang verstehe ich nicht.«

»Der erschließt sich Ihnen, wenn Sie meinen Bericht genau lesen.« Heller wusste, wie er mit dem Kripochef umsprang.

Niesbach begehrte innerlich einen Moment auf, gab sich aber geschlagen, ohne dass Heller auch nur mit der Wimper hatte zucken müssen. Dann überflog er Hellers maschinengeschriebene Zeilen ein zweites Mal.

»Sie schreiben selbst, Haffners Haus wurde durchsucht, ich sehe keine Notwendigkeit, dass Sie es ein zweites Mal tun sollten. Männer kann ich Ihnen auch keine geben. Wie Sie jedoch über Ihre eigene Zeit verfügen und die Ihrer Leute, steht ihnen offen. Und solange Sie mir nicht schlüssig nachweisen können, dass all dies nicht nur eine Aneinanderreihung unglücklicher Umstände ist, werden Sie in Sachen Wegmann und Berenbom nicht weiter ermitteln. In der Angelegenheit mit den beiden Toten in Untersuchungshaft haben sich die Wogen insofern geglättet, als dass die Verantwortlichen vom sowjetischen Ministerium des Inneren den Tod der beiden Männer als Suizid akzeptieren.«

Heller ahnte, der forsche Auftritt Niesbachs war nur ein Versuch, das Machtverhältnis zwischen ihnen zurechtzurücken. Das wollte er akzeptieren, er mochte Niesbach, mehr als alle anderen Vorgesetzten, die er jemals gehabt hatte. Deshalb erhob er sich, ohne weiter zu insistieren. An der Tür hielt er jedoch noch mal inne. Eine Frage hatte er sich aufgehoben.

Niesbach blickte ihn in stummer Verzweiflung an. »Ja?«, fragte er schroff.

»Sie wissen nicht, wo Oldenbusch ist, oder? Ich meine doch, er müsste längst von seiner Befragung zurück sein.«

Niesbach blieb stumm und schüttelte nur den Kopf.

Heller betrat sein Büro und machte einen kleinen Schlenker zu Salbachs Tisch, ehe er an seinen Platz ging. Salbach sah nicht auf, sondern kritzelte hastig mit seinem Bleistift. Heller setzte sich und zog das Telefon zu sich heran. Er nahm den Hörer ab, wählte eine Nummer, wartete. Er sah auf die Uhr, ließ es weiterklingeln. Frau Marquart machte vielleicht ein Mittagsschläfchen. Dann brauchte sie immer einige Zeit, sich zu besinnen. Endlich nahm jemand ab.

»Frau Marquart, Max hier …«

»Ich bin es, Edeltraud«, unterbrach ihn die junge Frau.

Heller verstummte und tippte mit dem Zeigefinger auf den Tisch.

»Herr Oberkommissar?«

»Fräulein Hermann, ich möchte gern Frau Marquart sprechen.« Hatte die Frau das Recht, ans Telefon zu gehen? Sie wohnte noch keinen Tag im Haus.

»Sie schläft ganz fest.«

»Richten Sie ihr bitte aus, sie möge zu unserer Nachbarin gehen, zu Frau Eigner, und ihr ausrichten, dass es bei mir heute ein wenig später wird.«

»Das kann ich auch machen. Jetzt gleich, wenn Sie wollen. Ich habe sie gerade gesehen.«

Heller verstummte. Nun sah Salbach doch auf und betrachtete Heller mit einer gewissen Neugier.

»Frau Eigner kennt Sie aber nicht«, erwiderte Heller ein wenig gepresst.

»Ich werde mich vorstellen. Wenn Sie mögen, kann ich mich auch um Anni kümmern. Ich glaube, sie mag mich.«

»Bitte, richten Sie ihr nur aus, dass es länger wird heute«, wiederholte Heller mit Nachdruck.

»Also gut, wie Sie meinen«, gab sich Edeltraud Hermann leise geschlagen.

Heller legte auf und nickte Salbach zu, der nicht aufgehört hatte, ihn anzustarren.

»Na, Salbach, sind Sie fündig geworden?«, fragte Heller bissig und haderte mit der unangenehmen Situation. Er hatte alle Hände voll zu tun, noch immer kein Lebenszeichen von Karin, und nun war da auch noch eine fremde Frau bei ihm zu Hause und stellte ihn vor Herausforderungen, denen er sich nicht gewachsen fühlte.

»Ich glaube schon«, erwiderte Salbach zu Hellers Verblüffung. Schon erhob er sich und klaubte seine Papiere und einige Zeitungen zusammen. »Ich habe das System noch nicht verstanden. Aber sehen Sie hier. Eine Anzeige fand ich hier. Zündkerzen. Mehr nicht. Sehen Sie. Und hier eine Telefonnummer.«

Heller stand auf, um einen besseren Überblick zu bekommen. »Das scheint mir nichts Besonderes zu sein.«

»Ja, schon. Ich habe aber da angerufen. Unter der Nummer gibt es keinen Anschluss. Und sehen Sie hier.« Salbach nahm eine andere Zeitung hervor, die er sich markiert hatte. »Und jetzt hier. Zierrat. Nur das und eine Nummer. Die habe ich auch angerufen. Auch kein Anschluss unter dieser Nummer. Und nun hier. Ziegel. Und hier: Zwirn. Jedes Wort beginnt mit Z. Andere Nummer, kein Anschluss.«

»In jeder Zeitung? Fortlaufend?«

»Nein, es sind ganz verschiedene Abstände, einmal nur zwei Tage, einmal fünf. Jetzt suche ich alles nach Z ab. Warten Sie!« Salbach lief zu seinem Tisch, riss eine weitere Zeitung an sich und kam zurück. »Hier: Zinn! Wieder eine andere Nummer. Soll ich?« Er deutete auf das Telefon. Heller nickte auffordernd. Salbach wählte hastig, seine Ohren glühten. Er lauschte, dann hielt er Heller den Hörer hin. Es gab keinen Anschluss.

»Jetzt müssen wir alle Anzeigen durchgehen und versuchen herauszufinden, was es bedeuten soll. Aber gut, Peter, wirklich gut.«

Salbach strahlte in verlegenem Stolz.

»Nutzen Sie jede freie Minute, um der Sache nachzugehen. Jetzt aber fahren wir. Ich hatte eigentlich gehofft, Werner ist bis jetzt zurück.«

Salbach raffte die Zeitungen zusammen und legte sie wieder auf seinen Tisch.

»Wer weiß«, murmelte er dabei, und noch immer waren seine Ohren ganz rot.

13. September 1951, früher Abend

»Wohnt die Tante noch bei uns?«, fragte Anni.

Heller hatte auf der Straße nach links und rechts gesehen, dabei aber nicht auf den Verkehr geachtet, sondern nach dem schwarzen Opel Ausschau gehalten. Nun sah er zu dem Mädchen hinunter.

»Ein paar Tage, ja. Stört dich das?«

Frau Eigner war freundlich gewesen und hatte betont, dass es ihr gar nichts ausmache, auch länger auf Anni aufzupassen. Fräulein Hermann hatte ihr gleich Bescheid gegeben. Auf Frau Eigners Frage, wer denn die Frau sei, hatte er ihr nicht einmal den Verwandtschaftsgrad benennen können. Eine Großcousine, hatte Frau Eigner geraten und dabei eigentümlich gelächelt.

»Traudl kann auf Frau Marquart aufpassen!«, sagte Anni leise, aber deutlich. Heller nickte und schenkte ihr ein Lächeln. Dass sie aufpassen sollte, ihr nicht zu viel Vertrauen schenken, ihr nichts erzählen, wollte er ihr sagen. Doch er wusste nicht, wie er es in Worte fassen sollte, ohne das Kind zu verängstigen oder seine eigene Besorgnis zu zeigen.

Zwei Stunden hatten er und Salbach das Haus in der Burgenlandstraße beobachtet. Doch buchstäblich nichts war geschehen. Weder waren Hannah und Paul Girtlitz noch irgendjemand anderer aufgetaucht noch hatte jemand das Haus verlassen.

Nachdem er Salbach in den Feierabend geschickt hatte,

war Heller zum nächsten Fernmelder gelaufen und hatte sich in der Zentrale erkundigt, ob Oldenbusch sich gemeldet habe. Dann hatte er sich noch eine Stunde lang auf die Lauer gelegt. Nichts war geschehen, das gesamte Haus wirkte wie ausgestorben. Dass Niesbach ihm keine Unterstützung gewährte, konnte er nachvollziehen. Er konnte selbst nicht so richtig daran glauben, dass hier ein feindlicher Agent sein Unwesen trieb. Aber wenn doch?

Diese Hannah müsste er einmal allein sprechen können, ohne ihren Bruder, ohne die anderen. Es schien, als hätte sie etwas zu erzählen.

»Vati?«, fragte Anni und holte Heller zurück aus seinen Gedanken.

»Jetzt bin ich wohl fast im Stehen eingeschlafen«, lächelte Heller und zog eine Grimasse.

»Dann musst du heute zeitig in die Heia!«, sagte Anni streng. Gemeinsam liefen sie los, und gerade als sie auf der anderen Straßenseite angelangt waren, huschte weiter unten, an der übernächsten Kreuzung, ein Mann über die Straße und verschwand um die nächste Hausecke.

»Wo ist Fräulein Hermann?«, fragte Heller Frau Marquart.

Die alte Dame sah einen Moment lang durch ihn hindurch, dann aber besann sie sich. »Edeltraud. Jemand hilft ihr noch einen Koffer abzuholen. Sie hat ihn zwischengelagert, beim Neustädter Bahnhof. Vor einer Stunde ist sie mit einem Handwagen los.«

Heller nickte, nahm der Frau Brot und Brotmesser aus den zittrigen Händen und schnitt ein paar Scheiben ab. Noch immer ließ die Qualität des Brotes zu wünschen übrig, doch im Vergleich zu dem grässlich bitteren Brot der ersten Nachkriegsjahre war es schmackhaft und vor allem nahrhaft. Ab und zu gab es auch wieder Butter, Wurst und Marmelade.

Jahrelang hatten sich die Menschen nichts mehr gewünscht. Doch mit dem Haben kam auch immer das Wollen. Die Ansprüche stiegen. Die Maßstäbe setzte der Westen. Das man hier etwas Neues versuchen wollte, etwas, dem man eine Gelegenheit geben sollte, war den meisten zu abstrakt. Sie wollten etwas haben für ihr Geld und ihre Arbeit und waren nicht bereit, zu warten. Eigentlich war Heller dafür, etwas Neues zu probieren. Eine Gesellschaft, in der jeder etwas wert sein sollte, und zwar mehr als nur eine Arbeitskraft. Doch nach den dunklen Jahren des Nationalsozialismus hatte sich längst schon wieder eine gewisse Resignation eingestellt.

Heller sah auf seine Uhr. Zum Bahnhof und zurück dauerte es anderthalb Stunden. Frau Marquart hatte die Küche verlassen, werkelte im Waschhaus. Anni war bei den Kaninchen. Heller ging in den Flur. Er fühlte sich nicht gut, nicht besser als am Morgen auf dem Meldeamt. Eigentlich noch schlechter. Sein Misstrauen Fräulein Hermann gegenüber schien so kleinlich und übertrieben zu sein. Und doch fühlte er sich auch im Recht. Zumindest musste er sich das immer wieder weismachen.

Nun stand er vor der Wohnzimmertür, legte seine Hand auf die Klinke und drückte sie nieder. Die Tür war nicht verschlossen und noch, sagte sich Heller, noch tat er nichts, dessen er sich schuldig fühlen musste. Es war sein Wohnzimmer, so wie es auch das von Frau Marquart war. Weihnachten saßen sie zusammen hier, an Ostern und zu den Geburtstagen. Auch als Klaus hier gewohnt hatte, waren sie im Zimmer ganz selbstverständlich ein und aus gegangen.

Heller sah sich um. Die Couch war als Bett hergerichtet.

Das Bettlaken war straff übers Polster gezogen, eine bezogene Decke sauber gefaltet, ein Kissen in einen etwas zu großen Bezug gewickelt. Es roch nach Frau, nach guter Seife, Parfüm. Ein Koffer lag unverschlossen da, der Reisebeutel war an ein Tischbein gelehnt.

Noch immer stand Heller im Türrahmen und wagte nicht, ins Zimmer zu treten. Er sah den Flur entlang hinaus in den Garten. Die alte Frau sprach mit Anni, Heller hörte das Kind antworten, verstand aber nicht, was sie sagte.

Endlich machte er zwei feste Schritte in das Zimmer, ließ aber die Tür offen, damit es auf keinen Fall aussah, als würde er sich hineinschleichen wollen. Rasch ging er zu dem Koffer und hob den Deckel an. Einen Augenblick nahm er sich Zeit, um den Inhalt zu betrachten, damit er anschließend alles wieder genauso anordnen konnte. Vorsichtig hob er die erste Schicht Kleider an. Fräulein Hermann besaß ein paar Strickjacken, Westen, Blusen, zwei Damenhosen und Röcke. Beherzt griff Heller nach dem ganzen Kleiderstapel und fand Unterhemden, Socken und Damenunterhosen. Ein Geräusch ließ ihn aufschrecken. Verlegen sah er sich um, doch da war niemand. Trotzdem legte er die Kleidungsstücke zügig und mit Bedacht zurück. Dann tastete er den Deckel nach einem doppelten Boden ab und schloss den Koffer wieder. Nachdem er sich durch einen Blick aus dem Fenster vergewissert hatte, dass auf der Straße alles ruhig blieb und noch immer niemand kam, widmete er sich der Reisetasche. Er öffnete sie vorsichtig und warf einen Blick hinein. Sie war nicht sehr ordentlich gepackt. Etwas erregte seine Aufmerksamkeit. Er griff hinein und zog etwas heraus. Es war ein Fotoalbum.

Noch einmal lauschte Heller nach draußen, dann setzte er sich an den Wohnzimmertisch und schlug das Buch auf.

Es waren offenbar Schnappschüsse aus der alten Heimat. Die meisten waren vergilbt, die Beschriftung kaum lesbar. Mühsam entzifferte Heller die verblichene Schrift und las Namen, die ihm aus Erzählungen von Frau Marquart bekannt waren. Er glaubte sogar, auf einem Bild Frau Marquart selbst zu erkennen, mit ihrer Cousine, beide noch junge Mädchen. Er sah eine Mühle, ein kleines Gehöft, ein Pferd, Weiden und Obstbäume. Ernste Männer mit Hüten und Taschenuhrenketten. Zwischen den letzten Seiten waren Briefe geklemmt. Er las die Adressen und Absender und klappte das Album schließlich zu. Leicht beschämt steckte er das Album zurück. Mit einem letzten Blick vergewisserte er sich, dass auch wirklich alles wieder an seinem Platz war. Dann verließ er das Wohnzimmer, atmete aus und war trotzdem nicht befreit. Im Licht der Küche fand er ein langes Haar am Ärmel seines Hemdes hängen. Er zupfte es ab. Der Farbe nach musste es ein Haar von Fräulein Hermann sein. Es konnte nur im Koffer oder in der Tasche gewesen sein. Hatte sie es absichtlich drapiert, um zu erfahren, ob in ihren Sachen gewühlt wird? Das ließ ihn in noch größerer Verlegenheit zurück.

Fräulein Hermann kam, als Anni längst im Bett lag. Das Klappern der Karrenräder war schon von weitem zu hören. Heller öffnete die Haustür und ging der Frau ein Stück entgegen. Dankbar nahm sie seine Hilfe an. Den Wagen samt dem schweren Koffer bergab zu bremsen, hatte sie größte Mühe gekostet. Sie schwitzte.

»Frau Marquart meinte, Sie hätten einen Begleiter?«, sagte Heller und fühlte sich, als habe die Frau ihn durchschaut.

Fräulein Hermann schüttelte den Kopf. »Er hat mir nur den Wagen gebracht, den muss ich ihm morgen wieder zurückgeben.«

»Ein Nachbar?« Heller hatte die Deichsel hochgestellt, stemmte sich gegen das Gewicht und ging seitlich. Er sah sich dabei um. Und auch wenn ihm nichts verdächtig schien, hatte er das Gefühl, jemand beobachtete ihn.

»Er wohnt in der Grundstraße, so heißt sie doch, oder? Er arbeitet in dem Steingutwerk, in dem ich anfangen werde.«

Vor dem Haus hielten sie an. Heller hievte den Koffer vom Wagen, schleppte das übergroße Gepäckstück hinein und stellte es vor dem Wohnzimmer ab. Die Frau folgte ihm, öffnete die Tür und gemeinsam bugsierten sie den Koffer ins Zimmer. Fräulein Hermann richtete sich auf und sah Heller voller Dankbarkeit an. Der hob gleich abwehrend die Hand.

»Schon gut. Wenn Sie noch essen möchten, in der Küche ist noch angerichtet.«

In der Nacht lag Heller wach, weil ihm alle möglichen Gedanken durch den Kopf gingen. Er sorgte sich um Karin, redete sich ein, dass keine Nachricht eigentlich gute Nachrichten waren, denn wäre sie nicht angekommen, hätte Erwin sich bestimmt gemeldet. Aber warum schickte sie ihm kein Telegramm? Das hatten sie doch ausgemacht. Und der tote Professor ging ihm nicht aus dem Kopf. So viele Tote hatte Heller schon gesehen, und viele waren schlimm zugerichtet gewesen. Hatte der Mann wirklich mit dem Leben bezahlen müssen allein dafür, dass sie ihn nach einer Prüfung der Gesteinsprobe gefragt hatten? Das musste heißen, jemand ging skrupellos vor und schreckte vor nichts zurück. Wie wahrscheinlich war dann, dass die alte Frau Girtlitz keinen Selbstmord begangen hatte? Und wie sehr waren dann Salbach, Oldenbusch und er selbst in Gefahr?

Heller schreckte hoch, sah auf die Uhr. Es war noch nicht Mitternacht. Er schlüpfte in die Pantoffeln, warf sich seinen

Hausmantel um und ging leise die Treppen hinunter. Es war ganz still im Haus, alle schliefen. Heller ging zum Telefon, nahm ab und wählte Oldenbuschs Nummer. Er lauschte eine Weile auf den Rufton, ließ Werner Zeit, doch niemand nahm ab. Heller legte auf und starrte eine ganze Weile ins Dunkel. Als er im Wohnzimmer Fräulein Hermann im Schlaf rascheln hörte, ging er zurück ins Bett.

Er wälzte sich im Schlaf. Hörte es leise knacken im Gebüsch vor dem Haus, das Knirschen kleiner Steinchen unter Schuhsohlen.

»Komm!«, rief Karin. Sie war nackt und winkte ihn lachend zu sich, im Licht der untergehenden Sonne, mitten in einem Meer aus flüssigem Gold. Nur sie beide. Er hätte es ihr gleichtun sollen. Sich frei machen. Einmal frei machen von allem.

»Komm!«, hatte sie gerufen. Doch er war nur stehen geblieben.

14. September 1951, morgens

Heller saß in seinem Büro. Das schlechte Gewissen plagte ihn. Oldenbusch war nicht da und hatte auch keine Nachricht hinterlassen. Salbach würde bald kommen, und wegen ihm zermarterte Heller sich das Hirn. Konnte er es wagen, den jungen Mann auf Hannah und Paul Girtlitz anzusetzen? Salbach würde das sicherlich begrüßen. Es wäre ihm tausendmal lieber, als am Schreibtisch weiter über den Zeitungen zu brüten. Er hatte ja auch schon bewiesen, dass er genug Durchhaltewillen und Geduld besaß für eine Observation. Trotzdem war er nun mal jung und unerfahren.

Auf dem Gang wurden Schritte laut, die Heller sofort erkannte. Er erhob sich, noch ehe Salbach in der Tür stand, nahm seine Jacke und fing den jungen Polizisten im Gang ab.

»Guten Morgen. Holen Sie mir den Wagen«, befahl er und kehrte dann noch einmal in das Zimmer zurück, weil ihm etwas eingefallen war.

Heller wählte Saizevs Nummer. Nach dem dritten Klingeln nahm jemand ab. Wieder war es die Frau.

»Ich möchte Saizev sprechen!«, sagte Heller grußlos. Es raschelte.

»Wer ist da?«, fragte nun der Russe.

»Max Heller hier. Alexej, wo sind Sie? Ich will Sie sprechen!«

»Sie sprechen mich schon«, grunzte der Russe.

»Was ist mit Paul und Hannah Girtlitz? Was tun die beiden?«

»Sie bekommen Befehle.« Saizev hatte seine Stimme gesenkt. Er klang benommen, als sei er müde oder auch betrunken.

»Von Ihrem Raben?« Heller gab sich keine Mühe, seine Tonlage an Saizevs anzupassen. »Dieser Geologe ist tot und Ingenieur Wegmann liegt im Krankenhaus. Vielleicht sogar im Sterben. Zwei Männer haben Sie bereits im Gefängnis verloren, und die alte Frau Girtlitz hat sich angeblich mit Gas umgebracht. Nach all dem, was sie jahrzehntelang hatte aushalten müssen. Was ist da los? Was geschieht da?« Den Namen Haffner hatte Heller absichtlich ausgelassen.

Saizev schwieg. »Heller, ich kenne Sie ganz gut«, begann er dann. »Deshalb habe ich Sie besucht in der Nacht, um mit Ihnen zu sprechen. Dinge geschehen … Der Amerikaner bereitet etwas vor. Wir wissen nur noch nicht, was.«

Heller hörte dem Russen zu, ohne eine Miene zu verziehen. War der Mann verrückt geworden?

»Alexej«, sagte Heller schließlich, »wer ist Ihr Vorgesetzter? Wer leitet das Kommando? Wie ist Ihr Plan?«

»Wir warten, bis der Amerikaner einen Fehler macht«, flüsterte Saizev und schniefte leise. Heller wusste nicht, ob das ein Lachen war. Was war nur los mit dem Russen? Bereitete ihm das etwa Vergnügen? Heller wurde zornig.

»Aber was? Was soll er denn wollen? Die Stadt mit einer Atombombe in die Luft sprengen?«

Jetzt lachte Saizev tatsächlich. Doch sofort wurde er wieder leise. »Vielleicht ist er einer von uns!«

»Das sagten Sie schon.«

»Vielleicht will er überlaufen, doch auf der anderen Seite sind sie auch misstrauisch. Sie misstrauen jedem, auch sich selbst. Hinter jedem Überläufer vermuten sie einen Doppelagenten, so wie wir auch. Man muss etwas mitbringen, wenn man die Seite wechseln will. Etwas, das ihnen Beweis genug ist für die Ehrlichkeit. Ein Geschenk. Heller, wir können nur warten, bis wir verstanden haben, was der Amerikaner will.«

»Und darauf, dass nicht noch mehr Menschen sterben!«

»Ja, und darauf«, sagte Saizev beiläufig und legte auf. Wütend knallte Heller den Hörer auf die Gabel und verließ das Büro.

Am Wagen angelangt, winkte er Salbach aus dem Fahrersitz.

»Halten Sie Stellung im Büro und arbeiten Sie weiter an den Annoncen«, befahl er. Salbach sackte enttäuscht in sich zusammen, fügte sich dann jedoch seinen Anweisungen, ohne zu murren.

Heller zog die Handbremse des Wagens an und ließ den Motor absterben. Einen Moment blieb er sitzen und lockerte die verspannten Schultern. Er war das Autofahren einfach nicht gewohnt. Nur allzu oft hatte er es Oldenbusch überlassen. Das musste sich ändern. Vielleicht sollten Karin und er sich einen Wagen zulegen. Vielleicht gab Frau Marquart etwas dazu, denn sie kam kaum aus dem Haus und würde sich über kleine Ausfahrten bestimmt freuen. Mit diesem Gedanken im Kopf stieg er aus.

»Sie schon wieder!«, sagte Frau Müller, als er ihr Grundstück betrat. Mit besorgtem Gesichtsausdruck richtete sie sich von der Gartenarbeit auf. Sie schwitzte leicht, rieb sich die Handflächen an ihrer Schürze ab und wischte sich dann mit dem Handrücken über den Mund. »Wo ist denn Ihr anderer Kollege?«, fragte sie Heller und stieg aus dem Beet.

»Der hat andere Aufgaben.«

»Und Sie wollen noch mal ins Haus?«

Heller zögerte. Anscheinend hatte die Frau keine Bedenken, ihn hineinzulassen. Vielleicht sollte er das ausnutzen, um noch einmal zu überprüfen, welcher Geruch ihm in die Nase gestiegen war.

»Gibt es Nachbarn, die hier schon wohnten, bevor Sie einzogen, und die Herrn Haffner kannten?«, fragte er nach.

»Ja, da im Nebenhaus, da wohnt ein älteres Ehepaar. Die Lehnerts. Ganz oben.« Frau Müller deutete nur mit den Augen auf die entsprechende Etage. »Wenn jemand etwas gesehen hat, dann diese beiden. Die passen auf wie die Schießhunde. Die sehen auch sofort, wenn meine Kinder über den Zaun klettern. Wissen Sie, mir haben sie erzählt, dass der Mann, der hier gewohnt hat, der Haffner, dass der …« Frau Müller rollte mit den Augen. »Also, der hat's mit Männern gehabt.«

Heller ließ das unkommentiert und zwang die Frau damit, noch eine Erklärung folgen zu lassen.

»Sie meinten, in den Wochen, bevor er verschwand, sei immer wieder ein junger Mann zu Besuch gekommen. Nachts. Und frühmorgens sei er wieder verschwunden. Und der Haffner hat auch nie eine Frau gehabt.« Auf einmal wurde sich die junge Frau offenbar ihrer Redseligkeit bewusst und sie nahm sich zurück. »Fragen Sie sie am besten selbst, die haben Ihre Anwesenheit bestimmt längst registriert, Herr Oberkommissar.«

Heller dankte, indem er die Finger zum Gruß an die Schläfe hob, ging zum Nachbargrundstück und suchte auf dem Klingelschild nach dem Namen. Er trat ein paar Schritte zurück, legte den Kopf in den Nacken, um an der Fassade hochzusehen. Da nichts geschah, probierte er entschlossen eine Klingel nach der anderen durch. Doch kein einziges Fenster wurde geöffnet. Heller drückte die Haustürklinke. Das Haus war unverschlossen. Noch einmal presste er seinen Zeigefinger auf den Klingelknopf der Lehnerts. Dann betrat Heller das Haus und ließ die Tür hinter sich zufallen. Einen kurzen Moment focht er einen inneren Kampf aus. Ein Teil von ihm wollte sich nicht der Lächerlichkeit preisgeben, der andere beharrte auf Sicherheit. Letzterer gewann und Heller zückte die Pistole. Aber er ließ sie gesichert.

Leise stieg er die Treppe hinauf. Auf der oberen Halbetage blieb er kurz stehen, presste sich dann an die Wand und schob sich seitlich Stufe für Stufe weiter nach oben. Er konnte sich den seltsamen Lichteinfall nicht erklären, der die Etage erhellte. Als würde Sonnenlicht in einem Spiegel reflektiert. Aber die Sonne schien heute nicht.

Das Licht kam aus der halb offen stehenden Wohnungstür der Lehnerts. Das Flurlicht brannte und beleuchtete das traurige Szenario, das sich Heller bot. Er näherte sich der Tür, ging dann in die Hocke und betrachtete den alten Mann, der halb am linken Arm hängend auf den Holzdielen lag, den rechten Arm weit von sich gestreckt, als hätte er noch Halt gesucht, bevor sein Herz stehen geblieben war. Seine Finger hielten im Tod noch die Türklinke umklammert und verhinderten so, dass er ganz zu Boden sank. Der Kopf des Toten hing nach vorn und die langen Strähnen des weißen Haares hatten sich wie ein feiner Schleier auf dem Holz ausgebreitet.

Heller berührte den Hals des Mannes, doch er musste nicht nach dem Puls suchen, die Haut war kalt. Heller richtete sich auf und ein Impuls wollte ihn nach der Hand des Toten greifen lassen, um die Finger vom Türgriff zu lösen und dem Mann Erleichterung zu verschaffen. Doch er besann sich. Er war noch nicht fertig. Heller stieg über den Toten hinweg, ohne etwas zu berühren, warf einen Blick in den ersten Raum, die Küche, dann in den nächsten Raum, dessen Fenster hinaus zur Straße zeigen musste. Es war das Wohnzimmer, gut eingerichtet, mit Vitrine und Bücherregal, einem Radioschränkchen und einem Esstisch mit Polsterstühlen. Vor dem Sofa lag ein umgekippter Stuhl neben einem Kaffeetisch, über dem Frau Lehnert an einem Seil hing. Dieses war am Deckenhaken des Kronleuchters angeknüpft. Langsam begab sich Heller noch einmal in die Hocke und versuchte im Gegenlicht zu erkennen, ob es irgendwelche Spuren auf dem Dielenboden oder dem Teppich gab, Erdklümpchen vielleicht, Gras, Laub, Haare. Doch alles schien blitzblank.

Er streifte die Schuhe ab und betrat auf Strümpfen das Wohnzimmer. Den umgekippten Stuhl wollte er nicht berühren, doch er berechnete mit Augenmaß, dass es wohl genügt hatte, den Stuhl auf den Tisch zu stellen, um das Seil am Haken anzuknoten. Die glattpolierte Tischplatte wies sogar Druckstellen auf und vier parallel verlaufende dünne Kratzer, die darauf hindeuteten, dass der Stuhl darauf gestanden hatte und weggestoßen worden war. Heller berührte die Tote leicht an der Hand. Auch die Frau war völlig kalt.

Heller zog sich die Schuhe wieder an, steckte die Waffe ein, ging in die Küche und öffnete das Fenster.

»Hallo!«, rief er Frau Müller zu, die immer noch im Garten stand. »Gibt es einen Fernsprecher hier?«

»Ich kenne keinen, der einen hat, aber ganz bestimmt am Bahnhof Cotta. Da ist doch auch eine Wache. Ist etwas geschehen?«

»Laufen Sie bitte zur Wache, nennen Sie diese Adresse und sagen, dass Oberkommissar Heller vor Ort ist und Unterkommissar Salbach von der Kripo herkommen soll. Können Sie sich das merken?«

Wenige Minuten später trafen die ersten Polizisten ein, zwei Uniformierte, die Heller am Hauseingang und an der Wohnungstür Wache stehen ließ. Unten im Haus notierte er sich die Namen der Bewohner und winkte dann Frau Müller heran. Angesichts der Polizisten hatte diese sich ihrer Schürze entledigt und trug jetzt ein schlichtes Kleid und die Haare hochgesteckt.

»Wann haben Sie die beiden das letzte Mal gesehen?«

»Gestern Abend wohl, als sie in der Küche waren.«

»Und das Licht brannte die ganze Nacht?«, fragte Heller nach.

»Darauf habe ich leider nicht geachtet.«

»Auch nicht darauf, dass jemand kam? Jemand Fremdes? Ein Auto vielleicht, das in der Nähe abgestellt wurde?«

»Nein, gar nichts«, antwortete die Frau und kam noch etwas näher an Heller heran. »Und? Sind beide tot?«

Das hatte Heller ihr bereits gesagt. Das wäre sowieso kein Geheimnis geblieben. Seltsam nur, dass die Leute sich immer noch einmal vergewissern mussten, als ob er Scherze damit treiben würde.

»Kannten Sie die beiden näher? Stritten sie manchmal oder waren sie krank?«

»Nicht dass ich wüsste, ein wenig reserviert vielleicht, aber krank …?« Frau Müller schüttelte den Kopf.

Ein Auto fuhr mit quäkender Sirene heran und bremste scharf. Salbach sprang auf der Beifahrerseite aus dem kleinen Polizeiwagen. Heller ging ihm entgegen.

»Ist Werner noch nicht zurück?«, fragte er. »Wo ist denn der Koffer?«

Salbach drehte sich um, doch der Fahrer war schon ausgestiegen und zerrte den Koffer mit der Spurensicherungstechnik vom Rücksitz nach vorn.

Salbach nahm ihn entgegen. Jetzt warf er einen zweifelnden Blick auf Frau Müller. Diese verstand und zog sich zurück.

»Bloß gut, dass Sie haben anrufen lassen, Herr Oberkommissar«, stöhnte Salbach nun erleichtert. »Ich wollte Sie gerade holen lassen. Niesbach fragt nach Ihnen. In Tolkewitz hat es eine Explosion gegeben. Eine Werkstatt ist in die Luft geflogen, ein Galvanisierungsbetrieb. Zwei Tote mindestens. Die Feuerwehr vor Ort sagte den Kollegen, dass es ein Unfall war, weil die da mit Chemikalien hantieren, aber ich habe mal nachgeschaut in den Akten. Wissen Sie, wer da arbeitet?«

»Heinrich Busmann«, antwortete Heller ohne Umschweife.

Salbach hatte seinen Mund schon zur Antwort geöffnet, schloss ihn nun aber wieder und nickte.

Hellers nächster Tipp wäre Eugen Girtlitz gewesen. »Ist Busmann unter den Toten? Er war gerade erst aus der Haft entlassen. War er schon wieder arbeiten?«

Salbach verzog das Gesicht. »Also, die Toten sollen nicht gut zu identifizieren sein.«

Heller schürzte die Lippen und sah dann auf die Uhr. Nichts drängte ihn, niemand nötigte ihn, trotzdem fühlte er sich getrieben. Als liefe ihm die Zeit davon. Ein seltsames Gefühl beschlich ihn und wurde immer stärker. Heller konnte das gar nicht genau beschreiben.

»Wir fahren hin«, rief er. »Ich will nur veranlassen, dass ein Arzt kommt. Doktor Kassner soll kommen. Peter, gehen Sie hinauf und geben Sie den Männern Befehl, niemandem außer Kassner Zutritt zu gewähren, bis wir eine Spurensicherung durchführen konnten.«

14. September 1951, Vormittag

Es bot sich ein Anblick der Verwüstung, wie er ihn lang nicht mehr gesehen hatte. Der kleine Betrieb befand sich auf einem Werksgelände, das nicht einmal halb so groß war wie ein Fußballfeld. Das Gebäude, ein gemauerter Flachbau, hatte kein Dach mehr, sämtliche Fenster waren zersplittert, die Fenstergewände schwarz von den Flammen, die herausgeschossen waren. Aus zwei steil aufgestellten Schläuchen beregnete die Feuerwehr noch immer die Ruine, Rauch stieg auf, Wasserdampf, gemischt mit Ruß und Asche, schwarzes Löschwasser vermischt mit Chemikalien lief in Rinnsalen über das Kopfsteinpflaster des Werkhofs. Feuerwehrmänner waren dabei, Reifenstapel zu entfernen, räumten Teile der Dachkonstruktion beiseite, zerrten an Holzbalken und Teerpappe. Der Brandgeruch war allgegenwärtig. Etwas abseits hatte man drei Tote nebeneinander aufgebahrt. Sie waren mit einer einzigen großen Plane überdeckt.

Heller hatte sich ausgewiesen, warf ein Blick auf die Szenerie und einen zweiten auf den jungen Kollegen. Salbach gab sich forsch.

»Ist eine Ursache erkennbar?«, fragte Heller den Einsatzleiter der Feuerwehr.

»Unmöglich. Man kann hier nur vermuten. Hier wurde viel mit Chemie und Hitze gearbeitet, da bleibt so etwas nicht aus.«

»Das ist für Sie also ein übliches Bild?«

»Wir haben zumindest bisher nichts Unübliches gefunden.«

»Hat schon jemand die Toten identifiziert?« Heller schaute sich um.

»Der eine ist der Inhaber. Er wurde durch das Fenster geschleudert, lag zehn Meter entfernt. Die anderen beiden waren drin. Wir fanden sie erst, nachdem das Feuer gelöscht war.« Der Hauptmann senkte die Stimme. »Sagen Sie, Ihr junger Kollege, hat der so was schon gesehen?«, fragte er besorgt.

»Vermutlich.« Heller verzog den Mund. Salbach hatte die Zerstörung der Stadt miterlebt, war danach als Hitlerjunge wochenlang zu Räumarbeiten eingesetzt gewesen. Trotzdem ging Heller erst mal allein zu den Toten. Doch kurz darauf hörte er schon die eiligen Schritte des jungen Polizisten.

»Die Leute an der Straßenbahnhaltestelle sagen, genau neun Uhr siebzehn hätte es einen großen Schlag gegeben. Ein Feuerball sei aufgestiegen. Über hundert Meter weit seien einige Teile vom Dach geflogen.« Er verstummte, als er sah, dass Heller sich zu der Plane hinunterbeugte und dabei war, sie anzuheben.

»Falls Sie das nicht sehen möchten, gehen Sie beiseite!«, ermahnte Heller den jungen Mann.

Salbach hatte die Lippen zusammengepresst und war offenbar entschlossen, den Anblick auszuhalten. Heller hob das Tuch an und legte die Köpfe der Toten frei. Sofort drehte er den Kopf weg, der Anblick war kaum zu ertragen. Schnell legte er das Tuch zurück.

Salbach war stumm geblieben, aber in dem Moment, als Heller ihn ansah, stürzte er davon und übergab sich heftig an der Grundstücksmauer.

Heller überlegte, ob er zu ihm gehen sollte, doch wie er Salbach einschätzte, war ihm das unangenehm und er würde sich nur ungern trösten lassen. Stattdessen sollte er sich lieber seiner Arbeit widmen, auch wenn sie noch so schrecklich war.

Heller atmete noch einmal durch und schlug dann das Tuch vom Fußende her zurück. Auch dieser Anblick war kaum besser. Während der Werkstattbesitzer durch den Explosionsdruck und den Aufprall ums Leben gekommen war und seine Kleidung und die Schuhe fast unversehrt geblieben waren, waren den beiden anderen Opfern stellenweise die Kleider vom Leibe gebrannt. Die Reste der Arbeitshosen und Jacken waren zerfetzt, vom Löschwasser durchweicht, es war kaum zu erkennen, was Stoff und was Haut war. Heller zog seine Gummihandschuhe über und dankte Oldenbusch im Stillen, dass sie durch seine Umtriebigkeit überhaupt ein Kontingent erhalten hatten. Heller griff nach dem rechten Arm des ersten Toten, hob ihn an, betrachtete die Hand. Dann legte er sie zurück und besah sich den rechten Arm des zweiten Toten. Dieser trug dicke Arbeitshandschuhe aus rauem Leder. Heller zog den Handschuh ab, fand, worauf er gehofft hatte, zog mit einiger Mühe den Ehering des Toten ab und suchte nach einer Gravur. Doch entweder war sie schon zu abgenutzt oder es gab keine. Man müsste eine Lupe verwenden. Er steckte den Ring weg und machte sich eine Notiz in seinem Buch. Dann zog er dem zweiten Toten mit spitzen Fingern die Kleidungsreste auseinander, suchte in der Innentasche der Arbeitsjacke nach Portemonnaie oder Ausweis, wurde jedoch nicht fündig. Da kam ihm ein neuer Gedanke. Er zog dem Toten die Schuhe aus.

Währenddessen war Salbach zurückgekommen. »Brauchen Sie Hilfe?«, fragte er gepresst.

Heller nickte und griff in seiner Tasche nach dem Ring. »Gibt es eine Gravur? Ich konnte nichts erkennen«, fragte er und reichte ihn dem jungen Mann.

»Nein, keine«, erwiderte Salbach.

Heller untersuchte die Schuhe, fand jedoch auch hier keinen Hinweis. »Dann müssen wir jetzt in die Burgenlandstraße. Die Frau wird den Ring erkennen, wenn es der ihres Mannes war.«

»Jetzt?« Salbach war noch immer ganz bleich im Gesicht.

»Jetzt!«

Das Haus in der Burgenlandstraße lag still da. Normalerweise waren die Kinder um diese Zeit in der Schule und die Erwachsenen in der Arbeit. Doch Heller war sich sicher, jemanden vorzufinden. Die Explosion hatte vor mittlerweile mehr als zwei Stunden stattgefunden, bestimmt wussten die Leute hier schon davon. Er betrat das Treppenhaus, gefolgt von Salbach, und wandte sich zuerst der Erdgeschosswohnung von Frau Girtlitz zu. Die Tür war nur notdürftig verschlossen, ebenso die der Nachbarwohnung. Heller winkte Salbach, ihm zu folgen, und gemeinsam stiegen sie die Treppe hinauf. In der ersten Etage war alles verschlossen und still. Auch eine Etage höher zeigte sich das gleiche Bild. Dann aber hob Heller auf einmal die Hand und deutete nach unten. Salbach verstand sofort, machte kehrt und rannte die Treppe wieder hinunter, immer drei Stufen auf einmal nehmend.

»Stehen bleiben!«, hörte Heller ihn rufen. Auch er beeilte sich, so schnell sein Knöchel es zuließ, die Treppe hinunterzulaufen.

Paul und Hannah Girtlitz waren gerade im Begriff, die Wohnung im ersten Obergeschoss zu verlassen. Jetzt verharrten sie wie erstarrt. Heller ging auf sie zu und drängte sie zurück, ohne sie zu berühren.

»Sind noch mehr Leute anwesend?«, fragte er, und Hannah

nickte schüchtern. Heller sah ihr in die Augen und bemerkte trotzdem, wie Paul Girtlitz die Hand hob, um seine Schwester zu berühren.

»Im Wohnzimmer«, flüsterte Hannah.

»Gehen Sie schon mal vor!«, befahl Heller dem jungen Mann, doch der schüttelte trotzig den Kopf, wollte seine Schwester nicht allein lassen. Heller hatte keine Handhabe, deshalb beließ er es dabei.

»Dann kommen Sie beide jetzt mit!«, bestimmte er, nahm nun beide am Ellbogen und schob sie ins Wohnzimmer. Die anwesenden Frauen hatten Heller schon gehört und sich in banger Erwartung von ihren Plätzen erhoben. Heller gab den Geschwistern einen leichten Schubs, der die beiden einige Schritte ins Zimmer stolpern ließ. Er selbst blieb an der Tür stehen. Dann zog er den Ring aus seiner Tasche.

»Frau Busmann, kennen Sie den Ring?«

Die Frau ging langsam auf Heller zu, nahm ihm den Ring ab, aber betrachtete ihn gar nicht, sondern umschloss ihn mit beiden Händen, die sie nun wie zum Gebet vor die Brust hob. Das reichte Heller aus als Antwort, und zwar gleich auf beide Fragen, die er der Frau stellen wollte. Es war Busmanns Ring und sie wusste schon von seinem Tod.

»Was ist hier los?«, fragte Heller barsch in die Runde und erntete verbissenes Schweigen. »Was zum Teufel ist hier los?«, fragte Heller noch einmal.

»Unterstehen Sie sich, so zu sprechen«, fuhr Frau Machol ihn an. »Was geschieht, bestimmt Jehova. Nicht lang mehr, dann wird Gottes mächtige Hand Leute wie Sie von Erden tilgen. Nur die Wissenden bleiben verschont!«

»Kommen Sie«, sagte Heller und verblüffte die Frau, indem er auffordernd die Hand nach ihr ausstreckte.

»Bitte?«

»Kommen Sie mit, es ist nicht weit, wir steigen in den Wagen. Ich zeige es Ihnen.«

»Was? Was wollen Sie mir zeigen?«

»Herrn Busmann, ich will, dass Sie ihn sich ansehen!«

Frau Machol starrte ihn einen Moment lang entsetzt an. Heller war sich bewusst, wie hart er manchmal war. Auch Frau Busmann hatte alle Mühe, sich zusammenzunehmen. Dabei müsste sie das gar nicht, wenn es nach Heller gegangen wäre. Jetzt wandte er sich an das Geschwisterpaar.

»Ihr beiden, was tut ihr? Was steht in den Zeitungen?«

Hannah holte Luft, doch Paul hatte sie schon am Unterarm gepackt.

»Euer Großvater, soll der auch noch sterben? Wollt ihr, dass irgendwann alle tot sind? Wer gibt hier die Befehle? Wer ist der Nächste? Was geschieht hier?« Heller sah sich um. Er hatte nichts in der Hand. Keinen Durchsuchungsbescheid, keine Vorladung, keinen Haftbefehl, nichts. Er konnte nur an den Menschenverstand appellieren, mehr nicht. Er wollte einfach nicht verstehen, warum diese Leute sich so verhielten, wessen Befehle sie ausführten, obwohl ihre Familienmitglieder vor ihren Augen umgebracht wurden.

Die Frauen schwiegen hartnäckig. Keine von ihnen sagte ein Wort, obwohl schon drei ihrer Männer und die alte Frau Girtlitz tot waren. Heller zählte in Gedanken bis zehn. Dann wirbelte er herum.

»Kommen Sie, Peter!«

»Herr Oberkommissar?«, fragte Salbach, nachdem sie zehn Minuten schweigend im Auto gesessen hatten. Heller sah ihn an. Salbach warf ihm einen schnellen Blick zu, konzentrierte sich dann aber wieder auf die Straße.

»Reden Sie ruhig, auf Sie bin ich nicht zornig.«

»Also, ich habe keine Angst.«

»Wie meinen Sie das?«

»Ich glaube, ich könnte Ihnen helfen. Ich könnte mich an die beiden dranhängen und sie beobachten. Ich könnte mich auch tarnen. Von meinem Vater habe ich einen Monteursanzug. Ich habe nur das Gefühl, Sie trauen mir nicht. Kommissar Oldenbusch traut mir auch nicht.«

Heller lachte kurz auf. »Nein Peter, das sehen Sie falsch, Ihnen traue ich, nur der Situation traue ich nicht. Ich befürchte, Ihnen könnte etwas zustoßen.«

»Ach, was!« Salbachs Ohren färbten sich wieder rot.

»Sie sehen doch selbst, was hier vorgeht. Das ist höchst gefährlich. Offenbar arbeiten die Girtlitz-Kinder für jemanden, der aber selbst nicht davor zurückschreckt, Menschen aus ihrem nächsten Verwandten- und Bekanntenkreis umzubringen. Zumindest ist ihm egal, wenn das geschieht. Und was immer sie tun, wird von dieser Gruppe geduldet. Da bekämpfen sich zwei politische Systeme auf deren Kosten.« Das klang so absurd, Heller verstummte. Gäbe es nicht schon ein halbes Dutzend Tote, es wäre zum Lachen gewesen.

»Ich habe eine Idee, aber ich will nicht unverschämt erscheinen«, murmelte Salbach mit belegter Stimme.

»Peter, unsere Aufgabe ist es, diesen Fall zu klären, jeder Gedanke ist willkommen.«

Salbach räusperte sich. »Also, diese Zeugen Jehovas, die führen doch ein strenges Regime innerhalb der Gemeinde und der Familie. Es gibt keine Geburtstage, keine Nikolausgeschenke, ein jeder ist verpflichtet, viele Stunden im Monat zu predigen, es soll nur innerhalb der Glaubensgemeinschaft geheiratet werden und so weiter. Na ja, ich meine, nicht jeder ist bereit, so was mitzumachen. Vielleicht nutzen die beiden das, vor allem dieser Paul, vielleicht wollen die ausbrechen?

Immerhin hat es vielen von denen das Leben gekostet, dass sie den Kriegsdienst verweigerten, auch ihren Eltern. Vielleicht ist es den Geschwistern nun einfach genug gewesen und sie hatten gehofft, der Agent hilft ihnen zu fliehen.«

Hellers erster Impuls war, zu widersprechen, doch ganz so abwegig schien Salbachs Gedanke nicht zu sein. Im Grund könnten Paul und Hannah einfach ausreisen, wenn sie nicht länger mitmachen wollten, allerdings wären sie dann nahezu mittellos. Wer weiß, was sie sich versprachen oder was ihnen versprochen worden war. Und wer wusste schon, wie es in den Köpfen der jungen Leute aussah. Unterschwelliger Hass hat schon manchen dazu gebracht, seine ganze Familie auszulöschen.

14. September 1951, Mittag

»Zufall, Herr Oberkommissar!« Niesbach schwitzte. Er sah aus, als hätte er Fieber. »Kassner hat sich die beiden alten Leute angesehen. Frau Lehnert hat sich seiner Meinung nach ganz eindeutig selbst erhängt...«

»Es hat in der Wohnung noch keine Spurenaufnahme gegeben!«, unterbrach ihn Heller barsch.

»Herr Lehnert«, Niesbach hatte jetzt die Stimme angehoben, »der später heimkam und seine Frau fand, wollte zur Tür, um nach Hilfe zu rufen. Da ereilte ihn ein Herzinfarkt. Zufall, Heller. Ich weiß, Sie mögen es nicht glauben, aber warum nicht? Es ist wie in einer Losbude auf dem Rummelplatz, irgendwann gewinnt mal jemand. Irgendwann trifft selbst das Unwahrscheinliche ein.«

»Hat Kassner das bestätigt? Es war ein Herzinfarkt?«

Niesbach nickte und schob Heller ein vom Pathologen ausgefülltes Dokument zu. Heller beachtete es gar nicht.

»Sie lehnen also noch immer ab, einen Durchsuchungsbescheid für Haffners Haus anzufordern?«

»Was hoffen Sie dort zu finden? Haffners Leiche vielleicht?« Es klang nach Spott, doch Niesbach sah nicht so aus, als spottete er. Auf seiner Glatze löste sich eine Schweißperle, rollte hinunter und blieb in seiner Augenbraue hängen. Niesbach wischte sich mit flacher Hand über die Stirn.

Heller schwieg. Er glaubte wirklich daran, Haffners Leiche im Haus zu finden. Versteckt im Dachgebälk, schlecht vergraben im Keller.

»Sie lehnen auch ab, Eugen Girtlitz auf irgendeine Art und Weise zu schützen?«, fragte Heller.

»Wie stellen Sie sich das vor, Herr Oberkommissar? Dass wir einen Genossen bereitstellen, der sich nur um Girtlitz' Wohlergehen sorgt?« Auch das schien kein Spott, sondern eine ganz ernst gemeinte Frage. »Das können wir uns nicht leisten, wir haben keinen Auftrag dazu. Der Aufwand ist überhaupt nicht gerechtfertigt. Immerhin legt der Bericht der Feuerwehr nahe, dass es sich bei der Explosion, bei der Busmann ums Leben kam, um einen Unfall handelte. Zwei Chemikalien wurden vermutlich versehentlich von einem neu angelernten Mann zusammengemischt, es ist der dritte Tote neben Busmann und Heinrich, dem Werkstattinhaber.«

Heller ließ Niesbachs Worte auf sich wirken und sah dem Mann sekundenlang stumm in die Augen. Die Feuerwehr konnte noch zu keinem abschließenden Ergebnis gekommen sein. Explosionsexperten müssten sich der Sache annehmen. Niesbach erwiderte den Blick.

Heller wusste nicht genau, ob Niesbach nur so sprach, weil er glaubte, abgehört zu werden, ob er instruiert worden war, sich so zu verweigern, oder ob er wirklich an den Zufall glaubte. Er mochte Niesbach noch immer, auch wenn er ihm das Leben schwer machte. Und vielleicht wollte Niesbach ihn nur schützen, so wie er selbst Salbach schützen wollte.

Es gab so viel zu tun. Er müsste wieder länger arbeiten. Müsste sich um die Annoncen kümmern. Doch er durfte Anni nicht vernachlässigen. Die Treppe müsste auch gewischt werden, Essen gemacht, das Klo geputzt, Wäsche gewaschen, falls Frau Marquart nicht daran gedacht hatte. Der Warmwasserofen müsste angeheizt und auch der Rasen müsste geschnitten werden. Heller schwirrte der Kopf angesichts all der häuslichen Aufgaben, um die er sich sonst nie kümmern musste. Ob er sich dafür eigentlich jemals bei Karin bedankt hatte? Nie, fürchtete er. Alles schien so selbstverständlich, so wie es war. Es hatte keinen Zweck, das jetzt zu bereuen. Aber das schlechte Gewissen nagte an ihm.

»Wissen Sie, wo Oldenbusch ist?«, fragte Heller und besann sich wieder auf sein Gespräch mit Niesbach.

Dieser kniff die Lippen zusammen und schüttelte den Kopf.

»Und Sie wissen auch nicht, wann und ob er überhaupt wiederkommt?«

Niesbach sah ihn nur traurig an und hob dann ganz leicht seine Schultern.

Salbach schwieg während der nächsten Fahrt. Vermutlich verstand er nicht, was Heller eigentlich bezwecken wollte. Heller wusste es selbst nicht.

Sie überquerten die Elbe über die Augustusbrücke, fuhren links, wo bis vierundvierzig der Goldene Reiter gestanden hatte, am Neustädter Bahnhof vorbei, die Großenhainer Straße stadtauswärts über den Trachenberger Platz und bogen am Ortsteil Wilder Mann wieder links ab auf die Schützenhofstraße. Dann hielten sie vor dem Haus, in dem Oldenbusch seit drei Jahren wohnte.

»Warten Sie hier!«, befahl Heller seinem Kollegen und stieg aus. Vor der Haustür des großen Wohnungsgenossenschaftshauses zögerte er noch einmal, drückte dann aber auf Oldenbuschs Klingel. Er wartete, drückte ein zweites Mal, oben öffnete sich ein Fenster. Heller blickte nach oben. Eine Frau sah aus dem Fenster.

»Wenn Sie zu dem Werner wollen, der ist nicht da.«

»Er war gar nicht da? Auch nicht in der Nacht?«

»Nein, gar nicht. Was wollen Sie denn?«

»Ich bin sein Kollege.«

Die Frau schien verwundert, die Neugier war ihr ins Gesicht geschrieben. Sie sah prüfend nach links und rechts, dann winkte sie Heller hinauf.

Heller ging in die erste Etage und wurde von der Frau an ihrer Wohnungstür empfangen. Sie war etwa vierzig und stand eigentümlich schief vor ihm, als sei eines ihrer Beine zu kurz.

»Wissen Sie, es waren Polizisten da. Die haben sich nicht vorgestellt, aber es war ziemlich eindeutig. Sie hatten einen Schlüssel und waren in der Wohnung. Ganz seltsam, das alles. Er ist doch nicht fort in den Westen? Seine Verlobte, die ist ja rübergemacht.«

»Ich weiß.« Heller gefiel ganz und gar nicht, was die Frau erzählte. Oldenbusch hatte sich also zu Recht gesorgt. Oder aber, fügte er in Gedanken hinzu, Werner war aus Angst tatsächlich in den Westen geflohen.

»Ich habe auch einen Schlüssel. Wollen Sie mal in der Wohnung nach dem Rechten sehen?«

Heller überlegte kurz, schüttelte dann aber den Kopf. Er wollte nicht in Oldenbuschs Privatsphäre eindringen. Und falls er in den Westen gegangen sein sollte, war es sowieso sinnlos. Dann würde ihm ein Blick in die Wohnung auch nicht weiterhelfen. Sehr viel wahrscheinlicher aber war, dass Oldenbusch noch immer festgehalten wurde. Nun war es wohl an Heller, zu intervenieren. Aber ihm war klar, dazu fehlten ihm die Mittel und vor allem eine kleine und doch sehr entscheidende Sache: die Parteinadel.

»Wir fahren zurück und kümmern uns um die Zeitungsannoncen«, sagte Heller, als er wieder im Auto saß. Der Himmel war aufgerissen, die Sonne schien und gleich war es warm geworden. Heller sollte sich freuen darüber, nach dem Grau der letzten Tage, versprach es doch ein schöner Herbst zu werden. Doch wie sein Oktober wurde, wollte Heller sich nicht ausmalen. Auch die letzte Nacht hatte er wenig und unruhig geschlafen. Lauter kleine idiotische Gedanken hatten ihn wach gehalten. Tagsüber konnte er sie mit viel Arbeit und Ablenkung im Zaum halten. Aber wenn er nur mal kurz innehielt, drängten sie sich sofort in den Vordergrund.

»Viel mehr bleibt uns auch gar nicht«, murmelte Heller.

Salbach startete den Motor und legte einen Gang ein, fuhr aber noch nicht los.

»Herr Oberkommissar, ich kann das wirklich machen. Ich kann mich an die beiden dranhängen. Ich habe auch keine Angst. Wenn jemand den Geologen umgebracht hat, damit der uns nicht weiterhelfen kann, heißt das doch, dass er mich genauso gut hätte umbringen können. Das hat er aber nicht gemacht.«

Heller ließ die Erklärung auf sich wirken. Ihm war gerade noch ein anderer Gedanke gekommen. Nur zu gerne hätte er ihn mit Karin oder Oldenbusch geteilt, aber jetzt blieb ihm nur Salbach.

»Fahren Sie los!«, bestimmte er, und Salbach gehorchte.

»Angenommen, wir haben es mit einem Agenten zu tun. Und angenommen, er bereitet etwas vor. Warum verübt er dann diese Anschläge? Auf den Ingenieur, den Professor, die Zeugen Jehovas und auf die alten Lehnerts?«

Salbach wusste die Antwort schon. »Damit sie nichts verraten können.«

»Aber dann hätte er sie doch früher ausschalten müssen. Nicht erst, nachdem sie ihre Arbeit gemacht haben. Der Ingenieur hatte seinen Bericht längst abgegeben, der Geologe hatte bestätigt, dass es sich um Uranerz handelte, Busmann und die anderen waren mehrere Tage in Haft gewesen und die Lehnerts, wenn die wirklich solche Klatschmäuler waren, dann hatten sie doch längst alles breitgetreten. Von Frau Müller erfuhr ich ja, dass ein junger Mann bei Haffner ein und aus gegangen war, dabei wohnt sie ja erst seit einigen Wochen da.«

»Vielleicht wussten die Leute doch noch mehr …« Salbach verstummte und hob die Schultern. Heller kurbelte sein Fenster einen Spalt weit hinunter, in seiner Jacke war ihm warm geworden.

»Peter, da passt alles nicht zusammen, irgendwas ist da komisch. Es wirkt fast so, als bereitete es jemandem Vergnügen, Menschen umzubringen.«

»Aber eigentlich bringt er sich damit doch in Gefahr, der Agent«, merkte Salbach leise an.

»Das ist es ja.« Heller nahm seine Mütze ab und strich sich übers Haar. Er müsste mal wieder zum Haareschneiden. Doch ob er nächste Woche noch dazu kam, war fraglich, auch wenn es ihn nur wenig Zeit kosten würde, er könnte sie kaum entbehren. Plötzlich stutzte er.

»Bleiben Sie mal stehen!«

»Hier?«

»Ja, einfach stehen bleiben!« Sie hatten die Straßenbahnwendeschleife am Wilden Mann erreicht. Gerade war eine Bahn eingefahren und ihre Räder quietschten schrill in den Gleisen. Nicht weit davon entfernt wurde gebaut. Bauarbeiter klopften mit Rammen den Boden fest. Hinter ihnen hupte jemand, ein Lasterfahrer gestikulierte. Heller stieg aus, winkte den Holzvergaser vorbei und sah sich dann um. Es waren viele Menschen unterwegs. Vor einigen Geschäften im Erdgeschoss der Wohnhäuser standen sie Schlange. Die Fenster vieler Wohnungen standen offen.

»Peter, kommen Sie mal!« Heller winkte den jungen Mann aus dem Auto und holte sein Notizbuch heraus. Er reichte Salbach einen Zettel. »Gehen Sie da hinüber zum Straßenbahnhäuschen. Bestimmt gibt es da ein Telefon. Zeigen Sie Ihren Ausweis, verlangen nach dem Telefon und rufen diese Nummer an. Wenn niemand abnimmt, lassen Sie es klingeln. Und wenn jemand abnimmt, legen Sie auf und rufen erneut an.«

Salbach sah Heller verdutzt an, verstand dann aber sofort und sein Gesicht hellte sich auf. Er nahm den Zettel und rannte los. Heller beobachtete ihn, wie er die Straße überquerte, sich Zutritt zu dem Häuschen verschaffte und darin verschwand.

Heller konzentrierte sich jetzt und spitzte die Ohren. Es war ja nur eine Idee von ihm gewesen. Vielleicht befanden sie sich an einem ganz falschen Ort. Aber einen Versuch war es wert.

Salbach tauchte nicht wieder auf, das musste heißen, er telefonierte. Irgendwo hier musste es klingeln. Heller lief los, überquerte den Platz, lief in die Buchholzer Straße, bog nach wenigen Metern links in die Döbelner Straße ab und wieder zurück in Richtung Wendeschleife. Dann vernahm er ein Klingeln genau über sich. Er wechselte die Straßenseite und das Klingeln verstummte. Er ging zurück zum Ausgangspunkt. Auch Salbach kam gerade angelaufen.

»Haben Sie es?«, rief er schon von weitem.

»Zeigen Sie mal Ihre Uhr.« Sie verglichen die Uhrzeit. »Sie müssen zwei Minuten nachstellen. Laufen Sie zurück und rufen in genau einer Minute wieder an. Lassen Sie es kurz klingeln, legen auf und rufen erneut an.«

»Geht klar!« Salbach rannte los.

Heller wartete. Es begann zu klingeln, hörte nach wenigen Sekunden auf, dann klingelte es wieder. Nun war Heller sich sicher. Er betrat das Wohnhaus, vor dem er gestanden hatte, und folgte dem Klingeln bis hinauf in den dritten Stock. Dort schrillte hinter der Tür ein Telefon. Heller notierte sich den Namen in sein Büchlein: E. Baumert. Er klopfte, aber niemand öffnete.

14. September 1951, früher Abend

Nachdenklich überquerte Heller die Straße. Die Zeitungsseiten mit den Annoncen hatte er sich unter den Arm geklemmt. Anni hüpfte an seiner anderen Hand neben ihm her. Sie war gut gelaunt.

»Warst du auch wirklich brav?«, fragte Heller.

»Ja, ganz sehr. Ich und Vera haben Laub gefegt.«

»Vera und ich, muss es heißen.« Frau Eigner war wie immer freundlich gewesen, als er Anni abholte, doch irgendetwas war anders. Zwar hatte sie mehrmals betont, dass es ihr gar nichts ausmache, Anni weiterhin aus dem Kindergarten abzuholen und auch noch länger bei sich zu haben, trotzdem wirkte sie irgendwie reserviert. Ob er ihr doch noch einmal Geld und Marken anbieten oder sie vielleicht mal zum Essen einladen sollte? Er würde ihr gegenüber einfach so tun, als bemerke er ihren Stimmungswandel nicht. Vielleicht ging es ihr nur einfach nicht gut.

Eine Woche noch, dachte er. Es war schon fast geschafft. In einer Woche würde Karin wieder zurück sein. Ob heute ein Telegramm gekommen war? Plötzlich winkte Anni jemandem zu. Heller sah auf und erkannte Fräulein Hermann, die am Küchenfenster stand. Sie winkte zurück.

Heller bemühte sich, freundlich zu erscheinen. Als er vorhin mit Salbach in sein Büro zurückgekehrt war, hatte eine Nachricht vom Meldeamt auf seinem Schreibtisch gelegen. Fräulein Hermann hatte ihre Mutter zu Grabe getragen, hatte sich ordnungsgemäß in Sebnitz ab- und in Dresden angemeldet, hatte einen Wohnungsantrag ausgefüllt und eine Stelle beim Steingutwerk bekommen, die sie Anfang des nächsten Monats antreten würde.

Die junge Frau öffnete ihnen die Haustür. »Ich hoffe, Sie verzeihen mir das, aber ich habe mich der Küche angenommen«, begann sie ohne Umschweife.

Heller schnupperte und roch Gekochtes. Außerdem schien ihm der Boden im Flur gerade zu trocknen. Die Frau hatte gewischt.

»Das ist in Ordnung, danke sehr. Aber Sie …«

»Wenn Sie es mir erlauben, dann kümmere ich mich morgen um die Wäsche. Sie gehen doch morgen zur Arbeit, nicht wahr. Wenn Anni daheim bleibt, könnte sie mir helfen.«

»Fein!« Anni klatschte in die Hände.

Heller fühlte sich überrumpelt und konnte auf die Schnelle kein Gegenargument aufbringen.

»Mit Frau Marquart war ich heute auf dem Kohleamt. Schon nächste Woche sollen wir eine Lieferung bekommen. Und ich habe mich auf dem hiesigen Ortsamt vorläufig angemeldet.«

»Wo ist denn Frau Marquart?«, unterbrach Heller den Mitteilungsdrang der Frau.

»Sie hat sich kurz hingelegt, der Fußmarsch hat sie erschöpft.« Fräulein Hermann sah ihn erwartungsvoll lächelnd an. Anni sah aus, als wollte sie gleich nach ihrer Hand greifen.

»Vielen Dank, sehr gut.« Heller stellte seine Tasche ab, legte die Zeitungsblätter auf den kleinen Tisch.

»Mit dem Essen dauert es noch eine Weile.«

»In Ordnung, ja.«

»Wollen wir die Kaninchen ansehen?«, fragte Anni.

»Ja, gern!« Fräulein Hermann nickte, und nun fasste Anni wirklich nach ihrer Hand. Gemeinsam gingen sie durchs Haus zum Garten.

Heller musste sich kurz sammeln. Dann hängte er die Jacke auf, streifte die Schuhe ab, nahm sich die Zeitungsblätter und setzte sich an den Küchentisch. Eine Zeit lang starrte er das Papier an, ohne wirklich hinzusehen. Er wusste mit der Situation nicht umzugehen, gestand er sich ein. Es passte alles so wunderbar. Er kam heim und alles war angerichtet, so wie er es von Karin gewohnt war. Er sollte sich freuen, doch er hatte ein schlechtes Gewissen, ohne wirklich etwas falsch gemacht zu haben. Etwas aufdringlich war die junge Frau ja schon, doch bestimmt wollte sie es ihm nur recht machen. Heller erhob sich und warf einen Blick in den Topf, in dem es leise vor sich hin köchelte. Es war ein hervorragend riechender Bohneneintopf. Heller ging zum Küchenfenster und blickte die Straßen hinauf und hinunter. Dann setzte er sich wieder hin und widmete sich den Anzeigen.

15. September 1951, früher Morgen

Als er aus dem Haus ging, war Heller hundemüde. Es war noch dunkel und ruhig, Anni und die Frauen schliefen noch.

Er hatte nichts im Magen und auch nichts dabei. Karin hätte ihm jetzt ein paar Butterbrote in Öl- oder Zeitungspapier eingeschlagen. Es würde auch ohne gehen.

Als er gestern das Kind ins Bett gebracht hatte, hatte Anni darauf bestanden, dass Fräulein Hermann noch einmal zu ihr kam. Die beiden hatten sich viel vorgenommen für heute, und Heller haderte mit sich, dass er sich erleichtert fühlte. Es fühlte sich einfach nicht richtig an.

Wieder hatte er unruhig geschlafen und seltsame Träume gehabt. Er hatte am Strand gesessen und mit Anni eine Kleckerburg gebaut. So, wie ihm der feuchte Sand dabei durch die Finger geglitten war, so schien ihm jetzt das Leben durch die Finger zu gleiten.

Heller lief den Rißweg hinauf zur Straßenbahnhaltestelle in der Bautzner Straße. Alles war still, doch ihm kam es vor, als ob sich hinter den dunklen Fenstern der Häuser Augenpaare verbargen, die ihn auf Schritt und Tritt beobachteten. Und wenn es wirklich ein Agent war, der etwas Großes plante, dem es nichts ausmachte, jemanden zu töten, der ihm im Weg stand? Was war mit Oldenbusch? War er wirklich in Gewahrsam, war er geflüchtet oder hatte womöglich den geheimnisvollen Agenten auf sich aufmerksam gemacht, weil er auf dem Grundbuchamt gewesen war?

Es ist seltsam, dachte sich Heller im Keller des alten Polizeipräsidiums. Jedes Mal, wenn er diesen Gang durchquerte, dann vergaß er, dass sie in einer Ruine hausten, dass das Gebäude über ihnen ausgebrannt und unbenutzbar war. Dann war ihm, als sei alles wie vor der Zerstörung und er nur auf dem Weg in die Asservatenkammer.

Im Büro wartete schon Salbach. Er hatte sich seine Notizen herangezogen, weil Heller die Zeitungen alle mitgenommen hatte, sah erwartungsvoll auf, als Heller den Raum betrat. »Guten Morgen.«

»Oldenbusch nicht da?«, fragte Heller, ohne den Gruß zu erwidern, was ihm gleich darauf bewusst wurde.

Salbach schüttelte den Kopf.

»Verzeihen Sie, Peter, guten Morgen.« Heller stellte seine Tasche auf den Tisch, behielt aber die Jacke an, weil ihn fröstelte. Er nahm das Telefon, wählte Oldenbuschs Nummer. Doch auch nach mehrmaligem Läuten ging niemand ans Telefon.

Heller war klar, dass er der Nächste sein würde, der eine Vorladung bekam, wenn sein Kollege wirklich abgehauen sein sollte. Dann würde es wirklich problematisch werden. Aber Werner war nicht in den Westen gegangen, das wusste er. Zumindest zwang er sich dazu, es zu glauben.

Heller legte auf und sah auf die Uhr. »Peter, darf ich Sie bitten, für einen Moment aus dem Raum zu gehen.«

Salbach fragte nicht nach und verließ umgehend den Raum. Als er die Tür hinter sich geschlossen hatte, griff Heller erneut zum Telefonhörer und wählte.

»Heller hier, Kripo Dresden, ich möchte gern Genosse Heller sprechen.« Nun war er sogar gezwungen, seinen Sohn in Potsdam anzurufen, um für Oldenbusch ein gutes Wort einzulegen.

»Vater?«, fragte Klaus sehr reserviert. Aber vielleicht war er nicht allein.

»Werner hatte eine Vorladung von deinem Ministerium und ist seitdem zwei Nächte nicht daheim gewesen«, sagte Heller knapp und ohne einleitende Begrüßung.

»Es wird schon alles seinen Grund haben. Vermutlich wollen sie nur Oldenbuschs Angaben überprüfen.«

Heller schwieg.

»Ich will sehen, was ich tun kann«, sagte Klaus nach einer kurzen Pause. »Weißt du etwas Neues von Mutter?«

»Nein, nichts«, murmelte Heller. Er verabschiedete sich, legte auf und ging zur Tür, um Salbach zurückzurufen. Dann setzte er sich wieder und breitete die Zeitungen vor sich aus. Salbach betrat das Zimmer.

»Wir sollten herausfinden, wer die Annoncen aufnimmt. Vielleicht kann sich jemand an denjenigen erinnern«, schlug Heller vor.

»Daran habe ich auch schon gedacht.«

»Aber dann sagen Sie das doch, Peter!«

Salbach kratzte sich am Kopf. »Ich fürchte nur, wenn wir fragen, gibt es bald das nächste Todesopfer.«

Das war ein guter Gedanke.

»Finden Sie zuerst heraus, wo die Anzeigen angenommen werden.«

»Hab ich schon, es gibt zwei Stellen. Eine direkt im Verlagshaus der Zeitung, eine zweite beim Neustädter Bahnhof. Man kann auch telefonisch Annoncen aufgeben, dann muss man die Zahlung anweisen, und man könnte nachvollziehen, von welchem Konto das Geld kommt.«

»Sofern eine dementsprechende Ermittlung genehmigt wird«, fügte Heller trocken hinzu und schob die Zeitungen ein Stück von sich weg. Er war lustlos, ein Gefühl, das ihn nur selten übermannte. Es war, als hätte man ihm alle Kraft genommen.

Sonst bekamen sie Untersuchungsbefehle nur auf Zuruf, sogar ohne schwerwiegende Verdachtsmomente, das MfS nahm sich jegliche Freiheit, nur Haffners Haus sollte er nicht untersuchen dürfen.

Und wenn sie nun diese Frau Müller einfach darum baten, ins Haus gelassen zu werden? Was, wenn sie Haffners Leichnam wirklich finden würden? Würde Niesbach dann einsehen, dass hier Zusammenhänge bestanden? Sollte er Salbach doch losschicken, um Paul und Hannah zu beobachten?

Das Telefon klingelte und ließ Heller zusammenzucken. Er nahm ab und hörte sich die Nachricht aus der Zentrale an.

»Wo? … Altnickern. Wir übernehmen das«, murmelte er und legte langsam auf. »Alle Welt ist verrückt geworden. Zwei Tote. Kommen Sie, Peter.«

Als Salbach in den kleinen dörflichen Ortsteil einfuhr, hatte sich schon die gesamte Gemeinde versammelt. Respektvoll gaben die Menschen den Weg frei. Heller ließ Salbach anhalten und stieg aus. Er hatte keine Ahnung, was ihn erwartete, Tote sah er jedenfalls keine.

»Lasst den Genossen Oberkommissar mal durch!«, rief jemand. Ein Uniformierter baute sich einen Meter vor Heller auf und grüßte vorschriftsmäßig. Der Schutzmann nahm sich unübersehbar wichtig. Heller grüßte höflich zurück.

»Genosse Oberkommissar, die Leichen liegen dahinten.« Der Polizist zeigte nach links. Ein Bach von anderthalb bis zwei Metern Breite unterquerte die Straße an dieser Stelle durch einen niedrigen Tunnel. Abseits der Straße fiel eine flache Böschung zum Bach hinab. Dichtes hohes Gras wuchs bis zum Wasser. Dort, wo der Polizist hinzeigte, endete der

Grasbewuchs, eine Weide ließ ihre Zweige bis ins Wasser hängen, rings um sie herum stand dichtes Gestrüpp. Von hier aus konnte Heller nicht erkennen, was sich dort befand.

Heller folgte dem Fingerzeig des Uniformierten und überquerte die Brücke. Eine Gruppe Schaulustiger folgte ihm ehrfurchtsvoll, aber hartnäckig in ein paar Meter Abstand. Danach kamen Salbach und der Polizist. Der beeilte sich, mit Heller auf eine Höhe zu kommen.

»Der Marek hat sie gefunden, der arbeitet beim Bauern in Goppeln. Der hat's nicht so mit Deutsch, aber wenn Sie mit ihm sprechen wollen, lass ich ihn holen.«

»Ich möchte mich erst mal umschauen.« Heller blieb stehen und betrachtete das hohe Gras.

»Sie können oberhalb der Böschung entlanggehen und erst dahinten runterklettern«, erklärte der Uniformierte eifrig.

»Wer ist denn alles schon hier entlanggelaufen?«, fragte Heller und ließ sich seinen Unmut nicht anmerken. Wenn die Leute ihm noch bis zu den Leichen folgen wollten, würde er ein Machtwort sprechen müssen. Wenn nicht sowieso schon alle dort herumgetrampelt waren, fügte er in Gedanken noch hinzu.

»Nur der Marek und dann ich! Hab geprüft nach Lebenszeichen, aber die waren ganz kalt.«

»Und das Gras hier, war das schon so niedergedrückt?« Heller deutete auf eine vage Spur im Gras, das sich langsam wieder aufzurichten begann. Noch immer wusste Heller nicht, um wen es sich bei den Leichen handelte und in welchem Zustand sie waren, doch seine innere Stimme sagte ihm, dass er Hannah und Paul Girtlitz finden würde.

»Also, das muss schon so gewesen sein. Der Marek kam gleich zu mir. Ganz bleich war der.« Dem Uniformierten schien noch etwas auf der Zunge zu liegen, doch er schwieg.

»Bleiben Sie hier, halten Sie die Leute zurück!«, befahl Heller und zitierte dann Salbach mit den Augen zu sich.

Schweigend stiegen sie mit großen Schritten durch das hohe feuchte Gras. Der Bach neben ihnen floss in Richtung Stadt. Nach zwanzig Metern kletterten sie den flachen Hang hinab. Dort lagen zwei tote Körper, die offensichtlich in das dichte Gestrüpp hinter der Weide gezerrt worden waren. Ihre Füße lagen fast im Wasser.

Es waren nicht die Girtlitz-Kinder. Bei den Opfern handelte es sich um zwei alte Männer, fast schon Greise. Sie trugen gute Kleidung, schwarze Anzüge und saubere Schuhe. Sie lagen da, als hätten sie sich zum Schlafen hingelegt.

»Seltsam«, sagte Salbach leise und hielt sich am Weidenstamm fest. »Soll ich fotografieren?«

Heller schüttelte den Kopf.

»Soll ich mal nachsehen?« Salbach sah ihn mit einer Mischung aus Eifer und Furcht vor der eigenen Courage an.

»Nicht nötig. Mit denen ist nichts«, erwiderte Heller.

»Nein?« Salbach war verblüfft.

»Peter, die sind schon länger tot. Sehen Sie sie sich an. Die sind zur Bestattung hergerichtet worden. Wir müssen die Zentrale benachrichtigen und fragen, ob ein Bestatter einen Einbruch gemeldet hat und zwei Tote vermisst.«

»Aber warum sollte denn jemand zwei Leichen stehlen?«

»Nun, im Prinzip wurden nicht zwei Leichen gestohlen, sondern zwei Särge.« Heller steckte seine Hände in die Jackentaschen und stieg die Böschung wieder hinauf. »Kommen Sie, Peter. Wir können hier nichts mehr tun.«

Heller winkte den eifrigen Polizisten heran. »Lassen Sie einen Bestatter kommen. Die beiden Toten sollen ins Leichenschauhaus gebracht werden, damit man ihre Identität feststellen kann.«

»Was ist denn mit denen?«

»Offenbar hat man sich einen Scherz erlaubt. Man hat sie aus einem Leichenhaus gestohlen. Sie sorgen dafür, dass hier alles reibungslos abläuft. Dieser Marek, der die beiden fand, hat er etwas gesehen?«

»Nein, der hat die Leichen nur gefunden. Er wohnt in dem alten Haus da und holt früh Wasser mit einem Eimer, für die Schweine. Er sah die Toten liegen und rief erst, weil er dachte, sie schlafen da. Dann ist er nachsehen gegangen. Ich kann ihn holen, wenn Sie wollen.«

Heller schüttelte den Kopf, er hatte es eilig. »Wir wissen ja, wer er ist, wenn wir ihn doch noch einmal befragen wollen. Ich fahre jetzt zurück. Lassen Sie sich sagen, wohin die Leichen gebracht werden, und melden es in der Zentrale.«

»Zu Befehl!« Der Polizist salutierte, dann trat er einen halben Schritt vor. »Ob das der Ami war? Es heißt ja, es geht was vor. Die Explosion im Kraftwerk im Sommer, und gestern soll ja eine Fabrik explodiert sein, mit dreizehn Toten.«

»Es waren drei Tote und es war ein Unfall«, korrigierte Heller. »Und es genügt, wenn die Leute dummes Zeug erzählen, befeuern Sie das nicht noch.«

»Ich sage doch gar nichts. Ich erzähl Ihnen nur, was die Leute sagen.«

15. September 1951, Mittag

Es war Heller zu lang geworden, auf Nachrichten zu warten. In der Zentrale hatte man von verschwundenen Leichen nichts gewusst. Entweder waren diese Toten nicht aus der Stadt, sondern aus der weiteren Umgebung gestohlen worden. Oder aber der Diebstahl war noch nicht bemerkt worden oder sollte vertuscht werden. So oder so war es müßig, sämtliche privat und öffentlich bestellten Bestatter abzufragen. Trotzdem hatte Heller jemanden damit beauftragt. Jemand anderen als Salbach, denn dem jungen Mann konnte er nicht auch noch diese Arbeit zumuten.

In der Zwischenzeit hatte er sich gemeinsam mit Salbach noch einmal die Zeitungsanzeigen angesehen. Ohne Erfolg. Nur damit der Tag nicht vollends verschwendet war, hatte sich Heller auf den Weg zu Walter Rehm gemacht. Dieser war inzwischen aus der Untersuchungshaft entlassen und hatte keinen Dienst.

Er ließ Salbach direkt vor Rehms Haus parken und sah sich, ehe er ausstieg, unauffällig nach Saizev um. Es war windig geworden, Wolken wechselten sich mit Sonnenschein ab, Staub wurde aufgewirbelt. Von irgendwoher wehte ein übler Geruch herüber. Weder der junge Russe war zu sehen noch jemand anderes, der sich für das Haus des Gefängniswärters interessierte. Trotzdem war sich Heller sicher, jemand beobachtete ihn jetzt.

Sie betraten das Grundstück und Heller klopfte an die nur

angelehnte Haustür. »Herr Rehm? Heller, Kripo!«, rief er und wartete.

»Moment!«, rief Rehm von drinnen.

In der Tür erschien ein ungefähr dreißigjähriger Mann mit bleichem Gesicht. Er hatte sich offenbar gerade eine Hose übergezogen, die Hosenträger hingen noch hinunter. Er sah aus, als hätte er sich nur wenige Minuten zuvor zum Mittagsschlaf hingelegt. Er war nicht sehr groß, schmal, ohne jedoch schmächtig zu wirken. Sein Haar schien nass oder ölig zu sein, er hatte es gekämmt.

»Ja, bitte?«

»Ich möchte Sie gern befragen, einmal wegen des Vorfalls letzte Woche und zum anderen zu einigen persönlichen Dingen.« Heller brachte sein Anliegen ohne Umschweife vor. Er war froh, den Mann endlich einmal sehen zu können.

»Also, ich weiß nicht. Ich war eine Woche in Haft, und ich habe alles erzählt, was es zu erzählen gab.« Unruhig suchte Rehm die Umgebung mit den Augen ab.

»Es gibt einige Entwicklungen, die es erfordern, dass Sie mir noch einmal alles erzählen. Können wir vielleicht ins Haus gehen?«

Rehm zog sich die Hosenträger auf die Schultern, nickte und gab den Weg frei. Er schloss hinter den Männern die Tür und führte sie in seine Küche. Er hatte aufgeräumt, die Spuren der Hausdurchsuchung waren beseitigt. Rehm bot ihnen Plätze an und setzte sich dazu.

Heller nahm Notizbuch und Bleistift heraus. »Die beiden Inhaftierten, Machol und Weichert, haben Sie die beiden gesehen bei ihrer Einlieferung?«

»Ja, beide waren in keinem guten Zustand. Ich glaube, die Sowjets haben denen mächtig zugesetzt. Die haben gezittert und sich beide erbrochen.«

»Haben Sie das so ausgesagt? Dem MGB gegenüber?«

Rehm nickte und fuhr sich mit der Hand über das Ohr. »Ich habe es erzählt, wie es war. Nachdem sie sich übergeben hatten, schien es ihnen besser zu gehen. Wir gaben ihnen Decken und brachten sie in verschiedenen Zellen unter. Ich hatte Dienst und habe etwa jede Stunde in die Zellen hineingesehen. In alle. Alles war ruhig, die Männer schienen zu schlafen. Dann, als mein Dienst fast vorüber war, fand ich die beiden tot vor. Zuerst nur den einen, Machol. Ich gab Alarm, öffnete die Zelle. Als wir sahen, dass er tot war, schauten wir bei dem anderen nach. Aber der war auch schon hin.«

»Haben die Männer gebetet? Hatten Sie den Eindruck, sie sind verzweifelt und hatten mit allem abgeschlossen?«

Rehm schüttelte den Kopf, rieb sich erneut über das Ohr. Heller wartete mit seiner nächsten Frage und beobachtete den Mann. Er war nervös. Vermutlich hatte er keine guten Erfahrungen mit Befragungen gemacht.

»Sie wohnen allein hier?«

»Ja, ganz allein, hab doch alle verloren. Die ganze Familie, Vater, Mutter und die Schwiegereltern. Bei den Bombenangriffen.«

»Aber das Haus ist doch nicht getroffen, waren sie woanders?«

»Nein, dieses Haus … also wir wohnten in der Prager Straße. Meinem Vater gehörte da ein ganzes Haus, sechs Etagen. Alle wohnten da. Als ich ankam in Dresden, da … da war alles weg, alle waren weg, nichts war übrig, alles war verloren. Keiner hatte je was von ihnen gehört … meine Familie, die Leute aus der Nachbarschaft … sie waren alle weg.« Rehm stierte vor sich hin.

»Sie bekamen dann die Stelle als Wärter?«, versuchte Heller ihn wieder in die Gegenwart zu holen.

»Ja, und ich lebte als Untermieter in einer kleinen Wohnung. Und eines Tages bekam ich einen Brief, in dem stand, wie mit diesem Haus hier verfahren werden sollte. Eine Frau hatte hier gewohnt und war mittlerweile verstorben. Ich wusste gar nicht, dass dieses Haus auch meinem Vater gehört hatte. Natürlich bin ich hier eingezogen. Das ist noch nicht lang her. Es gibt viel zu tun, aber kaum was zu verbauen, keine Ziegel, kein Zement. Ein Fass Farbe konnte ich mir beschaffen. Ich habe es gekauft. Ganz ehrlich, bei einem Händler, ganz hier in der Nähe. Der hat noch mehr, rückt es aber nur ungern raus.«

Heller hob die Hand, um den Redefluss zu unterbrechen. »Ihr Bruder?«

Rehm erstarrte für einen Augenblick. »Also, das … also, ich dachte, er sei gefallen, in Russland. Ich hatte eine Suchanfrage geschickt, nachdem hier alle tot waren. Aber ich habe nie Antwort erhalten. Ich dachte also, der ist gefallen. Und eines Tages, nicht lang her, da steht die Polizei vor der Tür. Nehmen mich mit, befragen mich wegen dem, also wegen Kurt. Ich sage, der ist tot. Nein, der lebt, sagen die. Er soll in Johanngeorgenstadt im Bergbau beschäftigt sein. Er war Kriegsgefangener in Russland und hat sich freiwillig zum Wismutbergbau gemeldet. Also, Sie müssen wissen, wer nicht mitmacht, der bekommt keine andere Arbeit. So freiwillig ist das! Jedenfalls freu ich mich, ich sag, darf ich Kurt sehen? Doch sie sagen mir, der hat Bockmist gebaut, ist angeklagt, weil er Zeug geklaut hat. Steine, also Erz. Dann schicken die mich heim nach zwei Tagen, haben mich geprüft und festgestellt, dass ich wirklich nichts wusste von Kurt. Und ich lauf wieder hin, nach ein paar Tagen, frag, ob ich ihn trotzdem einmal sehen darf, weil er ja mein Bruder ist und ich sonst niemanden mehr hab. Da sagen die, der ist tot. Hat sich umgebracht in der Zelle.« Rehm holte Luft, sah Heller nun entschuldigend an. »Das wollten Sie doch wissen, oder?«

Heller tippte mit dem Bleistift auf die Tischplatte. Hinter seiner Stirn klopfte es.

»Wir haben Reste von Uranerz in Ihrem Haus gefunden«, sagte er unvermittelt.

Rehm, der sich gerade wieder über das Ohr streichen wollte, erstarrte in der Bewegung. »Uranerz?«, fragte er unsicher.

Heller starrte ihn an und wartete. »Haben Sie eine Ahnung, wie dies in Ihr Haus gelangt sein könnte?«

Rehm schüttelte langsam den Kopf. Heller beschloss, sich noch einen Schritt weiter vor zu wagen. »Paul und Hannah Girtlitz, kennen Sie die?«

»Wen?« Rehm wusste nichts oder stellte sich dumm.

»Ich selbst habe beobachtet, wie sie Ihr Haus betraten.«

»Nun, es stand offen, als ich heimkam. Ich war eine Woche nicht zu Hause. Einiges ist gestohlen worden, Geschirr. Bücher. Vielleicht haben die irgendwelches Uranerz ins Haus geschleppt?«

Rehm tat unschuldig, doch Heller sah ihm an, dass er leise triumphierte, weil er glaubte, ihn ausgekontert zu haben.

»Sie wissen ja, was man Ihrem Bruder vorwarf. Diebstahl und Schmuggel von Uranerz. Es wurden Todesstrafen deswegen verhängt. In Ihrem Keller, was liegt da, Kohlen?«

»Wenn sie nicht gestohlen wurden.« Rehm gab sich weiter unschuldig, doch der Ernst der Lage schien ihm durchaus bewusst zu sein.

»Sie glauben nicht, dass wir weiteres Uranerz dort finden?«

»Also, nach meiner Anhörung und Verhaftung letzte Woche wurde mein Haus ja durchsucht, das haben mir die vom MfS und dem MGB selbst gesagt. Und die haben da nichts gefunden, sonst hätten die mich wohl nicht freigelassen.«

Heller konnte dem vorerst nichts entgegensetzen. »Ihr Kollege Tegelmann. Der hat seinen Namen aus dem Dienstplan radiert, an dem Tag, als die Männer in ihren Zellen starben. Wollten Sie den Dienst tauschen oder bat er Sie darum?«

Rehm, der sich für einen Moment schon sicher geglaubt hatte, schürzte die Lippen und tat, als dächte er nach. Auch mit ihm stimmte etwas nicht, dachte Heller. Aber er wusste nicht, was.

»Ich bat ihn darum. Ich hatte einen Zahnarzttermin.«

Heller nickte, aber er war nicht zufrieden. Nicht wegen Rehms Aussage, sondern weil er partout nicht dahinterkam, was hier gespielt wurde. Es lag alles ganz offen da, er musste es nur sehen. Da kam ihm ein anderer Gedanke. Abrupt erhob er sich.

»Das genügt vorerst, Herr Rehm. Schönen Tag noch.«

»Der hat Angst«, flüsterte Salbach, als sie auf dem Weg zum Wagen waren.

Aber nicht vor uns, dachte Heller und wartete darauf, dass Salbach ihm die Autotür aufschloss.

Salbach eilte ums Auto herum und setzte sich dann hinter das Lenkrad. »Wollen wir vom nächsten Revier aus in der Zentrale anrufen und fragen, ob sich wegen der Friedhofssache etwas ergeben hat?«, fragte Salbach.

»Ich habe eine bessere Idee. Fahren wir zuerst ins Büro, ich will die Zeitungen wieder mit nach Haus nehmen. Dann bringen Sie mich zum Wilden Mann. Danach können Sie heimgehen, Peter, ich fahre später mit der Bahn.«

15. September 1951, früher Nachmittag

Mit seiner Tasche und dem Bündel Zeitungen unter dem Arm stand Heller vor dem Haus in der Döbelner Straße, wo er Saizevs Wohnung ausfindig gemacht hatte. Der Wind hatte die letzten Wolken weggeblasen, der Himmel war blau, die Sonne wärmte angenehm. Heller mochte keine Unentschlossenheit. Er hatte sich schon lange angewöhnt, lieber zu handeln, anstatt abzuwarten. Doch nun wusste er nicht, wie weit er sich vorwagen durfte. Er hatte einige Fragen an Saizev und musste ihm dazu ins Gesicht sehen. Er wollte sich den Opel zeigen lassen und überprüfen, ob er einen Schaden aufwies, der vom Aufprall eines Menschen herrühren konnte.

Heller hatte schon bemerkt, dass in einiger Entfernung in der Straße ein Auto stand, in dem jemand saß. Es sah so aus, als ließe sich derjenige von den Passanten und dem Verkehr um ihn herum nicht stören und schliefe hinter dem Steuer, doch genauso gut konnte er auch nur so tun. Heller hatte sich schon entschlossen. Er überquerte die Straße, testete, ob die Haustür offen war, aber sie war verschlossen. Heller suchte das Klingelschild ab und klingelte bei Baumert. Nichts geschah, auch kein Fenster wurde oben geöffnet.

Heller ließ einen Kleinlaster vorbeifahren und wechselte dann wieder auf die andere Straßenseite, um die Fenster der Wohnung zu beobachten. Da rührte sich nichts.

Nach einigen Minuten sah Heller auf die Uhr. Das Wetter war schön. Anni wartete bestimmt auf ihn. Sie mit der alten

Frau und Fräulein Hermann so lange allein zu lassen, machte ihm ein schlechtes Gewissen.

Ein Pferdekarren bog in die Straße ein, die Hufe des großen Gauls klapperten laut auf dem Kopfsteinpflaster. Der Mann im Auto hatte sich immer noch nicht geregt, war tief in den Sitz gerutscht und lag mit halb offenem Mund an die Rückenlehne gelehnt. Heller schürzte die Lippen und setzte sich dann langsam in Bewegung und ging dem Auto entgegen. Der Fahrer blieb unbeweglich sitzen. Das wurde Heller langsam verdächtig, er beschleunigte seinen Schritt ein wenig. Als er etwa die Hälfte der Strecke absolviert hatte, richtete sich der Fahrer auf und startete den Motor. Heller blieb stehen. Das war kein Zufall. Der Mann im Auto wollte nicht erkannt oder angesprochen werden. Also stand Saizev unter Beobachtung. Oder Saizev ließ seine eigene Wohnung beobachten. In jedem Fall war nicht normal, was hier geschah. Das war klar. Wie ernst also musste Heller die Geschichte vom sogenannten Amerikaner nehmen? Ernst genug offenbar, dass hier Leute starben und sich niemand darum kümmern wollte. Er aber schon. Deshalb lief Heller weiter, marschierte direkt auf den Wagen zu, ignorierte dabei den Schmerz in seinem Knöchel und lief so schnell, dass er den Pferdekarren überholte. Es hätte nicht viel gefehlt, und er wäre gerannt. Einige Passanten sahen sich schon nach ihm um. Nun entwickelte der Mann hinter dem Steuer hektische Aktivität, seine rechte Schulter bewegte sich mehrmals nach vorn, als wollte sich der Gang nicht einlegen lassen. Heller hob die Hand, als wollte er nur nach dem Weg fragen. Der Mann zog sich seinen Hut tiefer ins Gesicht. Dann knirschte es im Getriebe und der Wagen schoss nach hinten los, entfernte sich mit heulendem Motor und geriet mit dem rechten Hinterrad auf den Bordstein. Jemand schrie wütend auf. Obwohl Heller längst stehen geblieben war, kurbelte der Fahrer wild am Lenkrad, wendete scharf, schnitt den Pferdekarren und schoss davon. Das Pferd scheute und der Kutscher hatte alle Mühe, das Tier zu beruhigen.

Heller sah dem Wagen noch hinterher, bis er an der Straßenbiegung verschwunden war. Dann lief er langsam in Richtung Saizevs Wohnung zurück. Er versuchte sich einzureden, dass sein Handeln keine Konsequenzen haben würde. Hatte der Mann in dem Auto gewusst, wer er war? War er gar wegen ihm hier gewesen? Heller sah auf. Inzwischen war eine Straßenbahn angekommen. Einige Leute stiegen aus und kamen Heller entgegen. Unter ihnen war auch eine junge Frau, die ihre Arme vor dem Oberkörper verschränkt hielt, als sei ihr kalt. Dabei trug sie einen Mantel. Ihr Haar trug sie offen, was eher ungewöhnlich war. Sie trug keine Tasche bei sich, keinen Rucksack, nicht einmal eine Handtasche. Sie hatte es eilig und sah nicht nach links und rechts, nur auf den Gehweg direkt vor ihr.

Heller beschleunigte seine Schritte und wechselte auf ihre Straßenseite. Als er sah, wie sie kurz vor Saizevs Haustür die Hand in die Tasche steckte, verfiel er in den Laufschritt. Die junge Frau sah ihn herankommen, bemühte sich hastig, den Schlüssel hervorzuholen. Als sie merkte, dass sie es nicht rechtzeitig schaffen würde, gab sie auf und tat, als sei das nicht ihr Eingang und als wollte sie weitergehen.

Heller stellte sich ihr in den Weg. »Fräulein Baumert.«

Die Frau blieb stehen. Sie war sehr jung, Mitte zwanzig vielleicht. Fast verzweifelt sah sie ihn nun an, ihre Augen glänzten und die Lippen kräuselten sich ein wenig, als wollte sie gleich anfangen zu weinen.

»Fräulein Baumert, ich muss zu Alexej, ich bin sein Freund!«, bat Heller eindringlich.

»Ich schreie!«, flüsterte die Frau.

»Schreien Sie«, erwiderte Heller ruhig.

Die Frau sah ihn an, ihre Lippen wurden schmal, doch sie schrie nicht. Sie schloss für eine Sekunde die Augen. Dann kehrte sie zur Haustür zurück und schloss auf. Heller folgte ihr ins Haus. Noch einmal zögerte sie.

»Er wird …«

»Er kennt mich«, unterbrach Heller sie. Jetzt gab die Frau auf, und gemeinsam stiegen sie die Treppe hoch. Vor der Wohnungstür blieb die Frau stehen und warf Heller einen flehentlichen Blick zu. Doch Heller blieb hart. Bestimmt hatte sie ihre Anweisungen, aber sie konnte ja behaupten, er habe sie gezwungen. Als sie bemerkte, dass es keinen Zweck hatte, schloss sie auf und ließ Heller eintreten.

Von einem engen kleinen Flur gingen drei Türen ab. Die Wohnung schien nicht sehr groß zu sein. Die Toiletten befanden sich im Treppenhaus, wie Heller gesehen hatte. Er warf einen Blick durch die offene Tür in die Küche, in der es wild und dreckig aussah. Essensreste lagen auf Tellern, Brotkrümel überall, ein aufgeschlagenes Papier mit einem Stück Butter, das schon ganz dunkel war und ranzig glänzte. Er erkannte einige geöffnete Fleisch- und Fischbüchsen, ganz offensichtlich amerikanische Produkte. Überall standen Flaschen herum

»Ist er da?«, fragte Heller und wendete sich mit einem leichten Schaudern ab.

Fräulein Baumert hängte ihren Mantel auf. Sie hatte eine mädchenhafte, zierliche Figur. Wortlos ging sie zur nächsten Tür und öffnete sie vorsichtig einen Spalt und dann ganz.

Heller betrat den Raum. Es war das Wohn- und gleichzeitig Schlafzimmer. Statt eines Sofas entdeckte er ein großes Bett, daneben einen niedrigen Tisch, zwei Schränke und eine Vitrine. Ein Radio, aus dem leise Musik ertönte, stand auf einem kleinen Beistelltisch. Das Zimmer machte einen verwüsteten Eindruck. Saizevs komplette Kleidung lag im gesamten Raum verteilt da. Auch hier überall Wein- und Schnapsflaschen. Dazwischen lagen amerikanische Zigarettenpackungen und Schokolade herum, es stank nach Zigaretten und Alkohol. Und inmitten des Chaos lag Alexej Saizev bäuchlings im Bett, vollkommen nackt, Speichel lief aus seinem Mundwinkel.

Heller sah sich nach der jungen Frau um. Diese erwiderte den Blick mit einer gleichgültigen Miene und einem Schulterzucken.

Heller trat näher ans Bett, beugte sich vor und betrachtete Saizev, bis er sicher war, dass dieser noch lebte. Er wagte es sogar, Saizevs Augenlid hochzuschieben. Dann entdeckte er etwas auf einem kleinen Nachttisch. Er musste das ganze Bett umrunden, um an die flache Glasschale zu kommen, in der sich Reste von weißem Pulver befanden.

»Was ist das?«, fragte Heller. »Kokain?« Er konnte, er wollte es nicht glauben, dass Saizev derart die Kontrolle über sein Leben verloren hatte. Fräulein Baumert schwieg. Heller stellte die Schale wieder ab und ging zu der Frau zurück. Er fasste sie ans Kinn und schaute sie ernst an. Sie ließ es sich gefallen, als sei sie es gewöhnt, so behandelt zu werden. Widerstandslos ließ sie zu, dass Heller ihren Kopf leicht nach hinten bog und ihre Nasenlöcher betrachtete. Die Haut war rissig und entzündet.

»Sie wissen, was mit Ihrer Nase geschieht? Sie müssen aufhören damit, hören Sie«, ermahnte er die Frau, obwohl er wusste, dass es keinen Zweck haben würde. Er hatte früher schon mit Kokainsüchtigen zu tun gehabt. Er sah der Frau noch eine Sekunde in die Augen, dann ließ er sie los.

Er war auf den Schlager aufmerksam geworden, der gerade im Radio lief. Eine Frau sang vom Südwind. Heller hatte dieses Lied noch nie gehört. Er bemühte sich, die Frequenzskala auf dem Gerät zu erkennen. Er hatte es fast vermutet: Es war der RIAS. Noch einmal drehte er sich zu der Frau um. Es war nicht per Gesetz verboten, RIAS zu hören, doch wer erwischt wurde, musste sich verantworten. Sich allein dem Boykottaufruf gegen die Feindsender zu widersetzen, wurde von den Richtern streng geahndet.

»Was tun Sie hier?«, fragte Heller.

»Wir wohnen hier«, flüsterte die junge Frau. Heller warf einen Blick auf Saizev, der sich langsam regte. Ihn in diesem bloßgestellten, entwürdigenden Zustand zu sehen, schmerzte und beschämte Heller.

»Sie wohnen hier und sind hier gemeldet?«

»Er wohnt hier. Ich habe ein Zimmer zur Untermiete nicht weit von hier.«

»Sie besuchen ihn hier nur?«

Heller sah die Frau verständnislos an.

»Er gibt Bescheid, wenn er mich sehen will.«

»Ihr Name steht am Klingelschild!«

»Er wollte es so.«

»Was arbeiten Sie?«

Fräulein Baumert sah zu Boden und zuckte mit den Achseln.

»Wo war Alexej in der Nacht von Donnerstag auf Freitag? Wo war er am Freitagmorgen?«

»Hier«, es klang wie eine Frage, nicht wie eine Antwort.

»Und Sie saufen mit ihm, schnupfen Kokain, fressen wie die Tiere? Und wenn er mit Ihnen fertig ist, schickt er Sie weg?«

Die junge Frau sah ihn starr an, wollte offenbar widersprechen und fand dann doch keine Worte. Tränen stiegen ihr in die Augen. Sie verschränkte die Arme vor der Brust und krümmte sich, als sei sie krank.

Saizev röchelte und wälzte sich auf den Rücken. Heller sah zum Bett und dann wieder weg. Er ertrug den Anblick des entblößten Russen nicht.

»Sie haben sich etwas anderes erhofft, nicht wahr«, sagte Heller zu der jungen Frau.

Die presste die Lippen zusammen, zuckte erneut mit den Achseln und zwang sich, nicht zu blinzeln, weil ihr sonst die Tränen hinuntergelaufen wären. Sie musste gar nichts sagen. Es war doch immer das Gleiche, wusste Heller, sie hatte sich einen Freund erhofft, einen Verlobten, ein neues Leben. Was auch immer ihr zugestoßen war im Krieg und danach, sie hatte gehofft, einen Mann zu finden, um eine Familie zu gründen. Und nun hatte sie das hier.

Wieder grunzte Saizev. Heller konnte es nicht länger mit ansehen. Er warf dem Russen einen Teil der Decke über den Körper.

»Alexej!«, rief er. »Alexej, Genosse Saizev, wachen Sie auf!«

Der Russe knurrte und murmelte Unverständliches, machte jedoch keine Anstalten, zu sich zu kommen. Heller gab auf.

»Sagen Sie ihm, er soll mich anrufen«, sagte er zu der Frau. »Das ist wichtig, hören Sie? Er wird beobachtet. Ich habe es gesehen. Sagen Sie ihm das!«

Fräulein Baumert nickte.

»Und hören Sie damit auf. Was immer Sie hier tun. Das nimmt kein gutes Ende.«

Heller schob sich an ihr vorbei aus dem Zimmer. An der Wohnungstür drehte er sich noch einmal um. Sie war ihm gefolgt, als wollte sie sich vergewissern, dass er wirklich ging.

»Er muss mich anrufen. Ich werde ihm sonst keine Ruhe

lassen. Sagen Sie ihm das. Er weiß es, er kennt mich.« Wieder nickte die Frau. Heller zögerte.

»Ich will Ihnen noch einen Rat geben.« Er suchte nach den richtigen Worten. »Lassen Sie sich nicht schwängern von ihm, weder absichtlich noch unabsichtlich. Sie werden nicht glücklich damit, glauben Sie mir.«

Die Frau sah ihn unverwandt an.

Vielleicht war es schon zu spät, schoss es Heller durch den Kopf.

15. September 1951, Abend

Anni kam ihm schon entgegengerannt, als er endlich zu Hause angekommen war. Stolz zeigte sie ihm im Haus die gewischte Treppe und die geputzte Küche, die Wäsche auf der Leine und den gefegten Weg im Garten. Fräulein Hermann stand mitten im Beet und zupfte Unkraut. Schüchtern winkte sie Heller zu. Sie trug einen Rock, der kaum übers Knie reichte, und eine helle Bluse mit kurzen Ärmeln. Um den Kopf hatte sie ein leuchtend blaues Tuch gebunden.

»Wo ist denn Frau Marquart?«, fragte Heller Anni.

»Heut war sie im Keller und hat was gesucht, aber wir wissen nicht, was.«

»Wonach, heißt es. Und nun?«

»Sie will schlafen, hat sie gesagt. So stellt sie keinen Unfug an!«

Heller legte seine Hand auf ihre Schulter. »Das ist frech, Anni. Frau Marquart ist schon sehr alt. Und manchmal machen alte Leute Sachen, die wir nicht verstehen.« Heller wusste, dass Anni nur nachplapperte, was sie gehört hatte. Dass sie das überhaupt tat, deutlich zwei ganze Sätze sprach, war schon ein großer Fortschritt. Aber Heller bezweifelte, dass Karin sich darüber freuen würde. Sie hätte dasselbe Gefühl wie er: Eifersucht. Heller wusste, wie albern das war, aber es war nicht von der Hand zu weisen.

»Und die Kaninchen sind gefüttert?«, fragte er. Anni nickte stolz.

»Dann werde ich jetzt Futter für uns anrichten.«

Jetzt sah Anni ihn an, überlegte, wie seine Worte gemeint sein könnten. Dann verstand sie. »Tante Traudel hat schon gekocht. Sie hat aber Angst, du schimpfst mit ihr, weil sie das gemacht hat«, erklärte sie ganz ernst.

Heller hob die Augenbrauen und atmete durch. »Dann geh zu ihr und richte ihr aus, ich schimpfe nicht mit ihr.«

Frau Marquart war fröhlich, beinahe schon etwas überdreht. Immerzu summte sie eine Melodie und sang ab und an ein paar Textzeilen, während sie den Tisch deckte. Heller fürchtete, sie würde heute Nacht gar nicht mehr schlafen und durchs Haus geistern. Sie hatte immerhin von drei Uhr nachmittags bis um sechs abends geschlafen.

Fräulein Hermann hatte Kartoffelsuppe gekocht, ohne Speck und ohne Würstchen. Selbst das ließ Heller eifersüchtig werden. Beinahe hoffte er, es würde nicht so gut schmecken, wie es roch.

»Der Südwind der weht, und der Gaucho, der steht auf der Sierrrrraaa…«, sang Frau Marquart und holte eine zweite Garnitur Löffel aus dem Besteckkasten. Heller brachte sie wieder zurück. Fräulein Hermann war gegangen, um sich zu waschen, und vorher hatte sie das Küchenfenster geöffnet. Es war herrlich warm draußen, trotzdem war es Heller nicht recht, dass das Fenster offen stand. Jeder, der auf der Straße vorbeilief, konnte hineinsehen. Aber das Fenster zu schließen, erschien ihm fast ein Affront zu sein.

Zweimal rief er nach Anni. Frau Marquart hatte den Topf schon auf den Tisch gestellt und suchte nach der Kelle, die an ihrem Haken hing wie immer. Weil das Mädchen nicht kam, ging Heller sie suchen. Er fand sie im Waschhaus, wo sie mit dem Wasser plätscherte. Durch das Waschhausfenster sah er Fräulein Hermann, die mit nackten Schultern, nur im Damenunterhemd und Rock, ihr Handtuch und die Bluse auf die Leine hängte.

»Komm, das Essen ist auf dem Tisch. Du musst noch Becher austeilen«, forderte er Anni auf und ging zusammen mit ihr in die Küche.

»… auf der Sierrraaa«, sang Frau Marquart leise vor sich hin, »sein Heeerz ist gefangen, ein Traaaum ist vergangen …«

»Was singen Sie denn da?«, fragte Heller. Er hatte diese Melodie heute schon einmal gehört. Fräulein Hermann kam, bog noch einmal in die Wohnstube ab. Heller ging zum Küchenradio und sah auf die Skala. Der Deutschlandsender aus Berlin war auf Langwelle eingestellt. Heller nahm sich vor, Salbach zu fragen, ob dieses Lied auch auf diesem Sender der DDR gespielt wurde. In dem Moment kam Fräulein Hermann zurück und hatte sich etwas übergezogen.

Am Abend hatte Heller das Radio angestellt. Ganz allein saß er in der Küche, vor sich die Zeitungen und seine Notizen ausgebreitet. Anni lag seit einer Stunde im Bett. Frau Marquart war auf ihr Zimmer gegangen, wo sie auch ein Radio hatte, das Karin und er ihr zum Geburtstag geschenkt hatten. Ein Geschenk, das sie seit Längerem bereuten, denn Frau Marquart schaltete es ein, wenn sie in der Nacht nicht schlafen konnte. Auch wenn es sehr leise eingestellt war, wachten sie doch regelmäßig davon auf.

Fräulein Hermann hatte er gleich nach dem Essen aus der Küche komplimentiert. Er würde heute den Abwasch erledigen.

Er lauschte nach oben, wo er die alte Frau rumoren hörte, und widmete sich dann wieder den Zeitungsannoncen. Er kam einfach nicht weiter. Was für ein Sinn steckte dahinter? Zinnober, Zebra, Zink, Zettel, Zusatz, Zeitungen, Zwetschgen, Zähne. Egal, wie er sie drehte, in welcher Reihenfolge er sie las, welches Schema er erstellte, er konnte nichts Verwertbares erkennen.

Dann hörte er Anni leise weinen. Heller legte den Stift weg und eilte nach oben.

Das Kind saß im Bett und hatte seine Puppe an sich gepresst. Heller setzte sich auf die Bettkante und nahm Anni in den Arm.

»Was ist denn?«, fragte er leise. Schon lange hatte sie nicht mehr geweint.

Zuerst wollte sie nicht sprechen, im Gegenteil, sie steigerte sich immer mehr in ihr Weinen hinein. So saßen sie gemeinsam im Finsteren, das Kind schluchzend an Hellers Brust geschmiegt, und Heller hätte sich kaum einsamer fühlen können. Karin fehlte Anni und ihm, und er hatte immer noch nichts von ihr gehört und war besorgt und wütend zugleich. Sie konnte doch nicht einfach vergessen haben, ein Telegramm aufzusetzen. Warum rief sie dann nicht an? Es musste doch irgendeine Verbindung geben, andere Leute telefonierten doch auch. Lag es daran, dass er Polizist war?

Mit dem Kind im Arm griff er nach dem Vorhang und zog ihn ein wenig auf, damit etwas Laternenlicht in Annis Kämmerchen fiel.

»Was ist denn nun?«, fragte er und schob Anni ein wenig von sich, um sie ansehen zu können. Sie hielt sich die Puppe vor das Gesicht.

»Du hattest heute doch einen wunderschönen Tag, oder? Und du warst ganz fleißig, wie ein großes Mädchen. Und nächstes Jahr gehst du zur Schule und dann kannst du mir Lesen und Rechnen beibringen!«

Anni nahm die Puppe herunter und sah ihn wieder verblüfft an. »Das kannst du doch alles schon, schreiben und lesen und rechnen. Mutti sagt, Polizisten müssen ganz schlau sein«, flüsterte sie und schon begann ihr Kinn wieder zu zittern.

»Also, jetzt sag mir mal, wo dich der Schuh drückt«, sagte Heller schnell.

Anni zögerte. Dann wagte sie zu sprechen. »Stimmt es, dass Mutti nicht wiederkommt?«, flüsterte sie.

»Wer sagt denn so was?«, entfuhr es Heller empört. »Du weißt doch, wo die Mutti ist. Sie besucht den Erwin. Der wohnt in einem anderen Land. Sie besucht ihn und kommt dann natürlich wieder zu uns zurück. Die Hälfte der Zeit haben wir schon geschafft.« Er strich ihr sanft die Tränen aus dem Gesicht.

Anni nickte und ihr war anzusehen, dass sie ihm gerne glauben wollte, doch die Zweifel schienen übermächtig zu sein.

»Ganz sicher, Anni, da musst du keine Sorge haben. In einer Woche schon gehen wir zum Bahnhof und holen sie wieder ab.«

Anni nickte wieder und legte sich dann hin.

»Wer erzählt dir denn solche Geschichten?«, fragte Heller leise. »Fräulein Hermann etwa? Die Vera vielleicht?« Anni schüttelte den Kopf und drehte sich weg. Heller strich ihr noch einmal übers Haar. Dann erhob er sich und verließ das Zimmer.

Unten klopfte er an die Tür des Wohnzimmers.

»Moment!«, rief Fräulein Hermann. Als sie öffnete, sah sie ihn freundlich, fast erwartungsvoll an.

»Sagen Sie, wer setzt denn dem Kind solche Flöhe ins Ohr, dass meine Frau nicht wieder heimkäme? Sie etwa?«

Fräulein Hermann wurde weiß im Gesicht. »Kommen Sie!« Sie zog Heller ins Zimmer und schloss die Tür.

»Also, das tut mir schrecklich leid«, flüsterte sie, »aber heute Mittag, da sagte Hannelore, dass Ihre Frau in den Westen gegangen sei und jetzt bei dem Erwin lebe. Ich habe gesagt, dass Ihre Frau doch bald wiederkommen wird, und versuchte auch, auf das Kind zu deuten. Doch sie beharrte darauf und sagte immer wieder nein, nein, die bleibt im Westen, sie habe es ihr gesagt. Später habe ich sie zur Rede gestellt, da wusste sie gar nicht mehr, dass sie das gesagt hatte. Ich hatte gehofft, die Anni, die vergisst das, weil sie am Tisch tat, als hätte sie gar nichts gehört. Ich habe das vorhin ganz vergessen, Ihnen zu sagen. Das tut mir wirklich leid!«

»Schon gut«, beschwichtigte Heller, »morgen rede ich mit Frau Marquart. Hat sie denn mit jemandem gesprochen? Aus der Nachbarschaft vielleicht?«

»Ja, mit dem älteren Herren schräg gegenüber.«

»Herr Meyer.« Heller atmete durch. Als ob die Menschen nichts anderes zu tun hätten, als sich die Mäuler zu zerreißen. »Nun dann, guten Abend noch.«

Bis spät in die Nacht saß Heller über den Zeitungen. Eine Menge Zettel mit Buchstabenkombinationen und Zahlencodes lagen vor ihm. Doch nichts ergab einen Sinn. Wenigstens war sich Heller sicher, dass es keine Telefonnummern waren, dafür hatten sie eine Ziffer zu viel.

Müde rieb er sich das Gesicht. Leise Musik kam aus dem Radio. Über den RIAS hieß es, übermittelten feindliche Organisationen Befehle und Informationen an ihre Agenten in der DDR. Diese waren in Nachrichten und Reden versteckt, in Temperatur- und Wasserstandsmeldungen. Heller erhob sich und streckte seine Hand nach dem Frequenzregler aus, ließ sie dann aber wieder sinken. Es hatte keinen Zweck, selbst wenn er jetzt etwas hören würde, das ihm verdächtig erschien, er würde es genauso wenig entschlüsseln können. Außerdem tränten ihm die Augen und es fiel ihm schwer, seine Gedanken zu sammeln. Er kannte sich gut genug, um zu wissen, dass er nur unter allergrößter Willensanstrengung weiterarbeiten könnte. Morgen früh würde Anni zeitig wach sein und er wollte den Sonntag nutzen, um sich um sie zu kümmern. Kurzerhand stellte er das Gerät ab. Dann schob er die Zeitungen und Zettel zu einem Stapel und schaltete das Licht in der Küche ab. Er ging sich im Waschhaus die Zähne putzen und stieg schließlich die Treppe hinauf.

Anni schlief fest. Frau Marquarts Radio dudelte leise. Bald war Sendeschluss, dann würde es rauschen. Heller stand vor ihrer Tür und lauschte und wagte es dann, sie zu öffnen. Auf Zehenspitzen schlich er ins Zimmer und schaltete das Gerät aus. Frau Marquart schnarchte leise. Im Zimmer roch es schlecht, irgendwie muffig und nach Tiger Balsam, einer stark nach Menthol und Kampfer riechenden Creme, die sie gegen ihre gelegentlichen Kopfschmerzen verwendete. Morgen würde er lüften müssen. Die alte Dame vergaß das in letzter Zeit oft. Leise schloss er ihre Tür wieder hinter sich, betrat sein Schlafzimmer, zog sich den Schlafanzug an und ging ins Bett. Aus Gewohnheit legte er seinen Arm auf die linke Bettseite, aber er griff ins Leere, wie schon seit fünf Tagen. Er versuchte seine Gedanken zu lösen, jetzt nicht an Karin zu denken, denn das half ihm nicht beim Einschlafen. Bestimmt ging es ihr gut. Bestimmt dachte sie an ihn und bestimmt würde sie Anni vermissen. Niemals würde sie einen Gedanken daran verschwenden, einfach dortzubleiben. Eine Woche nur hatte es gebraucht, und schon waren sie Gesprächsstoff für die gesamte Nachbarschaft. Karin würde es den Leuten übelnehmen. Und sie wäre sicherlich eifersüchtig, wüsste sie von Edeltraud und Annis innigem Verhältnis zu der jungen Frau. Anni, dachte Heller und wälzte sich auf die andere Seite, als könnte er den Gedanken damit abschütteln. Doch der hatte sich in ihm festgebissen seit dem Tag, als feststand, dass Karin in den Westen reisen durfte. Das Kind, Anni, das war sein Faustpfand. Ein bitterer Trost.

Heller versuchte einzuschlafen. Doch eigentlich wusste er, das war nicht möglich. Schloss er die Augen, sah er immer wieder Karin vor sich, wie sie im Meer stand und ihm zuwinkte. Komm, Max, komm zu mir, es ist herrlich. Er hätte es einfach tun sollen. Anstatt stehen zu bleiben und sie anzustarren, als sei sie nicht ganz bei Sinnen.

Heller warf die Decke zurück und stand auf. Diese Anzeigen mussten einen Sinn haben. Vielleicht dachte er viel zu kompliziert.

Im Flur hörte er Anni im Bett rascheln. Er machte sich kein Licht an. Der schwache Schein aus der Küche unten, durch deren Fenster das Laternenlicht fiel, genügte ihm. So leise wie möglich schlich er die Treppe hinunter. Gerade als er in die Küche gehen wollte, schrie Fräulein Hermann spitz auf. Auch Heller erschrak, fuhr zurück und wusste im nächsten Moment nicht, wo er hinschauen sollte. Die junge Frau stand vollkommen nackt vor ihm und versuchte vergeblich, ihre Blöße mit Armen und Händen zu bedecken. Einen kurzen Augenblick standen sie beide wie erstarrt voreinander, bis Heller realisierte, dass er es war, der den Weg freigeben musste. Edeltraud Hermann drängte sich hektisch an ihm vorbei und flüchtete in die Wohnstube.

Heller stand noch eine Weile wie betäubt in der Küche, und obwohl sie längst verschwunden war, hatte sich doch der Anblick der nackten Frau in ihm eingebrannt, dehnte sich der kurze Augenblick in seiner Erinnerung in die Länge. Warum lief sie überhaupt nackt durchs Haus? Es kam ihm fast so vor, als hätte sie ihm aufgelauert. Hatte sie denn gar nicht gehört, dass er die Treppe heruntergekommen war? War etwas dran an seinem Verdacht, dass sie sich versuchte einzuschleichen bei ihnen, mit ihrem Fleiß, ihrer Freundlichkeit gegenüber Anni, ihren Kochkünsten und ihrer nicht zu übersehenden Weiblichkeit? Das war Heller eindeutig zu viel. Zornig klopfte er an die Wohnstubentür.

»Fräulein Hermann, es ist mir wirklich sehr unangenehm, aber warum laufen Sie so unbekleidet durch das Haus? So geht das nicht. Sie wohnen gerade mal zwei Tage hier!«

Unglaublich, dass er sich in seinem eigenen Haus entschuldigen musste. Beinahe seinem eigenen Haus, maßregelte sich Heller in Gedanken.

Die Tür hatte sich geöffnet. Fräulein Hermann hatte sich einen Hausmantel übergezogen, wagte aber kaum, ihm ins Gesicht zu schauen.

»Es tut mir leid, es war keine Absicht«, flüsterte sie. »Sie haben so lange in der Küche gesessen, ich habe mich nicht hinausgewagt, weil ich Sie nicht stören wollte. Als Sie zu Bett gingen, bin ich ins Waschhaus und vergaß meinen Pyjama. Und ich dachte, da alle schlafen, kann ich einfach so ins Zimmer huschen. Es tut mir wirklich leid, ich wollte Ihnen keineswegs zu nahe treten.«

Heller wollte erst widersprechen, doch dann fehlten ihm die richtigen Worte. Irgendwie mussten sie jetzt auseinandergehen und sich morgen früh wieder in die Augen sehen können.

»Es ist schon gut jetzt. Nun, dann also gute Nacht. Übrigens: Ich werde mich noch einmal in die Küche setzen.«

Fräulein Hermann nickte knapp und schloss leise die Tür.

Diese Begegnung hatte ihn wieder wach gemacht, keine Frage. Allerdings auf eine Art und Weise, die ihm nicht behagte. Er war längst aus dem Alter heraus, in dem man sich so verwirren lassen sollte. Und als ob es nicht schon genügte, ein schlechtes Gewissen zu haben, weil er kaum Zeit für Anni und weil er nicht verhindert hatte, dass die fremde Frau hier einzog, nun kam auch noch das dazu. Sicher, er war nicht schuld an der Begegnung gewesen und hatte sich in der Situation völlig korrekt verhalten. Aber jetzt bekam er das Bild nicht mehr aus dem Kopf. Er konnte einfach nicht aufhören, an Edeltraud zu denken.

Heller zwang sich zur Konzentration, streckte seinen Rücken durch und nahm seinen Bleistift und schob die Zeitungen auseinander. Er zog sich die Tabelle heran, die Salbach begonnen hatte und die er weiterführen wollte. Das Erscheinungsdatum der Zeitung war eingetragen, der Wortlaut der jeweiligen Annonce auch. Salbach hatte alle ihm wichtig erscheinenden Buchstaben mit Tintenstift eingekreist. Das irritierte und lenkte Heller immer wieder ab. Beinahe mürrisch nahm er ein neues Blatt, zeichnete eine Tabelle vor und begann alles abzuschreiben. Schon in der dritten Spalte stutzte er. Warum hatte derjenige, der die Anzeige geschaltet hatte, eine sechsstellige Nummer gewählt? Wenn die Nummern schon falsch waren, warum dann nicht fünf Stellen, wie es üblich war in der Stadt? Nun besah er sich doch wieder Salbachs Tabelle und ging die Zahlen noch einmal durch. Peter hatte alle Annoncen aus allen Zeitungen bis zum Vortag des vierzehnten September eingetragen und diejenigen markiert, von denen man Exemplare im Haus der Zeugen Jehovas gefunden hatte. Heller las sie nacheinander durch, bis er bei der letzten vom gestrigen Tage angelangt war. 190065 lautete hier die Telefonnummer. Heller schrieb 51 und strich die beiden Zahlen weg, blieb 9006. Nun schrieb er 09 und 06, überlegte kurz und drehte die Zahlen um, 060951. Sechster September 51. Einen Moment lang blickte er fassungslos auf dieses Datum. Es war das Datum der Razzia, bei der die Zeugen Jehovas verhaftet worden waren.

Nun fuhr er mit dem Finger die Tabelle hinauf, bis zu dem entsprechenden Datum. In der Anzeige dieses Tages stand 211509. Wieder nahm Heller die 51 als Jahreszahl heraus, stellte die anderen vier Zahlen um, kam auf den 12. oder 21. September. Er suchte in der Spalte nach dem zwölften, in dieser Anzeige stand die Nummer 510812. Heller kam schnell auf den 12., den 21. August oder den 28. Oktober. Suchte zuerst den 12. August, fand dort aber eine völlig sinnlose Kombination vor, suchte den 21. und entdeckte die 801531. In der Anzeige vom 31. August fand er eine Nummer, die wieder zurückführte.

Fast wäre er aufgesprungen. Das war das System! Ein Datum verwies auf eine ältere Zeitung, diese dann auf eine jüngere. So ging es in einem fort, immer hin und her, immer weiter zurück, bis in den Juli, dort gingen Heller die Zeitungen aus, keine jedoch hatte ein Datum angezeigt, das über den heutigen Tag hinausging. Sie mussten noch mehr alte Zeitungen beschaffen und jede neu erschienene aufmerksam durchsuchen.

Was immer es war, da war Heller sicher, es musste darauf hinauslaufen, dass an einem Tag in der Vergangenheit oder in der Zukunft eine bestimmte Nachricht verborgen war. Eine, die vielleicht nicht mit einem Z begann. Dass Oldenbusch bei den Zeugen Jehovas nur bestimmte Zeitungen gefunden hatte, schien purer Zufall zu sein. Kein Zufall aber war, dass die beiden Geschwister Girtlitz eine Zeitung gekauft hatten. An die beiden musste er ran. Unbedingt. Es stellte sich nur die Frage, wie. Fragte er Niesbach? Rief er ihn morgen privat an oder gar jetzt? Sollte er die Geschwister festnehmen oder lieber beobachten lassen? Heller drehte sich um und sah auf die Uhr. Es war halb drei Uhr in der Nacht. Genug für heute, beschloss er.

16. September 1951, Vormittag

Heller ging langsam die Bergbahnstraße hinunter, schonte seinen Knöchel, genoss die Sonne in seinem Rücken und lauschte dem fröhlichen Plappern der Mädchen hinter ihm. Einige Sonntagsausflügler kamen ihm entgegen und Anni und Vera hatten etwas am Wegesrand entdeckt.

»Vati, schau mal!« Anni hielt ihm einen roten Käfer entgegen. »Ein Marini?«

»Nein, eine Feuerwanze. Tu sie nur wieder hin, sie will ihre Ruhe.« Anni sollte damit nicht spielen. Er mochte diese Tiere nicht, ihre Lebensweise, dicht gedrängt an Baumstämmen klebend. Er wollte jedoch seine Abneigung nicht auf das Mädchen übertragen. Immerhin wusste er, wie subjektiv das alles war.

Heller hatte Anni zu einem längeren Spaziergang überredet und hatte Vera nach Absprache mit Frau Eigner gleich mitgenommen. Gemeinsam waren sie die steilen Straßen hinuntergelaufen, die Plattleite entlang bis zum Körnerplatz, einmal über das Blaue Wunder und wieder zurück, um dann mit der Drahtseilbahn wieder hinaufzufahren.

Nun hatte er Hunger. Nicht auf diese quälende Art und Weise, wie sie ihn jahrelang hatten ausstehen müssen. Dieser Hunger, von dem man wusste, dass man ihn höchstens für kurze Zeit besänftigen, jedoch niemals nachhaltig befriedigen konnte. Jetzt freute er sich einfach nur auf das Essen, das zwar schlicht, aber sättigend war. Ja, es ging ihnen gut, viel besser als während der Nachkriegsjahre. Und doch schwelten auf der Welt schon wieder die Lunten, und es schien nicht viel zu fehlen, dass die Pulverfässer erneut explodierten. Die Franzosen, selbst gerade erst befreit, hatten schon fünfundvierzig in Algerien wieder zu schießen begonnen, und die Amerikaner hatten sich letztes Jahr in den nächsten großen Krieg gestürzt, der sie tausende von Menschenleben kostete. Überall taten sich neue Krisen auf. Als hätte man noch immer nicht genug davon.

Heller blieb stehen und drehte sich nach den Mädchen um, die zwar den Käfer freigelassen, doch schon wieder das nächste Forschungsobjekt entdeckt hatten. Sie flüsterten und kicherten und Heller ließ sie gewähren. Er freute sich, sie so unbeschwert zu sehen. Noch stellten sie keine Fragen. Doch irgendwann würde sich das ändern, wusste er. Dann würde sich Anni fragen, warum ihre Eltern so alt sind und ob sie nicht vielmehr die Großeltern seien.

Heller schüttelte den Kopf über sich selbst. Konnte er nicht endlich aufhören, solche Gedanken zu haben, wenigstens für ein paar Augenblicke.

Ihm fiel auf, dass auf der gegenüberliegenden Straßenseite eine Villa renoviert wurde. Das war ihm neu, er kam nicht so oft hier entlang. Heute standen die Bauarbeiten still. Doch man sah, dass am Dach gebaut wurde, Fenster lackiert und Dachrinnen ausgewechselt wurden. Welchem Parteifunktionär dieses Haus wohl zugesprochen worden war?

Einige Zeit hatten Offiziere der Sowjetarmee in dem Haus gewohnt. Bestimmt waren sie nicht gerade zimperlich mit dem Gebäude umgegangen. Heller wusste, in welchem Zustand sich Häuser nach dem Auszug der Russen befanden. Aber genauso hatten die Offiziere damals im ersten Krieg in den Häusern des besetzten Frankreichs gehaust und im

Zweiten Weltkrieg dann in Russland. Welcher Soldat scherte sich schon um fremden Besitz im Feindesland?

»Fragt doch mal, ob Vera bei uns noch mitessen darf«, bat Heller die Mädchen, als sie daheim angelangt waren. Er wartete unterdessen vor dem Gartentor. Schon kamen die Kinder fröhlich hüpfend zurück, vergaßen aber trotzdem nicht, am Bordstein stehen zu bleiben, um nach dem Verkehr zu sehen. Natürlich war am Sonntag kein Fahrzeug weit und breit zu sehen.

Er schickte die Mädchen zum Händewaschen und ging hinauf, um sich ein frisches Hemd zu holen. Aus dem Zimmer von Frau Marquart drang leise Musik. Da die alte Frau aber in der Küche war und gemeinsam mit Fräulein Hermann den Tisch deckte, ging er hinein, um das Radio abzustellen. Auch wenn er nur ungern das Zimmer betrat, wenn Frau Marquart nicht dabei war, so war es doch in letzter Zeit immer häufiger erforderlich. Nicht nur dass sie vergaß, das Radio abzuschalten, zu lüften oder das Fenster wieder zu schließen, seit neuestem vergaß sie auch immer wieder, den Nachttopf zu leeren.

Vor dem Radio blieb Heller stehen und stutzte. Frau Marquart hatte tatsächlich den RIAS eingestellt. Er dachte nicht lang darüber nach, wechselte zum nächstbesten DDR-Sender und schaltete dann das Radio ab.

»Frau Marquart«, nahm Heller die Frau beiseite, nachdem sie gegessen, den Tisch abgeräumt und die Mädchen zur Mittagsruhe geschickt hatten, »ich will Ihnen im Garten etwas zeigen.« Gemeinsam verließen sie die Küche, in der Fräulein Hermann das Geschirr wusch, obwohl sich Heller dafür angeboten hatte.

»Frau Marquart, Sie sollten nicht den RIAS hören«, sagte er leise vor der Tür zum Waschhaus.

»Aber da kommt immer so schöne Musik!«

»Ich weiß, Frau Marquart, aber die Amerikaner erzählen dort schlechtes Zeug über uns. Das möchten Sie bestimmt nicht hören, denn das meiste ist falsch.« Er wusste nicht, wie er es anders ausdrücken sollte.

»Ich höre ja gar nicht hin!« Frau Marquart lachte und wollte es abtun.

»Frau Marquart, ich meine es ernst, ich will nicht, dass Sie das hören. Ich will nicht, dass Anni das hört und im Kindergarten davon erzählt, verstehen Sie?«

»Ja, ja, was ist denn im Garten?«

»Und noch etwas, haben Sie dem Kind erzählt, Karin käme nicht zurück?«

»Aber sie ist doch schon lang überfällig, alle sagen, dass sie drüben geblieben ist«, verteidigte sich die alte Dame.

»Aber Karin ist gerade ein paar Tage weg. Nächsten Sonntag kommt sie wieder, verstehen Sie? Zwei Wochen ist sie weg, und eine Woche ist jetzt gerade erst vergangen. Frau Marquart, ich bitte Sie, denken Sie an das Kind!«

Frau Marquart sah Heller an, und endlich hatte er den Eindruck, sie verstand, was er sagte.

»Was wollen Sie mir denn zeigen, Max?«, fragte sie dann.

»Nein, das wollte ich Ihnen nur sagen. Fräulein Hermann musste das nicht hören.« Heller verstummte. Es würden schwere Zeiten auf sie zukommen, wenn der Zustand von Frau Marquart sich weiter verschlechtern würde. Jetzt stand sie da, als wäre sie erstarrt, stierte ihn regelrecht an.

»Frau Marquart?«

Ihr Blick löste sich und sie begann zu lächeln.

»Sagen Sie, die Villa auf der Bergbahnstraße, die wird repariert und gemalert. Wer wird denn dort einziehen?«, wechselte Heller bewusst das Thema.

»Das ist die Von-Stetten-Villa.«

»Bitte?«

»Die gehörte dem Freiherr von Stetten. Die Russen wohnen jetzt da.«

»Jetzt nicht mehr. Dieser von Stetten, der war doch berühmt, oder?«

»Ja, ja, ein Psychologe.«

»Ein Psychologe?« Heller war unsicher, das deckte sich nicht mit seinen Erinnerungen.

In dem Moment klopfte es an der Haustür. Heller vermutete, dass das Frau Eigner war, die Vera abholen wollte. Aber ehe er an die Tür kam, war ihm Edeltraud Hermann zuvorgekommen und hatte sie bereits geöffnet.

»Ja, bitte?«, fragte sie.

»Ich … ich wollte …«

Heller erkannte die Stimme sofort. »Werner!«, rief er und lief zur Tür.

Oldenbusch war verstummt und starrte Fräulein Hermann irritiert an, die ihm freundlich zulächelte.

»Sie sind Kommissar Oldenbusch, nicht wahr. Frau Marquart hat von Ihnen erzählt. Wollen Sie nicht hereinkommen?«

Oldenbusch räusperte sich. »Ich wollte …«, begann er zögernd und deutete auf Heller.

Der musste die junge Frau ein wenig beiseiteschieben, um in die Tür treten zu können.

»Werner, wie schön, Sie zu sehen«, rief Heller ehrlich erleichtert. Dann wechselte auch er umgehend in den offiziellen Tonfall. »Das ist Fräulein Hermann, eine Großnichte von Frau Marquart. Sie wohnt einige Tage hier.«

Oldenbusch nickte. »Herr Oberkommissar«, begann er ganz förmlich, »ich wollte nicht klingeln, weil die Anni doch bestimmt schläft. Kann ich Sie unter vier Augen sprechen?«

»Natürlich, Werner, kommen Sie rein.«

Oldenbusch blieb stehen. »Ich dachte … ich habe den Wagen geholt. Wir müssten fahren. Ich weiß, wo das Versteck der Girtlitz-Kinder ist.«

Sie waren fast das einzige Fahrzeug auf den Straßen, dafür waren viele Spaziergänger unterwegs. Es war warm im Auto, doch Heller ließ die Scheibe zu. Oldenbusch schwieg und fuhr. Heller wagte ab und an einen Blick zur Seite und musterte ihn verstohlen. Er war ganz weiß im Gesicht, seine Wangen eingefallen, der Bart musste gestutzt werden. Sein sonst stets unternehmungslustiges Funkeln in den Augen schien erloschen.

»Heute Morgen hat man dich erst entlassen?«, fragte Heller schließlich.

Oldenbusch schnaufte nur und nickte knapp. Sie überquerten soeben das Blaue Wunder und mussten auf dem Schillerplatz eine Straßenbahn passieren lassen.

»Werner, wir können darüber sprechen. Aber wenn du nicht willst, frage ich nicht.«

Oldenbusch schürzte die Lippen und schwieg. »Heute Morgen, ja«, antwortete er dann, »einfach so. Genosse Oldenbusch, Sie können gehen.«

Heller verstand das als Aufforderung, weiterzufragen. »Und man hat dich tatsächlich dreieinhalb Tage lang ausgefragt?«

Oldenbusch nickte. »Jeden Tag, mehrmals.«

Heller brauchte eine Weile, um seine nächste Frage zu formulieren. »Haben Sie dich unter Druck gesetzt?«

Werner brauchte ebenso lange, eine Antwort zu finden.

»Wie man es nimmt. Die ganze restliche Zeit saß ich in einer Zelle und wusste nicht, was geschah. Gar nichts. Immer wenn ein Schlüssel klapperte, dachte ich, jetzt passiert was. Werde ich weggeschafft? Kann ich gehen? Werde ich erneut befragt? Schicken sie mich nach Bautzen, nach Sibirien? Aber nichts geschah, nichts dergleichen. Man sitzt die ganze Zeit da und starrt die Wand an. Essen gab es, Wasser im Becher, ein Klobecken, um zehn wurde das Licht abgestellt. Das hätte noch Wochen so gehen können.« Jetzt sah Oldenbusch zu Heller. »Auch das ist …«, er sprach es nicht aus. Doch Heller wusste, was gemeint war. Folter.

Und nun brachen bei Oldenbusch die Dämme. »Wussten Sie, dass Fräulein Walder in den Westen wollte, haben sie mich gefragt. Nein, ich dachte, wir heiraten, hab ich gesagt. Wussten Sie, dass sie dort Verwandtschaft hat? Nein. Wussten Sie, dass sie Reisevorbereitungen traf? Nein, wir wohnten ja nicht zusammen. Wussten Sie, dass sie vor einem Jahr ihr Grundstück verkauft hatte? Nein, ich wusste nicht einmal, dass sie eines besaß. Haben Sie je über Ihre Arbeit gesprochen? Nein, nie. Haben Sie ihr Informationen weitergegeben, die nur für den Dienstgebrauch bestimmt waren? Nein, natürlich nicht. Haben Sie ihr je Informationen über die Bewaffnung, Aufstellung und Aufgaben der Polizei weitergegeben? Nein, nie. Haben Sie je Dokumente, die für den Dienstgebrauch bestimmt waren, mit nach Hause genommen? Nein. Hat Ihre Verlobte Sie je zu Ihrem Dienst begleitet? Nein, warum sollte sie? Haben Sie jemals selbst daran gedacht, die DDR ins imperialistische Ausland zu verlassen? Nein, niemals. Hat Ihre Verlobte, Fräulein Walder, jemals erwähnt, dass sie in den Westen gehen wollte? Nein, nie. Hatte sie Briefkontakt zu irgendeiner Adresse im Westen? Das weiß ich nicht, wir lebten ja in getrennten Wohnungen.« Oldenbusch hielt inne. Seine Finger umklammerten das Lenkrad. »So ging das jeden Tag, Max, immer dieselben Fragen. Immer derselbe Wortlaut. Und dazwischen saß ich in der Zelle und wünschte mir, ich hätte diese Frau nie kennengelernt. Und was kann ich denn dafür, dass die abhaut? Schlimm genug …« Werner wollte noch etwas sagen, doch es gelang ihm nicht. Er blickte angestrengt nach links aus dem Fenster, weg von Heller. Heller gab ihm einige Sekunden, klopfte ihm dann ein wenig linkisch auf die Schulter. Natürlich war Werner verletzt. Vom Staat, dem er diente, und vor allem von der Frau, die er glaubte, nächstes Jahr heiraten zu können.

Oldenbusch richtete sich im Sitz auf. »Ach, lassen wir das, Max.«

»Wenn du meinst«, lenkte Heller ein, beinahe erleichtert. »Hannah und Paul. Du hast ihnen also noch folgen können? Hast du gesehen, dass Saizev mich aufgehalten hat?«

»Ja, ich habe noch gesucht nach dir. Hatte schon das Schlimmste vermutet.«

»Weißt du, was inzwischen passiert ist?«

»Ich weiß gar nichts. Aber erzähl es mir, wir brauchen noch zehn Minuten.«

»Und du glaubst, dass dieser Haffner noch irgendwo da ist, in seinem alten Haus, in dem jetzt die Müller wohnt?«

»Ist dir nicht auch aufgefallen, dass es seltsam gerochen hat?«

»Schon, nach alten Kartoffeln.« Oldenbusch hatte den Wagen durch ganz Laubegast chauffiert. Beide hatten sich auf Höhe der Burgenlandstraße nach dem Haus der Zeugen Jehovas umgesehen, doch alle Fenster waren zu. Dann waren sie auf die Meußlitzer Straße gefahren und nach rechts in Richtung Niedersedlitz abgebogen. An dem kleinen Bahnhof vorbei waren sie auf die Kreuzung gelangt, an der Heller Paul und Hannah verloren hatte, weil er auf Saizev gestoßen war.

»Wollen wir den Wagen stehen lassen und laufen? Es wäre sehr auffällig sonst«, schlug Werner vor. Heller nickte. Sie hielten und stiegen beide aus.

»Da, in den Gärten.« Wie eine Schrebergartenkolonie breitete sich ein Gelände aus, mit unbefestigten Wegen, kleinen Grundstücken, Häuschen, Schuppen und Scheunen. Hühner liefen zwischen den Hecken herum und Hunde hoben ihre Köpfe. Auch die meisten Anwohner waren beschäftigt, werkelten und harkten. Heller und Oldenbusch schlenderten daher, als seien sie zum Zeitvertreib hier.

»Weiter vorn, unter den Bäumen, gibt es eine aufgegebene Werkstatt. Da sind sie hinein. Es gibt zwei Eingänge, ein großes Tor und eine Tür. Sie gingen hinein und blieben da. Ich konnte nichts sehen und hören, wollte aber auch nicht entdeckt werden. Wir müssen zuerst herausfinden, ob sie da sind.«

An der nächsten Weggabelung bogen sie links ab. Oldenbusch aber hielt Heller fest und zog ihn näher an eine Hecke. Er deutete auf das Haus. Es war so hoch, dass ein kleiner Lastkraftwagen darin Platz fand, hatte jedoch nur eine Etage, ein großes doppelflügeliges Blechtor und eine normale Eingangstür. Es gab auch eine Art Fenster, das aus blinden Glasziegeln bestand, gerade gut genug, um Licht hineinzulassen. Drinnen war es dunkel. Das Grundstück ringsum verwildert.

»Wir hätten diese Einfahrt nehmen können.« Heller deutete auf einen anderen Weg, der in Richtung der Lugaer führte.

»Aber dann wäre unser Wagen aufgefallen, weit und breit kein anderes Fahrzeug. Ich meine, hier kennt jeder jeden.«

»Ja, Werner, aber wir sind nicht in geheimer Mission hier!«

Heller löste sich aus dem Schatten und ging auf das Gebäude zu.

Fahrzeugreparaturwerkstatt – Inh.:, stand in schwarzen Lettern über der Tür geschrieben. Wer der Inhaber war, konnte man nicht mehr erkennen, der Putz war an dieser Stelle herausgeschlagen.

»Max, nicht!«, warnte Oldenbusch noch. Da hatte Heller schon mit der Faust gegen das Tor geschlagen. Er sah sich nach seinem Kollegen um. Auch wenn dieser gerade einiges durchgemacht hatte, gab es überhaupt keinen Grund für so eine Heimlichtuerei, ärgerte sich Heller.

»Werner, wir sind von der Kriminalpolizei. Ich bin nicht bereit …« Oldenbusch überraschte ihn, indem er Heller unterbrach. Das hatte er sich noch nie zuvor erlaubt, registrierte Heller für sich.

»Ich bin aber nicht bereit, noch einmal so etwas durchzumachen. Ich habe genug von Spionage und Agentensachen. Ich will damit nichts mehr zu tun haben, verstehst du, Max? Ich habe mich die ganze Zeit daran festgehalten, dass ich dir noch sagen muss, wo das Versteck der beiden ist. Das mag zwar albern klingen, aber ich hatte nichts anderes als diesen Gedanken. Und nun stürmst du los und willst mit der Tür ins Haus fallen. Nächstens fährst du noch zum MGB und verlangst Akteneinsicht. Max, hier ist was, da sollten wir uns nicht einmischen. Das ist was Großes und ich bin nicht groß. Ich will einfach nur meine Ruhe. Wenn du da reinwillst, dann mach das allein. Ich fahr heim.«

Heller stand und regte sich nicht. Er verstand Werner, konnte jedes seiner Worte nachvollziehen, konnte verstehen, warum er so aufgebracht war. Und doch wollte er nicht akzeptieren, dass hier jemand ein Menschenleben nach dem anderen auslöschte, egal für welche Sache.

Werner erwiderte den Blick, sein Mund stand einen schmalen Spalt offen, er keuchte, als sei er gerannt. Schließlich kniff er die Lippen zusammen, winkte mürrisch ab, drehte sich um und ging.

Heller sah ihm hinterher. Sah, wie er um die Hecke verschwand, den Weg zurück, den sie gekommen waren. Vielleicht würde Werner beim Wagen warten, hoffte er. Dann streckte er die Hand nach der Türklinke aus.

Zu seiner Verwunderung ließ die Tür sich öffnen. Heller zog sie auf, lauschte. »Jemand hier?«, fragte er. Er war versucht, seine Pistole zu ziehen, doch es war helllichter Tag. Passanten waren unterwegs. Einige waren schon stehen geblieben, beobachteten ihn. Heller wagte sich in das Gebäude. Es roch stark nach Lack, aber auch nach Öl und Feuchtigkeit.

Durch die Glasziegel fiel nur trübes Licht. Heller suchte nach einem Lichtschalter, fand ihn hinter der Tür, drehte ihn, doch nichts geschah. Er entriegelte die zweite Torhälfte, öffnete diese ganz. Der Boden war aus geglättetem Beton, einige vereinzelte Zeitungsblätter lagen herum, ein leichter Windstoß ließ sie über den Boden gleiten. Heller trat auf eine Seite, bückte sich nach ihr. Sie war von der SZ.

An der Rückwand der Werkstatt befand sich eine Werkbank, ein Regal, beides ölig, voller Holzschachteln und kleinen Pappkartons mit Schrauben, Muttern, Unterlegscheiben, Keramiksicherungen und kleinen Spiralfedern. Metallspäne auf dem Tisch und dem Boden, hier war eindeutig Metall gesägt und gefeilt worden. Heller schenkte all dem keine weitere Beachtung und durchquerte die Werkstatt, betrat durch eine Tür den Nebenraum, der einmal Büro gewesen sein mochte. Von hier ging es nach links und rechts in zwei weitere Räume. Einer war eine kleine Toilette mit Waschgelegenheit. Der andere ein Lager. Sämtlich waren die Zimmer düster, besaßen zwar Fenster, doch vor ihnen wuchs dichtes Gebüsch. Außerdem waren die hölzernen Rollläden halb herabgerutscht, verquollen und verkeilt. Aufgezogene gelbe Gardinen umrahmten die Fenster, nur an einem fehlte eine. Sie war offensichtlich abgerissen worden, die Gardinenklammern lagen weit über dem Boden verstreut.

Auf den ersten Blick war Heller enttäuscht. Paul und Hannah hatten anscheinend alles entfernt. Nur Zeitungsfetzen, Lumpen und Dreck. Ein Stuhl ohne Sitzfläche. Ein alter schwarzfleckiger Teppich war geblieben. Heller beugte sich hinunter und schlug ihn zur Hälfte zurück. Darunter kam welliger Linoleumboden zum Vorschein. Heller klopfte mit den Fingerknöcheln, doch alles war fest, kein Hohlraum darunter. Er legte den Teppich zurück.

Auch das Lager war leer. Heller lief trotzdem eine Runde. Unter seinen Füßen knirschte etwas, er bückte sich danach, hob einen schwarzen Klumpen auf. Er war sehr leicht und ließ sich mit wenig Kraft zerbröseln. Holzkohle. Heller ging noch einmal in die Hocke, wischte mit den Fingern über den Boden, hob sie gegen das Licht. Seine Fingerkuppen waren komplett schwarz. Das war Holzkohlestaub. Hatten die beiden hier Holzkohle gelagert? Hatte Paul deshalb schwarze Flecken im Gesicht und auf den Armen gehabt? Hatten sie die Kohle verkauft? Doch woher hatten sie die? Als er sich wieder aufrichtete, machte sich sein Knöchel mit einem scharfen Schmerz bemerkbar. Plötzlich verdunkelte sich der Eingang. Heller wich zur Seite, ging hinter der Tür in Deckung. Langsame Schritte näherten sich.

»Max?«

Heller trat in die Tür. »Werner, was schleichst du hier herum?«

Oldenbusch zuckte mit den Achseln. Eine Sekunde lang sahen sich die Männer in die Augen.

»Alles leer hier«, bemerkte Werner dann enttäuscht.

»Vielleicht haben sie doch bemerkt, dass du ihnen gefolgt bist.«

»Mag sein, und das hier?« Werner deutete auf den Boden.

»Scheinbar nur Holzkohle. Aber ich verstehe das alles nicht. Es riecht sehr nach Farbe. Und warum Holzkohle? So viel kann hier drin nicht gewesen sein, als dass man ein Geschäft daraus machen könnte.«

Oldenbusch erwiderte nichts. Mit den Augen suchte er das Zimmer ab, dann kauerte er sich hin, griff nach dem Teppich und zog ihn weg.

»Da habe ich schon nachgesehen«, merkte Heller an. Werner ließ sich nicht beirren, nahm den alten Teppich ganz weg. Dann schob er seine Fingerspitzen in den Spalt zwischen den beiden lose verlegten Bodenbelagsbahnen und hob eine an. Er pfiff leise. Heller griff jetzt mit zu, und gemeinsam bogen sie den schweren, spröden Belag so weit nach oben, bis er brach. Resolut riss Oldenbusch den Fetzen ab, zerrte wütend an einem weiteren Stück, bis auch das abriss und er etwa einen Quadratmeter nackten Boden aufgedeckt hatte, auf dem diverse Papiere flach verteilt lagen.

»Na, wer sagt's denn!«, murmelte er nicht ohne Stolz. Heller schenkte ihm ein kurzes Lächeln und griff vorsichtig nach den flachen Ordnern. Er nahm sie mit spitzen Fingern und betrachtete sie gegen das Licht. Sie waren zwar schwarzfleckig, doch Fingerabdrücke waren darauf nicht zu erkennen. Er reichte sie Oldenbusch weiter, der sie mit Kennermiene betrachtete, dann aber abschätzig den Mund verzog.

Inzwischen hatte Heller alle Papiere aufgesammelt und zu einem niedrigen Stapel geschichtet. Oldenbusch hatte sich unterdessen erneut auf die Knie begeben und den Bodenbelag noch einmal in Augenschein genommen. Schließlich zog er drei Blaupausen darunter hervor. Auch diese übergab er Heller. In der Werkstatt bückte sich Heller noch einmal nach den Zeitungsfetzen und hob sie auf. Er faltete sie ungelenk mit einer Hand und legte sie auf den Stapel.

Ehe er ins Freie trat, warf er einen vorsichtigen Blick nach draußen. Bis auf wenige Passanten, die neugierige Blicke auf das offene Tor warfen, schien niemand sie zu beobachten. Heller nahm den Papierstapel so beiläufig wie möglich unter den Arm, Oldenbusch schloss die Flügel des großen Tores und wortlos schlenderten die beiden Männer zum Wagen zurück.

Während Oldenbusch fuhr, hatte Heller begonnen, die Papiere zu sichten. Die vier braunen Ordner, die sie gefunden hatten, stammten aus dem Grundbuchamt, wie Heller erst auf den zweiten Blick erkannte. Werner schielte ab und zu hinüber und pfiff leise durch die Zähne. Heller nickte und kurbelte das Fenster ein kleines Stück herunter. Es war ihm warm geworden.

»Sieht wohl so aus, als ob wir uns mit den Girtlitz-Kindern dringend näher beschäftigen müssen.«

»Glaubst du, die haben den Haffner auf dem Gewissen?«

»Werner, du müsstest eigentlich wissen, dass ich nichts glaube. Aber die Frau des Ingenieurs sprach von einem jungen Mann und einer jungen Frau, die an ihrem Tor gestanden hatten, an dem Tag, als ihr Mann den Schlaganfall erlitt. Und sie waren bei Rehm im Haus. Sie waren vermutlich in der Wohnung, als wir die alte Frau Girtlitz besuchten. Und sie rannten weg, als ich sie verfolgte. Und was immer sie tun, da bin ich sicher, tun sie für jemand anderen.«

Heller legte die Ordner auf die Zeitungsseiten und nahm sich die Blaupausen.

»Aber die werden doch nicht ihre Urgroßmutter umbringen!« Oldenbusch schüttelte ungläubig den Kopf.

»Werner, halte bitte an«, sagte Heller unvermittelt.

Oldenbusch lenkte den Wagen an den Straßenrand und hielt. Heller hielt das Blatt höher und betrachtete es in Ruhe. Oldenbusch beugte sich zu ihm herüber, woraufhin Heller das Blatt so hielt, dass sein Kollege es auch sehen konnte.

»Ein Bauplan vielleicht?«, vermutete Oldenbusch. Heller reichte ihm das Blatt und nahm sich das nächste. Auch dieses war bedruckt mit beschrifteten Kästchen, Kreisen, Dreiecken und war verbunden mit Linien in verschiedenen Stärken, die sich kreuzten oder parallel über das ganze Blatt verliefen. Überall konnte man winzig kleine Kennzeichnungen ausmachen. Auch das dritte Blatt war voll davon. Die Blätter sahen abgegriffen aus, mehrmals gefaltet, so dass sie in eine Hosentasche gepasst hätten. Eine Reihung war nicht erkennbar, es gab keinen Anfang und kein Ende. Vielleicht waren das Schaltpläne oder eine chemische Anleitung. Jemand müsste sich das ansehen, der Ahnung davon hatte. Aber wovon eigentlich?, überlegte Heller.

»Vielleicht ein Schaltkastenplan«, mutmaßte Oldenbusch. »Aber, schau mal.« Er zeigte auf eine Stelle mit winzigen römischen Ziffern. »Die kann man zusammensetzen. Welche hast du? Da, sieh, hier oben die Ziffer Zwei, rechts. Bei dir steht sie links. Die gehören nebeneinander. Dann bei mir die Sechs unten, bei dir die Sieben unten und rechts eine Vier.« Werner nahm das dritte Blatt, hielt es unten an seines.

»Schau, es fehlen mindestens die Nummer eins und fünf, dann noch die vier, sieben und acht. Das könnte das Schema einer Chemieanlage sein. Oder die Kreisläufe eines Kohlekraftwerkes. Max, hat das vielleicht etwas mit dem Kraftwerk zu tun? Mit der Explosion?«

»Das müssen wir überprüfen lassen«, sagte Heller ruhig.

»Du meinst auch, es könnte eine Art Sabotageanleitung sein?«

»Nein, eher würde ich meinen, dass die Explosion ein Ablenkungsmanöver gewesen war, um an die Pläne zu gelangen. Soweit ich weiß, gibt es eine ganze Reihe von Sicherheitsmaßnahmen an solch neuralgischen Punkten. Nach einer Explosion, könnte ich mir vorstellen, wenn niemand weiß, was los ist, bleibt bestimmt nicht jeder an seinem Platz. Da steht so manche Tür offen.«

»Und das hier?« Oldenbusch langte nach einem weiteren Zettel, der war über und über mit fünfstelligen Zahlenreihen beschrieben. Er studierte sie eine ganze Weile, dann reichte er sie Heller zurück. »Ich habe davon gehört, dass auf manchen Frequenzen im Langwellenbereich manchmal nachts verschlüsselte Botschaften gesendet werden.«

»Und du meinst, es könnten solche Zahlen sein?« Heller betrachtete das Blatt und versuchte, die schier unendlichen Möglichkeiten dieser Zahlen zu einem Datum zu kombinieren. Vielleicht aber waren einige der Zahlen mit denen in den Anzeigen identisch und hatten am Ende eine ganz andere Bedeutung wie die von ihm vermutete? Oldenbusch nickte fast beiläufig und fuhr an.

Heller packte alles zusammen, er würde sich das zu Hause in Ruhe ansehen. Hannah und Paul müssten beobachtet werden, rund um die Uhr. Ob Niesbach ihm trotz neuer Erkenntnisse Männer dafür gab, war fraglich. Er selbst hatte eigentlich keine Zeit, musste sich ums Haus und um Anni kümmern, wenn er nicht alles Fräulein Hermann überlassen wollte. Doch er wollte weder Werner noch Salbach involvieren, denn geheuer war ihm die Sache nicht. Die Leute vom Geheimdienst waren nicht dumm. Bestimmt wussten einige ganz genau, was die beiden Jugendlichen taten und offenbar ließ man sie gewähren oder unterstützte sie dabei. Doch welches höhere Ziel gab es für die beiden, die eigenen Leute zu opfern. War es so einfach? Wollten sie ausbrechen aus der Gemeinschaft, wie Salbach vermutete? Doch warum auf diese Art und Weise?

Hatten sie gar nichts mit Rehm zu tun, arbeiteten sie sogar gegen ihn? Heller stutzte. Hatten sie vielleicht dem Wärter die winzigen Uranerzstücke ins Haus geworfen, als er schon verhaftet war, damit man sie fand? Wussten sie von dem Verdacht, der wegen seines Bruders Kurt auf ihn gefallen war? Doch von wem? Dem Amerikaner? Heller verzog das Gesicht, als hätte er Zahnschmerzen.

Oldenbusch räusperte sich nach einer längeren Gesprächspause. »Und diese Frau Hermann wohnt jetzt richtig bei euch?«

»Nur für kurze Zeit. Anni mag sie sehr. Ich weiß gar nicht, was Karin davon halten wird.« Er hätte Oldenbusch gerne gesagt, dass das keine Frau für ihn sei. Doch woher wollte er das schon wissen, spielte doch bei dieser Beurteilung seine Abneigung ihr gegenüber eine wesentliche Rolle.

»Nächste Woche kommt sie wieder, oder?«, fragte jetzt Oldenbusch.

»Heute in einer Woche. Werner, ich geniere mich fast, das zu sagen, aber ich kann es kaum erwarten. Seit Karin und ich uns kennen, waren wir noch keine zwei Wochen getrennt.«

»Hat sie sich schon …?«

»Nein«, erwiderte Heller viel zu schnell.

Oldenbusch sagte nichts und eine Weile fuhren sie schweigend.

»Und Frau Müller hat nach mir gefragt?«, begann Oldenbusch das Gespräch erneut.

Das war eine rhetorische Frage gewesen. Heller musste nicht darauf antworten. Er betrachtete verstohlen Oldenbuschs Mienenspiel. Kaum war ein Lächeln über das Gesicht gehuscht, verdunkelte es sich wieder. Der war nun wirklich ein gebranntes Kind. Oldenbusch war ein Mann im besten Alter, aber vor allem ein Mann, der noch nie viel Glück mit Frauen gehabt hatte.

»Sie scheint sehr bodenständig zu sein«, bemerkte Oldenbusch wie nebenbei.

Und vor allem hatte sie ihn angelächelt. Heller tat es nun fast leid, dass er Oldenbusch so hart auf die Probe hatte stellen müssen, nachdem er doch fast vier Tage völliger Ungewissheit hinter sich gebracht hatte.

»Tut mir leid, Max, dass ich so laut geworden bin vorhin«, murmelte Oldenbusch. Und wieder schwiegen die beiden.

16. September 1951, Nachmittag

Heller stieg aus dem Wagen, winkte Oldenbusch einen Gruß zu und wartete dann noch, bis er weggefahren war. Dann betrat er das Grundstück. Er wunderte sich, dass Anni ihm nicht wie immer entgegenkam. Er vermisste die Spielgeräusche der Mädchen, die doch sicher bei dem schönen Wetter im Garten sein würden. Heller betrat das Haus, ließ die Schuhe an und legte die Unterlagen in der Küche ab. Dann ging er über den langen Flur durch das Waschhaus zum Garten hinaus. Die Tür stand angelehnt, vielleicht hatte der Wind sie bewegt, denn entweder sollte sie zu sein oder ganz offen, gehalten von einem kleinen Haken. Als er sie öffnete, bemerkte er eine seltsame Spur auf dem Betonboden, ein halber Ring, sechs Zentimeter im Durchmesser etwa, fast schwarz. Er hockte sich hin, betastete ihn, rieb und roch dann an der Fingerspitze. Es war Blut. Sofort schoss er in die Höhe, sah sich hastig um, fand keine weitere Spur. Unentschlossen, was zu tun war, blickte er in den Garten, wo alles ruhig schien und ins Haus, beschloss zuerst da nachzusehen. Er warf einen kurzen Blick in die Wohnstube, dann eilte er die Treppe hinauf. Alle Zimmer waren leer, kein weiteres Blut oder Hinweise auf einen Unfall. Schnell ging er wieder hinunter. Auch in der Küche wirkte alles an seinem Platz. Ein elendes Gefühl machte sich in ihm breit, als schwollen ihm die Finger an, als würden sie plump und steif, als könnte er sie kaum noch bewegen. Wo war Anni, wo Frau Marquart? Sie könnten auf einem Spaziergang sein, wäre da nur das Blut nicht. Ob er zu Frau Eigner laufen sollte, wusste die etwas? Doch wäre sie nicht zu ihm gekommen? Bestimmt hatte sie das Auto bemerkt. Herr Meyer vielleicht?

Heller versuchte, ruhig zu bleiben. Panik nützte niemandem, es kam auf ein paar Sekunden nicht an. Ein klarer Gedanke war mehr wert. Die Spur schien ein Schuhabdruck zu sein. Jemand war ins Blut getreten und so ins Haus gelaufen. Hellers Blick richtete sich auf den Schuppen. Die Tür war geschlossen. Er lief hinüber, sah nun auf den Steinplatten, die zum Schuppen führten, noch mehr solcher Abdrücke. Jemand war ins Blut getreten und dann in Richtung Haus gerannt. Ins Haus. Aber da war niemand mehr gewesen. Es verschlug Heller fast den Atem. Der Gedanke, Karin ins Gesicht sehen zu müssen. Er riss die Schuppentür auf.

Die zwei Frauen fuhren herum. Fräulein Hermann hatte ein Messer in der Hand. Sie trug wieder ein schulterfreies Hemd. Ihre linke Hand war rot. Heller starrte ins Halbdunkel und entdeckte Anni, die ein wenig abseits stand.

»Schau, Vati, ganz ohne Fell.«

Heller war sprachlos. Es war, als hätte es ihm die Lippen vernietet. Als klebten ihm die Zähne zusammen. Er war erleichtert und wütend zugleich, dass man ihm einen solchen Streich gespielt hatte. Jetzt erst erkannte er, was Edeltraud Hermann da gerade tat.

Eines der Kaninchen hing vor ihr am Querbalken, an den Hinterpfoten aufgehängt. Ganz fachmännisch hatte sie ihm das Fell aufgeschnitten, an den Innenseiten der Hinterbeine entlang, über den Bauch, hin zum Hals. Der nackte Kopf lag auf der Holzbank, auf der Heller immer das Futter der Karnickel anrichtete. Fräulein Hermann hatte das Tier in eine kleine Schüssel ausbluten lassen, doch offenbar war diese umgekippt. Das Blut war mit einem alten Putztuch aufgewischt worden.

»Daran war ich Schuld«, gab Frau Marquart zu, die seinem Blick gefolgt war.

»Was tun Sie denn da?«, fuhr Heller die junge Frau an.

Diese wich ein wenig aus, legte das Messer auf den Tisch. Das Fell des Tieres hing nur noch an den Vorderläufen.

»Ich habe es geschlachtet. Hannelore bat mich darum.«

»Vor dem Kind? War Anni dabei und hat zugesehen?«

Schon dreimal hatte er Kaninchen schlachten müssen, und Karin war jedes Mal mit Anni spazieren gegangen, damit das Kind die Prozedur nicht mitansehen musste. Sie sollte es irgendwann erfahren, doch nicht auf diese Art und Weise. Keiner von ihnen wusste, was Anni in ihrem Leben schon gesehen hatte, was dieser Anblick bei dem Kind auslösen würde.

»Ich habe als Kind immer dabei zugesehen«, erwiderte die Frau leise. »Und Anni war ganz interessiert. Es hat ihr nichts ausgemacht.«

»Woher wollen Sie denn das wissen? Fast...« Heller unterbrach sich, sah zu Anni hin. »Geh bitte sofort deine Hände waschen. Und dein Schuh ist schmutzig!«

Anni setzte sich sofort in Bewegung, aber an der Tür blieb sie stehen. »Schimpfst du jetzt mit Traudl?«, fragte sie.

»Nein, Erwachsene unterhalten sich manchmal so. Nun geh!«

Anni ging und schloss die Tür. Heller wandte sich Fräulein Hermann zu.

»Fast drei Jahre haben wir gebraucht, bis sie nachts nicht mehr weint.« Und außerdem hatten sie ihr erzählt, die Tiere wären bei einem guten Mann untergekommen. Jetzt wusste Anni, was mit den Tieren geschah, und somit war ihr auch klar, dass ihre Eltern sie belogen hatten.

»Wie kommen Sie denn eigentlich dazu, eines der Tiere zu schlachten?«

»Aber Hannelore hatte mich doch darum gebeten. Ich habe noch gesagt, dass wir auf Sie warten sollen. Aber sie sagte, es sei so ausgemacht.«

»War es doch auch!«, bekräftigte die alte Frau und beobachtete Heller misstrauisch.

»Wann haben wir denn darüber gesprochen, Frau Marquart? Ich kann mich nicht entsinnen …«

»Karin hat es doch gesagt!«

»Aber sie ist doch schon eine Woche weg.« Heller wollte noch mehr sagen, aber er ahnte, dass es keinen Zweck haben würde, mit der Frau zu diskutieren. Stattdessen wandte er sich noch einmal an Fräulein Hermann.

»Und Sie, Sie müssten doch mitbekommen haben, dass Frau Marquart so vieles durcheinanderbringt.«

Fräulein Hermann senkte den Kopf. »Es ist gut. Es tut mir leid. Ich werde ausziehen. Morgen gleich.« Sie schob sich an ihm vorbei aus der Tür und lief mit schnellen kurzen Schritten davon, den Kopf gesenkt. Sie wischte sich über das Gesicht. Die letzten Schritte zum Haus rannte sie fast.

Heller sah ihr nach. Er spürte sein heftig schlagendes Herz. Das schlechte Gewissen nagte an ihm, dauerhaft. Dabei hatte er doch nichts Falsches gesagt. Jedes seiner Worte hatte seine Berechtigung gehabt. Er war nicht unnötig laut gewesen, nicht unsachlich. Er war dieser Fremden keine Rechenschaft schuldig. Und trotzdem fühlte sich all das falsch an. Verlangte nach Aufklärung und Aussöhnung. Heller fügte sich seinem Gewissen und ging der Frau nach.

»Und das Kaninchen?«, rief Frau Marquart ihm hinterher.

»Ich komme gleich wieder und mache es fertig.«

16. September 1951, Abend

Er konnte es einfach nicht, egal wie sehr er sich bemühte. Er konnte für diese Frau keine Sympathie aufbringen. Sie hatten sich ausgesprochen. Er hatte sich entschuldigt. Nicht dafür, was er gesagt hatte, sondern wie er es gesagt hatte. Warum er sie nicht mochte, hatte sie ihn gefragt. Warum er sie nicht Traudl nennen wollte. Sie wollte ihm nichts wegnehmen, hatte sie beteuert. Und auf keinen Fall wollte sie sich einschleichen. Ach was, hatte er erwidert. Mehr war ihm nicht eingefallen, weil sie genau das aussprach, was er von ihr dachte. Warum er wegen ihr sogar auf dem Meldeamt gewesen war, ob er ihr nicht glaubte? Ach was, konnte er nur wiederholen. Es war sein gutes Recht, ihre Personalien zu prüfen, hätte er sagen können. Doch er hatte geschwiegen. Weil es ihm in dem Moment höchst peinlich gewesen war. Und das war es noch immer.

Beim Abendessen kam es ihm vor, als sei Anni noch näher an die Seite von Fräulein Hermann gerückt. Natürlich, sie vermisste Karin. Ihm war klar, dass er in den Augen des Kindes laut und herrisch aufgetreten war. Sicherlich hatte sie jetzt das Gefühl, ihre Traudl schützen zu müssen.

Heller wusste das alles, und er wusste auch, dass sein Unmut, sein unterschwelliger Zorn einzig darauf basierte, dass er die Frau nicht mochte. Weil sie so abrupt in sein Leben getreten war und von Anni und Frau Marquart ohne Vorbehalte akzeptiert wurde. Und weil er sie nicht aus dem Kopf bekam, wie sie dagestanden hatte. Diese Sekunde, die es dauerte, bis sie ihre Blöße bedeckte. Diese Sekunde, die sich in seiner Erinnerung zu einer endlos langen Zeit ausdehnte.

Seit einer Stunde saß er nun über den Papieren, die sie unter dem Bodenbelag gefunden hatten, und versuchte hinter den Sinn der Zahlen und Buchstaben zu kommen. Immer wieder suchte er nach vergleichbaren Zahlen in den Anzeigen. Doch das alles ergab keinen Sinn. Da musste jemand anderes draufschauen. Jemand, dem er diese Unterlagen unauffällig und heimlich zukommen lassen konnte, damit derjenige nicht gefährdet wurde. War er selbst eigentlich gefährdet? Und Oldenbusch? Wenn wirklich eine Organisation hinter allem stand, im schlimmsten Falle sogar zwei Organisationen, der MGB und die CIA, dann wurden sie längst beobachtet. Warum war das Lager ausgeräumt, warum war alles verschwunden, nur diese Unterlagen nicht? Waren sie einfach nur vergessen worden? Waren sie nicht mehr relevant? Vielleicht rannte er etwas hinterher, das längst geschehen war oder unaufhaltbar seinen Lauf genommen hatte. Seit er auf den Trick mit den verschiedenen Kalendertagen in den Annoncen gestoßen war, hatte er das Gefühl, dass er sich beeilen musste. Etwas würde geschehen, etwas hatte begonnen, das ein Anfangsdatum hatte und ein Enddatum haben würde. Vielleicht war es genau das.

Heller holte sich die Tabelle, in der er die verschiedenen Daten eingetragen hatte. Irgendwann hatte etwas angefangen und irgendwann musste ein letztes Datum geschrieben stehen. Was war das? Heller griff noch einmal nach den Blaupausen, nahm die Lupe und versuchte die winzigen Buchstaben zu entziffern. Waren diese Pläne gestohlen worden und hatte man diese drei Blätter versehentlich liegen gelassen? Hatte Oskar Machol von den Zeugen Jehovas diese Pläne im

Kraftwerk gestohlen, hatte er die Explosion herbeigeführt und war er deshalb beseitigt worden? Aber von wem? Von seinem Auftraggeber? Das wäre nicht logisch, denn dieser benutzte weiterhin Hannah und Paul und vielleicht auch die anderen der Wachturmgesellschaft für seine Belange.

Heller schob die Papiere beiseite und nahm sich die Mappen vom Grundbuchamt vor. Im Versteck hatten sie etwas gelitten, waren verschmutzt, ölfleckig und rochen nach Lackfarbe. Heller knüpfte die Bindfäden auf, mit denen sie verschnürt waren, schlug den Papphefter auf und seufzte angesichts der handbeschriebenen Karten und verblichenen Grundstücksgrundrisse. Er nahm die erste Karte heraus, schob seinen Finger über die Tabelle und versuchte das Nummernsystem zu entschlüsseln. Es war ermüdend und wenig erfolgversprechend. Er öffnete alle Mappen, sortierte die Kopien aus, zählte danach immer noch mehr als zwanzig Karten und schob sich die Pläne zurecht, die mit einer normalen Straßenkarte kaum etwas gemein hatten. Für einen Laien war es kaum möglich zu verstehen, dass die Aufteilung der Grundstücke nicht mit der Nummerierung übereinstimmten, und die Grundstücke deshalb doppelt nummeriert waren. Doch nicht ohne Grund waren die Einträge vom Haus auf der Burgenlandstraße und der näheren Umgebung verschwunden. Er musste etwas finden.

Nebenan ging die Wohnstubentür. Heller sah auf, doch die Küchentür war geschlossen. Er hörte Fräulein Hermann, die zum Waschhaus ging, leise und unauffällig, wie auf Zehenspitzen. Genau das ärgerte Heller. Gab sie sich jetzt betont übervorsichtig, damit er sich bloß nicht echauffierte?

Heller konzentrierte sich wieder auf die Papiere. Er legte die weg, von denen er sicher war, dass sie nicht das Haus der Zeugen Jehovas betrafen. Und dann wurde er doch noch fündig. Er hielt die richtige Karte in der Hand und verglich das Flurstück mit seinem Straßenplan. Die Karte war dicht beschrieben, der Ersteintrag stammte aus dem Jahre 1879. Schreibmaschinenschrift wechselte mit einer engen Handschrift, mit vergilbten Vermerken in alten deutschen Lettern, die Heller noch zu lesen vermochte. Mehrmals hatte das Grundstück in den Anfangsjahren den Besitzer gewechselt, war bebaut und geteilt worden, bis es in seinem jetzigen Zustand verblieb. Der letzte Eintrag schien ganz frisch. Als Eigentümer war Eugen Girtlitz eingetragen.

Heller rieb sich müde über die Augen und las noch einmal. Das Haus gehörte also den Zeugen Jehovas. Seit noch nicht einmal zwei Monaten. Hellers Stift verharrte über seinem Notizbuch. Eugen Girtlitz. Der letzte verbliebene Mann der kleinen Gemeinde auf der Burgenlandstraße, Großvater von Hannah und Paul. Hatte er das Haus gekauft? Wovon? Hatten sie Entschädigungszahlungen bekommen, als Opfer des Faschismus? Und Frau Machol, die gesagt hatte, dass das Haus der Stadt gehörte. Hatte sie gelogen? Oder wusste sie es einfach nicht besser, weil sie wiederum belogen worden war?

Heller betrachtete das Blatt eingehender, drehte es mehr ins gelbliche Licht der Deckenlampe. Er suchte nach dem Namen des Vorbesitzers. Ein älterer Eintrag war durchgestrichen und abgestempelt worden. Heller musste die Lupe gebrauchen. Jetzt konnte er den Namen erkennen. Er las ihn noch ein zweites Mal, um sich zu vergewissern, dass seine müden Augen ihm keinen Streich gespielt hatten. Doch, es stand da: Walter Rehm. Genau der Wärter, unter dessen Augen die beiden Männer in ihren Zellen gestorben waren, war der Vorbesitzer des Hauses gewesen. Von ihm war es in den Besitz von Eugen Girtlitz übergegangen. Diesen interessanten Umstand hatte Walter Rehm vergessen, ihm zu erzählen. Natürlich war es nicht seine Pflicht gewesen, ihn davon zu unterrichten, doch sie hatten darüber gesprochen, dass seinem Vater noch das Haus auf der Bismarckstraße gehört hatte und er nichts davon wusste. Das wäre eine gute Gelegenheit gewesen, vom Haus auf der Burgenlandstraße zu erzählen.

Heller entzifferte auch noch den älteren Eintrag, der einen Heinrich Rehm als vorhergehenden Grundstückseigner auswies, vermutlich der Vater von Walter und Kurt, der beim Bombenangriff ums Leben gekommen war.

Hatte also Rehm die Akten aus dem Grundbuchamt verschwinden lassen? Doch warum haben die sich dann im Versteck der Girtlitz-Kinder befunden, und was hatte Paul in Rehms Haus zu suchen gehabt? Wollte Rehm den Verkauf ungeschehen machen? Hatte Rehm den Kontakt zu Haffner gesucht, dem verschwundenen Sachbearbeiter vom Grundbuchamt, hatte er diesen bestochen oder erpresst, ihm die Akten zu besorgen? Doch womit hätte er ihn erpressen sollen? Möglicherweise mit dessen Homosexualität? Die jedoch auch nichts mehr war als ein Gerücht.

Heller wusste nicht, welche Präferenzen Rehm in Sachen Sexualität hatte, doch bei seinem ersten Besuch in Rehms Haus hatten eine Vase und eine Blume auf dem Boden gelegen, obwohl es offenkundig keine Frau im Hause gab. War Walter Rehm der Mann gewesen, der Haffner in seinem Haus besucht hatte, mussten deshalb die alten Leute sterben, weil Rehm sie als Zeugen beseitigen wollte, so wie er möglicherweise auch Haffner selbst beseitigt hatte?

Heller blätterte in seinem Buch und verglich seine Notizen. Der Autounfall, die toten Lehnerts, die Explosion im Galvanisierungsbetrieb, all das war geschehen, nachdem Walter Rehm entlassen worden war. Der Ingenieur hatte den

Schlaganfall gehabt an dem Tag, bevor die Razzia bei den Zeugen Jehovas stattgefunden hatte, also auch vor Rehms Verhaftung. Heller blätterte zurück und blätterte wieder vor. Da war etwas, das ihm geradezu ins Auge springen wollte, er sah es nur nicht, er konnte es nicht fassen. Er blätterte wieder vor, fast bis zur ersten Seite. Dann blätterte er weiter. Er erinnerte sich an das Gespräch mit Saizev. Kurt Rehm beging Selbstmord vor sechs Wochen, hatte Alexej gesagt. Heller zählte die Wochen zurück. Kurt Rehm starb Mitte Juli im Gefängnis in Bautzen. Genau zu der Zeit, als auch Oskar Machol in Bautzen inhaftiert war, weil man gegen ihn wegen der Kraftwerksexplosion ermittelte. Kurz darauf wechselte Rehms Haus in den Besitz von Eugen Girtlitz, dem Oberhaupt der Gemeinde.

Gedankenverloren rieb sich Heller den Nacken und spürte dort die von der Sonne verbrannte, sich noch immer abpellende Haut. Er musste seine neuen Erkenntnisse unbedingt weitergeben. Das verlangte nach Ermittlungen, da kam Niesbach nicht umhin. Auch wenn eine Konsequenz daraus sein würde, dass das Misstrauen der Sowjets erneut aufflammte.

Heller sah auf die Uhr. Inzwischen war es schon Mitternacht. In fünf Stunden musste er wieder aufstehen. Unentschlossen strich er sich mit der Hand über Wange und Kinn und ließ die Bartstoppeln knistern. Er brauchte dringend eine Rasur. Und er musste Annis Frühstücksbrote schmieren. Er würde sogar noch früher aufstehen müssen. Noch einmal sah er auf seine Uhr. Er war todmüde. Kurzentschlossen packte er alles zusammen und ging zu Bett.

17. September 1951, Morgen

Heller stand vor Haffners Haus und fror. Es war erstaunlich frisch an dem Morgen. Doch bestimmt rührte sein Frösteln mehr von der kurzen Nacht und dem vergangenen sommerlich warmen Sonntag. Heller spürte die Präsenz der Leute hinter sich, die sich neugierig und doch im sicheren Abstand aufhielten und sehen wollten, was auf dem Grundstück hinter der Ruine geschah.

Frau Müller stand neben ihm, trug eine dicke Wattejacke und hatte ihre Haare unter einem Tuch versteckt. Heller hatte es so angeordnet, dass Frau Müller dabei war. Die Nachbarn sollten sehen, dass sich die Polizeiaktion nicht gegen sie richtete. Trotz des Umstandes, dass nun ein halbes Dutzend fremde Männer ihr gesamtes Haus auf den Kopf stellte, Wände und Böden abklopfte, Möbel verrückte, die Schüttung unter den Dachbodendielen durchwühlte, und im Garten grub, wirkte Frau Müller gelassen. Sie hatte die Arme vor der Brust verschränkt und beugte sich jetzt ein wenig zur Seite.

»Das hat mir schon zu denken gegeben, dass die alten Lehnerts plötzlich beide tot waren. Warum sie sich wohl erhängt hat?«

»Vielleicht war sie einfach des Lebens müde«, gab Heller zur knappen Antwort. Hartnäckig war er auf Niesbach eingedrungen, dass er ihm die Hausdurchsuchung schließlich genehmigte. Doch sein Vorgesetzter wirkte verzweifelt. Vielleicht war ihm das noch gar nicht bewusst, aber Heller hatte es ihm angesehen. Wenn man alle Ideale, für die man gelebt hatte, verlor, entstand eine Leere, die erst einmal gefüllt werden musste. Heller kannte das. Er hatte das schon vor fünfunddreißig Jahren durchgemacht.

Nun aber beschlich ihn die Sorge, dass er zu hart mit Niesbach umgesprungen war und sich womöglich geirrt hatte. Ein Hundeführer mit einem Leichenhund war gerufen worden. Dieser durchsuchte mit dem Tier das Haus. Heller selbst hatte zuerst mit Oldenbusch einen Rundgang durch alle Zimmer gemacht, der seltsame Geruch war noch vorhanden. Doch Oldenbuschs Vermutung, er könnte von alten Kartoffeln verursacht sein, hatte sich bald als richtig erwiesen.

Endlich hatte Oldenbusch das Haus verlassen und kam mit einer Miene auf ihn zu, die das negative Ergebnis bereits vorwegnahm.

»Brechen wir hier ab, die Männer sollen sich in der Zentrale melden!«, befahl Heller, ohne abzuwarten, was Oldenbusch zu sagen hatte. Er wandte sich an Frau Müller. »Entschuldigen Sie die Unannehmlichkeiten.«

»Keine Ursache«, erwiderte sie und schenkte dabei Oldenbusch einen Blick, der ihn bis unter die Ohren erröten ließ. Heller beschloss, das nicht bemerkt zu haben. Er setzte sich ins Auto und wartete, bis Oldenbusch seine Anweisung weitergegeben hatte.

»Bismarckstraße«, befahl er knapp, als dieser in den Wagen gestiegen war.

Walter Rehm saß in seiner Küche, bewacht von einem uniformierten Beamten, den Heller schon am frühen Morgen vorsorglich dorthinbestellt hatte. Rehm machte nicht den Eindruck, als wollte er davonlaufen. Mit auf den Tisch gelegten Unterarmen saß er kerzengerade da wie ein eifriger

Schüler. In scheinbar angespannter Erwartung sah er Heller an, wirkte aber nicht schuldbewusst.

Heller hatte dem Mann zuerst kaum Beachtung geschenkt und gab dem Polizisten nun ein Zeichen, den Raum zu verlassen. Dann setzte er sich Rehm gegenüber, schlug die Beine übereinander und holte demonstrativ langsam sein Notizbuch und den Stift aus seiner Jacke, um beides auf den Tisch zu legen. Oldenbusch postierte sich neben der Tür.

Salbach saß im Büro. Wie enttäuscht der junge Mann gewesen war, als er ihn geschickt hatte, um noch weitere Zeitungen zu besorgen, anstatt bei dem Einsatz dabei sein zu dürfen. Ganz offensichtlich kam er sich nicht ernstgenommen vor. Auch das kannte Heller, auch er war durch diese harte Schule gegangen.

Jetzt atmete Heller durch, sah auf seine Schuhspitze und begann mit dem Zeigefinger auf den Tisch zu tippen.

»Haben Sie etwas zu sagen, Herr Rehm?«, unterbrach Heller endlich das längere Schweigen. Walter Rehm sah ihn auf eine Art und Weise an, mit der er nicht gerechnet hatte. Entschuldigend. Rehm hob nun die Hände und zeigte seine offenen Handflächen.

»Was soll das heißen? Haben Sie nichts zu sagen?«, fragte Heller verärgert.

Walter Rehms Mundwinkel begann unmerklich zu zucken. Vor dem Haus schien etwas zu geschehen. Fahrzeuge kamen an. Jemand betrat das Haus. »Kennen Sie Eugen Girtlitz?«, fragte Heller, und Rehm nickte.

»Woher kennen Sie ihn?«

»Ihm habe ich das Haus in der Burgenlandstraße geschenkt«, sagte Rehm, als wäre das ganz selbstverständlich.

»Geschenkt?« Heller schob sich auf dem Stuhl hoch. »Wie kam es denn dazu?«

»Ich brauchte es nicht. Ich wusste ja gar nicht, dass wir es überhaupt besaßen, geschweige denn, dass mir dieses Haus hier gehört! Deshalb lebte ich ja lange Zeit in einer eher notdürftigen Unterkunft. Meinem Vater gehörten offenbar einige Häuser in der Stadt.«

»Sie brauchten es nicht? Immerhin kann man für die Nutzung der Räume Miete verlangen. Das hätte Ihren Finanzen nicht geschadet, oder?«

Mag sein, dass den Kindern die Geschäfte der Eltern egal waren, doch dass Rehm gar nichts von den Besitztümern seines Vaters wusste, war unglaubwürdig.

»Ach, wissen Sie, der Staat bestimmt die Mieten, die sind sehr niedrig. Dafür sind die Steuern hoch. Und ich muss das Haus instand halten. Das schaffe ich nicht. Es gibt doch kaum Material. Sie sehen ja, ich bin nicht einmal in der Lage, mich um dieses Haus hier richtig zu kümmern. Ich habe dann den Bewohnern einen Brief geschrieben und bot ihnen das Haus als Schenkung an. Sie bedankten sich recht freundlich und nahmen das Angebot an. Eugen Girtlitz wurde als Eigentümer bestimmt. So war das.«

Heller schrieb mit und dachte währenddessen über die Aussage nach. Da taten sich ganz neue Motive auf. Von den Männern lebte inzwischen nur noch Girtlitz.

»Wann war das?«, fragte er Rehm.

»Das ist nicht lang her. Nicht einmal zwei Monate.«

Das stimmte mit den Daten vom Grundbuchamt überein. Heller notierte sich noch etwas. Dann legte er den Stift weg.

»Wussten Sie, dass Oskar Machol gleichzeitig mit Ihrem Bruder in Bautzen saß?«

»Nein, das wusste ich nicht. Ich wusste ja bis dahin nicht einmal, dass mein Bruder noch lebte. Ich hätte ihn gern wiedergesehen. Vielleicht hätte er sich dann nicht umgebracht.« Walter Rehm seufzte.

Heller gab ihm zwei Sekunden. »Kennen Sie Otto Haffner?«

»Nein.«

»Denken Sie nach. Der Name ist Ihnen nicht geläufig? Haffner.«

Rehm dachte nach, nahm sich Zeit, sah aus dem Fenster, wollte gewissenhaft wirken.

»Doch, mir scheint, als hätte ich den Namen schon mal gehört. Aber wo?«

Er wusste es. Heller war sich sicher. Rehm taktierte nur.

Jetzt fiel es Rehm ein. »Vom Grundbuchamt, nicht wahr? So ein großer Mann. Ja, er hat den Änderungsantrag bearbeitet. Einmal hab ich ihn gesehen.«

»Wo könnte er sein?«

»Was?« Rehm tat, als verblüffte ihn die Frage.

»Wo könnte er sich jetzt befinden?«, wiederholte Heller. »Er ist verschwunden, seit knapp drei Wochen. Unauffindbar. Sie wissen nicht zufällig, wo er ist?«

»Nein!« Wieder diese Geste, als wollte er gerne helfen und konnte doch nicht.

»Sie haben ihn nicht in seinem Haus besucht? Einige Male sogar? Und sind für mehrere Stunden geblieben?«

»Nein!« Rehm schüttelte energisch den Kopf. Er wirkte jetzt deutlich angespannter.

Heller setzte noch einmal an. »Sind Sie schwul?«

»Was?« Rehm hatte es fast herausgeschrien, schrill, entsetzt.

Heller wiederholte seine Frage nicht. Er sah Rehm nur an.

»Nein! Ich … um Himmels willen … das ist ja … wollen Sie behaupten, ich bin krank? Ich bin doch kein Psychopath.«

Heller ignorierte Rehms Ausbruch. »Sie sagten, Sie hätten keine Frau im Haus. Schon lange nicht mehr. Stimmt das?«

»Ja, natürlich stimmt das.« Rehm sah Heller irritiert an.

»Sie hatten eine Vase auf dem Tisch, mit einer Blume drin.«

»Ist das verboten?«

»Nein, natürlich nicht«, sagte Heller ruhig.

»Ich mag Blumen. Einfach so. Man will es sich doch ein wenig schön machen, auch wenn keine Frau im Hause ist.«

Heller nickte. Er hatte nicht erwartet, dass der Mann irgendetwas zugeben würde. Aber sein Entsetzen hatte er doch sehr übersteigert vorgetragen. Dass er die Akten vom Grundbuchamt gefunden hatte, davon wollte er Rehm noch nichts erzählen.

»Kennen Sie Paul Girtlitz?«

»Ich habe ihn gesehen, auch seine Schwester.«

»Was könnte Paul in Ihrem Haus zu suchen haben?«

»Haben Sie mich das nicht schon gefragt?«

»Ich frage Sie noch mal. Gibt es außer dem Uranerz noch etwas, das man bei Ihnen suchen könnte?«

Rehm starrte ihn an, als würde er nichts verstehen.

»Wir suchen nach Haffner. Im schlimmsten Fall nach seiner Leiche. Sie wissen nicht, wo diese sein könnte?«

»Eine Leiche? Hier in meinem Haus? Nein!« Rehm schüttelte den Kopf.

In diesem Augenblick betrat jemand den Raum. Heller, der mit dem Rücken zur Küchentür saß, drehte sich um und wollte sich schon über die Störung beschweren. Aber es war Niesbach persönlich, der hereingekommen war, mit einem Wink bat er Heller zu sich. Heller erhob sich, um zusammen mit seinem Vorgesetzten den Raum zu verlassen.

»Fündig geworden in Haffners Haus?«, fragte Niesbach.

»Bis jetzt wurde noch nichts gefunden.« Heller wusste,

dass er sich nicht rechtfertigen musste. Er machte seine Arbeit.

»Und jetzt suchen Sie hier? Obwohl das Haus schon zweimal durchsucht wurde«, bemerkte Niesbach trocken.

Ehe Heller dazu etwas sagen konnte, bemerkte er eine Gestalt im Schatten neben der offenen Eingangstür. Saizev. Er ließ Niesbach kurzerhand stehen und ging zu dem Russen.

»Nichts zu finden, Herr Oberkommissar?«, fragte Saizev grinsend.

»Sie haben sich gut erholt von dem Kollaps. Oder wie soll ich den Zustand bezeichnen, in dem ich Sie aufgefunden habe?« Heller ärgerte sich und hatte keine Lust, sich verspotten zu lassen.

Saizev schenkte ihm ein schiefes Lächeln und sah beinahe stolz dabei aus. »Ich glaube, Sie finden hier nicht, wonach Sie suchen«, sagte er. Heller sah sich nach Niesbach um, doch der hatte sich zurückgezogen, als wollte er dem Russen nicht begegnen.

»Wissen Sie denn, wonach ich suche? Und wo ich es finden kann?«

»Haffner ist in den Westen abgehauen. Hier gibt es nichts mehr zu suchen für Sie.«

»Noch bin ich nicht fertig.« Heller sah den Russen unverwandt an.

»Ich weiß, Max, Sie sind immer gewissenhaft. Suchen Sie nur weiter. Ich warte draußen in der Sonne.« Saizev zog eine Zigarettenpackung aus seiner Jackentasche, warf sich geschickt eine Zigarette in den Mund und zündete sie mit einem Streichholz an, das er dann achtlos auf den Boden warf.

Heller sah noch einmal zu Niesbach, der im Treppenhaus wartete und bemüht war, nicht zu ihnen hinzusehen.

»Alexej, sagen Sie mal, was ist los mit Ihnen? Was ist mit der jungen Frau? Sie saufen und kokainsüchtig sind Sie auch. Sie sind beide gerade dabei, sich zu zerstören. Ist Ihnen das klar?«

Saizev blies den Rauch aus, den er zuvor sekundenlang in der Lunge behalten hatte. Dann blickte er Heller an.

»Kann man etwas zerstören, das schon zerstört ist?«

Heller schüttelte den Kopf. »Alexej, glauben Sie, etwas ändert sich, wenn Sie hier einen eigenen kleinen Feldzug führen?« Er verstand Saizev nicht, dessen Verhalten war ihm sogar zuwider.

»Ich bin nicht allein und ich führe keinen Feldzug. Ich habe eine Aufgabe, und die erfordert genau dieses Handeln.« Saizev zuckte mit den Achseln. »Ein Mann muss handeln, wie ein Mann handeln muss«, zitierte er mit leisem Spott.

Ein hohler Spruch, mit dem Heller nichts anzufangen wusste.

»Warten Sie auf mich«, bat er Saizev und ging wortlos an Niesbach vorbei die Treppe hinunter. Er hatte sich damit abgefunden, dass er Haffners Leiche auch hier nicht finden würde. Doch das bedeutete deshalb nicht, dass Haffner noch lebte. Seine Leiche konnte wer weiß wo sein. Andererseits musste man durchaus in Betracht ziehen, dass Haffner tatsächlich abgehauen war.

Heller war wütend. Wegen Saizevs Arroganz und seinem bitteren Zynismus. Aber auch wegen Niesbachs Zurückhaltung und weil er dessen feiges Verhalten sogar nachvollziehen konnte. Doch Hellers Zorn trieb ihn nicht vorwärts. Im Gegenteil, er hemmte ihn in seinem Vorgehen, bremste ihn aus, lähmte seine Gedanken.

Wenigstens aber half ihm der Zorn, seine Ängste vor dem Keller zu überwinden. Der Zorn und das Licht, das sich einschalten ließ. Rehm hatte nach seiner Rückkehr den Strom anstellen lassen. Heller stieg die Kellertreppe hinunter und Niesbach und der uniformierte Polizist folgten ihm.

Heller näherte sich dem hüfthohen Fass, das voll Kalkfarbe war, hob den blechernen Deckel ab und legte ihn beiseite. Dann zog er seine Jacke aus, reichte sie Niesbach, der bereitwillig zugriff, und knöpfte sich den rechten Hemdsärmel auf, um ihn hochzukrempeln. Dann langte er mit der Hand in die Farbe. Platz genug gäbe es in dem Fass für einen toten Mann. Dann hätte er ihn ertasten müssen, unmittelbar unter der Oberfläche. Doch da war nichts. Heller langte so tief wie möglich hinein.

»Lassen Sie gut sein, Heller«, sagte Niesbach. Dabei zeigte er weder Häme noch Genugtuung, aber er schien erleichtert zu sein. Heller zog den Arm heraus, streifte so viel Farbe ab wie möglich und lief dann mit weit von sich gestrecktem Arm hinauf, um sich zu waschen.

Der Uniformierte verkniff sich ein Grinsen.

Saizev hatte wie versprochen gewartet. Er stand draußen und hielt das Gesicht mit geschlossenen Augen in die Sonne. Es war wieder warm geworden. Trotzdem hatte Heller sich seine Jacke übergezogen.

»Sie wissen, dass Sie beobachtet werden«, sprach Heller ihn unvermittelt an.

»Damit musste ich rechnen. Haben Sie jemanden gesehen?« Saizev öffnete seine Augen nicht.

»Inzwischen sehe ich überall jemanden. Man muss aufpassen, dass man keinen Wahn entwickelt.«

»Der Trick ist, es einfach zu ignorieren«, sagte Saizev ruhig.

Heller sah dem Russen ins Gesicht. Er sah abgezehrt aus. Vom Trinken und Schnupfen. Seine Nasenlöcher wirkten entzündet und rau.

»Sie zerstören sich selbst, nicht wahr. Ganz bewusst, meine ich.« Heller sah den jungen Mann provozierend an.

Jetzt rührte sich Saizev und warf Heller einen Blick zu, gab aber keine Antwort.

»Sie zerstören sich, weil es Ihnen egal ist, nicht wahr?«

»Sie sind wohl ein Psychiater geworden?« Saizev grinste leicht.

»Ich weiß nicht, ich versuche immer nur zu beurteilen, was ich sehe. Und vor sechs Jahren, da sah ich einen jungen wütenden Mann voller Rachsucht. Jetzt sehe ich einen zynischen Greis, der weiß, dass er sterben wird, und sich darüber freut, wenn er vorher anderen das Leben noch schwer machen kann.«

Plötzlich lief Saizev los. Er ging offenbar davon aus, dass Heller ihm folgte, denn er sprach einfach, ohne sich umzusehen.

»Sie wären gar kein so schlechter Psychiater.« Nun blieb er plötzlich wieder stehen. »Sie scheinen sich Ihrer Sache immer sicher, oder? Sie glauben sich auf der richtigen Seite, weil Sie so vernünftig sind, so pragmatisch, so wertungsfrei. Wie steht es denn um Sie? Sie sind auch nicht frei. Sie sind gefangen! In sich selbst. Sie stecken genauso in einem Gefängnis wie ich.«

»Ich bin in keinem Gefängnis!«, fuhr Heller auf.

»Sind Sie da sicher? Was, wenn …«, der Russe kam auf Heller zu und zeigte ihm mit dem Zeigefinger auf die Brust, »was, wenn Ihre geliebte Karin nicht zurückkommt? Was, wenn sie bleibt, wenn sie vielleicht glaubt, Sie könnten ihr folgen mit dem Kind? Aber schlimmer noch, was, wenn sie auch in Betracht gezogen hätte, Sie würden ihr nicht folgen, Max? Wenn Ihre Frau Sie verlassen hätte, Max, für ein Leben im Westen? Was dann? Dann erkennen Sie das Gefängnis, dann fühlen Sie die Gitterstäbe.«

Heller schob Saizevs Arm beiseite. »Was habe ich Ihnen getan, Alexej, dass Sie so boshaft sind?«

»Ich bin nicht boshaft. Nur ehrlich!« Saizev lief jetzt den Gehsteig entlang und Heller lief neben ihm her. Schweigend. Dann erkannte Heller Saizevs Auto.

»Wollen Sie mir jetzt an den Fersen kleben?«, fragte Saizev ungehalten.

»Ich will Sie nur zum Wagen bringen.«

Saizev schnaubte, zündete sich eine neue Zigarette an. »Der war gestohlen, wissen Sie!«

»Gestohlen, der Wagen?«, fragte Heller skeptisch.

»Ja, gestohlen und wieder zurückgebracht, wer glaubt wohl so etwas.«

»Nun, es klingt ein wenig abstrus.«

»Er stand vor meiner Haustür. Eines Morgens war er weg, als ich aus dem Fenster sah. Wenige Stunden später war er wieder da. Stand einfach auf der anderen Straßenseite.«

Sie hatten den Opel erreicht und Saizev stieg auf der Fahrerseite ein. Er schloss die Tür und kurbelte das Fenster hinunter. Heller stand nun neben der Fahrertür und betrachtete die Front des Wagens.

»Der Dieb hat ihn kaputt gemacht«, bemerkte Saizev und startete den Motor. »Sehen Sie nur!«

Heller hatte es schon gesehen. Die Stoßstange hatte einen Knick, an der linken Lampe war das Glas zersplittert und die Motorhaube hatte eine mächtige Delle.

»Schade darum, nicht wahr?«, sagte Saizev und fuhr einfach davon.

Heller sah ihm nicht hinterher. Er ging zurück zu Rehms Haus. Niesbach wartete in der Tür und hatte Hellers kurzen Spaziergang mit Saizev beobachtet.

»Sie kennen den? Das ist ein Geheimdienstoffizier«.

»Ich weiß«, brummte Heller und ging an Niesbach vorbei zurück in die Küche, wo Rehm unter der Aufsicht von Oldenbusch noch immer am Tisch saß. Heller setzte sich wieder.

»Sie haben das Haus also verschenkt? An Girtlitz«, knüpfte er an, als hätte es keine Unterbrechung des Gesprächs gegeben.

Rehm sah zu Oldenbusch hin, als könnte er von ihm Beistand erwarten. Doch dessen Gesicht blieb unbewegt.

»Ich habe das Haus verschenkt, ja.«

»Dazu gibt es einen Vertrag, so etwas muss notariell beglaubigt werden, sonst kommt es nicht zu einem Eintrag beim Grundbuchamt. Eine Schenkungsurkunde.«

»Ja, ja, wir waren bei einem Notar.«

Heller klopfte ungeduldig auf den Tisch. »Sie können sich nicht jede Aussage aus der Nase ziehen lassen. Welcher Notar war das?«

»Notar Siem, Goetheallee 27.«

Heller notierte es sich. Sah dann wieder auf.

»Erzählen Sie mal. Wie war das, als Sie zurück nach Hause kamen und alles war zerstört.«

»Wie meinen Sie das?«

»Sie sollen erzählen, wie das war«, wiederholte Oldenbusch für seinen Vorgesetzten.

»Also, ich kam aus der Gefangenschaft.« Rehm räusperte sich. »Das war am dreißigsten August sechsundvierzig. Am Bahnhof Neustadt kam ich an. Ich wusste ja, dass es einen Bombenangriff auf Dresden gegeben hatte. Und ich hatte keine Post bekommen in die Gefangenschaft. Ich hatte geschrieben, mehrmals, doch alle Briefe kamen zurück, Adressat unbekannt. Ich ging also in die Stadt«, Rehm zögerte kurz, »also, in die Innenstadt, wo unser Haus gestanden hatte. Aber es war ja alles weg. Einfach alles …« Rehm machte eine kurze Pause, die Erinnerung wühlte ihn sichtlich auf. »Also ging ich zum Meldeamt, meldete mich an und gab eine Suchanfrage auf. Genauso beim Roten Kreuz. Da kam aber nie etwas zurück. Das Wohnungsamt wies mir dann eine Unterkunft zu, zuerst einen Raum mit mehreren Rückkehrern zusammen, dann bekam ich ein eigenes Zimmer. Ich begann, nach ehemaligen Nachbarn zu suchen. Nach den Kindern, mit denen ich früher gespielt hatte, nach Geschäftsinhabern in meiner Gegend. Aber entweder war keiner mehr aufzufinden, oder wenn ich jemanden fand, dann wusste niemand etwas von meinen Eltern und Geschwistern.«

»Die wären?«

»Heinrich Rehm, mein Vater, Erna Rehm, meine Mutter, die Schwester Heidemarie und Kurt, mein Bruder.«

Heller schrieb mit. »Wie stellten Sie die Suche an?«

»Na ja, ich ging eben herum und fragte mich durch. Hörte mal hier etwas, mal da. Irgendwann gab ich auf. Ich denke, sie alle sind tot.«

»Sechsundvierzig kamen Sie zurück und jetzt verschenken Sie das Haus, und von diesem Haus hier wusste niemand etwas?«

»Von dem anderen in der Burgenlandstraße wusste ich ja auch nichts.«

Heller nickte und legte seinen Stift hin. Sein Gefühl sagte ihm, dass hier etwas nicht stimmte. Rehm hat das Haus nicht einfach so verschenkt. Er war nicht zufällig im Dienst gewesen, als sich die beiden Männer in den Zellen umbrachten. Saizev war nicht zufällig hier gewesen. Warum sonst kam er hierher, wenn Rehm wirklich nichts mit den Machenschaften seines Bruders zu tun gehabt hatte?

Wieder hielt ein Wagen vor dem Haus, Türen klappten, Schritte näherten sich.

»Ist Oberkommissar Heller hier?«, fragte jemand. Es war Salbach.

»Hier«, rief Heller.

Salbach kam ich die Küche.

»Sie dürfen gehen«, sagte Heller zu Rehm. Der erhob sich auch sofort und verließ den Raum. Salbach sprach, kaum dass der Mann verschwunden war.

»Ich habe die Zeitungen bekommen.«

»Deswegen haben Sie sich hierherfahren lassen?«, wunderte sich Heller.

»Nein, ich bekam Nachricht, dass der Ingenieur gestorben sei, Wegmann. Ich habe gleich veranlasst, dass sein Leichnam zu Kassner gebracht wird. Ich hoffe, das ist Ihnen recht?«

Heller schüttelte den Kopf angesichts des unbändigen Tatendrangs, dann nickte er. »Das war gut.«

Oldenbusch schnaubte. Es war kaum zu hören, doch Heller kannte seinen Kollegen lang genug. Er warf ihm einen Blick zu, der sich jede weitere Gefühlsäußerung verbat.

Auf einmal stand wieder Niesbach in der Tür. Insgeheim wunderte es Heller, dass sein Vorgesetzter hier erschien. Normalerweise ließ er sich fast nie außerhalb seiner Büroräume blicken.

»Heller, ich will Sie sprechen!«

»Sofort, zuerst will ich noch einmal in den Keller.«

»Machen Sie das eigentlich absichtlich?«, fragte Niesbach fast etwas verärgert.

»Ich mache das, weil ich es für nötig halte.« Heller ging an Niesbach vorbei noch einmal durch den Flur und die Treppe hinunter in den Keller. Niesbach folgte ihm wortlos und wartete, bis sie im Keller angelangt waren.

»Max«, begann er leise. »Ich will Ihnen doch nur einen Rat geben. Ich weiß Ihre Arbeitsmethoden zu schätzen, ich weiß, wie konsequent Sie sind, wie unbestechlich. Doch ich warne Sie. Sie werden beobachtet. Dass Ihre Frau hinüberdurfte, kostet seinen Preis. Und dieser Russe …«

»Saizev? Was ist mit ihm?«

»Ich weiß, dass auch er beobachtet wird. Ich weiß es aus sicherer Quelle. Irgendwie hat er sich verdächtig gemacht. Mir scheint, sie trauen ihm nicht mehr. Max, ich will doch nur, dass Sie sich nicht in irgendetwas hineinreiten.«

Heller, der sich auf einiges gefasst gemacht hatte, sah den schmalen Mann lange an. »Wissen Sie, ich will einfach nicht daran glauben, an dieses Märchen vom feindlichen Agenten«, sagte er und hob sofort die Hand, um Niesbachs Einwand zu unterbinden, »aber irgendetwas geht hier vor sich. Da passt so vieles nicht zusammen. Sollte nicht ein feindlicher Agent um Unauffälligkeit bemüht sein? Sollte er nicht, anstatt eine Leiche nach der anderen zu hinterlassen, im Verborgenen arbeiten, keine Spuren hinterlassen? Ein Agent will unsichtbar sein, in der Menge untergehen. Und Saizev, der ist wie die Karikatur eines Agenten. Mir kommt das so vor, als spiele er das nur. Doch wem macht er etwas vor?«

»Heller, ich weiß nichts von Geheimdienstarbeit. Ich kann mir nur denken, dass es vielleicht manchmal die beste Tarnung ist, ganz laut und sichtbar zu sein. Aber es soll nicht Ihre Sorge sein und nicht meine. Es ist wie in einem Krieg. Der Soldat muss nicht verstehen, was der General sich denkt, er kennt nicht die große Karte und den Plan.«

Heller nickte pflichtbewusst, doch sein Verstand sagte ihm etwas anderes. Er sah sich noch einmal um. Ihm war es vorhin schon vorgekommen, als habe sich im Vergleich zu seinem Besuch in der letzten Woche etwas verändert. Aber was sollte das sein? Die Kohlen lagen breit gestreut, Farbe war auf den Boden getropft, doch das war er selbst gewesen bei der Untersuchung des Fasses. Heller schob mit dem Fuß ein Kohlestück beiseite. Es war ganz leicht. Er hob es auf. Holzkohle. Heller warf es weg, bückte sich nach einem anderen Stück. Auch das war Holzkohle. Dann nahm er die Schippe und fuhr unter die Kohlen.

»Alles Holzkohle«, sagte er zu Niesbach.

»Hat das etwas zu bedeuten?«, fragte Niesbach.

»Wenn ich das nur wüsste«, brummte Heller. Im selben Moment war ihm ein Gedanke gekommen. Eiligen Schrittes stieg er die Treppe hinauf.

»Peter«, rief er, »ich habe eine neue Aufgabe für Sie. Finden Sie heraus, wo man Holzkohle erwerben kann, wer sie liefert, woher sie kommt! Wo sind die Zeitungen?«

»Im Büro.« Salbach, der in der Tür zur Küche stand, verzog entschuldigend das Gesicht.

Heller dachte keine Sekunde nach. »Dann fahren wir. Werner?« Heller sah in die Küche, doch Oldenbusch war nicht da.

»Heller!«, rief Niesbach, der jetzt auch wieder im Flur stand. »Haben Sie eigentlich nicht zugehört?«

»Doch, ich habe jedes Wort verstanden.« Heller war schon auf dem Weg zur Haustür, blieb jedoch noch einmal stehen. »Ich will Vorladungen. Für Eugen Girtlitz, Hannah und Paul Girtlitz, Frau Machol, Frau Weichert und Frau Busmann. Leiten Sie das für mich in die Wege?« Heller sah seinem Vorgesetzten fest in die Augen. Niesbach öffnete den Mund, seine Miene drückte Ablehnung aus.

»Bitte!«, drängte Heller.

Niesbach machte den Mund wieder zu und nickte.

17. September 1951
Mittag

»Werner, ich bitte dich, halte dich dem Jungen gegenüber zurück«, sagte Heller leise. Nach einem kurzen Halt im Büro und einigen Telefonaten waren sie wieder losgefahren, ohne Salbach.

»Keinen Meter traue ich dem!« Oldenbusch hielt das Lenkrad fest umklammert und starrte verbissen auf die Straße. »Ich finde, das überschreitet eindeutig seine Kompetenzen, wenn er Kassner Aufträge erteilt.«

Heller schwieg. Ihm war klar, dass Salbach zu weit gegangen war, doch er hatte letztendlich nichts anderes getan, als er sowieso angeordnet hätte. Oldenbusch war wütend. Er suchte jemandem, dem er die Schuld an seiner Zeit in der Zelle in die Schuhe schieben konnte. Der junge Kollege war da sicherlich der Falsche. Aber Heller wusste, es würde nichts bringen, Oldenbusch noch weiter mit diesem Thema zu reizen. Deshalb schwieg er. Beide schwiegen. Schon tauchte das Kraftwerk Mitte vor ihnen auf.

»Fahr einfach an das Tor, ich habe mich angemeldet.«

Die beiden Ingenieure ihm gegenüber, beide am Aufbau und Unterhalt des Kraftwerks beteiligt, beugten sich tief über die Blaupausen, die Heller ihnen auf den Tisch gelegt hatte. Gewissenhaft studierten sie die Zeichen, Zahlen und Buchstaben und flüsterten sich ab und an etwas zu.

Heller ließ ihnen Zeit. Er saß etwas abseits vom Tisch, sah

aus dem Fenster zu den vier hohen Schornsteinen hin, aus denen Rauch stieg. Rings um das weite Kraftwerksgelände erhoben sich noch immer die leeren Ruinen der zerbombten Stadt. Unabsehbar, wann sich dieses Bild jemals ändern sollte. Und kaum vorstellbar, dass ein Menschenleben dafür genügen sollte. Welche Kraft es allein gekostet hatte, dieses Werk wieder in Betrieb zu nehmen. Und doch, es ging voran, Stück für Stück wurden Trümmer abgetragen und entstanden neue Häuser. Genauso ist es mit meiner Arbeit, dachte sich Heller. Auch wenn er das Große und Ganze gerade nicht im Blick hatte, so ging er trotzdem einen Schritt nach dem anderen. Immer weiter.

Jetzt spürte er, dass die Männer ihn ansahen.

»Nun?«, fragte er.

Der ältere, ein kleiner Mann mit weißem Schnauzbart, antwortete.

»Also, das stammt nicht aus diesem Werk. Zwar fehlt das Deckblatt von dem Plan, aber wir sind ganz sicher.«

»Könnte es denn aus einem anderen Werk stammen?«

»Also …« Der ältere sah seinen jüngeren Kollegen an. »Das ist kein uns bekannter Kreislauf. Auch nicht der eines Heizkraftwerks.«

Heller war aufgestanden und zu den Männern an den Tisch getreten. »Das erkennen Sie also, aber Sie erkennen nicht, was es ist?«

»Ich glaube«, setzte der eine Ingenieur zögernd an, »das ist etwas noch viel Komplexeres. Darf ich fragen, woher Sie das haben?«

»Das kann ich Ihnen nicht sagen. Sie können mir keine weitere Auskunft geben? Komplexer, was heißt das? Noch komplexer als ein Kraftwerk?«

»Durchaus, ja. Die Maßeinheiten fehlen in der Beschriftung. Wir können also nicht erkennen, ob es sich hierbei um Widerstände handelt oder Durchlaufmengen, auch nicht, ob wir uns im Milli-, Mikro- oder Kilobereich befinden. Ich glaube, das ist eine Art der Geheimhaltung. Sie sollten hierzu besser einen Physiker befragen.«

»Einen Physiker?«

Beide Männer nickten.

Heller sah ihr Zögern, ihre Unbehaglichkeit angesichts seiner Nachfragen. Er raffte die Pläne zusammen.

»Vielen Dank. Ich bitte Sie in Ihrem eigenen Interesse, diese kurze Unterredung für sich zu behalten. Guten Tag!«

Physiker, dachte Heller vor der Tür, nicht Psychologe. Heinrich von Stetten war Physiker.

17. September 1951, Abend

Heller war unzufrieden. Niesbach war seinem Wunsch zwar nachgekommen und hatte die Vorladungen veranlasst, jedoch erst für den nächsten Tag.

Außerdem war Anni heute beim Schlafengehen sehr traurig gewesen. Eigentlich tröstlich, dachte er sich, zeigte es doch, dass sie Karin nicht vergessen hatte. Aber schon rief er sich selbst wieder zur Ordnung. Warum sollte das Kind seine Mutter vergessen? Doch die harschen Worte Saizevs dröhnten noch in seinen Ohren. Wie kam der Mann nur darauf, ihm so etwas zu sagen? Heller hatte ihn eigentlich immer für eine Art Freund gehalten. Jetzt hatten dessen Worte seine Angst vervielfacht, daraus etwas gemacht, das seiner Furcht vor dunklen Kellern in nichts nachstand. Karin würde niemals ohne ein Wort der Warnung weggehen, das wusste er. Allerdings hatte sie durchaus nachgefragt, ob Anni mit in den Westen reisen dürfte. Mehrmals.

Schwerfällig stand Heller auf. Er brauchte jetzt etwas, das ihn locker machte. In der Vitrine, im Unterschrank, hielt er immer eine kleine Reserve Schnaps verborgen. Seit Monaten war die Flasche unangerührt geblieben. An der Küchentür fiel ihm ein, dass er das Wohnzimmer nicht einfach so betreten konnte. Zumindest nicht, ohne zu klopfen. Und das wollte er nicht, weil Edeltraud vielleicht schon im Nachthemd war. Sie ging immer früh zu Bett.

Heller ging wieder in die Küche und setzte sich. Er war

unentschlossen. Es gab so viele lose Enden in der Geschichte, und es gelang ihm einfach nicht, sie zusammenzubringen.

Zwei Stunden hatten sie heute vor dem Haus in der Burgenlandstraße gelauert, in der Hoffnung, Paul und Hannah Girtlitz würden auftauchen. Doch nichts war geschehen. Auch in der Anzeigenannahme bei der Zeitung hatte man sich nur schwach erinnern können an die Person, die mehrmals mit einer ganzen Reihe von Annoncen da gewesen war. Ein sehr junger Mann, fast ein Kind noch. Das schloss Saizev aus und auch Paul, der mit seinen neunzehn Jahren schon sehr erwachsen wirkte. Wahrscheinlich war es aber sowieso nur ein Mittelsmann gewesen. Das letzte Mal soll er vor zwei Wochen da gewesen sein. Neue Annoncen lagen nicht vor. Es gab einfach nichts Greifbares, was sie weiterbrachte. Heller fuhr sich über das müde Gesicht.

Als er vorhin Anni abgeholt hatte, hatte sich Frau Eigner seltsam benommen. Freundlich, ja, aber irgendwie reserviert. Reservierter noch als die Tage zuvor. Anni sei anstrengend gewesen, hatte sie gesagt. Es habe Streit gegeben mit Vera. Natürlich würde sie morgen wieder beide Mädchen mitnehmen aus dem Kindergarten. Doch irgendetwas war anders. Eine Frage stand unausgesprochen zwischen ihnen, allein der Anstand und die Höflichkeit hielten die junge Frau zurück, sie zu stellen. Wer ist diese Frau in Ihrem Haus, die dort so selbstverständlich ein und aus geht, die im Garten mit Anni spielt, Wäsche aufhängt und in der Küche singt? Er hatte sich lange überlegt, was er sagen könnte, doch solange Frau Eigner nicht fragte, würde jede Erklärung seinerseits wie eine Ausflucht erscheinen, vielleicht sogar wie eine Lüge.

Heller war wieder aufgestanden und lief unruhig auf und ab. In Gedanken rekapitulierte er noch einmal das Gespräch mit den beiden Ingenieuren heute Mittag.

Was konnte komplexer sein als ein Kraftwerk? Was hatten die beiden Männer da erkannt, dass sie ihn fragten, woher er den Plan habe? Hätte er Niesbach davon unterrichten müssen? Er hatte es nicht getan. Das war ein Fehler. Heller nahm sich eines der Gläser, die einmal Senfgläser gewesen waren, füllte es mit Leitungswasser und trank es aus. Er füllte es ein zweites Mal. Er hatte auf einmal Durst und ihm fiel auf, dass er den ganzen Tag vergessen hatte, zu trinken.

Einem inneren Drang folgend, wollte er zum Fenster sehen. Doch in der Küche brannte Licht, also würde er draußen nichts erkennen können. War der Mann im Auto vor Saizevs Wohnung vielleicht gar nicht wegen dem Russen dort gewesen, sondern wegen ihm? Stand er tatsächlich unter Beobachtung? Und wussten sie, was er wusste? Und wer waren sie?

Er setzte sich wieder und nahm sich noch einmal den Stapel Zeitungen mit den Annoncen vor. Er wollte sich zwingen, logisch zu denken, er musste endlich dahinterkommen, wie dieses System funktionierte, ob es noch eine andere Bedeutung haben könnte. Doch die Zahlen verschwammen vor seinen Augen. Stattdessen tauchte Karin wieder in seiner Erinnerung auf, der flüchtige Kuss, den sie ihm gegeben hatte, diese Abenteuerlust in ihren Augen.

Was auch immer dieser Code bedeutete, der Verfasser der Annoncen musste das letzte Datum kennen, schoss es ihm plötzlich durch den Kopf. Er kannte das letzte Datum und wollte es jemandem übermitteln, ohne dass der zu früh davon erfuhr. Die Adressaten der Anzeigen mussten also das System kennen, mussten wissen, dass sie täglich die Zeitung lesen und diese vor allem aufheben sollten. Das war es. Sie durften die Zeitungen nicht wegwerfen, denn jede ältere Ausgabe konnte eine Information enthalten, auf die sie erst durch spätere Anzeigen hingewiesen wurden. Das bedeutete wiederum, dass irgendjemand die Zeitungen von Wochen und Monaten irgendwo aufbewahrte.

Auf einmal war Heller ganz klar. Mit neuem Eifer ging er an die Arbeit und testete die vielfältigsten Kombinationen. So konnte 0218 den achtzehnten Februar bedeuten oder den einundzwanzigsten August, aber auch den zwölften August oder den achtundzwanzigsten Januar.

Dann stieß er auf die Zahl 599011. Dieser nahm er wie immer die 51 als Jahreszahl fort, es blieb 9901. Laut seinem System konnte das der neunzehnte September sein. ›Zugluft‹ lautete der Anzeigentext. Vorangegangen waren die Begriffe Ziegen, Zinn, Zink, Zirkel, Zugstangen, Zwetschken, Zündkerzen, Zündhölzer, Zunder, Zylinder, Zitronen. Und nun also Zugluft.

Er notierte sich das Datum in seinem Notizbuch. Das war übermorgen, Mittwoch. Heller rieb sich mit beiden Händen über das Gesicht. Dann nahm er den Stift wieder in die Hand. Die Anzeige war noch nicht eingegangen. Er würde einen Anruf erhalten, hatte man ihm versprochen, sobald eine neue Anzeige aufgegeben wurde. Zugluft.

Heller atmete entnervt durch, las sich die Anzeige wieder und wieder durch. Dann erkannte er es endlich. Es gab einen markanten Unterschied. Zugluft war nichts Gegenständliches. Man konnte sie nicht veräußern. Zugluft entstand, wenn es zog. Wenn Fenster und Türen offen standen. Wenn man mit offenem Fenster fuhr. Zugluft musste etwas bedeuten.

Heller blätterte in seinem Notizbuch zurück, suchte das Datum der Explosion im Kraftwerk und verglich es mit dem Datum in seiner Liste. Zentralheizung hatte in dieser Anzeige gestanden. Konnte man Zentralheizung mit Kraftwerk assoziieren? War das der Befehl gewesen, das Kraftwerk anzugreifen? Hatte dieser Befehl Oskar Machol gegolten? Oder einer ganz anderen Person, die noch gar nicht in sein Blickfeld geraten war? Von den Zeitungen wurden zehntausende gedruckt.

Er war unendlich müde. Die Augen fielen ihm fast zu, trotzdem nahm er noch einmal die großen, abgegriffenen Blaupausen, breitete sie aus und begann, mit der Lupe die Zeichnungen abzusuchen. Etwas bereitete ihm Sorgen. Es war das Fehlen jeglicher kyrillischen Zeichen. Die Sowjets drückten sonst allem ihren Stempel auf. Kein Bauplan, kein Befehl, keine Anweisung, die nicht erst auf Russisch, dann auf Deutsch erschien. Woher also stammte dieser Plan? Der Zettel, den Frau Girtlitz geschrieben hatte, kam ihm in den Sinn. *Eine Flut wird kommen.* Die Untergangsprophezeiung einer alten gläubigen Dame? Was wusste sie?

Heller schreckte auf und merkte, dass er eingeschlafen war. Rasch räumte er die Papiere zusammen und löschte das Licht. Oben sah er noch einmal nach Anni und strich ihr über das Haar. Dann ging er zu Bett.

18. September 1951, früher Morgen

Das Telefon riss ihn aus dem Schlaf. Er machte kein Licht, aus Gewohnheit. Die Uhr zeigte kurz nach vier morgens. Knapp eine halbe Stunde vor dem Aufstehen. Heller warf die Bettdecke zurück, taumelte beim Aufstehen und machte einen hastigen Schritt, den er mit einem scharfen Schmerz im Knöchel büßte. Trotzdem hastete er die Treppe hinunter. Das Klingeln setzte aus. Schon befürchtete er, dass Fräulein Hermann ihm zuvorgekommen war, und hatte sich schon scharfe Worte zurechtgelegt, da klingelte das Telefon erneut.

»Heller«, meldete er sich. »Oldenbusch? – Schon informiert. Danke!« Er legte auf. Er war so abrupt aus dem Schlaf gerissen worden, dass er sich erst mal sammeln musste. Alles entglitt ihm. Da bemerkte er, dass sich die Tür neben ihm einen Spalt öffnete.

»Ich kann Ihnen helfen, wenn Sie wegmüssen. Ich bringe Anni in den Kinderarten, und Frau Marquart kann ja auch mitkommen.«

Heller wurde sich bewusst, dass er im Schlafzeug vor Edeltraud Hermann stand. Von ihr selbst war nur das Gesicht im Türspalt zu erkennen. Er fuhr sich durch das Haar. Oldenbusch würde bald da sein. Es hatte dringend geklungen.

»Ich habe noch keine Brote gemacht«, sagte er fast entschuldigend.

»Das mache ich. Gehen Sie nur. Bestimmt ist es wichtig!«

Heller kämpfte gegen sein Unbehagen, seinen Widerwillen

und ergab sich dann doch. So, wie sich Niesbach gestern ihm ergeben hatte.

»Wo fahren wir hin?«, fragte Heller.

Oldenbusch antwortete nicht gleich und Heller betrachtete ihn von der Seite. War er gestern noch optimistisch gewesen, dass Oldenbusch seinen Frohsinn bald wiedererlangen würde, so schien es nun, zu ungewohnt früher Stunde geweckt, im Abgesang eines schönen Sommers, als würde gar nichts je wieder gut werden.

»Es wird dir nicht gefallen«, seufzte Oldenbusch. »Goetheallee«, fügte er noch schnell hinzu, ehe Heller auffahren konnte.

»Zu dem Notar?«

Oldenbusch nickte. Heller kniff die Lippen zusammen. Das war keine Frage gewesen. Am Beginn der Grundstraße angelangt, als die Loschwitzer Brücke ins Sichtfeld rückte, fragte er doch noch einmal nach.

»Selbstmord?«

Oldenbusch hob zweifelnd die Augenbrauen. »So heißt es.«

Der staatlich bestellte Notar Lothar Siem bot keinen schönen Anblick. Polizisten versuchten, den Leichnam vor den neugierigen Blicken der aufgeschreckten Menschen abzuschirmen, indem sie einige Decken hochhielten. Es war sinnlos, denn jeder, der sehen wollte, konnte sehen. Eine Gruppe von Schuljungen war sogar über die Mauer vom Nachbargrundstück geklettert, um eine bessere Sicht zu haben. Ringsum an den Fenstern standen die Anwohner.

Noch mal früher als Heller waren sie aus dem Schlaf geschreckt worden. Eine junge Frau, die jeden Tag sehr früh zu ihrem Arbeitsplatz in Radebeul musste, hatte den toten Notar entdeckt. Obwohl sie im Krieg viel Schreckliches gesehen hatte, ließ sie dieser Anblick schrill aufschreien.

Siem war aus dem Fenster im fünften Stock seines Wohnhauses gestürzt und direkt auf den spitzenbewehrten Gusseisenzaun gefallen. Auf diesem hing er immer noch und drei Spitzen ragten aus seinem Rücken. Die Wucht des Aufpralls hatte den Körper des Mannes regelrecht aufplatzen lassen. Gestank hatte sich ausgebreitet. Heller hielt den Atem an und warf einen pflichtgemäßen Blick auf den Toten. Er registrierte, dass der Tote voll angekleidet war, mit Weste und Anzug, und dass seine golden glänzende Taschenuhr an der Kette neben seinem Kopf hing. Sein Haar war steif von geronnenem Blut. Das ganze Gesicht ein rotbrauner Albtraum.

Auch Oldenbusch, sonst einiges gewöhnt, war von dem Anblick angegriffen. »Kann schon seit Stunden so hängen«, gab er nach erster Überprüfung leise Bescheid. Dann sah er nach oben. Ein Fenster stand offen.

»Ich kümmere mich!«, sagte er schnell.

»Ich lass dir Peter kommen!«, antwortete Heller.

Oldenbusch schnaubte nur und wollte zum Auto gehen, um seinen Koffer zu holen. Heller hielt ihn am Arm fest.

»Werner, nur weil du einen Verdacht hegst, darfst du den Jungen nicht verurteilen«, flüsterte er eindringlich. »Was sollte er ausgesagt haben, das dich belastet hat? Er sieht zu dir auf, ist immer freundlich, tut, was wir ihm sagen. Was ist nur los mit dir?«

Oldenbusch machte sich sehr unwirsch los. »Nur du und Peter wussten von meiner Verlobten, niemand sonst«, erwiderte er und ging wortlos davon.

Heller ließ das unkommentiert stehen, denn weder wollte er ihm nachlaufen noch hinterherrufen. Außerdem hatten sie im Moment ganz andere Sorgen. Dieser Tote musste so schnell als möglich zu Doktor Kassner. Er sollte untersuchen, ob Siem unter Einfluss von Alkohol oder Drogen gestanden hatte. Doch die Bergung der Leiche würde nicht einfach sein.

Heller sah noch einmal zu dem offenen Fenster hinauf. Etwas war ihm im Gespräch mit Oldenbusch gerade bewusst geworden. Ein Gefühl, das ihn seit längerem bedrückte, sich verstärkte mit jedem Tag, sich nicht mehr verdrängen ließ.

Er war allein.

Als Oldenbusch kurz darauf mit seinem Utensilienkoffer zurückkam, hatte er sich wieder ein wenig gefangen. Er stellte den Koffer ab.

»Ich schicke dir Salbach«, versuchte Heller es noch einmal. »Er soll dir zur Hand gehen, die Hausbewohner befragen, die Lebensgewohnheiten des Notars herauskriegen. Hat es ungewöhnlichen Besuch gegeben, verdächtige Andeutungen, vielleicht sogar Selbstmordabsichten, einen Abschiedsbrief? Ihr werdet genug zu tun haben.«

»Das Übliche also«, knurrte Oldenbusch. »Du kommst nicht mit? Was hast du vor?«

»Ich lasse mich ins Präsidium fahren. Ich muss Niesbach sprechen.«

Heller setzte sich. Er hatte weder seine Jacke ausgezogen noch seine Mütze abgesetzt. Niesbachs Schreibkraft, Frau Schindler, hatte ihn vorgelassen, jetzt klapperte wieder ihre Schreibmaschine im Vorzimmer. Niesbach sollte jeden Moment zurück sein. Verschiedene Papiere lagen auf seinem Tisch. Heller war versucht, sich vorzubeugen, um einen Blick darauf zu werfen, doch er unterließ es.

Es verging einige Zeit und Heller spürte, wie die Anspannung in ihm wich. Er rieb sich über das Kinn. Schon wieder war er nicht dazugekommen, sich zu rasieren. Welchen Eindruck er wohl hinterließ? Niemand verlangte von ihm, rasiert zu sein. Doch ihm war es, als würde er nachlässig. Als schwächte er damit seine Position. Selbst im Krieg und danach hatte er sich immer rasiert. Genauso gut hätte er auch im Schlafanzug hier sitzen können.

Endlich kam Niesbach. Er war in sichtlich gereizter Stimmung und ersparte ihnen das Guten Morgen. Offenkundig war es für ihn auch kein guter Morgen. Niesbach war zwar rasiert, hatte sich aber dabei geschnitten, und an der Wunde hing noch ein Fitzelchen Papier, mit dem er die Blutung gestoppt hatte.

»Jemand redet!«, begann Heller umgehend.

Niesbach sah aus, als sei er krank. Er stützte sein Kinn in beide Hände und schwieg dazu. Heller führte seinen Gedanken weiter aus.

»Jemand hier im Haus steht in Kontakt mit der Person oder der Organisation, die hier einen Menschen nach dem anderen ermordet. Oder derjenige ist selbst die Person oder Organisation.«

Damit hatte Niesbach anscheinend nicht gerechnet. Er hob abrupt den Kopf und ließ seine Hände auf den Tisch fallen.

»Wissen Sie, was Sie da sagen?«, stöhnte er.

»Jemand beobachtet mich und scheint jeden auszuschalten, mit dem ich in Kontakt kam.« Da war es wieder. Dieses leise Klingeln in seinem Kopf. Er spürte, dass er etwas Offensichtliches übersah.

»Mensch, Heller«, brauste Niesbach auf. »Nach dem Stand Ihrer eigenen Ermittlungen müssen wir alle Todesfälle als Selbstmord oder Unfälle betrachten. Dazu ein Herzinfarkt und, im Falle des Ingenieurs, ein Schlaganfall.«

»Sie müssen kein ausgebildeter Kriminalist sein, um eine durchaus eklatante Häufung von Todesfällen zu erkennen, die in einem bestimmten Zusammenhang stehen.«

»Aber das sehen doch nur Sie, diesen Zusammenhang!«, erwiderte Niesbach aufgebracht.

Heller blieb ruhig. Er hielt Niesbach für intelligent genug, um alles zu durchblicken. Doch auch er handelte noch aus anderen Beweggründen. Er musste der Parteilinie folgen und den Befehlen, die er bekam, und vielleicht war er einfach nur um sein Leben besorgt, was durch und durch menschlich war.

Niesbach ließ sich einige Augenblicke Zeit. »Was schlagen Sie also vor?«

»Alle festsetzen. Zu deren eigenen Schutz! Die Girtlitz-Geschwister, Frau Busmann, Frau Machol, alle. Rehm verhaften!«

»Rehm?«

»Natürlich, der ist einer der Hauptverdächtigen.«

»Aber Heller, Sie wissen schon, wie das auf die Sowjets wirken wird. Sie werden glauben, wir seien vom Feind unterwandert.«

»Sind wir das nicht? Wird das nicht ständig propagiert? All das, was nicht funktioniert, wird dem Westen untergeschoben.«

»Heller, Sie wissen, wie die Sowjets handeln«, Niesbach flüsterte jetzt, »in ihrer Rage werden sie die ganze Abteilung ausschalten, alle, Sie, Oldenbusch, mich, meine Sekretärin. Heller, es könnte noch schlimmer kommen. Sie könnten den ganzen Dresdner Polizeiapparat komplett neu ersetzen. Und dass wir dann ohne Arbeit dastehen, wird unsere geringste Sorge sein.«

Heller hatte zwei Höflichkeitssekunden abgewartet, bevor er weitersprach. »Sie müssen von den Sowjets, vom MGB verlangen, dass Alexej Saizev abgezogen wird.«

Niesbach schnappte nach Luft.

Heller fuhr unerschütterlich fort. »Sie haben doch seinen Wagen gesehen! Er war kaputt, eingedellt, die Lampe zerschmettert. Mit diesem Fahrzeug wurde Professor Berenbom umgebracht. Dürfen wir Mord zulassen, nur weil er von einem Geheimdienstmitarbeiter begangen wurde?«

Niesbach schüttelte energisch den Kopf und wedelte mit dem Zeigefinger. »Max, bitte. Selbst wenn es so wäre. Lassen Sie uns doch mal logisch vorgehen. Sie unterstellen, dass wir einen Agenten in unserem Haus haben. Also gut. Wer soll das sein? Ich? Ich war gestern in Rehms Haus und habe Sie bei Ihrer Arbeit gestört. Ich lese Ihre Berichte. Ich wusste von dem Notar. Ich kann mich nicht entsinnen, mit jemandem darüber gesprochen zu haben. Wie steht es mit Ihnen? Oder Oldenbusch? Oder Salbach? Trauen Sie denn Ihren eigenen Männern?«

Heller nickte, ohne zu zögern, auch wenn er sich damit selbst widersprach. Denn sollte ein guter Agent nicht das vollste Vertrauen seiner Mitmenschen genießen?

»Bleibt noch Frau Schindler!«, sagte Niesbach, und im Nebenraum setzte eine Sekunde lang das Schreibmaschinengeklapper aus.

»Es war noch ein Polizist in Rehms Haus. Und Rehm selbst. Er ist Beamter. Er ist verdächtig. Verhaften wir ihn.«

»Nein, nein und nochmals nein. Heller, Sie denken immer noch nicht logisch. Warum sollten die Zeugen Jehovas für einen feindlichen Agenten arbeiten, jetzt, wenn alle Aufmerksamkeit auf ihnen liegt, noch dazu, da vier von ihnen schon tot sind? Warum sollte Rehm involviert sein, nachdem er schon zweimal verhaftet worden war? Er muss damit rechnen, dass die kleinste weitere Verdächtigung sein endgültiges Aus sein könnte.«

»Weil sie vor irgendetwas Angst haben, große Angst haben, oder weil ihnen etwas versprochen wurde, dass es wert ist, trotz allem weiterzumachen.«

»Was sollte das sein?«, fragte Niesbach und in seinen aufkeimenden Zorn mischte sich Spott.

»Was gibt es da zu lachen?«, bemerkte Heller trocken. »Sind nicht gerade ein paar Millionen Männer gestorben allein dafür, dass ihnen ewiger Ruhm versprochen wurde? Für Lebensraum? Waren Sie selbst nicht bereit, Ihr Leben zu opfern für eine unerprobte Idee?«

Niesbachs Gesicht versteinerte innerhalb einer Sekunde. »Eine Idee wie die des Kommunismus, eine Idee, die die Gleichheit aller Menschen verspricht, ist es allemal wert, sein Leben zu opfern. Millionen von Menschen mussten befreit werden vom Joch der Lohnsklaverei, von der Ausbeutung durch Großindustrielle, von Hunger und Elend, und sie müssen es noch. Heller, über alles können wir sprechen, doch spotten Sie nicht über den Kommunismus.«

Heller spürte, wie ernst es Niesbach war, und fast bereute er, sich so weit vorgewagt zu haben. Niesbach selbst hatte doch gespottet, nicht Heller. Doch Heller schwieg dazu. Das war das erste Mal, dass er diesen Mann so entschlossen sah, so kampfeswillig. Das war der Mann, der vor fünfzehn Jahren freiwillig nach Spanien gegangen war, um Seite an Seite mit Fremden gegen die Faschisten zu kämpfen, lang bevor andere die Gefahr wirklich ernst genommen hatten.

»Heller, Sie widmen sich am besten den vielen Aufgaben, die sonst noch auf Ihrem Schreibtisch liegen. Ich hoffe, ich muss nicht noch deutlicher werden. Soviel ich weiß, haben Sie zwei Leichen gefunden, die zur Bestattung vorbereitet waren, und noch immer hat sich niemand gefunden, der sie vermisst.«

Heller schreckte auf. Das war das Stichwort gewesen. Auf einmal war alles klar.

»Natürlich! Es ging um die Särge!«, rief er. »Die beiden wurden vermutlich nur aus ihren Särgen gehoben. Dafür legte man andere Leichen hinein, die verschwinden sollten.«

»Ich versteh nicht.« Niesbach sah ihn verwundert an.

Heller erhob sich. »Wir müssen alle Friedhöfe der Stadt antelefonieren. Sämtliche Beerdigungen und Kremationen müssen gestoppt werden. Sämtliche Leichname müssen dringend auf ihre Identität hin geprüft werden.«

Niesbach hatte sich reflexartig ebenfalls erhoben. »Was verlangen Sie da?«

»Jemand hat die Leichen aus den Särgen entsorgt und zwei andere Leichen hineingetan, vielleicht auch die von Haffner. Und notfalls müssen wir die gestern beerdigten Toten noch einmal exhumieren.«

»Geben Sie denn niemals auf, Heller?«

Heller, schon im Gehen begriffen, hielt inne und drehte sich zu Niesbach um. »Haben Sie jemals aufgegeben?«

18. September 1951, früher Nachmittag

Es war verblüffend, wie viele Menschen in einer Stadt von der Größe Dresdens täglich starben. Heller saß in einem Büro der Friedhofsverwaltung, blätterte die Listen des Tolkewitzer Krematoriums durch, prüfte wieder und wieder, ob irgendetwas übersehen worden war. Der Tolkewitzer Friedhof war seine erste Anlaufstelle gewesen. An zwei weitere große Friedhöfe hatte er Kollegen geschickt, an die kleineren Friedhöfe waren entsprechende Anweisungen ergangen.

Sieben Särge hatte Heller öffnen, vier frische Grabstätten hatte er öffnen lassen. Niesbach hatte bei der Staatsanwaltschaft den Bescheid erwirkt. Dafür zollte Heller seinem Vorgesetzten die reinste Bewunderung. Niesbach hatte sich seiner schlüssigen Argumentation gebeugt und gegen seinen inneren Widerstand angekämpft.

Nichtsdestotrotz hatte Heller kein Ergebnis vorzuweisen. Die Toten in ihren Särgen waren genau die gewesen, die sie auch sein sollten. Die Beerdigten vom Vortag ebenso. Ein Anruf aus der Zentrale ließ auf sich warten. Er hatte sich erbeten, nur bei einem Ermittlungserfolg angerufen zu werden. Dreimal hatte das Telefon geklingelt, doch jedes Mal waren es nur dienstliche Gespräche für die Friedhofsverwaltung gewesen. Blieben noch die drei Feuerbestattungen vom Vortag, die er nicht überprüfen konnte. Die Verwaltungsmitarbeiter, die Friedhofsgärtner, die Fahrer auf dem Hof, sie alle betrachteten ihn mit mürrischem Misstrauen.

Plötzlich erschien Oldenbusch in der Tür. Er hatte den gesamten Vormittag in der Wohnung des Notars verbracht und Heller hatte ihm ausrichten lassen, wo er zu finden sei. Oldenbusch schloss jetzt die Tür des ihnen fremden Büros und setzte sich auf den gepolsterten Stuhl vor dem Schreibtisch.

»Keinerlei Spuren von Fremdeinwirkung. Kassner hat bei Siem nur einen niedrigen Alkoholwert im Blut analysiert.« Oldenbuschs Gesicht sprach Bände, trotz des Bartwuchses.

Heller hatte dergleichen erwartet. »Noch etwas?«, fragte er lapidar.

»Die Schindler hat jemand sagen gehört, du seist übergeschnappt. Die machen sich lustig über dich.«

»Nur so lange, bis wir etwas finden.«

»Aber du hast nichts gefunden?« Oldenbusch sah ihn erwartungsvoll an.

Heller schüttelte den Kopf. Natürlich wurmte ihn das, doch war es müßig zu erklären, dass ein Austausch der Leichen auch jederzeit an einem anderen Ort stattgefunden haben könnte. Allein in Dresden gab es über zwanzig Friedhöfe. Dazu kamen die in Freital, in Radebeul, Pirna, Heidenau und die aus den kleinen Dörfer im näheren Umkreis … Genauso gut konnten die Leichen schon kremiert sein oder doch verwechselt, oder man hatte die Aufforderung andernorts nicht ernstgenommen. Gegen Sturheit und Ignoranz kam man schwer an.

Es klopfte knapp und die Tür öffnete sich einen Spalt.

»Entschuldigen Sie, brauchen Sie noch lang?«, fragte die Dame von der Friedhofsverwaltung, deren Büro er okkupiert hatte.

Heller stand auf und gab Oldenbusch ein Zeichen mitzukommen.

»Eine Frage noch«, wandte er sich an die Frau. »Sie hatten doch im Sommer einen Einbruch hier, nicht wahr? Was wurde entwendet?«

»Das haben wir alles gemeldet«, kam die rasche Antwort.

Heller sah die Frau streng an.

Die Frau lenkte ein. »Einer der Wagen kam weg, ansonsten wurde hier nur zerstört. In der großen Halle wurden Särge umgestoßen und zertreten. Hier in den Büros haben sie alles aus den Schränken gerissen, Formulare, Akten. Viel gestohlen wurde nicht. Stifte, Locher, Heftklammern, Papier.«

Als Heller sein Kellerbüro betrat, kam ihm Salbach eilig entgegen.

»Ich habe versucht, Sie am Friedhof zu erreichen, aber Sie waren gerade weg!«, entschuldigte er sich und reichte Heller ein Blatt.

Der las Salbachs Notiz und blickte auf.

»Warum haben wir nie etwas davon erfahren?«

»Weil es in der Nähe von Freiberg geschehen ist.«

»Und es gab keinen Ermittlungserfolg? Wurde gefahndet?«

Salbach verzog den Mund. »Also, die Kollegen da haben sich nicht gerade als zugänglich erwiesen. Sie waren sehr maulfaul. Es wurde wohl eine Fahndung ausgerufen, die jedoch schnell wieder eingestellt wurde.«

»Darf ich mal erfahren, was los ist?«, fragte Oldenbusch ungehalten. Heller setzte sich und las laut. »Am achtundzwanzigsten August wurde auf einer Landstraße vor Freiberg ein Laster der Köhlerei Hartmann aus Crandorf von Bewaffneten aufgehalten. Er hatte fünf Zentner Holzkohle geladen. Der Fahrer, Herr Lippisch, wurde aus der Kabine gezerrt und mit dem Gewehrkolben niedergeschlagen. Er trug eine schwere Platzwunde an der Schläfe davon, blieb sonst unverletzt. Der Laster verschwand mitsamt seiner Ladung. Es war ein Framo V 500.«

»Crandorf?«, fragte Oldenbusch. »Ich weiß nicht, wie viele es davon gibt, aber das liegt ja hinter Annaberg-Buchholz. Gäbe es da nicht andere Köhlereien, die nach Dresden liefern könnten?«

»Nun, es scheint eine recht große Köhlerei zu sein. Vielleicht ist nur sie in der Lage, größere Bedarfsmengen zu decken.« Heller las weiter. »Den Angaben des Fahrers zufolge waren die Räuber maskiert, einer von ihnen könnte eine Frau gewesen sein. Sie sprachen kein Erzgebirgisch, eher Dresdner Sächsisch.«

»Die Girtlitz-Kinder?«, fragte Oldenbusch.

»In der Werkstatt lagen Reste von Holzkohle, und Rehms Keller ist voll davon!«

Salbach räusperte sich. »Es ist von den Vorgeladenen niemand erschienen. Der Vorladungsbescheid wurde jedoch ordnungsgemäß ausgehändigt.«

»Niemand ist erschienen?« Damit hatte Heller nicht gerechnet, doch eigentlich bestätigte das seine Vermutung. Es gehörte einiges dazu, einer polizeilichen Vorladung nicht zu folgen.

»Warum sollten die beiden ein solches Risiko eingehen?«, griff Oldenbusch den Gedanken wieder auf. »Bewaffneter Raubüberfall. Für ein paar Zentner Holzkohle?

Heller ging darauf nicht ein, ihm war ein Gedanke gekommen, den er aber erst einmal für sich behalten wollte.

»Also gut. Folgendes.« Heller fuhr sich über die Bartstoppeln, um einen Moment Zeit zu gewinnen. »Ich will noch etwas erledigen. Ihr versucht inzwischen herauszufinden, wo Hannah und Paul sich aufhalten. Hängt euch an sie dran, beobachtet sie, unauffällig. Ich will informiert sein und will

Meldung, sobald sich etwas ändert. Hinterlasst die Nachrichten in der Zentrale. Ich will wissen, was sie machen. Aber ich bitte um äußerste Vorsicht! Peter, Sie fügen sich Werners Anweisungen.«

»Selbstverständlich!« Salbach zog unmerklich die Oberlippe hoch und schien den Sinn dieses Befehls nicht zu verstehen.

»Was hast du denn vor?«, fragte Oldenbusch, dem die Aussicht, mit Salbach auf gemeinsame Mission zu gehen, offensichtlich nicht behagte.

»Ich will nur etwas überprüfen. Fahrt ihr beiden los. Ich hinterlasse eine schriftliche Dienstanweisung für euch und komme nach, sobald ich kann.«

Oldenbusch räusperte sich, zögerte, wusste aber nicht, wohin er blicken sollte. Heller seufzte innerlich, tat aber seinem langjährigen Kollegen den Gefallen.

»Peter, holen Sie schon mal den Wagen, er soll vollgetankt sein!«

Salbach nickte, nahm seine Jacke und die Pistole und verließ das Zimmer. So gern hätte Heller mit ihm ein persönliches Wort gesprochen, ihm die Hintergründe von Werners Misstrauen erläutert. Der Junge musste ja denken, er würde von ihnen bewusst ausgegrenzt.

»Also, was ist, Werner?«, fragte er dann streng, sobald Salbach den Raum verlassen hatte.

»Meinst du, wir sollen uns bei der Zentrale melden?«, fragte Oldenbusch.

»Du meinst, es ist nicht sicher?« Nachdem er selbst schon einen Maulwurf in ihren Reihen vermutet hatte, war Oldenbuschs Einwand nicht unberechtigt.

»Würdest du lieber bei mir daheim anrufen wollen?«

Oldenbusch hob die Schultern und nickte. Diese Leitung

könnte auch abgehört werden, wie jede andere, mutmaßte Heller.

»Werner, versuche einfach, mich irgendwie zu erreichen. Gib aber in keinem Fall Informationen an Außenstehende, auch nicht an Frau Marquart oder dieses Fräulein Hermann. Und auch nicht an Anni!«

Werner nickte zögernd. Heller hatte Verständnis für seine Skepsis. So wie er auch Eva Baumert verstand und Alexej und Karin. Manchmal wünschte er, es sich leicht machen zu können, wie so viele seiner Mitbürger, für die es nur Schwarz und Weiß, Gut und Böse gab. Es wäre nicht richtig, es war sogar ganz falsch. Es gab keinen einfachen Weg in dieser Welt. Immer war etwas dazwischen, alles konnte und musste aus verschiedenen Blickwinkeln betrachtet werden. Es gab kein Ja oder Nein, kein Wahr und Unwahr. Doch manchmal wünschte er sich, es sei so.

Heller wartete, bis Oldenbusch und Salbach gegangen waren. Dann nahm er den Hörer von der Gabel und wählte eine Nummer.

Eine halbe Stunde später wischte er sich den Schweiß von der Stirn und sortierte dann seine Notizen.

Die Köhlerei Hartmann aus Crandorf lieferte nicht nur nach Dresden. Sie belieferte offenbar die gesamte Gegend, unter anderem auch die Wismut-Werke in Johanngeorgenstadt. Dort, wo Kurt Rehm wegen Schmuggels von Uranerz verhaftet worden war.

Heller nahm sich die Tabelle vor, in der er die Daten der Anzeigen notiert und sortiert hatte. Er brauchte nicht lange zu suchen, um den Tag zu finden, an dem der Laster überfallen und samt Ladung gestohlen worden war. Die Botschaft an diesen Tagen lautete ›Zunder‹. Heller fuhr mit dem Finger alle Botschaften ab, fand das Wort Zunder nicht noch ein weiteres Mal. Und da die Köhlerei Hartmann wöchentlich mehrmals nach Dresden fuhr, konnte es bedeuten, dass an diesem bestimmten Tag etwas auf dem Laster lag, das es wert war, einen Raubüberfall zu begehen. Brachte ein Laster der Köhlerei das Uranerz aus der Sicherheitszone und dann nach Dresden, versteckt unter all der Holzkohle? Doch wozu? Warum nach Dresden, also in den Osten statt in den Westen? Wieso ist das den Ermittlern vor Ort nicht aufgefallen? Hatte Walter Rehm sie tatsächlich davon überzeugt, damit nichts zu tun zu haben? Oder hatten sie Walter Rehm nur gehen lassen, um an die Hintermänner dieses Geschäftes zu gelangen?

Heller nahm den Hörer erneut ab, um Niesbachs Nummer zu wählen. Doch er zögerte und legte wieder auf. Er musste es genauer wissen.

Rehm war nicht daheim. Niemand reagierte auf Hellers energisches Klopfen. Im Nachbargrundstück hob sich ein Kopf über die Hecke.

»Guten Tag!«, rief Heller laut, damit er nicht überhört werden konnte, und ging die dreißig Meter zur Grundstücksgrenze. Zwar hatten sie hinreichend Aussagen der Anwohnerschaft, die Rehm als freundlich, zurückhaltend und unauffällig beschrieben. Doch es war auffällig, dass sich niemand an irgendetwas Genaues erinnern konnte. Nicht daran, wie die Kohle in den Keller gekommen war, noch welchen Umgang Rehm pflegte.

Der Nachbar hinter der Hecke wollte sich entfernen. »Bleiben Sie stehen!«, ermahnte Heller, woraufhin der Mann mit einer verlegenen Geste auf sein Ohr deutete.

»Ich bin ein wenig taub, wissen Sie«, erklärte er ungefragt. Er war um die siebzig Jahre alt, vielleicht auch älter.

»Wussten Sie, wem das Haus gehörte?«, fragte Heller.

»Nein. Ich kannte nur die Frau, die vorher zur Miete da wohnte.«

»Und Rehm, wie benimmt er sich? Ist er auffällig?«

»Freundlich, zuvorkommend, im Staatsdienst, soweit ich weiß.«

Da war sie wieder, die Scheu der Leute, eine Aussage zu machen.

»Sie haben gute Sicht auf sein Haus. Wann hat er denn die große Kohlenlieferung bekommen?«

»Also, ich sehe auch nicht alles«, wich der Mann aus. »Ich arbeite als Gärtner und Heizer in der Schule dahinten.« Der Mann deutete vage über seine Schulter.

»Aber diese jungen Leute, der Junge und das Mädchen, die kommen doch des Öfteren bei ihm vorbei. Seine Verwandtschaft, nicht wahr?«

»Ich weiß das nicht, wirklich. Ich habe mal welche gesehen, ja, die haben aber nur an die Tür geklopft und sind dann unverrichteter Dinge weitergezogen.«

»Und sonst? Nichts?«

»Tut mir leid!«

Aber Heller wollte noch nicht locker lassen. »Hören Sie, ich weiß doch, wie das ist. Jeder sieht ab und zu mal über den Zaun des Nachbarn. Irgendetwas ist immer. Da lebt ein Mann allein in einem Haus. Er hat keine Frau und keine Kinder. Der Rasen ist voller Unkraut, keine Beete im Garten, die Brombeeren wachsen bald zu Ihnen hinüber und unterm Dach hängt ein Wespennest. Und das stört Sie nicht? Machen Sie mir nichts vor.«

Der Mann zog sichtbar den Kopf ein. »Natürlich ist uns das aufgefallen. Vor allem der Löwenzahn. Aber ist das denn wichtig für Sie?«

»Alles ist wichtig.«

»Also gut. Da laufen die Ratten durch seinen Garten, ich glaub, der wirft seine Abfälle hinters Haus. Als ich ihn auf die Pusteblumen ansprach, meinte er, die wären doch hübsch.«

»Hatte er Besuch?«

»Selten, manchmal kam ein Freund. Sie gingen Bier trinken, im ›Deutschen Haus‹. Und da war noch jemand. Ein junger Mann. Gute Kleidung. Mit Hut. Einmal gingen sie zusammen weg. Aber das war schon vor Wochen.«

»Wann genau? Wissen Sie das?«

Der Mann schüttelte den Kopf.

Zurück am Haus betrachtete Heller das notdürftig reparierte Schloss. Rehm hatte wohl in Handarbeit mit Holzleim die herausgebrochenen Teile der Tür geflickt. Es sah aus, als würde sie keinem größeren Druck Widerstand leisten. Heller dachte nicht lang nach, hob den rechten Fuß und trat gegen die Tür. Sie sprang zwar auf, doch Heller konnte kaum einen Schmerzensschrei unterdrücken. Er taumelte ins Haus, lehnte sich an die Wand und schnappte nach Luft, in der Hoffnung, der grässliche Schmerz in seinem Fuß würde nachlassen. Er versuchte die aufkeimende Panik zu unterdrücken, denn ganz genauso hatte es sich angefühlt damals. Als wäre ihm ein Messer in den Knöchel gefahren, als hätte es all die Knorpel und Knochen gesprengt, dass sie sich nie wieder zusammenfügen würden.

Endlich konnte Heller sich wieder bewegen und war in der Lage, an etwas anderes zu denken. Humpelnd begann er den Rundgang durch das gesamte Erdgeschoss, sah sich mit Bedacht um und versuchte sich frei zu machen von dem Gedanken, dass hier eine Leiche versteckt sein könnte. Er wollte sich bewusst nicht ablenken lassen. Oft waren es die kleinsten Details, die etwas verrieten. Nach einer halben Stunde wechselte Heller in die darüberliegende leere Etage. Er öffnete noch einmal die alten Schränke, hob den Bodenbelag an, klopfte die Wände nach hohlen Stellen ab, betrachtete die Dielen mit noch größerer Sorgfalt. Diesmal kletterte er sogar auf den Dachboden, zog den rechten Fuß dabei nach und musste nach jeder halben Treppe ausruhen. Ein zynisches Lachen entfuhr ihm. Wenn Karin ihn hier sehen würde. Oder Saizev. Dem sollten die boshaften Worte im Hals stecken bleiben.

Schließlich blieb nur noch der Keller. Wie so oft hatte er sich diese Etage bis zum Schluss aufgehoben. Doch das Licht half ihm und der Schmerz. Sein Rundgang währte nur kurz und dann stand Heller wieder vor dem Fass.

Noch einmal hob er den Deckel ab, betrachtete die weiße Oberfläche der Farbe. Wurde nicht Kreide erst geschlämmt, wenn sie gebraucht wurde? Und wenn es Kalk war? So oder so, Heller glaubte zu wissen, dass diese Farbe nicht ewig stehen konnte, wenn sie angerührt war. Sie setzte sich ab und wurde zähflüssig. Er hatte sich schon lächerlich genug gemacht, als er mit hochgekrempeltem Ärmel und weißem Arm die Treppe hinaufgestiegen war. Nur weil er eine Leiche in dem Fass vermutet hatte. Heller stemmte sich versuchsweise gegen das Blechfass. Es war noch viel schwerer als erwartet. Nun versuchte er es noch einmal und konnte es wenige Millimeter ankippen, musste dann aber loslassen. Schnell wich er zurück, denn die Farbe schwappte über den Rand. Heller sah sich nach einem Lappen oder nach Handschuhen um, schob dann aber nur seine Jackenärmel nach oben und stemmte sich noch einmal gegen das Fass, drückte mit aller Kraft.

»Heller?«, rief da jemand von oben. Aber er konnte nicht antworten vor lauter Anstrengung. Sein rechter Knöchel schien zu explodieren. Heller wurde schwarz vor Augen. Das Fass bewegte sich leicht nach vorn.

»Heller? Max?«, rief es wieder, und eine Gestalt verdunkelte den Kellereingang.

Heller traten die Adern an den Schläfen hervor, während er sich mit letzter Kraftanstrengung gegen das Gewicht stemmte.

Niesbach kam die Treppe herab. In dem Moment hatte Heller das Fass über dessen Schwerpunkt gehoben, nun kippte es von allein und würde sich nicht mehr aufhalten lassen.

»Zurück!«, keuchte Heller, und Niesbach sprang rasch zurück. Das Fass schlug auf, und die Farbe ergoss sich in einem riesigen Schwall in Richtung Treppe.

»Was zum …!«, rief Niesbach, und schon breitete sich die Farbe fast über den gesamten Kellerboden aus. »Max, was …?«

Heller musste erst wieder zu Atem kommen. Er hob bittend die Hand. Niesbach arbeitete sich mit ein paar Sprüngen um die Farblache zu Heller vor. Schweigend betrachteten nun beide den überschwemmten Boden.

»Was haben Sie denn erwartet, Heller?«, fragte Niesbach schließlich.

»Nichts«, erwiderte Heller wahrheitsgemäß.

»Sie haben in Johanngeorgenstadt die Hinterlassenschaften von Kurt Rehm angefordert und haben sich mit der dortigen Betriebspolizei in Verbindung gesetzt. Was glauben Sie denn herauszufinden, was das MGB nicht fand?«

»Nichts.« Auch das war die Wahrheit.

»Und vor gerade einer Stunde haben Sie sich Informationen über die Betriebsmittelzulieferer der Wismut in Johanngeorgenstadt erschlichen, ist das wahr?«

»Ich habe einfach gefragt«, erwiderte Heller verärgert.

Sechs Telefonate hatte es ihn gekostet, zur richtigen Stelle durchzudringen. Heller staunte trotzdem, wie schnell sich seine Recherche zu Niesbach herumgesprochen hatte. Man hatte wirklich den Eindruck, dass jedes Gespräch von fremden Ohren belauscht, jedes Schriftstück von fremden Augen betrachtet wurde.

»Das sind Informationen, die nicht an die Öffentlichkeit gelangen dürfen, sie öffnen Spionage und Sabotage Tür und Tor!«

»Ich bin nicht die Öffentlichkeit«, sagte Heller ruhig. »Ich habe einen Verdacht. Kurt Rehm, der Bruder von Walter, starb zu einer Zeit, als auch Oskar Machol im Gefängnis in Bautzen saß. Und nur wenige Tage nach Kurt Rehms Tod vermachte Walter Rehm das Haus in der Burgenlandstraße Eugen Girtlitz.«

»Was wollen Sie damit sagen? Dass Walter seinen Bruder von Machol umbringen ließ und das Haus als Bezahlung anbot?« Niesbachs Stimme war etwas zu schrill, fand Heller. In der Tat schien der Gedanke abwegig zu sein, doch wer wusste schon, wie die Brüder zueinander standen und was es Walter wert gewesen war, nicht erwischt und verurteilt zu werden.

»Und Sie meinen, ein Zeuge Jehovas ließe sich zu einer solchen Tat hinreißen? Zumal Machol ja eher zufällig in Bautzen saß. Wir können ja nicht einmal wissen, ob sie sich über den Weg liefen. Immerhin wurde der Tod von Kurt Rehm als Suizid gemeldet.«

Niesbach wusste genauso wie er, dass dies nichts zu bedeuten hatte. »Machol muss nicht zufällig da gewesen sein, immerhin kann er die Explosion im Kraftwerk doch ausgelöst haben.«

»Glauben Sie das, Heller? Ausgerechnet Sie?«

Heller atmete tief ein. »Ich glaube nie etwas.« Wie oft er das wohl noch sagen musste?

Niesbach starrte ihn an, als suchte er nach dem Spott in Hellers Augen. »Ich kann Oldenbusch und Salbach nicht finden«, sagte er dann leise.

»Ich habe sie mit einer Aufgabe betreut.«

»Heller!«

Heller sah ihn unverwandt an. »Ich weiß nicht, wo sie sind.«

»Machen Sie das extra? Mich verhöhnen?«

»Ich verhöhne Sie nicht, Genosse Niesbach. Das wissen Sie. Ich muss der Sache nachgehen. Da stimmt was nicht. Ich weiß es.«

»Nichts wissen Sie, Heller. Sie sehen es doch. Max, die Leute beginnen, über Sie zu lachen. Ihre Aktion mit den Friedhöfen hat sich in Windeseile überall herumgesprochen. Sogar vom Kirchenbund hat jemand angerufen und war besorgt um die Totenruhe.«

Heller schwieg und betrachtete die Farbe am Boden, die trotz ihrer Sämigkeit mehr und mehr verlief. Sie würden nicht mehr aus dem Keller kommen, ohne sich die Schuhe zu verderben.

»Max!«, sagte Niesbach nun leise und eindringlich. »Ich hatte vorhin Besuch. Zwei Männer vom sowjetischen Geheimdienst. Hören Sie, Ihr Freund, dieser Saizev, sie sagen, er sei gefährlich und unberechenbar. Aber noch ist er ihnen zu wertvoll, um ihn aufzugeben. Seit fast zwei Jahren arbeitet er offenbar an einem Fall und ist kurz davor, einen feindlichen Agenten zu enttarnen. Heller, genau das ist es, was ich Ihnen dauernd versuche zu sagen. Manchmal ist das Große und Ganze wichtiger als das Schicksal eines Einzigen. Selbst wenn, selbst wenn all diese Leute keine Unfälle hatten oder sich nicht selbst umgebracht haben«, nun flüsterte Niesbach, »selbst wenn, dann sind sie für eine gute Sache gestorben. Um sich Vertrauen beim Feind zu verschaffen, muss man manchmal Leute aus den eigenen Reihen opfern. So ist das im Krieg.«

»Welcher Krieg? Warum reden immer alle vom Krieg?«

»Das ist ein geheimer Krieg, Max, ein Kalter Krieg. Sie wollen Frieden, ich auch, aber für Frieden muss man kämpfen, und zwar an vielen Fronten!«

Die Aussage war absurd, Heller musste sich für einen Moment sammeln.

»Ich bin aber Polizist. Ich bin hier. Ich sehe immer den einzelnen Menschen. Alle reden von der großen Sache, aber es ist immer der einzelne Mensch, der sein Schicksal ertragen muss. Und wenn für diese Sache auch nur ein Mensch sterben muss, dann kann es keine gute Sache sein.« Heller hatte keine Lust auf noch mehr Worte, so oder so wären sie verschwendet.

Doch Niesbach gab nicht auf. Er griff sogar nach Hellers Arm.

»Max, dieser Agent. Das ist nicht irgendwer. Sie nennen ihn auch ›den Raben‹. Er ist schon vor Ende des Krieges in die sowjetischen Reihen eingedrungen. Ein absoluter Spezialist. Äußerst raffiniert, extrem anpassungsfähig, spricht Russisch und Deutsch akzentfrei, außerdem wohl Englisch, Italienisch und Polnisch. Er ist überaus geschickt und wendig und hat mehrmals bewiesen, dass er spurlos verschwinden kann. Aber vor allem ist er absolut skrupellos.«

Heller machte ein neutrales Gesicht und ließ sich nicht anmerken, dass er von dem Raben schon gehört hatte. »Weiß man denn, was er vorhat?«

»Nein, aber es ist sicher, dass er etwas plant. Denn obwohl

man ihm auf den Fersen ist, was er vermutlich längst weiß, hat er die Stadt noch nicht verlassen. Max, ich hätte Ihnen das gar nicht sagen dürfen. Man befahl mir nur, Sie zurückzupfeifen, notfalls zu beurlauben, auch zu Ihrem eigenen Schutz. Ich habe auf Opitz verwiesen und gesagt, ich dürfe nicht ohne das Wissen meiner Vorgesetzten handeln. Das hat mir ein wenig Zeit verschafft. Max, wir beide reden hier auf Augenhöhe. Sie wissen, wie sehr ich Sie achte! Und ich glaube, dass Sie mir auch eine gewisse Achtung entgegenbringen. Versprechen Sie mir, halten Sie sich von dieser Angelegenheit fern. Ziehen Sie Oldenbusch und Salbach ab. Sofort!«

Heller blickte seinen Vorgesetzten ernst und schweigend an. Dann nickte er. Nickte, damit Niesbach ging. Der tat ihm den Gefallen auch umgehend und balancierte umsichtig zur Treppe zurück. Mit einem letzten mahnenden Blick verschwand er.

Heller wartete noch ein paar Sekunden, hörte dann die Wagentür und das Motorengeräusch, das sich entfernte. Dann ging er neben der Farblache in die Hocke, stützte sich auf dem umgekippten Fass ab und begann, mit spitzen Fingern aus der Farbe zu klauben, was jetzt zum Vorschein gekommen war. Nach und nach fischte er Drahtstücke, kleine Schrauben und Muttern, Metallröhrchen, von Metallzylindern aus Edelstahl abgesägte Ringe und anderen kleinteiligen Schrott heraus. Alles war weiß und dick umhüllt mit Kalkschlämme und doch war es erkennbar. Die ganze Sammlung wog bestimmt an die zwei Kilogramm. Er sammelte die Stücke in einer Holzstiege und tappte dann mit großen Schritten zur Treppe. In der Küche wusch er zuerst seine Schuhe in der Spüle ab, legte dann die Schrottteile ins Wasser, reinigte sie und legte sie zum Trocknen auf ein Wischtuch.

Schließlich sah er sich in der Küche um, fand Lappen und

Eimer gleich unter der Spüle und begann den Boden bis zur Kellertreppe zu wischen. Gerade so viel, wie sein Anstand von ihm verlangte. Anschließend ging er wieder in die Küche, sammelte die Teile in einem Tuch, welches er zusammenknotete, und verließ Rehms Haus.

Niesbachs Worte hatten ihn beeindruckt. Wenn der MGB persönlich vorsprach, hatte das etwas zu bedeuten. Doch er hatte seinen Entschluss gefasst. Und er wollte und konnte nicht aufhören, an den gesunden Menschenverstand zu glauben.

18. September 1951, Nachmittag

»Sie warten hier«, befahl Heller dem Fahrer. Mit dem Bündel Metallteile in der Hand stieg er aus. Er überquerte den großen Platz mit der Straßenbahngleisschleife und bog in die Döbelner Straße ein. Er nahm keinerlei Rücksicht darauf, ob das Auto wieder dastand oder ob ihn vielleicht jemand aus einem der gegenüberliegenden Häuser beobachtete. Heller steuerte direkt auf Saizevs Wohnhaus zu. Weil die Haustür verschlossen war, lief er zurück zum nächsten Fenster und klopfte an die Scheibe. Es dauerte keine fünf Sekunden, da öffnete ihm jemand.

Heller hielt seinen Ausweis hoch. »Öffnen Sie die Haustür!«

Der Mann zögerte kurz, nickte dann und schloss das Fenster wieder. Wenig später öffnete er Heller die Haustür.

»Wollen Sie zu den jungen Leuten oben?«

Heller sah ihn fragend an.

»Zustände sind das. Laute Musik bis spät in die Nacht«, klagte der Mann mit lauter Stimme. »Hören Sie das? So geht das immerzu. Dann schlafen sie den ganzen Tag, saufen, rauchen und … na, Sie wissen schon. Dabei sind die nicht mal verheiratet. Und manchmal kommt noch ein anderer junger Mann dazu und bleibt die ganze Nacht. Will gar nicht wissen, was die da tun. Eine Schweinerei ist das! Verbieten sollte man so was. Sodom und Gomorrha, sag ich Ihnen. Ekelhaft!«

Heller schaut den Mann unbeteiligt an. »Der junge Mann, wie sieht der aus?«

»Schlank. Gut angezogen. Einmal muss der drei Tage da oben gewesen sein. Verdammtes Pack, keine Erziehung mehr heutzutage.«

Heller nickte nur und ließ den Mann stehen. Tatsächlich drang laute Musik von oben, und je höher er kam, desto lauter wurde sie. Als er ganz oben vor Saizevs Wohnungstür stand, schepperte es laut und blechern, wie aus einem Grammophon. Doch noch etwas anderes vernahm er neben der lauten Schlagermusik, ein gedämpftes, gequältes Stöhnen, als würde jemand gefoltert werden. Heller hob die Faust zum Anklopfen, ließ sie aber wieder sinken. Er war unentschlossen und wusste nicht, was ihn hier erwartete. Nun veränderte sich das Stöhnen, wurde rhythmisch.

Plötzlich klickte es leise hinter ihm. Heller wirbelte herum, griff in die Tasche und zog die Pistole. Doch es hatte sich nur die gegenüberliegende Wohnungstür geöffnet und eine Frau sah ihn entsetzt an.

Heller nahm schnell seine Pistole runter. »Ich bin Polizist.«

»Ach, endlich. Wir haben uns schon Dutzende Male beschwert, aber es kommt ja keiner!«

»Gehen Sie rein und halten Sie die Tür geschlossen!«, befahl Heller unwirsch. Das Stöhnen hinter der Tür endete unvermittelt, dann vernahm er ein heiseres gedämpftes Schreien. Er holte mit dem Fuß aus, besann sich jedoch im nächsten Moment. Er trat zurück, holte Schwung und rammte mit der rechten Schulter gegen die Tür. Holz splitterte, die Tür schwang auf. Heller warf einen schnellen Blick in die Küche, durchmaß den Flur mit schnellem Schritt, die Pistole im Anschlag, und stürmte ins Wohnzimmer.

Unerträglich laut plärrte die Musik aus dem großen Radio. Eva lag gefesselt auf dem Bett, Arme und Beine weit von sich gestreckt, den Mund geknebelt. Saizev lag auf ihr, nackt, schwitzend, keuchend, wild stoßend, wie ein entfesseltes Tier. Sein Schweiß tropfte der Frau ins Gesicht, sein Haar klebte nass am Kopf, jeder Muskel in seinem Leib schien verkrampft. Der Akt wirkte freudlos, besessen, hatte nichts mit Hingabe oder Leidenschaft gemein. Er keuchte wild. Hellers Anwesenheit hatte er nicht bemerkt.

Ganz anders die junge Frau. Sie riss die Augen auf, versuchte durch ihren Knebel zu schreien und begann sich zu wehren. Doch Saizev verstand das offenbar falsch, denn er packte sie am Hals, würgte sie, stieß weiter zu, dass das Bett wieder und wieder gegen die Wand prallte.

Heller musste einschreiten. Er ließ sein Bündel mit den Metallteilen fallen, war mit wenigen Schritten am Bett und schüttelte Saizev an der Schulter.

Saizev reagierte blitzschnell, ließ von der Frau ab und warf sich regelrecht unter das Bett, um einen Sekundenbruchteil später an dessen Fußende wieder aufzutauchen und mit einer Pistole auf Heller zu zielen.

Noch nie in seinem Leben hatte Heller so eine schnelle Reaktion gesehen. Er war so verblüfft, dass er nicht einmal seine Waffe hob.

»Heller!«, keuchte Saizev und schnappte nach Luft. »Was machen Sie hier?«, rief er gegen die laute Musik an.

»Das muss ich Sie fragen«, erwiderte Heller, die überlaute Musik verursachte ihm Kopfschmerzen.

Doch Saizev, bebend vor Adrenalin und Wut, wollte die Pistole nicht herunternehmen. »Das geht Sie nichts an!«, zischte er durch zusammengebissene Zähne.

»Das geht mich sehr wohl etwas an!« Heller zeigte auf die junge Frau, die sich noch immer in ihrer hilflosen Lage befand. Der Schweiß lief ihr zwischen den Brüsten hinunter und sammelte sich auf ihrem Bauch. Eva Baumert versuchte die Knie zusammenzunehmen, um ihre Scham zu verbergen, doch die Fesseln hinderten sie daran. Deshalb drehte sie ihre Hüfte, so weit sie konnte, um Heller den Blick zu verwehren. Durch den Knebel versuchte sie zu sprechen. Für einen Moment sah Heller sie wie erstarrt an. Dann ging er zum Bett, um ihr die Handgelenke loszubinden.

Endlich besann Saizev sich, schnappte sich ein Hemd, das er sich um den Unterleib schlang, und stellte dann das Radio ab.

»Mach mich los!«, nuschelte die junge Frau und riss an ihren Fesseln. Saizev legte die Pistole auf das Fensterbrett und machte sich an ihren Füßen zu schaffen. Inzwischen hatte Heller eine Hand der Frau befreit. Ungeduldig versuchte sie, das andere Handgelenk frei zu kriegen, doch es gelang ihr nicht. Wütend riss sie sich den Knebel aus dem Mund. »Helfen Sie mir doch!«, fauchte sie Heller an.

»Ich will ja«, mahnte Heller, damit die Frau ihn auch ließ.

In der Zwischenzeit hatte Saizev die Fußfesseln gelöst. Die junge Frau stieß Heller beiseite, sprang auf, sammelte hastig ein paar Kleidungsstücke auf und flüchtete aus dem Zimmer.

Einige Sekunden standen die beiden Männer sich gegenüber.

»Was wollen Sie hier, Heller?«, knurrte Saizev schließlich.

Heller verzichtete auf eine Erklärung, fischte stattdessen das Bündel mit den Metallteilen vom Boden und warf es auf das Bett. »Was ist das?«

Misstrauisch betrachtete Saizev das Bündel, berührte es nicht, aber konnte von seiner äußeren Form offenbar nicht auf den Inhalt schließen. Er schwankte leicht, was Heller vermuten ließ, dass der Russe trotz der katzenartigen Reaktion nicht ganz bei sich war. Vielleicht stand er immer noch unter dem Einfluss der Droge. Schließlich öffnete Heller den Knoten des Bündels.

Einige Augenblicke ließ sich Saizev Zeit mit einer Antwort. »Ich habe keine Idee«, begann er zögernd. »Schrott, nehme ich an.«

»Alexej, Sie wissen, wer der Rabe ist!«, flüsterte Heller ihm zu.

Saizev sah auf und blickte ihm forschend in die Augen. Allein dieser Bick war Heller Beweis genug. »Alexej, Sie glauben sich sicher, doch man hat Sie schon im Visier! Ihre eigenen Leute.«

»Max, Sie wissen nicht, wovon Sie sprechen.«

»Sie selbst machen sich verdächtig. Alexej, ich will Sie warnen. Sie sind in Gefahr! Ihr Verhalten. Ihre Kleidung. Das Kokain. Das ganze amerikanische Zeug in der Küche, denken Sie, das bleibt unbemerkt? Ihre eigenen Leute müssen glauben, Sie seien der Rabe.«

Saizev winkte ab. »Das ist konfiszierte Schmuggelware! Ich brauche nur zu fragen. Wollen Sie etwas? Zigaretten? Whiskey? Schokolade? Corned Beef?«

Saizev warf jetzt das Hemd von sich, stand nackt und selbstbewusst da, ohne Scham, seine Erregung war abgeflaut, doch die Anspannung war ihm noch anzusehen.

»Was stellen Sie mit der Frau an?«, fragte Heller. Seine Hoffnung, auf Saizev einwirken zu können, war kindisch gewesen.

»Nichts, was sie nicht auch braucht.« Saizevs Mundwinkel verzog sich zu einem fast höhnischen Grinsen. »Möchten Sie vielleicht auch mal, jetzt, da Ihre Frau nicht mehr da ist? War es nicht ein reizvoller Anblick? Sie heißt Eva.«

Heller nahm sich die Zeit, dem Russen noch länger in die Augen zu schauen. Etwas war da. Etwas hatte ihn noch mehr zerstört als der Krieg und der Verlust seiner Angehörigen. Er versuchte, Saizev zu verstehen, ihm zu verzeihen, doch es gelang ihm nicht.

»Das ist gehässig, Alexej, verachtend. Ich bin enttäuscht von Ihnen.« Heller nahm das Bündel vom Bett und verließ das Zimmer. Saizev hielt ihn nicht auf.

Im Flur prallte Heller mit Eva Baumert zusammen. »Gehen Sie fort von hier«, raunte er ihr zu. »Was auch immer er Ihnen verspricht. Das ist doch kein Leben!«

»Was ist es denn dann?«, fragte die Baumert. Sie war jetzt bekleidet, wenn auch unvollständig. Sie trug nichts unter der Bluse und hielt sich die Arme vor den Oberkörper.

Diese Gegenfrage hatte Heller nicht erwartet. »Sehen Sie sich doch an.«

Die junge Frau hob das Kinn. »Ja? Was sehen Sie denn? Wer sind Sie überhaupt, dass Sie entscheiden können, was sich gehört und was nicht? Was wissen Sie schon? Was hatte ich denn zuvor für ein Leben? Gar keines! Sie können ja nach Hause gehen zu Frau und Kind, wie alle anderen es tun. Ich entscheide selbst, wie ich leben mag. Und wenn es mich umbringt irgendwann, dann habe ich wenigstens so gelebt, wie ich es wollte! Gehen Sie jetzt!« Wütend und doch ängstlich, als bereute sie ihren Ausbruch, zeigte sie auf die Tür. »Bitte!«, fügte sie noch leise hinzu.

An der Villa in der Bergbahnstraße wurde eifrig gearbeitet. Gärtner beschnitten die hohen Hecken und mähten den Rasen. Vor dem Haus standen einige Fahrzeuge, auch ein kleiner Laster, auf dessen Ladefläche Ziegel lagen, und zwei schwarze Limousinen. Beide waren nicht besetzt.

Kurzentschlossen betrat Heller das Grundstück und trug rechts und links eine Tasche und ein unhandliches Paket, das für ihn im Präsidium bereit gelegen hatte. Er tat so, als gehörte er dazu, und nickte einem Maurer zu, der Mörtelsäcke nach draußen trug. Die Handkarren und Leiterwagen der Handwerker standen neben dem Portal. Das Gerüst war abgebaut. Im Eingangsbereich kehrte ein Lehrling, gab Heller den Weg frei und grüßte mit einem Kopfnicken. Jetzt war Heller zwar im Haus, wusste aber nicht, wohin er gehen sollte.

»Herr von Stetten?«, rief er gegen das Hämmern im Obergeschoss an. Zwei Maler sahen neugierig aus einer Tür im Erdgeschoss. Gerade wollte Heller sich an sie wenden, da eilte ein Mann in ziviler Kleidung die Treppe hinunter.

»Wer sind Sie, wenn ich fragen darf?«

Heller stellte die Taschen ab und zeigte seinen Ausweis vor. »Ich möchte Herrn von Stetten sprechen.«

»Der ist noch nicht da.«

»Wann kommt er denn?«

Der Maurer kam wieder und nahm sich den nächsten überzähligen Sack vom Stapel, um ihn nach draußen zu schaffen.

»Das geht Sie nichts an. Wenn Sie die Baustelle bitte verlassen wollen. Sie sind nicht befugt, sich hier aufzuhalten!«

Heller beschloss, nicht weiter zu insistieren. Wenn von Stetten nicht da war, nützte es ihm sowieso nichts. Er hatte gehofft, ihm die Blaupausen zeigen zu können. Auf dem Grundstück kam ihm erneut der Maurer entgegen.

»Morgen Abend soll alles fertig sein«, raunte er Heller zu, »alles immer eilig, eilig. Aber alles geheim.« Er verdrehte die Augen.

Heller dankte ihm mit einem verständnisvollen Lächeln. Also kam der Mann vermutlich am Donnerstag. Hatte es noch so viel Zeit? Sollte er sich einen anderen Fachmann suchen oder brachte er diesen dann auch in Gefahr? Es schien ja wirklich so, als läse jemand seine Gedanken und verfolge ihn auf Schritt und Tritt.

Nachdenklich bog Heller an der nächsten Ecke ab. Er wollte Anni abholen und dann nach Hause gehen. Oldenbusch hatte in der Zentrale eine Nachricht hinterlassen. Von Hannah und Paul Girtlitz keine Spur, auch nicht von den anderen Zeugen Jehovas. Offenbar waren alle verschwunden, das Haus stand leer. Heller wäre am liebsten selbst hingegangen, um sich zu vergewissern, aber das ging nicht. Er konnte Anni nicht allein lassen, das Kind hatte ein Recht auf seine Fürsorge, auf ein normales Leben. Bei diesem Gedanken wurde er beinahe überwältigt von seinem schlechten Gewissen. Ihm wurde fast übel. Hatte er Karin zu oft allein gelassen? Hatte sich zu sehr auf seine Arbeit konzentriert, so sehr, wie er es auch jetzt von Salbach und Oldenbusch verlangte? Wie viele Nächte hatte Karin auf ihn gewartet? Wie viele Sonntage hatte sie allein verbracht, früher mit den Jungen, jetzt mit Frau Marquart und Anni? Wie oft hatte sie angestanden, für Lebensmittel und Kohle? Wie oft war sie zur Post gelaufen? Und immer war das Haus sauber gewesen und das Essen hatte auf dem Tisch gestanden. Und selbst in dieser einen Nacht, als die ganze Stadt verglühte …

Heller blieb stehen, denn er spürte, wie ihm die Knie weich wurden. Das Paket und die Tasche wollten ihm aus den Fingern gleiten. Komm, hatte Karin gesagt und wie eine Erscheinung im goldenen Wasser gestanden. Sie hatte ihn zu sich gewunken. Und er war stehen geblieben.

18. September 1951, später Abend

Heller hatte sich gezwungen. Den ganzen Nachmittag über. Er hatte Frau Eigners seltsames Verhalten, ihre Distanz, ihren stillen Vorwurf geduldet, ohne sich zu erklären. Er hatte mit Anni gespielt, mit ihr Zählen geübt und Kartoffeln geschält und mit ihr zusammen die Kaninchenställe gereinigt. Er hatte nicht angerufen in der Zentrale, hatte nicht nach Oldenbusch oder Salbach gefragt. Das musste warten. Die Annoncen, das Paket aus Johanngeorgenstadt mussten auch warten. Der seltsame Plan, die verdächtigen Metallteile, alles musste warten.

Fräulein Hermann wirkte heute erschöpft, als brütete sie eine Grippe aus. Aber sie machte ihre Arbeit und unterhielt Frau Marquart. Sie war gleich nach Anni zu Bett gegangen, die Küche war sauber, und Heller hatte endlich Zeit.

Er ging zum Telefon, wählte die Nummer der Zentrale. Es gab keine Nachricht. Er machte sich Sorgen. Was, wenn keine Nachrichten mehr kamen, wenn er Oldenbusch und Salbach in Gefahr gebracht hatte? Sei nicht dumm, ermahnte er sich, doch dieses Zureden half nur bedingt.

In der Küche öffnete er jetzt das Paket. Bedächtig schnitt er die Schnur durch und zerriss das Papier. Er versprach sich nicht viel davon. Es enthielt ein altes Paar Schuhe, einen Rasierer, einen Schaumpinsel, billiges Rasierwasser, ein Stück Seife, ein graues Handtuch, einen Waschlappen, ein Wechselhemd, eine Hose, Kamm, Taschenspiegel und eine Brieftasche. Darin fand er nur wenig Geld, ein paar Mark, und einen

Briefumschlag, der in der Mitte gefaltet, fettig und schwarzfleckig war. Vermutlich war das der Inhalt des Spindes von Kurt Rehm, alles andere war konfisziert worden.

Blieb nur noch der Umschlag. Heller faltete ihn auf und holte sechs kleine, quadratische Bilder mit Wellenschnitt hervor. Er verteilte sie vor sich auf dem Tisch. Vermutlich hatte Kurt Rehm diese Fotografien den ganzen Krieg über, während der Gefangenschaft und noch danach immer mit sich herumgetragen. Sie waren gelbstichig, fleckig, an den Ecken geknickt und zeigten offenbar Rehms Familie. Vater, Mutter. Das Haus auf der Wilsdruffer Straße. Die Geschwister, Arm in Arm. Das war alles, was von diesem Leben übrig geblieben war. Ein paar Bilder. Die wohl niemandem mehr etwas bedeuteten, außer Walter Rehm. Walter Rehm.

Heller griff nach dem Bild mit den Geschwistern und betrachtete das Bild durch das Vergrößerungsglas. Eines nach dem anderen sah er sich an. Schließlich nahm er noch einmal das Bild mit den drei Geschwistern zur Hand. Arm in Arm standen sie. Kurt und Walter, schon in Uniform. Junge Männer, die nicht ahnten, was sie erwartete. Heller stand langsam auf und hielt das Bild näher ans Licht. Doch, er war sich sicher.

Er sah auf die Uhr. Fast zweiundzwanzig Uhr. Er stand auf und ging in den Flur. Leise stieg er die Treppe hinauf in Annis kleines Zimmer, lauschte dem schlafenden Kind eine Weile. In Frau Marquarts Zimmer lief das Radio leise. Er öffnete die Tür und trat ein. Die alte Frau schlief. Ein Geruch von Kampfer und Urin hing im Raum. Heller ging leise zum Radio und stellte es ab. Wieder stand die Anzeige auf der Frequenz des RIAS. Mit Absicht verstellte er den Empfangsregler. Als er wieder unten im Haus stand, zögerte er kurz vor Fräulein Hermanns Zimmer. Dann klopfte er.

»Ja?«, fragte die Frau unsicher.

»Ich bin es, Max, ich muss dringend fort. Kann ich Sie bitten, auf das Kind aufzupassen? Ich hoffe, ich kann in zwei Stunden zurück sein!« Er könnte auch daheimbleiben, die Aktion veranlassen. Dafür gab es Leute. Doch er musste es einfach tun.

Die Tür öffnete sich einen Spalt und die junge Frau spähte heraus. »Es ist in Ordnung. Ich lasse meine Tür offen, damit ich sie hören kann.«

»Danke!«, erwiderte Heller und ihm wurde bewusst, wie vertraulich er sich gerade mit seinem Vornamen gemeldet hatte. Er nickte noch einmal und ging zum Telefon.

Es war fast ein Uhr in der Nacht, als Heller zurückkam. Er war müde und erschöpft und war sich keineswegs sicher, mit dem, was er getan hatte. Er durfte nicht sicher sein, bis er es genau wusste. Es war nur ein Foto. Es musste nichts zu bedeuten haben. Außerdem hatte auf seinem Schreibtisch eine Nachricht gelegen, seit dem frühen Abend schon, wie es hieß. Aber nicht von Werner, sondern von der Anzeigenstelle. In letzter Sekunde war eine neue Annonce eingegangen, ein junger Mann hatte sie aufgegeben. Die Frau aus der Annahmestelle beschrieb ihn als sehr jung, kaum größer als eins sechzig, in gutem Anzug.

Der Wagen hielt an der Kreuzung und Heller bemerkte es erst, als der Fahrer sich leise räusperte. »Ist es hier?«, fragte der Polizist.

Es war zwar noch ein kleines Stück, doch Heller nickte dem Mann zu und stieg aus. »Gute Nacht!«, wünschte er noch und wusste nicht, ob er ein spöttisches Grinsen im Gesicht des Mannes gesehen hatte. Doch bestimmt war es nur seine Einbildung. Wenn man glaubte, alles habe sich gegen einen verschworen, dann begann man, überall Gespenster zu sehen.

Er wartete noch, bis der Wagen davonfuhr, dann lief er die zwanzig Meter die steile Straße zum Haus hinauf. Kurz vor dem Gartentor sah er sich um. Es war ihm, als habe er eine Bewegung bemerkt. Ein leichter Wind ging, trockenes Laub raschelte, in der Hecke knisterte etwas. Doch irgendetwas war da unten an der Kreuzung, an der er gerade ausgestiegen war. Heller verhielt sich ruhig und starrte in die Dunkelheit. Die Gaslaternen spendeten nur trübes Licht, kaum zwei Meter im Radius. Dazwischen erschien die Dunkelheit ungleich schwärzer.

Doch Heller war sich jetzt sicher. Jemand stand da. Als sei auch er überrascht, verharrte er und wartete ab. Heller war versucht, in seine Tasche zu greifen und nach der Waffe zu langen. Doch wollte er einen nächtlichen Heimkehrer erschießen?

»Guten Abend!«, sagte Heller halblaut. Am Tag wäre es zu leise gewesen, doch jetzt, in stiller Nacht, musste der andere es gehört haben. Der erwiderte aber nichts, stand da, eine dunkle Silhouette vor dem schwachen Schein der übernächsten Laterne, fast verschmolzen mit der Buchenhecke an Meyers Grundstück.

Es hatte schon einmal Wirkung gezeigt, deshalb löste Heller sich vom Gartentor und ging den Weg zurück, geradewegs auf die Gestalt zu. Erst hielt sie still, doch dann zog sie sich zurück. Eine knappe Bewegung nur und sie war gänzlich in den Schatten eingetaucht. Heller beschleunigte seinen Schritt, aber als er an der Kreuzung angekommen war, konnte er niemand mehr entdecken.

Ich sehe schon Gespenster, dachte sich Heller.

Er schloss ab, nachdem er das Haus betreten hatte, und

streifte leise die Schuhe ab. Die Tür von Fräulein Hermann stand noch immer einen Spalt offen.

Er warf einen Blick in die Küche, sah, dass er all seine Unterlagen auf dem Tisch hatte liegen lassen. Dann gab er seinem inneren Drängen nach, lief ins Waschhaus, sah nach, ob auch die Hintertür verschlossen war. Er stieg die Treppe hinauf, warf einen Blick in Annis Zimmer. Dann ging er zu Bett. Er wusste, auch diese Nacht würde er wieder viel zu wenig Schlaf bekommen.

Im Halbschlaf glaubte er Fräulein Hermann unten rascheln zu hören. Vielleicht schloss sie die Tür oder ging zur Toilette. Er wollte nicht darüber nachdenken, doch es kostete ihn weitere wertvolle Schlafenszeit. Bilder überlagerten sich. Wie sie ihm nackt begegnet war im Flur. Und Fräulein Baumert, ans Bett gebunden, ausgeliefert, ohne Möglichkeit, sich seiner Blicke zu erwehren, und sein Versuch, ihr zuzureden, der in eine Peinlichkeit umgeschlagen war, und der Vorwurf, den er sich gefallen lassen musste. Wer war er schon, zu urteilen, welches Leben zu führen sich lohnte? Und dann wieder Karin nackt im Meer, wie überrascht er von ihr gewesen war. Dabei war es doch Karin gewesen, die Karin, die sie immer gewesen war, die er kannte und liebte. Hatte sie sich wegen ihm all die Jahre zurücknehmen müssen? Wie relevant war das alles jetzt noch? Diese Botschaft, was hatte sie zu bedeuten? *Eine Flut wird kommen.*

19. September 1951, morgens

»Sie wissen also nicht, wo Oldenbusch und Salbach abgeblieben sind?« Niesbach betrachtete Heller wie eine lästige Arbeit, von der man nicht wusste, wie lange es brauchte, sie zu erledigen.

Sie hatten sich nicht bei ihm zu Hause gemeldet. Hatten sich nicht melden können. Der Telefonhörer war nicht richtig aufgelegt gewesen. Das hatte Heller erst heute Morgen bemerkt. Und er fragte sich, ob er ihn vielleicht nicht richtig aufgelegt hatte. Doch wie sollte es schon anders gewesen sein?

Niesbach las seinen kurzen Bericht. »Sie haben Walter Rehm verhaftet. Noch in der Nacht. Aus dem Dienst heraus.« Niesbach sah aus, als müsste er sich mit aller Macht besinnen, dass Heller nicht gegen, sondern für ihn arbeitete.

Heller schwieg und ließ Niesbach Zeit, seinen Bericht weiterzulesen.

»Und Sie glauben also …«, begann der und verstummte aber sofort wieder. »Ich weiß schon, Sie glauben nichts«, gab er sich selbst zur Antwort. »Und Sie möchten die Fahrzeuge sämtlicher Bestattungsunternehmen in der Stadt und der näheren Umgebung prüfen lassen? Wozu? Wie stellen Sie sich das vor?«

»Ich will vor allem Lastwagen kontrolliert wissen, nur einen bestimmten Typ, Framo V 500, schwarz lackiert.«

»Schwarz lackiert?« Wieder war Niesbachs Stimme ein wenig spitz, als fühlte er sich auf den Arm genommen.

»Der Köhlerei Hartmann wurden bei Raubüberfällen zwei Laster dieses Typs gestohlen, sie waren grau. Kommissar Oldenbusch führte mich jedoch zu einem Versteck einer alten Werkstatt, dort fand ich Zeitungsblätter mit Spritzern von schwarzem Lack. Ich vermute, die Laster wurden umlackiert. Außerdem kam mir im Zusammenhang mit den beiden aufgefundenen Leichen und den Einbrüchen auf dem Tolkewitzer Friedhof der Gedanke, dass jemand die Särge und Formulare brauchte.«

»Welche Formulare?«

»Transportscheine zur Überführung von Leichnamen. Diese werden vornehmlich gebraucht, um Verstorbene zu Verwandten in den Westen zu überführen.«

Niesbachs Mienenspiel wandelte sich in Windeseile von Skepsis zu Erkenntnis. »Jemand benutzt die Laster und die Särge zum Schmuggel! Aber wovon?«

»Möglicherweise Uranerz. Die Köhlerei Hartmann beliefert die Wismut AG.«

Niesbach widersprach nicht und schien auch nicht zu bemerken, dass in seinem Vorzimmer genau in diesem Moment das Klappern der Schreibmaschinentastatur ganz ausgesetzt hatte.

»Des Weiteren habe ich einen Bericht auf meinem Schreibtisch von Doktor Kassner. Er hat die Leiche des jüngst verstorbenen Ingenieurs untersucht, Wegmann. Es war kein Schlaganfall. Kassner hat einige strukturelle Veränderungen im Gehirn festgestellt, die auf eine schwere Vergiftung hindeuten. Dies scheint zwar in keinem Zusammenhang mit dem Uranerz zu stehen, jedoch untersuchte dieser Ingenieur die Explosion im Heizkraftwerk, in dem Machol arbeitete. Dieser war, wie Sie wissen, gleichzeitig mit Kurt Rehm in Bautzen in Haft, als dieser Suizid beging. Machol starb selbst in Haft, während Walter Rehm Wachdienst hatte. Ein Zusammenhang scheint also durchaus gegeben.«

»Und dies hier?« Niesbach deutete auf die Tabelle mit den Anzeigen. »Hat das damit zu tun?«

»Diese Anzeigen werden seit mehr als vier Monaten aufgegeben. Jede dieser Anzeigen, die ich notiert habe, nimmt Bezug auf eine Anzeige an einem bestimmten Datum in der Zukunft oder Vergangenheit. Manche enthalten Botschaften. Die vorletzte Anzeige wies auf den heutigen Tag hin. Die Botschaft lautete ›Zugluft‹, die heutige Anzeige weist auf den morgigen Tag.«

»Und die Botschaft?«, fragte Niesbach.

Heller beugte sich vor und tippte auf die entsprechende Stelle.

»›Zündung‹.«

Niesbach runzelte die Augenbrauen. »Was soll das denn bedeuten?«

Heller zögerte eine Sekunde. Seit er den Wortlaut der Annonce kannte, ging er mit einer Idee schwanger, die lächerlich und überaus bedrohlich zugleich war. So bedrohlich, dass sie jeden anderen Gedanken verdrängte und ihn um den Schlaf gebracht hatte.

Heller holte aus seiner Tasche die gefalteten Pläne und die Metallreste heraus. »Diese Blaupausen fand ich in dem Versteck der Girtlitz-Kinder, diese Metallreste waren im Fass von Rehm.« Heller räusperte sich kurz. »Die fand ich, nachdem Sie gegangen waren.«

Niesbach nahm die Pläne mit spitzen Fingern, betrachtete sie und sein Gesicht verzog sich. Dann legte er sie wieder hin. Seine Finger zitterten leicht. Die Metall- und Drahtreste berührte er gar nicht.

»Hannah und Paul Girtlitz und dieser Walter Rehm?«,

fragte er dann, ohne auszusprechen, was er wirklich dachte. Doch Heller sah ihm an, dass die ungeheuerliche Idee sich auch in seinem Kopf eingenistet hatte.

»Ich kann die Zusammenhänge nicht nachvollziehen. Ich glaube jedoch nicht, dass sie zusammenarbeiten, sondern in Konkurrenz zueinander stehen.«

»In Konkurrenz?« Niesbach waren Schweißperlen auf die Stirn getreten.

»Um die Gunst des Amerikaners.«

Niesbach nickte und Heller sah, wie er versuchte nachzudenken, seine Pupillen huschten haltlos hierhin und dahin. »Man könnte in der Redaktion erfragen, welche Botschaft in der morgigen Zeitung stehen soll. Die Anzeige dazu müsste doch bis jetzt eingegangen sein.«

»Es wird keine geben.«

»Warum?«

»Die heutige Annonce enthält kein weiteres Datum. Sie ist die letzte. ›Zündung‹!« Heller stand unvermittelt auf.

»Kommen Sie bitte mit zu Walter Rehm. Ich denke, das wird Sie interessieren.«

Walter Rehm sah zur Tür, als Heller den Raum betrat. Ein stilles Lächeln lag auf seinem Gesicht. Es war kein Hohn darin und keine Kampfbereitschaft. Rehm wirkte eher abgeklärt, ruhig, wie jemand, der sich seinem Schicksal ergeben hatte. Dabei schien noch gar nicht alles verloren zu sein für ihn.

Das gefiel Heller nicht. Als er ihn in der Nacht im Gefängnis hatte verhaften lassen, war er völlig anders gewesen. Da schien er vollkommen überrascht zu sein, hatte sich gewehrt und musste schließlich von drei Männern gebändigt werden, seinen eigenen Kollegen.

»Also«, Heller setzte sich an den Tisch und wartete, bis Niesbach sich gesetzt hatte, »wie heißen Sie wirklich?«

»Quaiser, Ulrich«, erwiderte der Mann, der noch in der Nacht behauptet hatte, Walter Rehm zu sein. Niesbach ließ einen leisen Laut der Verblüffung hören.

»Wo und wann geboren?«

»Freital, Wurgwitz, am 17.11.1923.« Die Hände des Mannes lagen in Handschellen. Er trug noch seine Wärteruniform. Sein Kinn bewegte sich, ohne dass er den Mund öffnete.

Heller schrieb. »Sie kannten Walter Rehm?«

»Wir waren zusammen in der hundertvierunddreißigsten Infanteriedivision, haben uns angefreundet. Er wurde im Juni vierundvierzig schwer verwundet. Er gab mir seine Brieftasche mit Papieren und Bildern und bat mich, wenn ich überleben sollte, diese seinen Eltern zu bringen.« Wieder bewegte er das Kinn, als tastete er mit der Zunge sein Zahnfleisch ab. Hatte er einen Schlag abbekommen? Heller sah keine Schwellung.

»Ich habe später beim Rückzug den Anschluss an meine Kompanie verloren und schlug mich allein nach Deutschland durch. Ich fand Zivilkleidung, gab mich zwischendurch mit steifem Bein als Kriegsversehrter aus. Ich habe aus der Kindheit eine große Narbe am Knie, das half mir. So kam ich zum Kriegsende bis nach Dresden. Ich fand niemanden mehr. Mein Elternhaus war zerstört, alle waren fort, ohne Nachricht, ich war ganz allein. Deshalb wollte ich eigentlich weiter, in den Westen. Aber ich hatte ja noch Walters Papiere dabei. Und ich hatte es ihm versprochen. Also begann ich, nach seinen Eltern zu suchen. Ich fand heraus, dass alle beim Bombenangriff ums Leben gekommen waren und alles Hab und Gut vernichtet worden war.« Jetzt stockte der Mann kurz. »Es gab dann ein Missverständnis und bald glaubte man, ich sei Walter Rehm. Ich bekam Lebensmittel, eine kleine Wohnung und man bot mir eine Stelle als Wächter an. So kam eines zum anderen.«

So weit schien Heller alles logisch. »Das ging fünf Jahre gut. Dann wurde Kurt Rehm beim Schmuggel erwischt, Sie wurden verdächtigt, daran beteiligt gewesen zu sein, und so erfuhren Sie erst von ihm!«

Ulrich Quaiser nickte nur und lächelte seltsam selig. Heller witterte Unheil, ohne zu wissen, worauf sich das Gefühl bezog. Der Mann war gefesselt, konnte ihm nicht gefährlich werden.

»Und damit Ihr Schwindel nicht auffliegt, ließen Sie ihn umbringen?«

Heller hatte an dieser Stelle Gegenwehr erwartet, doch Quaiser blieb stumm, ließ Heller fortfahren.

»Sie heuerten Oskar Machol an, Kurt Rehm umzubringen, überschrieben ihm dafür das Haus in der Burgenlandstraße. Um das nachträglich zu vertuschen, veranlassten Sie Haffner vom Grundbuchamt, die Akten zu stehlen, beseitigten ihn als Zeugen?« Heller verstummte, so abwegig hörte sich das alles an und jeder weiterführende Gedanke machte es noch abwegiger. »Und später, als sich die Gelegenheit bot, brachten Sie Machol und Weichert in ihren Zellen um?« Niesbach musste ja denken, er sei verrückt geworden, dachte Heller. So absurd schien die Kette von Zusammenhängen, Zufällen und Unmöglichkeiten.

Aber Ulrich Quaiser nickte nur und lächelte. Er schien eher einer inneren Musik zu lauschen, als dass er seinen Worten folgte.

Heller klopfte mit dem Bleistift auf den Tisch. Niesbach schwieg, das hatte Heller sich ausgebeten. Nichts passte. Nichts war logisch. Wie er es drehte und wendete. Immer gab es einen Punkt, der alles umwarf. Warum die tote Frau Girtlitz, warum lebte Eugen Girtlitz als Hauseigentümer noch, was taten Hannah und Paul? Warum wurde der Ingenieur vergiftet? Heller stutzte. Das war es. Gift, natürlich.

»Sie mussten die Männer in ihren Zellen gar nicht umbringen«, begann er, »die waren schon bei ihrer Einlieferung ins Gefängnis dem Tod geweiht. Vergiftet. Ist es so?«

Hellers Gedanken drehten sich weiter, ohne dass Quaiser reagierte. Wer sorgte dafür, dass Machol und Weichert in jenes Gefängnis kamen, in dem Quaiser unter falschem Namen arbeitete? Saizev?

»Jemand half Ihnen, die falsche Identität zu wahren. Der Amerikaner?«

Quaisers Augen leuchteten für einen Moment auf, dann aber wurden sie glasig. »Sie verstehen das nicht«, sagte er.

»Der Amerikaner versprach Hilfe, damit Sie etwas für ihn taten. Er brachte erst Kurt Rehm um, später die beiden Männer mit Gift. Vielleicht hätten sie schon eher sterben sollen, noch bevor sie verhaftet wurden. Der Amerikaner verlangte von Ihnen, dass Sie die Selbstmorde der Männer fingierten! Aber warum?«

»Sie verstehen das alles nicht!« Quaiser wurde jetzt aufgeregter.

»Dann helfen Sie mir doch! Der Amerikaner brauchte Zeit. Sie mussten ihm Zeit verschaffen. Was taten Sie noch? War Uranerz in Ihrem Keller gelagert? Wozu wird das gebraucht? Wo ist es jetzt? Was ist die Aufgabe von Paul und Hannah? Herr Quaiser, was will der Amerikaner? Warum ist er noch hier, was hat er vor? ›Zündung‹ lautet die letzte Annonce. Was soll das bedeuten?« Warum war Quaiser nicht auch schon längst geflohen, wenn er doch etwas wusste?

Eine Träne löste sich aus Quaisers linkem Auge, dann noch

eine. Etwas würde geschehen. Es lag in der Luft. Quaiser hatte mit allem abgeschlossen. Merkte Niesbach das eigentlich?

»Herr Quaiser, was glauben Sie, wie die Sowjets mit Ihnen umspringen werden? Der Geheimdienst? Die haben ihre Methoden, um herauszufinden, was Sie wissen. Wollen Sie das?«

»Es macht mir nichts aus, es ist sowieso alles zu spät.«

»Was ist zu spät? Was heißt das?«

Quaiser lächelte traurig. »Sie werden es erfahren.«

Etwas knackte leise und Heller wusste sofort, was es war. Er fuhr hoch, warf sich über den Tisch und packte den Mann am Kinn, versuchte, seine Finger zwischen dessen Zähne zu schieben und ihm die Kiefer auseinanderzureißen. »Hilfe!«, schrie er. »Einen Arzt, schnell, Wasser!«

Niesbach war aufgesprungen und konnte die Situation nicht gleich deuten. Schon stürmten Wärter ins Zimmer. Doch Quaiser hatte die Ampulle zwischen seinen Zähnen zerbissen und das Gift bereits geschluckt. Er verkrampfte sich unter Hellers Händen, versuchte immer wieder, Luft zu holen, dabei traten seine Augen hervor und sahen aus, als müssten sie ihm aus den Höhlen springen. Und dann, nach nur fünf, sechs Sekunden, erschlaffte er.

Niesbach saß auf Oldenbuschs Stuhl. In stummer Absprache waren sie in Hellers Schreibstube gegangen, nachdem Kassner eilig gerufen wurde und alle Formalitäten erledigt waren. Inzwischen war es fast Mittag geworden. Nichts war erreicht. Quaiser war tot. Oldenbusch und Salbach waren immer noch verschollen. Inzwischen machte sich Heller Vorwürfe. Er hätte sie nicht so leichtfertig involvieren sollen.

Eine Zyankalivergiftung, hatte Kassner nach kurzer Untersuchung festgestellt. Solche Giftkapseln hatten zum Ende des

Krieges einigen Unverbesserlichen zu einem schnellen Ende verholfen. Bestimmt waren einige davon noch im Umlauf. Gut möglich, dass Quaiser eine Kapsel vom Amerikaner bekommen hatte. Die beiden Männer, Machol und Weichert, so Doktor Kassners Meinung, mussten jedoch an einem anderen Gift gestorben sein. Es musste eines sein, das genauso tödlich war, jedoch länger brauchte, um seine fatale Wirkung zu entfalten. Rizin, möglicherweise, nach den Symptomen zu urteilen, die nach der Einlieferung der beiden Männer aufgetreten waren.

Der Ingenieur jedoch war weder mit Zyankali noch mit Rizin vergiftet worden. Offenbar schien jemand im Umgang mit Giften sehr geübt zu sein und verfügte über ein erhebliches Arsenal.

»Was meint er wohl mit ›Es ist zu spät‹?«, fragte Niesbach.

Heller antwortete nicht und ärgerte sich, weil er aus seinen Gedanken gerissen worden war. Niesbach brauchte keine Antwort. Stattdessen versuchte Heller zu denken. Das war kaum möglich.

»Meinen Sie, die haben tatsächlich eine Bombe? Lässt sich so etwas denn bauen, einfach so?« Niesbach rieb sich die Hände, als cremte er sie ein. Schweiß stand ihm auf der Stirn. Auch er hatte schon Menschen sterben sehen. Vor seinen Augen. Doch dieser plötzliche Selbstmord hatte ihn getroffen und mehr noch die kryptische Aussage Quaisers.

»Ich weiß es nicht. Ich glaube nicht«, antwortete Heller. Glaube. Er glaubte nie etwas. Ich glaube nicht. Ausgerechnet jetzt sagte er das, wenn doch alles darauf hinwies.

Niesbach sah auf und schien sich an Hellers drei Worten festklammern zu wollen.

Anni, dachte Heller. Und Klaus. Angenommen. Nur angenommen. Was würde Karin denken? Was würde sie tun?

»Die Zeugen Jehovas sind verschwunden. Das ganze Haus steht leer«, sagte Heller leise.

Eine Flut wird kommen, hatte Frau Girtlitz geschrieben. Was wusste sie?

»Sie haben die Stadt verlassen? Wegen der Bombe? Aber was hätte der Amerikaner davon?« Fast hörte Niesbach sich an, als wollte er Heller überzeugen.

Heller wusste es. Darauf schien immer alles hinauszulaufen. Das war es, was die Mächtigen der Welt an der Macht hielt, wovon sie sich ernährten, wovon sie profitierten auf beiden Seiten.

»Krieg«, sagte Heller knapp. Dann schwiegen sie wieder.

»Wussten Sie, dass auf Dresden eigentlich die erste Atombombe fallen sollte, falls Deutschland nicht kapituliert hätte?«, fragte Niesbach in die Stille hinein. »Angeblich«, relativierte er sogleich.

Warum musste Haffner sterben, fragte Heller sich, warum die Männer im Gefängnis? Warum der Professor? Seine Aussage hätte jeder andere Geologe auch machen können. Er starb nur, weil Salbach zufällig auf ihn gestoßen war. Und der Notar? Was hätte er sagen können, das sie nicht schon längst wussten? Und wieso wusste der Täter immer schon Bescheid, über alles, als säße er neben ihm und würde seine Notizen mitlesen? Peter? Werner? War es Niesbach, der, ohne es zu ahnen, die Informationen weitergab? Welche Kreise zog das?

»Was sollen wir tun? Wen sollen wir benachrichtigen?«, fragte Niesbach. »Sollte man nicht eine Warnung aussprechen, notfalls sogar …«

Heller fiel ihm ins Wort. »Evakuieren? Unsinn!« Er stand auf. Niemand würde ihnen glauben. Weil es nicht zu glauben war.

»Tun wir, was wir tun können. Suchen wir den Laster.«

19. September 1951, später Nachmittag

Heller stieg aus der Standseilbahn und ließ sich von den anderen Passagieren mitschieben, den kurzen Weg aus dem Tor hinaus, auf die Bergbahnstraße, wo sich alle nach rechts wandten und davonhasteten. Es gab immer etwas zu tun. Besorgungen erledigen, Lebensmittel auftreiben, anstehen, Gerüchte in die Welt setzen, kochen, putzen, waschen. Es gab keinen Stillstand, kein Besinnen. Heller machte einen Schritt zur Seite und ließ die Leute passieren. Er fühlte sich auf einmal wie gelähmt. Er wusste, er musste nach Hause, Anni abholen, die nun bestimmt schon wartete, weil es spät geworden war. Frau Eigner würde bald das Abendessen anrichten und Heller wollte sie nicht nötigen, für Anni mitzudecken.

Er war wie gelähmt und wusste doch, dass er getan hatte, was er tun konnte. Mit allen Polizisten, derer sie habhaft werden konnten, waren sie ausgeschwärmt. Hatten Fahrzeuge überprüft, Papiere, Fahrtenbücher, hatten am Lack gekratzt. Im Haus in der Burgenlandstraße war er gewesen, aber es war niemand mehr da, die Schränke waren leer und offenbar hatte niemand die kleine Gruppe der Zeugen Jehovas daran gehindert, zu flüchten. War es ihnen befohlen worden, vom Amerikaner? Oder wussten sie etwas?

›Zündung‹.

Rehms Haus hatten sie noch einmal auf den Kopf gestellt. Ohne Rücksicht. Hatten Dielen rausreißen lassen, Schrankrückwände zertreten, Polster zerschnitten. Rehm, oder Quaiser wie er wirklich hieß. Gewehrt hatte er sich in der Nacht, hatte wohl geglaubt, davonzukommen, irgendwie, und als er ihn auf seine falsche Identität ansprach, da hatte er aufgegeben und sich umgebracht. Warum? All die Taten hätten ihm erst nachgewiesen werden müssen, seine Verurteilung war längst nicht sicher gewesen. Vorwerfen konnte man ihm nur, einen falschen Namen angenommen zu haben. Doch wenn er etwas wusste, wenn er dasselbe wusste, was die Zeugen Jehovas wussten, warum war er dann geblieben, was hatte er sich erhofft? Das war der Schlüssel, wusste Heller. Ulrich Quaiser. Aber er fand einfach das Schloss nicht dazu.

›Zündung‹.

Oldenbusch und Salbach fehlten ihm. Und er hatte einen Fehler gemacht, sie wegzuschicken.

»Vati, Vati!«, rief es plötzlich und Anni kam im wilden Sprint die Straße hinuntergerannt. Heller ging ihr entgegen, breitete die Arme aus, fast fürchtete er, sie könnte jeden Moment stürzen, so schnell war sie. Doch da sprang sie ihm schon entgegen.

»Vera!«, rief Frau Eigner von weiter hinten, doch im nächsten Moment war auch schon das andere Mädchen bei ihm und umklammerte ihn lachend. »Vera!«, rief Frau Eigner noch einmal streng und kam herbeigeeilt.

»Ist schon in Ordnung, Frau Eigner.« Heller wuschelte dem Mädchen das Haar und nahm Anni bei der Hand.

»Die Mädchen waren so ausgelassen, da habe ich sie zu einem Spaziergang mitgenommen«, erklärte Frau Eigner und gab Heller etwas förmlich die Hand.

»Gehen wir«, sagte Heller und deutete die Bergbahnstraße hinauf. Schon riss Anni sich los und rannte mit Vera ausgelassen davon.

Schweigend ging Heller neben Frau Eigner her. Obwohl sie bereits ein freundliches Verhältnis aufgebaut hatten, schien es jetzt nichts zu geben, worüber sie sprechen konnten. Die Nachbarin versuchte eher, Heller immer einen halben Schritt voraus zu sein.

»Wartet!«, rief sie unvermittelt, als die Mädchen um die Ecke rennen wollten. Was war mit ihr, dachte Heller. Eigentlich müsste er ihr wenigstens einen Hinweis geben. Aber würde sie ihm glauben? Würde sie ihre Koffer packen und aus der Stadt flüchten? Sie hatten immerhin ein Auto. Konnte er von ihr verlangen, dass sie Anni mitnahm? Doch welches Recht hatte sie, es zu erfahren, gewarnt zu werden, während er es anderen verweigerte? Weil er sie kannte?

Heller fasste Frau Eigner unvermittelt am Arm. Sie erstarrte regelrecht.

»Frau Eigner«, begann Heller, »was, glauben Sie, bin ich für ein Mensch?«

Verunsichert durch die direkte Frage, wusste die Frau nichts zu antworten. Verlegen sah sie zu Boden.

»Und Karin? Denken Sie wirklich, sie kommt nicht wieder? Denken Sie, meine Frau lässt das Kind zurück? Und wer, glauben Sie, ist die Frau in meinem Haus? Das wollten Sie mich doch schon lange fragen, habe ich recht? Sie ist eine Verwandte von Frau Maquart, und es passt mir nicht, dass sie bei uns wohnt, doch es gibt keinen Grund, ihr das zu verbieten. Ich muss mich damit arrangieren und weiß nicht, wie Karin reagieren wird, wenn sie am Sonntag heimkommt.« Wenn, setzte er in Gedanken hinzu.

Während Heller sprach, hatte die Frau mehrmals Anstalten gemacht, zu reden, doch jedes Mal schloss sich ihr Mund wieder.

Wie es immer so ist, dachte Heller. Alles schien ganz logisch zu sein, bis man es aus einem anderen Winkel betrachtete.

»Muuuuuttiiiii!«, rief Vera.

»Na, kommen Sie, lassen Sie uns heimgehen«, moderierte Heller die Situation.

»Ja, es wird Zeit!«, sagte Frau Eigner erleichtert.

»Sie sind aber spät heute!«, rief Frau Marquart aus der Küche, als Heller mit Anni die Küche betrat. Fräulein Hermann stand neben ihr am Herd und lächelte ihm über die Schulter zu. Heller erwiderte nichts, streifte die Schuhe ab.

»Hat jemand angerufen?«, fragte er dann.

»Nein, niemand.«

»Kein Anruf, nichts?«

»Nein, gar nichts. Aber ich glaube, mein Radio ist kaputt.«

»Hannelore, ich habe dir gesagt, du hast es nur verstellt«, sagte Fräulein Hermann in leicht gequältem Tonfall.

Heller ging zum Telefon, sah aber gleich, dass es schon wieder nicht richtig aufgelegt war. »Hat jemand telefoniert?«, fragte er laut.

»Also, ich nicht!«, rief Frau Marquart.

»Doch, hast du, vorhin«, widersprach Edeltraud.

»Mit wem denn?«

»Das weiß ich doch nicht, ich war im Garten, du hast telefoniert.«

Heller unterband eine weitere Diskussion. Diese aufgesetzte Fröhlichkeit, mit der Fräulein Hermann Frau Marquarts Senilität ertrug, war ihm zu viel.

»Legen Sie ordentlich auf, wenn Sie fertig sind, verstehen Sie, der Hörer muss richtig auf der Gabel liegen.«

19. September 1951, später Abend

Er saß wieder in der Küche. Still war es im Haus. Das Radio hatte er nicht eingeschaltet, er wollte jetzt weder Musik noch ein Wort von Otto Grotewohl oder Wilhelm Pieck noch etwas über den Kampf um den Frieden hören.

Niesbach hatte angerufen. Hatte gefragt, ob es Neuigkeiten gebe. Doch es gab nichts. Niesbach hätte seine Frau in den Dienstwagen setzen können und mit ihr wegfahren. Unter irgendeinem Vorwand. Niesbach war ein guter Mann. Und mehr wert als all die Redner mit ihren tausend Phrasen, als all die vielen Helden der Arbeit.

Nun saß Heller hier, allein mit sich selbst und seinen Gedanken. ›Zündung‹.

Er ging noch einmal die Tabelle durch. Hatte sich zum wiederholten Mal die Zeitungen mit den Annoncen vorgenommen. Vielleicht hatte er ja doch etwas übersehen? Vielleicht dachten sie ja in eine völlig falsche Richtung?

Kassners Berichte lagen neben ihm. Warum mussten Frau Girtlitz, Busmann, die alten Lehnerts sterben, die beiden Ingenieure, die er wegen der Blaupause um Rat gefragt hatte, jedoch nicht? Hier fehlten ihm leider Notizen. Hellers Blick fiel auf die schmale Vase vor sich auf dem Tisch. Seit wann stand sie da? Seit zwei Tagen, drei? Die Blume darin, eine rote Dahlie, sah welk aus. Heller stellte die Vase ein Stück beiseite und dann stellte er sie wieder zurück. ›Zündung‹.

Absurd, dachte er und sah auf die Uhr. Er würde jetzt zu

Bett gehen. Morgen war ein neuer Tag. Und es würde sich zeigen, dass sie falschlagen, dass sie selbst schon paranoid waren. Sie würden sich ansehen, er und Niesbach, und sich mit diesem Blick darauf einigen, nie wieder darüber zu sprechen.

Und wenn, dachte er später noch beim Einschlafen. Wenn es doch so wäre. Einen Blitz würde es geben, greller als die Sonne. Ein Gleißen, das in Sekunden alles verschlang. Sekundentod.

Im Traum sah er wieder Karin, die ihm zuwinkte. »Komm. Komm zu mir!«, rief sie, und er wollte, doch er konnte nicht, denn seine Beine steckten in tiefem Schlamm, und sosehr er sich abmühte, er konnte sich nicht bewegen und musste zusehen, wie Karin davonschwamm.

Ein leises Geräusch weckte ihn. Er fühlte sich fiebrig an, schwitzte und sein Hals war rau. Er stand auf. Das Geräusch kannte er. Er schlich geduckt zum Fenster, schob sich neben ihm hoch und warf einen ganz vorsichtigen Blick hinaus. Oldenbusch.

Heller stellte sich ins Fenster und gab ein Winkzeichen. Dann zog er sich hastig um und eilte die Treppe hinunter. Oldenbusch wartete schon vor der Haustür.

»Max, du musst mitkommen!«, raunte er.

»Wird es lang dauern?«

Werner hob fragend die Schultern.

Heller ging zurück und klopfte dieses Mal, ohne zu zögern, an die Tür von Fräulein Hermann. Sie war schon wach gewesen und öffnete fast sofort ihre Tür.

»Müssen Sie wieder weg? Gehen Sie nur. Ich werde aufpassen.«

»Mensch, Max, immer war besetzt bei dir. Zuerst hab ich Peter ja nicht geglaubt. Den hatte ich nämlich geschickt, dich anzurufen. Und jedes Mal kam er zurück und sagte, es sei besetzt. Hab wirklich geglaubt, der führt mich an der Nase herum.«

»Warum sollte der das denn tun?«

»Was weiß ich«, murrte Oldenbusch und lenkte den Wagen in die Bautzner Straße.

»Habt ihr gestritten deshalb?«

Oldenbusch winkte ab, bog nach rechts ab und fuhr jetzt stadtauswärts.

»Wo fahren wir denn hin?«, fragte Heller nach.

»Zuerst haben wir das Haus in der Burgenlandstraße beobachtet. Nach ein paar Stunden war ich mir sicher, da war niemand mehr. Wir haben uns hineingeschlichen, haben aber gleich erkannt, dass die alle ausgeflogen waren. Dann sind wir zu der alten Werkstatt. Dort gab es aber auch keine Anzeichen, dass jemand da gewesen war. Ich war mir ja sicher, dass die weg sind, und wollte zu dir fahren, aber der Peter wollte nicht aufgeben. Dann sind wir ziellos durch die Stadt gegondelt. Das hat doch gar keinen Zweck, sag ich, da fällt dem Peter ein, dass du doch mit ihm beim Wilden Mann gewesen warst, die Wohnung von dem Russen suchen. Also fahren wir da hin, stellen uns abseits und warten, ich im Wagen, Salbach bei der Straßenbahnschleife. Nach einer Stunde kommt Peter und setzt sich zu mir ins Auto, da war es schon lange dunkel. Der hat das Haus beobachtet, in dem der Russe wohnt. Da hat sich weiter hinten eine große Toreinfahrt geöffnet und der Laster kam raus. Paul fuhr, seine Schwester saß daneben. Und noch jemand war dabei. Eine Frau.«

»Wer? Frau Machol? Die Busmann?«

»Konnte er nicht erkennen, ich auch nicht. Aber warte nur,

ich erzähl es dir ja jetzt. Also, der Laster, es war ein Framo, und der war tatsächlich schwarz angemalt. Hatte eine Plane gespannt über der Ladefläche. Wir also hinterher, immer mit Abstand. Es ging zuerst nach Trachenberge, dann die Carola-Allee, also die Doktor-Kurt-Fischer-Allee bis zur Bautzner vor, und dann weiter. Habe zwischendurch das Licht ausgeschaltet, damit sie uns nicht bemerken. Die fahren also immer weiter, nach Bühlau hoch, raus aus der Stadt, über Ullersdorf. Dort im Wald haben sie ein Versteck, ein altes Haus mit einer großen Scheune, da steht der Laster drin. Wir müssen unseren Wagen weit vorher stehen lassen und laufen. Die haben Waffen.«

»Warum habt ihr keine Verstärkung angefordert?«, fragte Heller dazwischen.

Oldenbusch sah ihn verwundert an. »Du hattest dich sehr klar ausgedrückt, dass wir niemanden da hineinziehen sollen!«

Hatte er das? Hatte er das gesagt? Durfte er ihm jetzt einen Vorwurf machen? »Und sind da noch mehr Leute?«

»Bisher nicht. Ich hab Salbach losgeschickt. Der hat den Wirt von der Kneipe in Ullersdorf aus dem Bett geklingelt, damit er bei dir anrufen kann, aber es war besetzt. Er hatte Probleme, zurückzufinden. Ich lag beinahe zwei Stunden im Wald. Und das alles ohne Essen und Trinken.« Oldenbusch klang vorwurfsvoll, aber Heller ging nicht darauf ein.

»Am nächsten Morgen sind sie mit dem Laster los. Wir mussten zuerst in Deckung bleiben, und ehe wir dann beim Wagen waren, hatten wir sie schon verloren. Also blieb ich, schickte wieder Peter los, telefonieren und Essen besorgen. Als er wiederkam, sagt er, dass du nirgends zu erreichen bist. Ich hab ihm nicht geglaubt. Dann kamen sie wieder mit dem Laster zurück und fingen an, Benzinkanister vom Laster zu laden. Zwanzig Stück, alle voll. Ich will nicht wissen, wo die her sind! Und weißt du, was auf dem Laster lag?«

»Zwei Särge!«

Oldenbusch warf seinem Chef einen kurzen, anklagenden Blick zu. Heller hatte ihn um seine Pointe gebracht.

»Wir haben Wache geschoben. Einer schlief, der andere hat aufgepasst. Dann bin ich los, habe versucht, dich anzurufen. Aber es war tatsächlich besetzt. Deshalb hatte ich jetzt genug und bin zu dir gefahren.«

»Warum traust du Peter denn nicht?« Heller wollte seinen Unmut nicht verbergen. »Kannst du dein Misstrauen mit irgendwas belegen?« Heller sah Oldenbusch fragend von der Seite an, konnte in der Dunkelheit aber nicht viel von dessen Mienenspiel erkennen. Oldenbusch antwortete nicht, nur seine Augen verengten sich ein wenig. Da verstand Heller auf einmal. Es lag ja auf der Hand »Weil sie dich beim MfS nicht nur verhört haben, sondern auch akquiriert. Stimmt's? Und du hast nachgegeben. Und jetzt denkst du, Peter spioniert auch für die.«

»Also, nicht direkt spionieren …«

»Werner, was sollst du tun?«

Oldenbusch räusperte sich und bekam die Kehle nicht frei. »Einen wöchentlichen Bericht schreiben«, antwortete er mit belegter Stimme.

»Worüber?« Heller brauchte eigentlich keine Antwort. Er war das Ziel. Damit war zu rechnen gewesen. Und es war Werner eigentlich kein Vorwurf zu machen, dass er sich dem Druck gebeugt hatte. Doch hätte Werner ihm davon erzählt, wenn er es nicht selbst herausgefunden hätte? Sie schwiegen, bis Oldenbusch in Bühlau links abbog und dann mit hoher Geschwindigkeit durch den Wald fuhr.

Mit einem erneuten Räuspern kündigte Oldenbusch seine

nächsten Worte an. »Die lassen einem keine Wahl, Max. Aber ich werde nichts Belastendes … also, es gibt dir ja nichts vorzuwerfen …«

Nun war es Heller, der schwieg.

Heller war nichts aufgefallen, doch Oldenbusch bremste plötzlich ab, löschte das Licht und fuhr in einen Waldweg hinein. Leise stiegen sie aus, und Heller folgte Oldenbusch mit gezückter Waffe. Sie liefen, stolperten vielmehr, und schoben sich durch das Heidekraut und kletterten über das Unterholz. Mehrmals hielt Oldenbusch inne, um sich zu orientieren. Sie liefen hundert Meter an einer Brandschneise entlang und drangen dann wieder in den Wald ein. Äste knackten unter ihren Füßen, altes Laub raschelte. Der Himmel war bewölkt, gelegentlich brach der Mond durch und verschaffte ihnen ein wenig Licht. Doch noch waren die Bäume zu belaubt, als dass es hell genug sein konnte. Sie gingen noch ein Stück, dann hörten sie ein leises Piepen und fanden Salbach, der hinter einem Baumstamm lehnte. In sechzig, siebzig Metern erkannte Heller vage die Umrisse des Gebäudes. Es lag vollkommen dunkel da.

Heller schlich zu Salbach und klopfte ihm auf die Schulter. »Meldung!«, sagte er leise.

»Paul und Hannah sind drinnen«, flüsterte Salbach. »Die Frau, die gestern mit im Laster saß, ist bisher noch nicht wieder herausgekommen. Der Laster steht in der alten Scheune. Sie haben ihn betankt. Der Junge kommt gelegentlich raus und sieht nach dem Rechten.«

»Ihr wisst nicht, was in den Särgen ist?«

»Einmal hätte ich die Gelegenheit gehabt, nachzusehen, aber Kommissar Oldenbusch hat es mir verboten.«

»Gut so!« Heller ließ das Haus nicht aus den Augen. »Werner, du gehst zurück zum Wagen und fährst in die Zentrale. Lass Niesbach anrufen und kläre ihn auf. Fordere Verstärkung, so viel als möglich. Und zwar mit ausreichend Bewaffnung. Er soll den MGB informieren. Das Haus muss umstellt werden. Keine vorschnelle Aktion. Zuerst sollen sie sich mit mir in Verbindung setzen.«

»Geht klar, Chef!« Offenbar froh, dem Wald und der Verantwortung zu entkommen, zog Oldenbusch sich zurück.

Heller kauerte sich hin und hielt seine Uhr in den Mondschein, aber er konnte die Zeiger nicht erkennen.

»Herr Oberkommissar«, flüsterte Salbach fast lautlos. »Denken Sie, die haben die Bombe auf dem Laster?«

»Wer sagt so was?«

»Kommissar Oldenbusch meint, Sie hätten Pläne gefunden.«

»Eine Bombe machte mir keinen Sinn.« Das sagte er nur, um Salbach zu beruhigen. Und auch wenn es ihm schwerfiel, es sich selbst einzugestehen, doch er dachte genau das. Wie groß war so eine Bombe? Passte sie in einen Sarg?

›Zündung‹.

»Es ist dem Westen nicht entgangen, dass die Stimmung umschlägt«, flüsterte Salbach, »vielleicht meinen sie, dass sie mit einem solchen Anschlag etwas auslösen können. Oder aber …«, jetzt senkte er die Stimme noch mehr, »die Sowjets selbst haben Interesse daran. Sie könnten es als einen Angriff auslegen und zum Gegenangriff übergehen.«

Beides war plausibel und vollkommen abwegig zugleich, wusste Heller.

»Und wenn Sie das wissen, Peter, warum sind Sie dann noch hier? Sie hätten längst das Weite suchen können.«

Salbach, der das Haus im Blick hatte, sah Heller jetzt an. »Es ist doch unsere Pflicht, etwas Derartiges zu verhindern, oder?«, antwortete er. Dann duckte er sich plötzlich und zog Heller zu Boden. Hellers Blick folgte Salbachs ausgestrecktem Zeigefinger. Ungefähr zehn Meter vor ihnen stand Oldenbusch mit erhobenen Händen.

»Chef?«, ertönte halblaut Werners Stimme. Sie klang rau, gepresst. »Er hat eine Waffe!«

»Mein lieber Max Heller …« Das war Saizevs Stimme. »Um unserer Freundschaft willen möchte ich, dass Sie jetzt Folgendes tun. Zuerst nimmt Ihr junger Kollege die Waffe herunter. Dann werden Sie und Ihr junger Kollege verschwinden. Tun Sie das nicht, wird es mir nichts ausmachen, Genosse Oldenbusch umzubringen.«

»Sie sind ja nicht ganz bei sich, Alexej, was ist los mit Ihnen?«, rief Heller aus seinem Versteck heraus.

»Wie stur Sie sind, Heller. Wirklich interessant, Sie zu beobachten. Das ist besser als jedes Theaterstück. Ich habe es Ihnen gesagt, Max. Auf das große Ganze kommt es an. Die meisten sind doch nicht in der Lage, über den Tellerrand zu schauen. Ich hatte immer gehofft, Sie, Heller, sind da anders.«

»Was haben Sie vor?«, fragte Heller leise und hielt mit einer raschen Handbewegung Salbach in Schach, der Anstalten machte, eingreifen zu wollen.

»Ich will den Amerikaner. Und Sie sind mir dabei gerade im Weg.« Saizevs Stimme klang jetzt hart.

»Ihr Amerikaner ist vielleicht nur ein Phantom.«

»Glauben Sie, der gesamte Geheimdienst irrt sich?«

Saizevs überhebliche Art machte Heller wütend.

»Aber vielleicht rennt ja der gesamte MGB wie ein junger Hund seiner eigenen Schwanzspitze nach?«

»Heller, genug jetzt!«, blaffte Saizev. »Sie gehen jetzt mit Ihrem Kollegen, und ich behalte Ihren Freund hier, so lange, bis ich sicher bin, dass Sie in der Stadt sind und mir hier nicht ins Handwerk pfuschen. Beim nächsten Telefon halten Sie, rufen meine Nummer an und geben Eva Bescheid. Und dann verschwinden Sie, so weit weg wie möglich.«

Heller überlegte nicht lange. Er traute Saizev zu, dass er töten würde, und in diesem Moment gab es keine Möglichkeit, Oldenbusch aus seiner misslichen Lage zu befreien, ohne ihn zu gefährden.

»Ich brauche die Wagenschlüssel«, sagte er.

»Rechte Jackentasche«, schniefte Oldenbusch.

Saizev langte hinein, holte die Schlüssel heraus und warf sie Heller zu.

»Was ist nur los mit Ihnen, Saizev? Jetzt machen Sie sich auch noch selbst verdächtig. Was nützt es Ihnen, wenn ich bei Ihnen daheim anrufe?«

»Es nützt etwas, und jetzt hauen Sie ab!«, zischte Saizev.

Heller verlor keine Sekunde, winkte Salbach, ihm zu folgen, und ging los.

Kaum waren sie außer Sichtweite, begann Heller zu rennen. Salbach folgte ihm, übernahm aber bald die Führung, da er wusste, wo das Auto stand. Nun hatte Heller Mühe, dem jungen Mann zu folgen, sein rechter Fuß machte Probleme auf dem unwegsamen Gelände. Schließlich trat er auch noch auf eine Wurzel, strauchelte und stürzte fast.

»Gleich da!«, keuchte Salbach.

Beim Wagen gab Heller den Schlüssel an Salbach weiter, bevor er einstieg. »Fahren Sie, so schnell Sie können«, befahl er.

»Zur Wohnung von dem Russen?«

Heller nickte und bewunderte die schnelle Auffassungsgabe des jungen Polizisten. Schon legte Salbach den Rückwärtsgang ein, schoss vom Waldweg auf die Straße und riss das Lenkrad herum.

»Halten Sie sich fest!«, mahnte er Heller, dann gab er Vollgas.

Heller hatte sich zwar auf eine rasante Fahrt eingestellt, doch wie Salbach, ohne zu bremsen, in die Kurven fuhr und die Reifen quietschen ließ, verwunderte ihn dann doch. Er riss sich zusammen und wollte Salbach nicht zurückhalten. Sie hatten keine Zeit zu verlieren. Saizev war gefährlich und zu allem bereit, obendrein wohl noch aufgeputscht mit Kokain. Solche Menschen glaubten, unbesiegbar zu sein.

»Was haben Sie denn vor?«, fragte Salbach, als sie die Stadtgrenze erreicht hatten und die ersten Laternen die Straße beleuchteten. Es war wenig Verkehr und der junge Polizist holte auf der Bautzner Straße alles heraus, was der Motor hergab. In wildem Stakkato ratterten die Räder übers Kopfsteinpflaster. Dann geriet der Wagen auf die Straßenbahngleise, begann leicht zu schlingern, doch Salbach fing ihn wieder ein.

»Ich will den Anruf absetzen, dann brechen wir die Wohnung auf. Saizev weiß mehr als wir. Ich will wissen, was er mir vorenthält.«

Salbach stellte keine weitere Frage. Durch den dunklen Abschnitt am Rande der Heide rasten sie mit hundert Sachen, bogen ungebremst halb rechts in die Wilheminenstraße ab, schossen über die Fischhausstraße, immer weiter geradeaus.

Heller blickte prüfend nach rechts. »Frei!«, rief er an der nächsten Kreuzung, und Salbach ließ den Wagen auf die Charlottenstraße schießen. Auf der Doktor-Kurt-Fischer-Allee sahen ihnen die Wachen der Sowjetkasernen verwundert nach. Heller warf einen Blick auf die Uhr. Hoffentlich hatte er sich in Saizev nicht geirrt.

»Wenn das Straßenbahnhäuschen verschlossen ist, brechen Sie es auf«, befahl Heller. »Ich laufe hinüber und beobachte die Wohnung. Sobald der Anruf raus ist, kommen Sie zu mir.«

Salbach nickte und wollte loslaufen. »Warten Sie! Die Nummer!«, rief ihm Heller halblaut hinterher.

Salbach tippte sich an die Stirn. »Hab ich noch im Kopf!«

Heller stieg aus und humpelte quer über den Platz. Den wilden Schmerz in seinem Fuß ignorierte er.

Der neue Tag war angebrochen. Aber die Zeitungen waren noch nicht ausgetragen. ›Zündung‹, hieß die Botschaft.

Heller stoppte abrupt. Die Auslieferung. Er musste sie verhindern. Warum waren sie nicht früher auf diesen banalen Gedanken gekommen? Für einen Moment überlegte er, Niesbach aus dem Bett zu klingeln, doch dann gewann der Teil seines Verstandes die Oberhand, der die Hoffnung auf das Gute im Menschen noch nicht aufgegeben hatte, der einfach nicht an die Atombombe glauben wollte.

Er suchte sich einen Platz, von dem aus er Saizevs Wohnung sehen konnte. Noch einmal sah er auf die Uhr. Dann wartete er.

Salbach kam kurz darauf. »Es ist niemand ans Telefon gegangen.«

Heller hatte das geahnt. Saizev hatte ihn nur loswerden wollen.

»Kommen Sie!«

Sie überquerten die Straße und standen vor der verschlossenen Haustür. Salbach drängte sich wortlos vor und zog einen Dietrich heraus. Er brauchte keine zwei Sekunden, um das Schloss zu öffnen. Und Heller fragte nicht, warum er so etwas bei sich trug.

Ohne Licht zu machen, eilten sie mit gezückten Waffen die

Stufen hinauf. Vor der Wohnungstür hob Heller die Hand. Sie war verschlossen, vermutlich hatte sein gewaltsames Eindringen nur eine kleine Reparatur verlangt. »Möglicherweise ist da die junge Frau drin«, mahnte er flüsternd. Salbach führte den Dietrich geräuscharm ins Schloss ein und drehte ihn um. Der Riegel im Schloss schnappte einmal zurück.

»Zweimal geschlossen«, flüsterte Salbach. Heller bedeutete ihm, zu schweigen. Salbach nickte, er hatte verstanden.

Ein leises Klicken folgte, direkt hinter der Tür. Noch einmal klickte es. In Sekundenschnelle packte Heller Salbach am Kragen und warf sich mit ihm zusammen die Treppe hinunter. Im nächsten Moment wurden sie von einem grellen Blitz geblendet und gegen die Treppenhauswand geschleudert. Dann verlor Heller das Bewusstsein.

Schreie gellten in seinen Ohren und vermischten sich mit dem schrillen Klingeln in seinem Kopf. Er konnte nichts sehen. Eine schwere Last presste ihn zu Boden, drückte ihn in den Schlamm, und er würde ersticken, wenn niemand ihn rettete. Er wollte schreien, doch er bekam keine Luft. Er versuchte sich zu bewegen, doch das Gewicht, das auf ihm lastete, war unerbittlich. Sein rechtes Bein aber schmerzte, und er spürte, wie er langsam im Schlamm versank.

Heller wurde panisch, doch dann kam er zu sich. Das war eine andere Zeit gewesen, ein anderer Ort. Er war hier, und das Gewicht auf ihm war Salbach. Heller versuchte sich zu bewegen. Jemand half ihm, sprach mit ihm, berührte ihn, doch in seinem Kopf vermischte sich alles zu einem schrillen Klingeln, das seinen Ursprung ganz tief in seinem Gehirn zu haben schien. Er blinzelte, konnte wieder sehen, sah die Taschenlampe, mit der jemand herumfuchtelte. »Was war das?«, fragte der Mann, der neben ihm stand.

»Sprengsatz!«, erwiderte Heller stöhnend. Er hörte sich selbst kaum. Er zog seine Beine unter Salbach hervor und fasste dem jungen Mann an den Hals. Furchtbar lange Sekunden suchte er den Puls und lachte erleichtert auf, als er ihn endlich fand. Sachte schlug er Salbach ins Gesicht. Endlich öffnete der seine Augen, bewegte sich und schien, wie durch ein Wunder, unverletzt zu sein.

Schon versuchte er, auf die Beine zu kommen. Heller half ihm und zog sich selbst hoch. Salbach wollte sich an das Fensterbrett lehnen, doch Heller hielt ihn schnell zurück. Das Fenster gab es nicht mehr, es war bei der Detonation auf die Straße gestürzt. Dort kamen jetzt die Leute angelaufen. Man rief nach der Feuerwehr.

»Geht es Ihnen gut, Peter? Alles dran?«, fragte Heller.

»Sie haben mir ja das Leben gerettet«, sagte Salbach viel zu laut, denn er hörte sich selbst nicht.

»Hören Sie? Sehen Sie?« Langsam sickerte der Schreck in Hellers Glieder. Wie nahe sie dem Tod gewesen waren. »Alle Knochen heil?«

Salbach nickte und klopfte sich den Staub von den Kleidern.

»Warten Sie hier, ich gehe in die Wohnung«, sagte Heller, doch Salbach schüttelte den Kopf. Hellers Fingerspitzen vibrierten. Konnte es sein, dass er sich in Saizev so sehr getäuscht hatte? Der Russe kannte ihn gut genug, um zu wissen, dass er nicht einfach aufgab. Hatte er die Sprengfalle gelegt, mit der Absicht, ihn zu töten?

»Peter, da könnte noch mehr drin sein!«, warnte er. Dann erst fiel sein Blick auf die Tür der Nachbarwohnung. Sie war nach innen gedrückt. Die Flurmöbel waren umgerissen und zersplittert. Benommen und unter Schock stand eine Frau in ihrer Küchentür.

Heller kletterte über die Tür und sprach sie an. »Geht es Ihnen gut? Und die Kinder? Haben Sie Kinder?«

Die Frau starrte ihn an, als sei er ein Geist. Heller schob sie in die Küche und drückte sie auf einen Stuhl. Dann lief er zum Treppenhaus.

»Jemand soll hochkommen und sich um die Frau kümmern! Es eilt!«, rief er. Dann ging er in Saizevs Wohnung. Salbach folgte ihm.

Die Wohnung war leer. Alles war verschwunden. Die Kleidung, die Koffer, das Radio. Der Rest war zerstört. Die Druckwelle hatte sämtliche Türen aus den Angeln gerissen, die Fenster waren zersplittert, die Möbel, die Gardinen, alles war zerfetzt.

»Kommen Sie, Peter, wir müssen Werner suchen!«

Sie fanden Oldenbusch nicht in dieser Nacht. Nichts sollte mehr gelingen. Das alte Haus im Wald stand leer. Der Laster war verschwunden, mit ihm die Särge und deren Inhalt. Es war mittlerweile halb drei Uhr nachts, und Heller konnte keinen klaren Gedanken mehr fassen. Er hatte sich heimfahren lassen. Und obwohl er glaubte, nach diesem Erlebnis keine Ruhe finden zu können, schlief er ein in dem Moment, als sein Kopf das Kissen berührte.

20. September 1951, morgens

›Zündung‹.

Es gab einen lauten Schlag und Heller schreckte hoch. Gleißendes Licht erhellte sein Zimmer. Er fuhr herum, sah aus dem Fenster und musste die Hand schützend vor die Augen halten. Doch nichts geschah. Keine Druckwelle raste auf ihn zu, riss Dächer davon und ließ das Glas schmelzen. Es war nur die Sonne, die ihn blendete.

»Entschuldigung!«, rief Frau Marquart fröhlich ins Haus. Heller sah zur Uhr. Es war halb zehn. Er stand auf und bemerkte, dass er noch seine Kleidung vom Vortag trug, dass er dreckig, staubig und verschwitzt war.

»Wo ist Anni?«, rief er die Treppe hinunter.

»Frau Eigner hat sie in den Kindergarten mitgenommen. Ich war drüben und habe sie darum gebeten«, antwortete Fräulein Hermann, dann schimpfte sie leise mit Frau Marquart.

Heller nahm sich frische Kleidung aus dem Schrank. Dann ging er nach unten ins Waschhaus, um sich zu rasieren und zu waschen. Doch bevor er sich an die Morgentoilette machte, rief er in der Zentrale an und bestellte einen Fahrer.

Es war wie jeden Morgen. Und doch war es anders. Hatte es noch irgendeinen Sinn, was er tat? War nicht alles egal geworden? Heute war der Tag. ›Zündung‹. Und alle waren sie weg. Die Zeugen Jehovas. Der falsche Rehm hatte sich umgebracht. Saizev war verschwunden.

Es war Salbach, der kam. Wie er aussah, hatte er nicht geschlafen.

»Umweg gefällig?«, fragte er, zu müde für eine freundliche Begrüßungsfloskel. »Kommissar Oldenbusch ist daheim.«

Das war eine gute Nachricht. »Schlafen Sie auch nicht ein?«

»Hab Kaffee für eine ganze Woche getrunken«, murmelte Salbach und fuhr los.

Schweigend saßen die drei Männer in ihrem kühlen Kellerbüro, das viel zu klein war für sie und heute auch viel zu kühl. Draußen war es wieder sommerlich warm geworden. Drinnen wirkte die Stimmung bedrückt. Allein die Möglichkeit, der Gedanke daran, dass die Bombe in der Stadt sein und jederzeit gezündet werden könnte, lähmte Heller und seine beiden Kollegen. Diese Sekunde nach dem grellen Blitz, die sie Zeit haben würden, sich vorzuwerfen, nicht alles Menschenmögliche getan zu haben, an Karin, Klaus, Erwin und Anni zu denken und an alle, die ihm wichtig waren, an all die Toten der Weltkriege. Mit einem Schlag waren sie nichtig, die Jahrzehnte, Monate, Tage und Stunden, die er hatte länger leben dürfen. Heller wusste, er sollte an seine Arbeit denken, sollte überlegen, was er mit seinen Erkenntnissen anstellen sollte. Hätte er dieses Klicken nicht gehört, hätte der Automat sofort gezündet. Dann wären sie tot gewesen. Peter und er.

Salbach, als Jüngster, ergriff zuerst das Wort. »Ich habe mich gefragt, was das eigentlich alles soll. All diese Hinweise, die Annoncen, das umgestellte Datum, alles Wörter mit Z. Irgendwie musste doch jemand draufkommen. Und diese fingierten Selbstmorde von Machol und Weichert, die haben doch die ganze Sache erst ins Rollen gebracht.«

Darüber hatte Heller auch schon nachgedacht. Warum beseitigte jemand alles aus der alten Werkstatt und ließ drei Blaupausen liegen? Das Stück Uranerz, die Metallreste. Als wollte ihn jemand verhöhnen. Saizev hatte mit Spott nicht gegeizt, und er war es, der ihn bedrängt hatte, an dem Fall zu arbeiten. Er ließ Salbach weiterreden.

»Und die Toten. Bei einigen versteht man, dass man sie beseitigt hat, aber einige dieser Unfälle und Selbstmorde scheinen gar keinen Sinn zu ergeben. Mir kommt es so vor, als wolle uns hier jemand auf die falsche Fährte locken. Ginge es nur um die Bombe, könnte dieser Agent sie einfach verstecken, dann verschwinden und dann in aller Ruhe zünden.«

Oldenbusch erhob sich und holte sich Wasser aus der Karaffe. Saizev hatte ihn letzte Nacht umgehend laufen lassen, kaum dass Heller und Salbach verschwunden waren. Bis Dresden war er gelaufen. Bis zu Hellers Haus, wo aber auf sein leises Rufen niemand reagiert hatte, weshalb er sich vom nahe gelegenen Revier hatte nach Hause fahren lassen.

»Vielleicht ist es schon passiert, was auch immer der Amerikaner will, ganz unbemerkt. Irgendwo«, sagte Oldenbusch.

»Dann doch das Uranerz«, überlegte Salbach laut. »Irgendwie muss es ja in den Westen. Wäre es auf dem Laster gewesen, hätten sie schon vor Tagen damit verschwinden können. Sie müssen es irgendwo holen.«

Oldenbusch ließ sich wieder schwer auf seinen Stuhl fallen. »Ich frage mich nur, warum es hierher gebracht wurde, so weit in den Osten. Johanngeorgenstadt liegt doch fast auf halbem Weg nach Bayern.«

Salbach wusste auch dafür eine Antwort. »Vielleicht ergab sich aber nur dieser Weg. Wegen der Köhlerei und wegen der Transportformulare für die Leichen.«

»Die hätte es auch anderswo gegeben«, brummte Oldenbusch mürrisch. Er haderte immer noch mit der Situation, war eifersüchtig auf Salbach und fühlte sich verraten von dem Staat, dem er diente, von seiner Verlobten, die sich ohne ein Wort des Abschieds in den Westen abgesetzt hatte, und vermutlich vom ganzen Leben.

Heller ahnte, wie es seinem langjährigen Kollegen und Freund ging, er sah ihm sein Leid regelrecht an. Und er nahm sich vor, ihn etwas aufzuheitern. Vielleicht könnte er ihn unter einem Vorwand zu dieser Frau Müller schicken, damit er auf andere Gedanken kam.

»Und wo sollte das Erz denn sein? Gibt es noch mehr Verstecke?«

»In Rehms Haus«, sagte Heller. Wer die Seiten wechseln will, muss etwas mitbringen, etwas Wertvolles, hatte Saizev gesagt. Vielleicht war es das Erz.

»Da waren wir doch schon drei Mal. Der lacht uns doch aus«, murmelte Oldenbusch.

»Ihr wisst es noch nicht, aber Rehm ist tot«, sagte Heller. »Und er war nicht Walter Rehm. Er hieß Ulrich Quaiser und hatte sich nur als Rehm ausgegeben. Als ich ihn verhaften ließ, brachte er sich vor meinen und Niesbachs Augen um, mit einer Giftkapsel.« Heller machte eine Pause, um den beiden Kollegen Zeit zu geben, diese Information einzuordnen.

Doch Oldenbusch fing sich schnell. »Nichtsdestotrotz waren wir schon drei Mal in dem Haus. Da war kein Erz.«

Das Telefon begann zu klingeln. Heller hob den Hörer ab und legte ihn gleich wieder auf die Gabel.

»Wir haben nur nicht gründlich genug gesucht. Und wir haben falsch gesucht.«

»Falsch gesucht?«, fragte Oldenbusch irritiert.

Wieder klingelte das Telefon. Heller ignorierte es. Salbach aber erhob sich und nahm ab.

Heller nickte Oldenbusch zu. »Ich hätte gleich darauf

kommen sollen, spätestens in dem Moment, als der falsche Rehm sich umbrachte. Er war verliebt. Und brachte sich um, als ihm bewusst wurde, dass man ihn nur benutzt und er alles verloren hatte. Die Blume, weißt du noch, Werner? Die zerschlagene Vase auf dem Küchenboden. Der Rabe, wir sind automatisch davon ausgegangen, dass es sich um einen Mann handelt. Ich bin mir jetzt aber sicher: Der Rabe ist eine Frau.«

Eine bleierne Stille senkte sich über den Raum. Salbach räusperte sich leise. Heller sah auf. Der junge Polizist hielt den Hörer in der Hand, die andere auf die Sprechmuschel gepresst. »Für Sie!«

Heller nahm den Hörer.

»Heller!«

»Wenzel hier, vom Meldeamt. Endlich bekomme ich Sie ans Telefon. Seit gestern versuche ich es immer wieder. Zuerst muss ich um Entschuldigung bitten, dass es so lang gedauert hat, aber ich musste erst verschiedene Unterlagen abgleichen. Folgendes: Kurt Rehm galt eigentlich als vermisst, wir erfuhren jetzt erst, dass er direkt aus der Gefangenschaft nach Johanngeorgenstadt ging. Sein Bruder Walter meldete sich siebenundvierzig in Dresden und ist jetzt wohnhaft in der Bismarckstraße…«

»Das wissen wir alles. Danke«, unterbrach Heller ihn und wollte auflegen.

»Weshalb ich aber eigentlich anrufe, ist eine Meldung aus Sebnitz. Offenbar kam es dort zu einem Missverständnis. Die Edeltraud Hermann, von der wir sprachen, ist vor zwei Jahren an Diphtherie gestorben, so geht es zumindest aus den Unterlagen in Sebnitz hervor. Offenbar waren sie nicht ganz vollständig. Ihre Mutter starb kürzlich nach langer, schwerer Krankheit, weitere Verwandtschaft gab es nicht. Der Staat trug die Begräbniskosten. Sie müssen also eine andere Edeltraud Hermann haben.«

Heller schwieg. Es kam ihm plötzlich vor, als verengte sich das Kellerbüro, als rückten die Wände zusammen.

»Wie gesagt, ich versuche es seit einiger Zeit. Man gab mir sogar die Nummer Ihres privaten Anschlusses. Doch da war immerzu besetzt. Und vorhin ging eine Frau ans Telefon, die mich offenbar nicht verstand.«

Heller erhob sich. »Danke. Sie haben mir sehr geholfen«, sagte er und legte auf.

»Ich hole den Wagen!«, sagte Salbach und rannte schon los.

Oldenbusch bremste scharf. Salbach war so schlau gewesen, seinem älteren Kollegen das Steuer zu überlassen. Heller bemerkte diese Umsichtigkeit, doch er hatte jetzt anderes im Kopf. Er machte sich Vorwürfe. Er hätte seinem Gefühl trauen sollen. Er kannte das doch. Manchen Menschen gegenüber hatte er von Anfang an ein solches Misstrauen, selbst wenn er sie gerade erst kennengelernt hatte. Jetzt verstand er. Nicht zufällig war die Hermann ihm in der Nacht nackt begegnet. Nicht zufällig schien ihm der Amerikaner immer auf dem Fuß zu folgen. Und wusste, dass er auf dem Meldeamt nach ihr gefragt hatte. Sie musste ja nur in seinem Buch lesen, in den Unterlagen, die er auf dem Tisch liegen gelassen hatte. Deshalb wusste sie auch nichts von den beiden Ingenieuren, die er um Rat gefragt hatte. Weil er sich darüber keine Notiz gemacht hatte. So konnte sie ihn lenken und konnte jederzeit sehen, welche Fortschritte er gemacht hatte.

Heller sprang aus dem Auto, winkte Salbach hinter das Haus und nahm Oldenbusch mit sich.

»Frau Marquart?«, rief er laut, bekam aber keine Antwort. Er sah in die Küche, fand sie leer, deutete auf die Wohnzimmertür und stieß sie auf. Oldenbusch sprang mit der Pistole voran hinein. Auch dieses Zimmer war leer. Die Koffer waren verschwunden.

Salbach kam durch die Vordertür. »Im Garten ist niemand, die Tür zum Waschhaus ist verschlossen.«

»Schauen Sie im Keller nach!«, befahl Heller, stürmte selbst die Treppe hinauf. Es war niemand da. Sogar auf dem niedrigen Dachboden sah er nach. »Werner, fahr zum Kindergarten! Sieh nur nach, ob Anni da ist, und komm wieder hierher!«, rief er und stürmte, trotz seines schmerzenden Fußes, die Treppe hinunter. Er hatte sich darauf verlassen, dass Frau Eigner Anni mitgenommen hatte. Doch das war die Aussage von Fräulein Hermann gewesen.

»Peter, Sie kommen mit, wir gehen zur Nachbarin!«

20. September 1951, Mittag

»Es ist hier!« Heller stand im Flur des Hauses in der Bismarckstraße. Oldenbusch lehnte an der Wand. Heller dachte nach. Man konnte es Ulrich Quaiser nicht übelnehmen. Er hatte alles verloren und hatte eine Möglichkeit gesehen, sich ein neues Leben zu gestalten unter dem Namen seines toten Kameraden. Er hatte sich nicht bereichern wollen und war mit der wenigen Unterstützung, die er erfahren hatte, zufrieden gewesen, mit seiner Stelle als Wärter. Es musste ihn sehr überrascht haben, als er damit konfrontiert wurde, dass der Bruder, Kurt Rehm, noch lebte. Genauso muss er überrascht gewesen sein, als er erfuhr, dass ihm zwei Häuser gehörten.

Die Agentin musste ihm Liebe vorgegaukelt haben, versprach ihm Hilfe, verlangte seine Dienste und benutzte sein Haus. Vielleicht hatte Kurt Rehm sich ja tatsächlich selbst umgebracht, und sie gab es nur als ihren Verdienst aus, vielleicht aber war sie auch die Mörderin gewesen, damit er sie nicht verraten würde, nachdem man ihn beim Uranerzschmuggel ertappt hatte. Vermutlich hatte sie auch dabei ihre Hände im Spiel und vermutlich war sie über Kurt auf den falschen Walter Rehm gestoßen. Sie war geschickt vorgegangen, suchte sich Männer aus, die einsam waren, nutzte deren Sehnsucht nach Vertrauen und Zuneigung. Allerdings musste Heller eingestehen, dafür, dass sie so geschickt war, waren es ein paar Tote zu viel.

Etwas war tröstlich. Es war nicht Saizev gewesen, der all

die Leute umgebracht hatte. Und die Sprengfalle hatte wohl ihm gegolten. Saizevs Nummer hatte in seinem Notizbuch gestanden, es wird der Agentin nicht schwergefallen sein, herauszufinden, wer er ist und wo er wohnt. Wenn sie es nicht schon vorher gewusst hatte. Denn einen Grund muss es gegeben haben, dass Saizev die Männer Machol und Weichert, die beide schon unter schweren Vergiftungserscheinungen litten, in das deutsche Untersuchungsgefängnis eingeliefert hatte. Kannten er und die Agentin sich? Hatte sie ihn dazu gebracht? Das müsste jedoch bedeuten, Saizev wusste, wen Frau Marquart ins Haus gelassen hatte, und hatte ihn nicht gewarnt.

»Es ist hier. Ich weiß es sicher«, sagte Heller.

»Aber wo sollen wir denn noch suchen?«, stöhnte Oldenbusch. »Ein paar Kilogramm Erz können ja nicht in einem Mauseloch stecken. Und den Nachbarn ist nichts aufgefallen, kein Laster, nichts.«

Ein Wort von Oldenbusch klang bei Heller nach. Mauseloch.

»Vielleicht sind sie über den Bahndamm und die Gleise geklettert, dahinter liegen unwegsames Gelände und Fabrikhöfe, dort hätte sie niemand gesehen«, mutmaßte er.

»Aber das Brombeerdickicht ist undurchdringlich«, widersprach Oldenbusch.

»Mensch, Werner! Die Ratten«, entfuhr es Heller.

Oldenbusch stieß sich von der Wand ab, ohne zu wissen, was in Hellers Kopf vor sich ging, und schaute ihn fragend an. »Ich verstehe nicht, Max.«

Ohne lange Erklärung lief Heller zur Hintertür, die aber vernagelt war.

»Wir müssen ums Haus.« Schon war Heller auf dem Weg nach draußen.

Schnell musste er feststellen, dass es von dieser Seite keinen Zugang in das undurchdringliche Dickicht aus daumendicken, dornenbewehrten Ästen gab. Es hatte sich auf der ganzen Breite des Grundstückes ausgedehnt, wuchs an der Rückseite des Hauses hoch und hatte an manchen Stellen schon das Erdgeschoss überwuchert.

»Hier ist nichts!«, murrte Oldenbusch und ließ keinen Zweifel daran, dass er Hellers Aktionismus für Zeitverschwendung hielt.

Doch Heller ließ sich nicht beirren. »Steig ins Auto, wir müssen zur anderen Seite.«

Der Weg war nicht weit, durch die Bahnunterführung auf die parallel verlaufende Nordstraße, die seit fünfundvierzig August-Bebel-Straße hieß. Sie fuhren wieder ein Stück stadteinwärts und hielten an einer verwilderten Brachfläche zwischen zwei alten Fabrikgebäuden.

Sie stiegen aus und fanden tatsächlich nach kurzer Zeit einen Trampelpfad durch den Bewuchs, der zum Bahndamm hinaufführte. Von dort aus hatte man einen Blick auf die Rückseite von Rehms Haus. Sie hielten Ausschau nach Zügen und hasteten dann über die Gleisanlage.

»Da!«, rief Oldenbusch. Er hatte zwischen dem Dickicht eine Schneise entdeckt.

Heller entledigte sich seiner Jacke und ließ sie liegen. »Lass mich vor!« Er zwängte sich an Oldenbusch vorbei, drang tief geduckt in die Brombeerhecke ein, in die ein regelrechter Tunnel gehauen war, gerade so hoch, dass ein erwachsener Mann hindurchpasste.

Verblüfft stellte Heller fest, wie finster es drinnen war. Kaum ein Lichtstrahl gelangte hindurch, sogar der Schall drang nur gedämpft durch die Ranken. Dafür aber roch es.

Nach einigen Metern verschlug es Heller beinahe den Atem. Trotzdem kämpfte er sich weiter vor, hörte Oldenbusch hinter sich. Vor ihm raschelte es im Gestrüpp. Heller sah nichts, doch er konnte sich gut vorstellen, wie die Ratten ihn argwöhnisch beäugten oder hektisch das Weite suchten.

Nun kam er inmitten des Dornentunnels an einen Abzweig. Eine richtige kleine Höhle war hier entstanden, nicht so groß, um sich aufrecht hinzustellen, doch allemal ausreichend, mehrere Kisten und Blecheimer voll schwarzen Gesteins, ein paar Konserven und etwas, das in Segeltuch gewickelt war, zu lagern. Heller wickelte das Etwas aus. Es war eine moderne russische Maschinenpistole. Er hatte es geahnt. Eine Kalaschnikow, soweit er wusste, fabrikneu. Das gebogene Magazin war voll. Er legte die Waffe vorsichtig ab und kroch weiter in den nächsten Gang. Hier wurde der Geruch unerträglich. Heller hielt sich die Hand vor Mund und Nase, kroch weiter und entdeckte ein großes gelbes Bündel.

Es hätte ein kleiner Moment des Triumphes sein können für ihn, doch Heller ärgerte sich immer noch darüber, dass er nicht schon längst an die Brombeerhecke gedacht hatte. Die Ratten hatten genug Zeit gehabt, sich durch den gelben Gardinenstoff zu nagen. Sie hatten am Gesicht der Leiche gefressen, stellenweise lagen die Schädelknochen frei.

»Ist das Haffner?«, fragte Oldenbusch gepresst, der Heller unmittelbar gefolgt war.

»Ich vermute.« Heller drehte sich um, drängte zurück. Er konnte es keine Sekunde länger aushalten. Sie krochen zurück zu der größeren Höhle, wo das Atmen erträglicher war.

»Was machen wir jetzt?«, fragte Oldenbusch.

»Nichts! Alles bleibt so. Nur eines noch.« Heller nahm die Kalaschnikow. »Kennst du dich damit aus? Ich will den Schlagbolzen herausnehmen.«

Oldenbusch nahm ihm die Waffe aus der Hand, begutachtete sie, fand dann die Entriegelung. Er legte den Verschluss frei und nahm den Schlagbolzen heraus. Heller verpackte die nun gebrauchsunfähige Waffe wieder in das Tuch und legte sie zurück.

»Raus jetzt, ich muss mich sonst übergeben!«, sagte er, und hastig krochen die beiden Männer zurück. Als sie wieder draußen angelangt waren, schnappten sie gierig nach frischer Luft.

»Werner, fahr zu Niesbach und beschreibe ihm die Situation. Ich warte derweil hier. Ich will, dass hier alles umstellt wird. Das ganze Gelände. Dann warten wir.«

Fast eine Stunde war vergangen, seitdem Oldenbusch weggefahren war. Es war sehr warm, der wärmste Tag, seit dem Urlaub an der Ostsee. Heller wartete im Schatten an der alten Fabrik, in Deckung eines Mauervorsprungs.

Er bekam Hunger, trotz aller Anspannung, trotz der latenten Angst vor der Bombe. Ein Fahrzeug weckte seine Aufmerksamkeit. Es schien ein ziviles Auto zu sein. Zwei Männer saßen darin und schauten sich um. Heller zog sich weiter in seine Deckung zurück. Der Wagen hielt. Die Männer stiegen aus, blickten aufmerksam umher.

»Oberkommissar Heller?«, rief dann der eine.

Heller trat sofort aus seinem Versteck heraus. »Hier!«, erwiderte er.

»Genosse Niesbach schickt uns. Sie sollen dringend mit mir ins Präsidium. Genosse Kubiz hält hier die Stellung, bis die von Ihnen angeforderte Verstärkung eintrifft.«

»Warum, wenn ich fragen darf?«

»Eine Frau wurde verhaftet und Niesbach sagte, das würde Sie interessieren.«

20. September 1951, früher Nachmittag

Heller betrat gemeinsam mit Oldenbusch das Verhörzimmer und schloss die Tür. Schweigend setzten sie sich der Frau gegenüber an den Tisch. Wie seltsam das war, dachte Heller. Obwohl sie die Frau verhaftet hatten, fühlte er sich als Verlierer in diesem Spiel. Er hatte etwas geahnt, aber hatte nichts unternommen. Er hatte keine Ahnung, wer die Frau war. Er musste einfach von vorn beginnen.

»Wie heißen Sie?«

Die Frau, die sich als Edeltraud Hermann ausgegeben hatte, schwieg. Sie hatte sich hübsch zurechtgemacht, trug ein schönes Kleid und hatte die Haare zu einer etwas altmodischen, aber schönen Frisur gesteckt.

»Kennen Sie Walter Rehm?«

Die Frau sah ihn wütend an und schüttelte den Kopf.

»Kennen sie Ulrich Quaiser? Sagt Ihnen der Name Otto Haffner etwas? Kennen Sie Alexej Saizev?«

Die Frau schüttelte jedes Mal den Kopf.

»Wo sind Ihre Sachen? Ihre Koffer?«

»Die werden Sie nicht finden!«, sagte sie jetzt schnell und blickte Heller provozierend in die Augen.

Heller nickte knapp und Oldenbusch holte die Blaupausen hervor.

»Haben Sie das schon einmal gesehen?«

Die Frau warf einen kurzen Blick darauf. »Noch nie gesehen.«

»Was hatten Sie vor?«, fragte Heller. Ihm war klar, dass die Frau alles leugnen würde, ja musste. Wenn sie sich retten wollte, musste sie ihr Geheimnis so lange als irgend möglich bewahren. Wieder schwieg die Frau und sah ihn böse an.

Eine aufmerksame Bankangestellte hatte die Polizei auf sie aufmerksam gemacht. Sie kannte Frau Marquart und es war ihr seltsam vorgekommen, dass sie fast ihr gesamtes Erspartes, immerhin neuntausend Mark, abhob. Und während sich die alte Dame schon an nichts mehr erinnern konnte, nicht einmal, wo Fräulein Hermann ihre Koffer hingebracht hatte, als die gerufenen Polizisten sie befragten, fing eine andere Streife die junge Frau ab, die gerade in die Straßenbahn steigen wollte, mit dem Geld in ihrer Handtasche.

»Ich werde Sie der Geheimpolizei übergeben müssen«, warnte Heller die Frau. Doch das Gesicht der Frau blieb steinern.

»Die werden Sie befragen, zu den Toten, dem Uranerz und zu diesen Plänen.«

»Von all diesen Dingen weiß ich nichts«, entfuhr es der Frau.

»Was soll heute geschehen?«

»Ich weiß gar nicht, was Sie von mir wollen!«

»Was bedeutet die Annonce? Was heißt ›Zündung‹?«

»Hören Sie, ich habe keine Ahnung, wovon Sie überhaupt reden oder was Sie mir da anhängen wollen. Ich weiß nur, Sie sind ein trauriger Mann und wollen sich jetzt rächen an mir, weil Sie mir auf den Leim gegangen sind, weil ich Sie überlistet habe. Wissen Sie noch, die Nacht, in der wir uns im Flur begegnet sind?« Edeltraud Hermann lächelte jetzt mitleidig. »Sie sind doch ein Mann! Ich weiß, dass Sie daran gedacht haben. Aber Sie sind ja so stur. Und jetzt bereuen Sie Ihre Sturheit, deshalb sind Sie jetzt so wütend auf mich, hab ich recht?« Die Frau grinste höhnisch. »Glauben Sie denn wirklich, Ihre Frau kommt wieder?«

»Sie wissen nichts von mir, gar nichts«, erwiderte Heller ruhig. »Antworten Sie jetzt: Kennen Sie Saizev und kennt er Sie?«

Die Frau beugte sich vor und betonte jede Silbe einzeln. »Ich kenne diesen Saizev nicht! Und ich sage ab sofort kein Wort mehr.«

Oldenbusch gab ihm einen leichten Stoß mit dem Ellbogen. Heller wusste, was das hieß. Frag nach der Bombe. Doch Heller war nicht bereit, sich vor dieser Frau womöglich eine Blöße zu geben. Sie würden es herausfinden. So oder so.

20. September 1951, später Abend

Er hätte nicht hier sein müssen. Im Gegenteil, es schien, als sei er gar nicht erwünscht. Man hatte Oldenbusch und ihm im dritten Stock der Fabrik einen Platz an den Fenstern zugewiesen. Hinter trübem, gewelltem Glas stand Heller nun, sah nur verschwommene Konturen, und bald würde es so dunkel sein, dass er nichts mehr sehen konnte.

Es waren genügend Männer anwesend. Sie waren hier in der Fabrik und im Gebäude gegenüber postiert, mit Ferngläsern und Gewehren. Auch auf dem Gelände verteilt standen Polizisten, und drüben in der Bismarckstraße, um alle Fluchtwege abzuschneiden. Die Leute vom russischen Geheimdienst und dem deutschen Ministerium für Staatssicherheit bestimmten das Geschehen. Heller hatte damit gerechnet. Und doch hatte er gehofft, er könnte ein wenig Mitspracherecht bekommen. Nun blieb ihm nur noch zu hoffen, dass die Männer angewiesen waren, nicht gleich von der Schusswaffe Gebrauch zu machen, da er das Maschinengewehr im Versteck unbrauchbar gemacht hatte.

Alle warteten. Heller hoffte, dass endlich etwas geschah, dass der Laster erschien, oder die Hintermänner auftauchten, dass vielleicht Saizev kam. Ihm war nicht wohl. Wenn niemand auftauchte, musste er fürchten, dass sich der aufgestaute Druck an seiner Person entladen würde. Dann blieb es vielleicht nicht dabei, dass seine Kollegen ihn nur ausspionieren würden. Dann käme es zur Anklage, wegen Verschwendung von Ressourcen, wenn nicht sogar Sabotage. Man würde irgendetwas finden, und sei es seine Verwandtschaft im Westen.

Sie mussten unbedingt die Koffer der Hermann finden, doch die konnten überall sein. Wenn sie wirklich hatte überlaufen wollen, brauchte sie etwas, um sich glaubwürdig zu machen. Etwas, das für die andere Seite von enormem Wert war. Die Pläne für eine Atombombe? Aber die hatten die Amerikaner selbst.

Und Saizev war nicht gekommen. Ausgerechnet Saizev, der sich zur Aufgabe gemacht hatte, den Raben zu fangen. Weder hatte er Ansprüche auf die Gefangene erhoben noch sich sonst irgendwie gezeigt.

Nein, Heller war sicher, hier sollte er gerade jetzt nicht sein.

»Kannst du etwas sehen?«, fragte er Oldenbusch, der am Nachbarfenster stand.

»Alles ruhig. Aber ich wette, die kommen nicht. Die haben das hier alles aus sicherer Entfernung beobachtet.«

»Ich fürchte, sie kommen und laufen blind in unsere Falle. Paul und Hannah, die sind nicht so gewieft. Die glauben sich sicher. Sie sind nur Bauern im Spiel. Ich will nur hoffen, dass Paul vernünftig ist.«

»Und wenn sie ebenfalls längst weg sind, und die Bombe liegt tatsächlich irgendwo?«, fragte Oldenbusch leise.

Heller antwortete nicht. Den ganzen Tag über hatte er versucht, den Gedanken daran zu verdrängen. Er konnte es sich einfach nicht vorstellen. Dass jemand aus Kalkül einen Krieg heraufbeschwor, der möglicherweise mit Atomwaffen geführt wurde. Weder die Amerikaner noch die Russen waren so verrückt. Andererseits hatte ›Zündung‹ in der Anzeige gestanden. Wer oder was sollte gezündet werden? Bis jetzt war noch nichts geschehen, und der Tag neigte sich dem Ende entgegen. Es war leicht, sich zu sagen, dass nichts geschehen würde, aber es war schwer, sich selbst zu glauben.

Oldenbusch wurde plötzlich unruhig. »Da passiert was!«

Heller beeilte sich, zu Oldenbuschs Fenster zu laufen. Es war schon fast nichts mehr zu erkennen, so dunkel war es. Ein Fahrzeug fuhr ohne Licht auf das Gelände, schaukelte über die Bodenunebenheiten, näherte sich dem Bahndamm und blieb schließlich stehen. Es musste der Laster sein. Nun fuhr er doch wieder an, wendete mitten im Gestrüpp, rangierte so lange, bis er mit der Ladefläche zum Bahndamm stand. Jetzt öffneten sich die Türen, zwei Personen stiegen aus und kletterten den Bahndamm hinauf. Das mussten Paul und Hannah sein. Dann war wieder alles ruhig.

Es galt, den Befehl abzuwarten. Plötzlich wurde das unebene Gelände, wurden die Sträucher und das hohe Gras in Licht getaucht. Die Böschung am Bahndamm war hell erleuchtet.

»Was ist denn jetzt los? Ist das so geplant?«, murmelte Oldenbusch und bemühte sich, besser nach unten sehen zu können.

»Das ist ein Polizeifahrzeug, die sind nur zufällig hier«, rief Heller, »die müssen weg da, Werner!«

Oldenbusch rannte los. Heller folgte ihm, doch er war deutlich langsamer. In der zweiten Etage machte er Halt und lief zum Fenster. Aus dem Polizeiwagen waren zwei Polizisten gestiegen. Heller sah, wie sich jenseits des Bahndamms etwas bewegte und eine Gestalt, eindeutig Paul Girtlitz, sich anschlich.

Aber auch die beiden Polizisten hatten ihn entdeckt. »Hände hoch, Polizei!«, rief einer.

Ein Stück weiter hinten tauchte Hannah auf, was die Polizisten von ihrem ebenerdigen Standpunkt aus nicht sehen konnten. Heller konnte eine Pistole in ihrer Hand ausmachen. Als Paul tatsächlich die Hände über den Kopf hob, nahm Hannah die Pistole in beide Hände und zielte unsicher auf die Polizisten.

Heller zögerte nicht länger und schlug mit dem Lauf seiner Pistole die Scheibe vor sich ein. Das Glas zersplitterte.

»Nicht schießen!«, rief er. »Ihr seid umstellt! Nicht schießen!«

Doch es war zu spät. Hannah drückte ab und einer der Polizisten stürzte zu Boden. Der andere warf sich in Deckung, schoss blind ins Dickicht hinein. Paul war im nächsten Augenblick verschwunden, tauchte aber kurze Zeit später mit der russischen Waffe in der Hand wieder auf. Er hantierte hektisch herum, doch die Waffe funktionierte nicht. Ihr Anblick allein genügte, dass von überallher das Gewehrfeuer der versteckten Posten einsetzte. Das Geschwisterpaar hatte sich hinter dem Bahndamm in Deckung begeben. Dann flog etwas durch das Licht, es gab eine Explosion, die die Scheinwerfer zerstörte, und dann wurde es dunkel.

Der zweite Polizist begann zu schreien. »Helft!«, rief er. »Helft!«

»Halt aus!«, erwiderte jemand und noch einmal eröffneten alle das Feuer.

Heller zog sich zurück vom Fenster, ging hinter der dicken Mauer in Deckung und wartete auf das Ende der Schießerei. Nach ewig langen Minuten ebbte das Blaffen der Pistolen und Gewehre ab.

»Feuer einstellen!«, schrie jemand. Nur noch vereinzelt knallte es. »Stopfen!«, rief es, »Stopfen!«, damit auch der Letzte dem Befehl nachkam.

Heller zog sich wieder vorsichtig am Fenster hoch. Der verwundete Polizist schrie noch immer. Jemand war ihm zu

Hilfe geeilt. Soweit Heller das beurteilen konnte, war es Oldenbusch.

Wenige Minuten später hatten die Leute vom MfS Scheinwerfer herbeigeschafft, die das ganze Szenario erhellten. Den Bahndamm. Das zerstörte Polizeifahrzeug. Den zerschossenen Framo. Die Sanitäter, die dem Verwundeten halfen. Den Polizisten, der von Hannahs Kugel tödlich getroffen worden war.

Hannah und Paul Girtlitz. Sie lagen nebeneinander. Als schliefen sie. Man hatte sie an den Füßen aus dem Gebüsch ziehen müssen. Sie waren von zehn, fünfzehn Kugeln getroffen worden. Vermutlich waren sie gleich nach der ersten Gegenattacke schon tot gewesen. Ihr Anblick war unerwartet friedlich. Die Schusswunden wurden gnädig von der Kleidung verdeckt. Das meiste Blut hatten sie schon auf dem Bahndamm verloren.

Wie es dazu kam, dass die Streife ihnen gefolgt war, hatte sich schnell aufgeklärt. Jemandem war der schwarze Laster aufgefallen, der ohne Licht durch die Straße fuhr, und hatte das nahe gelegene Polizeirevier angerufen. Darauf hatten die Kollegen unverzüglich reagiert und waren ihm gefolgt. Ein Zufall nur.

Heller zwang sich, die beiden Toten anzusehen. Paul Girtlitz erinnerte ihn an den jungen Erwin, dessen Bild er so in seiner Erinnerung mit sich trug. Hannah, eine hübsche junge Frau, wie Anni es einmal sein würde. Er sah ihnen in die jungen Gesichter, auch wenn es ihn in diesem Moment schmerzte, als seien es seine Kinder. Das war er ihnen schuldig. Er hätte sich mehr bemühen müssen. Er hätte sie nicht davonlaufen lassen sollen. Er hätte mit Hannah reden müssen. Irgendwie.

»Die lebt noch!«, rief einer der Polizisten. »Sie bewegt die Finger!«

Heller schob ihn beiseite und kniete sich neben die Frau.

»Hannah«, flüsterte er. Aber sie reagierte nicht. Nur ihre Finger zuckten. »Hannah, was hat sie euch versprochen? Warum das alles?« Heller legte ihr eine Hand auf den Kopf, umschloss mit der anderen ihre Hand. Er spürte eine warme Feuchtigkeit und den leichten Druck ihrer Finger.

Hannahs Lider zitterten, doch sie konnte die Augen nicht öffnen. »Eine Flut«, sagte sie leise, und Heller beugte sich weiter hinab.

»Eine Flut«, wiederholte er.

»Weißes Licht. Wird alles fortspülen. Den Schmutz. Ganz weißes Licht.« Der Druck ihrer Finger ließ nach. Und als Heller seine Hand von ihrem Kopf löste, kippte er zur Seite.

Seine Schuld, es war seine Schuld, hämmerte es in Hellers Kopf. Er glaubte immer, nicht genug getan zu haben. Weil es nie genug war. Konsequenter hätte er sein müssen, energischer, rigoroser, rücksichtsloser.

Heller bemerkte, wie jemand neben ihm stand. Er sah auf. Es war einer der Russen vom MGB.

»Was hat sie gesagt?«, fragte dieser mit unbewegter Miene.

Heller stand auf. Er wollte diesen letzten Moment nicht mit jemandem teilen.

»Das war nicht nötig gewesen!«, sagte er scharf. »Sie wurden nur benutzt. Weiß Gott, was ihnen versprochen wurde. Das Himmelreich auf Erden? Sie waren fast noch Kinder. Es war nicht nötig gewesen, sie zu erschießen.«

Doch vielleicht war es genau das, was die Geheimdienstleute gewollt hatten.

»Das waren Ihre Leute, die geschossen haben!«, erwiderte der Geheimdienstmann. »Ich hätte die beiden noch gebrauchen können.« Er wollte sich abwenden, da packte ihn Heller am Arm.

»Wo ist Saizev?«

Der Russe sah Heller unbeweglich an. Dann aber zuckte ein Nerv unter seinem linken Auge. »Wir wissen es nicht.«

20. September 1951, eine Stunde vor Mitternacht

Trübes Laternenlicht huschte an ihm vorbei. Unter ihnen surrten die Räder über das Kopfsteinpflaster. Ob es Edeltraud Hermann Befriedigung verschaffen würde? Ob er ihre Augen aufleuchten sehen würde, wenn er ihr sagte, dass Hannah und Paul tot waren, dass zwei weitere Menschenleben auf ihre Kosten gingen? Sollte er ihr dieses Vergnügen verschaffen? Oder hatte sie andere Sorgen? Der Tag war bald zu Ende. Eine Flut von weißem Licht. Wie viel Macht manche Menschen über andere ausübten. Wie Menschen immer wieder bereit waren, ihr Leben für den Glauben zu opfern. Heller schüttelte unwillkürlich den Kopf.

Eine Flut von weißem Licht.

Jede Sekunde, die verrann, war Erleichterung und Last zugleich, denn unaufhaltsam rückte die letzte Sekunde des Tages näher. Und davor hatte er Angst. Wer löste die Bombe aus, ein Zeitzünder? Vielleicht doch Saizev? War es dem Raben wert, selbst dabei zu sterben, mit dem Wissen, Zehntausende in den Tod gerissen zu haben? Er musste es herausfinden.

Oldenbusch schwieg. Auch ihn hatte der Tod der beiden Jugendlichen getroffen, doch viel mehr noch war er enttäuscht. Die Särge auf dem Laster waren leer gewesen, keine Bombe darin. Sie sollten wohl als Behälter für das Erz dienen. Wenn es überhaupt Uranerz war. Heller waren die Steine in den Eimern bei näherer Betrachtung wie normaler Granit erschienen. Diese kleinen Klümpchen in Rehms Haus sollten ihn nur auf die falsche Spur lenken.

Die Bombe war nicht auf dem Laster gewesen. Nicht in Rehms Haus, nicht in der alten Werkstatt, nicht in der Garage und nicht im Haus der Zeugen Jehovas. So viel wussten sie jetzt.

»Sie wird nichts sagen!«, sagte Oldenbusch in das gespannte Schweigen hinein. Um diese Zeit waren sie ganz allein auf der Straße, kaum ein Licht brannte noch irgendwo. Es würde ein gnädiger Tod sein, der die meisten im Schlaf ereilen würde.

»Die hat nichts zu verlieren.«

»Sie werden keine Gnade haben mit ihr. Nicht mit einer Überläuferin. Sie werden schon alles aus ihr herausholen.« Mehr musste Heller nicht sagen. Oldenbusch wusste es selbst.

»So eine Bombe baut sich nicht in einer Garage«, redete Oldenbusch mehr zu sich selbst. »Und das Uranerz muss erst mal verwandelt werden, ausgeschmolzen, was weiß ich, da braucht es Öfen dafür. Da braucht man eine Fabrik, Labore, Experten, Dutzende von Ingenieuren, Techniker.«

Heller sah plötzlich auf. Genau. Das war es. »Werner«, rief er, »schnell, zu mir nach Hause!«

Es war vollkommen ruhig im Rißweg. Das Licht der Gaslaternen hatte Motten angelockt, sie schwirrten um sie herum, warfen unruhige Schatten. Sie hatten den Wagen vor Hellers Haus abgestellt, waren aber nicht hineingegangen, wie Oldenbusch erwartet hatte.

»Wohin gehen wir denn?«, fragte Werner leise. Sie liefen die Straße hinab, die Gehwege waren nicht gepflastert, uneben, mit Vertiefungen, es lief sich schlecht im Dunkeln. Heller antwortete nicht. Er brauchte erst Gewissheit. Als sie in die Bergbahnstraße einbogen, bedeutete er Oldenbusch, stehen zu bleiben. Dann ging er allein ein paar Schritte weiter, bis er genug sehen konnte. Zwei Autos standen rückwärts eingeparkt auf dem Grundstück der Von-Stetten-Villa. Das eine war ein Geländewagen der Sowjetarmee, das andere, nahe der Eingangstreppe, ein Leichenwagen. Ein Vorkriegsmodell, mit schmalen Rädern und großen gläsernen Seitenfenstern, ein Modell, wie es im Juli gestohlen worden war. Ein Sarg lag darin.

Heller winkte Oldenbusch heran und legte den Finger auf den Mund. Geduckt liefen sie in Deckung der Hecke bis zur Einfahrt. Alles war still. Kein Licht brannte. Das war kein gutes Zeichen. Vermutlich waren die Soldaten hier, um Herrn von Stetten zu bewachen. Doch es war keiner von ihnen zu sehen. Im Kies der Einfahrt entdeckte Heller eine Schleifspur. In gebückter Haltung folgte er der Spur und stieß an der Hecke auf einen toten Sowjetsoldaten. Einen zweiten entdeckte er in sich zusammengesunken hinter dem Steuer des Jeeps.

Oldenbusch schlich zu dem Geländewagen, ging an dessen Front mit gezückter Waffe in Deckung. Fragend sah er zu Heller hinüber, der etwa fünf Meter entfernt beim Gebüsch in Deckung gegangen war. Der bedeutete ihm mit einer knappen Handbewegung, abzuwarten. Sie waren nur zu zweit und konnten es nicht wagen, in das Haus einzudringen.

Nach wenigen Minuten kam jemand aus der Eingangstür. Der Kleidung nach war es ein Mann. Er balancierte einen großen Stapel Ordner und Papiere in einer Hand, um mit der anderen die Beifahrertür des Leichenwagens zu öffnen. Er deponierte die Unterlagen auf dem Beifahrersitz, schloss dann die Autotür wieder und blickte auf die Uhr. Mit eiligen Schritten lief er nun ums Auto herum, setzte sich hinter das Steuer und startete den Motor.

Heller entsicherte seine Waffe und überlegte, ob er schießen oder sich dem Auto nur in den Weg stellen sollte, doch der Leichenwagen fuhr nicht los. Stattdessen wurde der Motor wieder abgestellt, der Mann stieg aus und lief noch einmal zurück ins Haus. Wieder geschah lange Zeit nichts, und Heller ärgerte sich, dass er eine gute Gelegenheit verpasst hatte, einzugreifen. Nun mussten sie wieder warten.

Als er die Bewegung hinter Oldenbusch bemerkte, war es schon zu spät. Auch Oldenbusch hatte das Knirschen der Schritte im Kies hinter sich gehört, doch ehe er reagieren konnte, war der andere bei ihm, zerrte ihn hoch und hielt ihm eine Pistole mit langem Lauf an den Hals. Oldenbusch ließ augenblicklich seine Waffe fallen und hob die Hände.

Schlagartig erkannte Heller, wer der Rabe war. Es war gar kein junger Mann gewesen, der sich bei Saizevs Orgien beteiligt und der den Professor überfahren hatte. Das war eine Frau in Männerkleidung. Aber nicht Edeltraud Hermann. Es war Eva Baumert.

Heller zielte auf die Frau, konnte sie so aber nicht treffen, weil Oldenbusch ihr als Schutzschild diente.

Sie schien zu ahnen, wo Heller sich versteckte, und wich mit Oldenbusch als Geisel rückwärts auf die andere Seite des Tores aus.

»Heller, wo sind Sie? Ich habe nicht viel Zeit!«, sagte Eva leise. »Zeigen Sie sich, sonst stirbt er in der nächsten Sekunde!«

Heller erhob sich, behielt seine Waffe jedoch im Anschlag, zielte über Oldenbuschs Schulter.

»Eva, wer sind Sie wirklich?«, fragte er. Er wusste, er müsste schießen, diese Frau schien zu allem fähig zu sein, doch er würde Oldenbusch treffen.

»Das möchten viele wissen.«

»Woher kommen Sie? Sind Sie Russin? Deutsche?«

»Ich habe keine Heimat, ich existiere, das genügt mir.«

»Sie waren es, die vorhin die Polizei zur Fabrik gerufen hat. Habe ich recht? Sie wollten auf Paul und Hannah aufmerksam machen, uns alle ablenken. Sie haben die beiden ausgenutzt, ihren Glauben. Wie Sie alle anderen auch ausgenutzt haben. Und umgebracht. Es scheint Ihnen Vergnügen zu bereiten! Wie viele Menschen sind Ihnen schon zum Opfer gefallen? Was ist Ihr Ziel? Was haben Sie vor?«

Ohne Zweifel war die Frau in der Lage, sie beide kaltblütig umzubringen. Seine Fragen zögerten das Unvermeidliche nur ein wenig heraus.

»Der Weg ist das Ziel. Ich handle, ich lebe. Ein wirkliches Leben, jenseits Ihrer beschränkten Vorstellungen von Moral.«

»Meine Moralvorstellungen gelten nur für mich«, sagte Heller ruhig. »Ich bemühe mich jeden Tag, sie nicht auf andere zu übertragen. Aber ich habe eine gewisse Vorliebe für Ordnung und Regeln.« Er musste weitersprechen, Zeit schinden. »Es gibt unter den Menschen so viele verschiedene Ansichten über Moral und darüber, wie man zu leben hat, da muss es Regeln geben. Ohne Regel entsteht Chaos. Und Chaos bringt immer nur Leid mit sich.«

Hinter der jungen Frau, die noch immer die Waffe an Oldenbuschs Hals drückte, hatte Heller plötzlich eine Gestalt bemerkt, die sich langsam, bedächtig, fast zögerlich bewegte.

Eva Baumert ging auf Hellers Worte ein. »Für mich gibt es keine Regeln und kein Gewissen. Ich lebe ein echtes Leben. Ich werde noch Dinge tun, über die die ganze Welt sprechen wird. Das verstehen Sie nicht, dafür sind Sie sind zu ängstlich. Sie sind nur ein unbedeutender, kleiner Mann, gefangen in sich selbst. Fürchten Sie nicht um Ihre Familie? Das kleine

Mädchen, die alte Frau? Es schnürt Ihnen die Brust ein, nicht wahr? Ich könnte sie umgebracht haben. Im Schlaf, das geht ganz schnell. Es machte mir nichts aus. Wie ist das? Schlägt Ihr Herz schneller? Möchten Sie nachsehen?« Eva wartete auf eine Antwort, doch die blieb Heller ihr schuldig.

Er versuchte, sich unbeeindruckt zu geben, doch der Gedanke daran, Anni könnte etwas zugestoßen sein, die Vorstellung, er müsste das Karin erklären, lähmte ihn, machte ihn für den Moment stumm.

»Wie dem auch sei, wir müssen jetzt schnell eine Lösung finden, Herr Heller, sonst löse ich das auf meine Art.«

Heller räusperte sich. Er wusste jetzt, wer die Gestalt auf dem Rasen hinter Eva Baumert war. Saizev.

»Was geschieht, wenn wir Sie wegfahren lassen?«, fragte Heller heiser.

»Wollen Sie sich nicht überraschen lassen? Müssten Sie mir nicht sogar dankbar sein? Fühlen Sie sich nicht viel lebendiger im Angesicht der Gefahr, freier sogar?«

Heller wusste, er sollte antworten. Er musste unbedingt noch mehr Zeit gewinnen. Doch dass sie ihn so verhöhnte, die Mischung aus Zorn und Angst in ihm, lähmte ihn, machte ihn sprachlos. Jetzt hing alles von Saizev ab. Doch der Russe schien erstarrt zu sein. Worauf wartete er denn noch?

»Wissen Sie, mir läuft die Zeit davon«, begann Eva aufs Neue. »Ich …«

Mit einer plötzlichen Bewegung war Saizev bei der Frau. Sie bemerkte den Angriff in letzter Sekunde und fing ihn mit einer blitzschnellen Drehung ab. Ein Schuss löste sich, ein trockenes Puffen in die Nachtluft. Oldenbusch ließ sich geistesgegenwärtig fallen und schnappte dabei nach seiner Waffe. Heller hastete die wenigen Schritte zum Jeep und ging an dessen Fahrerseite in Deckung. Er zielte über den toten Soldaten im Fahrersitz hinweg auf die Schatten, die miteinander rangen.

Keiner der beiden gab einen Laut von sich. Kräftemäßig musste Eva Baumert dem Russen unterlegen sein, doch offenbar war sie eine versierte und geschickte Kämpferin, teilte Schläge aus, die Saizev abwehren musste. Doch er konterte immer wieder. Und dann konnte er sie fassen. Wie ein Judoka warf er die Frau zu Boden, doch im selben Augenblick rollte sie zur Seite, tauchte ins Dunkel ab. Das Mündungsfeuer ihrer Pistole blitzte erneut auf. Saizev sackte zu Boden. Heller wollte schießen, doch die Frau war verschwunden.

Eine Zeitlang herrschte lähmende Stille. Heller und Oldenbusch verharrten in der Deckung des Fahrzeugs und wagten nicht, sich zu bewegen.

»Bist du jetzt enttäuscht?«, hörten sie dann die Frau leise sagen. Offensichtlich sprach sie mit Saizev, der dicht neben dem Leichenwagen lag. »Mein blonder Engel. Wer, hast du gedacht, bist du? Ein Geheimagent? Ein Held? Das war dein schöner Traum, nicht wahr? Die Welt zu retten. Aber soll ich dir was sagen? Njet nadjeschdy, ty ne moshesch spasti mir!«

Es konnte sein, dass Heller sich täuschte. Doch es hörte sich an, als ob Saizev weinte. Es hätte ihn nicht gewundert. Es passte zu dem Bild, das er sich von dem Russen gemacht hatte.

Etwas musste geschehen sein, das diesen starken, unbeirrbaren Mann in abgrundtiefe Verzweiflung stürzte. Saizev hatte versucht, die Kontrolle darüber zu bekommen, hatte sich betäubt mit Alkohol und Kokain, mit Sex und mit Arbeit. Und nun musste er erkennen, dass er nichts unter Kontrolle hatte, dass der Feind, den er suchte, die ganze Zeit in seinem Bett gelegen hatte. Die Sprengfalle an seiner Wohnungstür hatte ihm gegolten, ausgelegt von der Frau, über die er glaubte, verfügen zu können, und in die er sich vielleicht sogar verliebt hatte.

Lange Zeit geschah nichts. Stille. Ungewissheit. Ein leises Ächzen drang aus der Finsternis. Oldenbusch kam ums Auto zu Heller gekrochen. »Was tun die da?«, fragte er leise.

»Die Rücklichter«, raunte Heller.

Oldenbusch verstand und gemeinsam zogen sie den toten Fahrer aus dem Fahrzeug. Oldenbusch duckte sich, kletterte in den Jeep und startete den Motor. Im nächsten Moment tauchten die Rücklichter des Jeeps die Szenerie in rotes Licht. Trotzdem brauchte es einen Moment, bis Heller erkannte, was vor sich ging.

Die Zeit der Worte war vorbei. Saizev und Eva Baumert kämpften jetzt miteinander, verbissen, stumm. Alexej lag auf der Frau, umfasste mit beiden Händen den Griff seines Messers und drückte es mit aller Kraft nach unten. Die Spitze der Klinge zitterte nur wenige Zentimeter über Evas Kehle. Die junge Frau sah Saizev unverwandt in die Augen, hielt seine Handgelenke umklammert und stemmte sich gegen ihn. Sie war überraschend stark und konnte Saizevs Klinge noch auf Abstand halten. Aber irgendwann würde ihre Kraft zu Ende gehen. Beide Kontrahenten zitterten am ganzen Leib, ihre Adern traten hervor, der Atem ging stoßweise durch die zusammengebissenen Zähne. Mit einem Ruck schob Saizev sich noch ein Stück höher und konnte dadurch das gesamte Gewicht seines Oberkörpers nutzen.

»Alexej!«, flüsterte Heller beschwörend.

Schon berührte die Spitze des Messers die Kehle der jungen Frau. Sie versuchte auszuweichen und drehte den Kopf.

»Alexej! Nein!«, schrie Heller.

Da stieß Saizev zu. Bis zum Heft drang die Klinge in ihren Hals ein.

Evas Mund öffnete sich und ein leises Röcheln entwich. Saizev ließ nicht los, wollte sicher sein, verharrte in seiner Position. Eva Baumert, der Rabe, hatte das Spiel verloren. Wie schwarzes Öl sickerte Blut zwischen ihren Lippen hervor. Ihr Kopf kippte zur Seite, alle Spannung wich aus ihrem Körper. Dann sah sie Heller an, mit glasigen Augen, in denen sich das rote Licht spiegelte.

Saizev stand jetzt auf, keuchte, schwitzte, taumelte leicht. Dieser Kampf hatte ihm alles abverlangt.

»Es ist gut«, sagte der Russe schließlich in Hellers Richtung. »Sie können kommen.« Mit hängenden Armen stand er neben der Frau und konnte seinen Blick nicht lassen von der Toten. Oldenbusch war aus dem Auto gestiegen und hielt eine Taschenlampe auf die Tote gerichtet.

Heller näherte sich Saizev. Er war sich bewusst, dass er gerade einen Mord zugelassen hatte. »Alexej, was hat sie gesagt?«

Der Russe zögerte einen Augenblick. »Es gibt keine Hoffnung, du kannst die Welt nicht retten.«

Wenigstens scheint er es zu versuchen, dachte Heller. »Sie haben mich ja doch benutzt«, sagte er schließlich leise.

»Es war nicht meine Absicht«, murmelte der Russe und wich aus dem Licht zurück. Als wollte er sich verbergen. Und Heller ließ ihn gewähren.

»Sie sind mir gefolgt, nachdem Sie nicht mehr weiter wussten. Gestern Abend noch waren Sie sich Ihrer Sache sicher, dann aber ist Ihre Wohnung explodiert und Sie stellten fest, dass Sie die ganze Zeit einer falschen Spur gefolgt sind. Es ist nicht leicht, das zu akzeptieren, nicht wahr? Selbst vor zwei Minuten noch wollten Sie es nicht glauben, haben deshalb gezögert. Weil Sie hochmütig waren, Saizev. Ihr Hochmut hat Hannah und Paul Girtlitz das Leben gekostet.«

Saizev schwieg, und Oldenbusch war so taktvoll, ihm nicht ins Gesicht zu leuchten.

»Was wussten Sie, Alexej?«, fragte Heller eindringlich.

Saizev ließ sich Zeit, ehe er antwortete. »Vermutlich weniger als Sie«, gab er zu. »Wir wussten nur, dass es zu einer Übergabe kommen sollte. Es war eine Meldung, die verschlüsselt über das Radio kam. An der Grenze zu Bayern sollte es geschehen. Morgen Mittag.«

»Sonst wussten Sie nichts? Auch nichts von der Frau in meinem Haus?«

»Anfangs dachte ich, sie sei der Rabe. Bis gestern Abend.«

»Und Sie hielten es nicht für nötig, mich zu informieren?« Heller war empört.

»Ich glaubte Sie nicht in Gefahr«, murmelte Saizev.

»Nachdem so viele Menschen schon gestorben waren? Verdammt noch mal, Saizev, ich habe ein Kind daheim!«, entfuhr es Heller.

Saizev schwieg.

»Sie hat Sie manipuliert, Alexej. Die ganze Zeit über, bei allem, was Sie getan haben. Sie werden sich erklären müssen! Nicht vor mir, vor Ihren eigenen Leuten. Sie werden erklären müssen, warum sie jetzt tot ist.«

»Ich weiß«, raunte Saizev, und es war Heller nicht möglich herauszuhören, in welchem Zustand sich Saizev befand. War er bereit, sich zu stellen, oder würde er versuchen zu fliehen? Noch hatte er die Gelegenheit dazu.

»Aber ich musste es tun«, sagte Saizev und schaute Heller herausfordernd an.

»Was ist eigentlich mit Herrn von Stetten?«, mischte sich Oldenbusch ein und deutete auf die Villa. »Soll ich nachsehen?«

Heller wandte sich von Saizev ab. »Da wirst du ihn nicht

finden«, sagte er und öffnete die Hecktür des Leichenwagens. Er zog den Sarg heraus und öffnete ihn. Der Physiker lag darin, gebettet wie ein Toter, bleich, mit spitzer Nase und gepudertem Schnauzbart. Heller fühlte an seinem Hals und fand einen schwachen Puls. Unter der Decke, neben dem Bein des Mannes, lag eine kleine Gasflasche, vermutlich mit Sauerstoff gefüllt. Ein Jackenärmel des Mannes war hochgekrempelt, in der Innenseite seines Unterarms steckte eine Infusionsnadel, durch die ihm weitere Dosen Narkosemittel auf der Fahrt nach Bayern verabreicht werden sollten.

»Das war das Geschenk, das sie mitbringen sollte, richtig, Alexej?«, sagte Heller und blickte sich nach Saizev um. »Von Stetten ist Atomphysiker, nicht wahr? Solche Leute sind nicht mit Gold aufzuwiegen heutzutage.«

Saizev nickte langsam.

»Wenn er aber so wertvoll ist, warum dann nur zwei Posten? Warum ist nicht das ganze Gelände besetzt? Warum ist nicht jemand im Haus? Warum durfte er überhaupt schon nach Hause?«, fragte Oldenbusch

»Vielleicht hat man die Gefahr unterschätzt«, antwortete Heller. »Werner, geh bitte Wasser holen aus dem Haus, und ruf vorher in der Zentrale an, wir brauchen einen Arzt!«

Heller wartete, bis Oldenbusch gegangen war, und sah dann Saizev an.

»Sie denken gerade darüber nach, ob nicht alles von höherer Stelle so geplant war, oder? Dass von Stetten in die DDR durfte, zurück in seine Villa, mit nur zwei Posten vor der Tür. Vielleicht sollte Eva mit dem Mann über die Grenze gelangen, sollte den Amerikanern dieses Geschenk machen, damit sie deren Vertrauen gewinnen und dort für den MGB spionieren konnte. Deshalb ließ man sie gewähren, bei allem, was sie tat. Oder man half ihr sogar dabei. Wie sonst hätte sie all das hier bewerkstelligen können? Die Explosion im Kraftwerk, die irreführenden Anzeigen in den Zeitungen. Der Tod von Kurt Rehm, von Machol und Weichert, der alten Frau Girtlitz, Busmann, der Geologe, der Ingenieur und der Notar. Deshalb mussten auch Hannah und Paul sterben. Damit es keine Zeugen gab und um abzulenken vom wirklichen Geschehen. Und hätte ich nicht versucht, in Ihre Wohnung einzubrechen, dann wären auch Sie tot. Der große Plan, Alexej, in dem auch Sie nur eine ganz kleine Rolle spielten. Denken Sie darüber nach?«

Saizev antwortete nicht und Heller beließ es dabei. Der junge Russe war gestraft genug. Er hatte die bittere Erfahrung gemacht, dass man sich in einer Person täuschen konnte. Wie schlimm musste dann erst die Erkenntnis sein, dass auch er nur ein kleines Rädchen im großen System war, nur ein Bauer auf dem Schachbrett. Dass sein Staat auch ihn geopfert hätte, wenn es der Sache diente.

Oldenbusch kam zurück mit etwas Wasser, mit dem sie das Gesicht des narkotisierten Mannes im Sarg benetzten.

»In wenigen Minuten ist Verstärkung da.«

Heller nickte und sah auf seine Uhr. Es war nicht mehr lang bis Mitternacht.

»Halte hier die Stellung, Werner. Ich bin bald wieder zurück. Sie bleiben hier, Alexej?«

Saizev zögerte. Dann trat er vor und streckte Heller die Hand entgegen. »Ich will mich entschuldigen«, meinte er leise.

»Wofür?«, fragte Heller. Aber er nahm die Hand des Russen, obwohl die Zeit ihn drängte.

»Wir sind uns doch ähnlicher, als ich dachte«, sagte Saizev.

Das war nicht die Antwort, die Heller erwartet hatte. Er hielt Saizevs Hand fest und nötigte ihn so zu einer Erläuterung.

»Wir beide glauben tun zu müssen, was zu tun ist, nur habe ich meine Aufgabe noch nicht gefunden. Aber sagen Sie mir, Max Heller: Mit fünfundzwanzig Jahren, kannten Sie da Ihre Aufgabe schon?«

Heller ließ die Hand des Russen nicht los. Er dachte darüber nach. »Mit fünfundzwanzig war ich gerade dabei, es herauszufinden«, sagte er schließlich.

Heller betrat Frau Eigners Grundstück und klingelte an der Tür. Es blieb still. Kein Licht ging an. Er klingelte noch einmal und klopfte dann.

»Frau Eigner, Heller hier, ich bin spät, die Straßenbahn fuhr nicht mehr.« So hatten sie es ausgemacht.

Augenblicklich öffnete sich die Tür. Salbach erschien im Türrahmen und steckte seine Waffe weg.

»Keine Vorkommnisse!«, meldete er und schaltete das Flurlicht an.

»Alle schlafen?«

»Die Mädchen, ja, Frau Marquart auch, nur die Eigners waren zu aufgeregt.«

»Ist denn alles gut?«, fragte Frau Eigner aus dem Hintergrund.

»Alles in Ordnung!«, rief Heller.

Salbach stöhnte enttäuscht auf. »Ich habe alles verpasst, nicht wahr?«

»Peter, Ihre Aufgabe hier war genauso wichtig. Und Sie hatten doch gestern schon Aufregung genug, oder?«

Salbach nickte, doch ihm war anzusehen, dass er anderer Meinung war.

»Frau Eigner, kann ich die beiden diese Nacht noch bei Ihnen lassen?«, fragte Heller.

»Natürlich, wir wollen sie doch jetzt nicht wecken.«

»Ist noch was?«, fragte Salbach misstrauisch.

»Nichts!«, erwiderte Heller. »Kommen Sie.«

Erleichtert müsste er sein, doch noch war der Druck nicht von ihm abgefallen. Warum hatte Eva Baumert auf die Uhr gesehen?

Sie gingen nebeneinander die Straße hinunter. Salbach hatte es eilig, er wollte mit eigenen Augen sehen, was geschehen war. Doch Heller ließ sich Zeit. Unter einer Laterne blieb er stehen und sah auf die Uhr.

»Zeigen Sie mal Ihre Uhr«, forderte er Salbach auf.

Salbach schob seinen Jackenärmel hoch und sie hielten die Uhren nebeneinander in das Laternenlicht. Salbachs Uhr ging leicht vor. Wenige Sekunden nur. Nun zeigte sie Mitternacht. Heller wartete ab, bis auch bei ihm beide Zeiger auf die Zwölf zeigten. Dann wartete er noch ein paar Sekunden länger.

»Gehen wir!«, sagte er dann.

»Sie haben doch nicht wirklich an die Bombe geglaubt?«, fragte Salbach nach wenigen Schritten.

»Peter, ich glaube nie etwas!«

23. September 1951, Nachmittag

Als gäbe der Boden nach, als liefe er auf feinem Sand. Als hätte die fast sommerliche Hitze den Asphalt weich gekocht, die granitenen Pflastersteine gesprengt. So war ihm.

Er kam sich vor wie taub, als hätten sich all seine Nervenenden tief in den Körper zurückgezogen. Als wollten sie nichts an ihn herankommen lassen. Er lief wie in einer Blase, die Welt gekrümmt, in einer großen Linse.

Heller war allein gegangen und hatte Anni bei Frau Eigner gelassen. Warum eigentlich? Warum hatte er das getan? Um sich selbst Zeit zu geben. Für den Fall.

Für den Fall, dass er am Bahnsteig steht und der Zug langsam einfährt. Es steigen alle aus und werden von den Daheimgebliebenen empfangen, begrüßt, es wird gelacht und umarmt. Für den Fall, dass Karin nicht dabei ist. Dass sie nicht kommt und er allein dasteht, während der Bahnsteig sich langsam leert. Das war seine Angst gewesen. Und dann war es genauso geschehen: Er stand da. Alleine. Karin war nicht gekommen. Was wird er Anni sagen? Wie sollte er sie trösten?

Jetzt hatte er Zeit, darüber nachzudenken. Er saß in der Straßenbahn zurück nach Hause und hatte noch eine halbe Stunde Zeit. Dann müsste er dem Kind erklären, warum er allein heimgekommen war.

Hellers Kopf lehnte an der Scheibe, die Sonne brannte ihm auf das Gesicht. Er hörte kaum, was gesprochen wurde, hörte nicht das Klingeln der Bahn, das Quietschen der Räder in den heißen Schienen. Genauso heiß war es an dem letzten Abend am Meer gewesen. Die nackte Karin im Wasser. »Komm!«, hatte sie gerufen und ihm zugewunken. »Komm her!« Und er war einfach stehen geblieben. Er hatte es verpasst. Er hatte sie verloren, in diesem Moment. Warum hatte er sie am Tag ihrer Abreise nicht einfach gefragt, ob sie wiederkommt? Dann hätte sie ihm ins Gesicht sehen und antworten müssen.

Frau Eigner öffnete die Tür. Sie schwieg, als sie sah, dass er alleine war. Sie blickte nach hinten in den Garten, in dem die Mädchen tobten. Heller hörte sie lachen.

»Kommen Sie rein«, sagte sie dann leise.

»Nein, ich will nur …«

»Ach, kommen Sie schon!«, unterbrach ihn die junge Frau. Heller nickte und trat ein.

Zu dritt saßen sie im Wohnzimmer, Heller, Herr Eigner, ein junger Mann, der schon glatzköpfig war, und seine schöne Frau. Das Radio spielte leise, doch keiner nahm es wahr. Der Kaffee stand auf dem Tisch. Gelegentlich nippten sie an den Tassen.

»Es kann so viel dazwischengekommen sein«, meinte Herr Eigner in die Stille hinein. »Selbst unsere Lieferungen bleiben manchmal einfach aus oder kommen zwei Tage verspätet, dabei haben sie Priorität. Noch immer fallen ganze Strecken aus, wegen Bauarbeiten.«

Heller nickte nur, das wusste er. Er wusste das alles.

»Und die Telefonverbindung von hier in den Westen …« Eigner sprach es nicht aus, doch er hob seine Augenbrauen.

Auch das wusste Heller. Es gab noch andere Gründe, sich Sorgen zu machen.

»Von einem Unfall wüssten wir doch, oder?«, fragte er.

»Wollen wir den RIAS andrehen?«, fragte Frau Eigner sehr leise.

Eigner schüttelte den Kopf. »Da sagen sie doch so was nicht. Immer nur das Gute, von Schlechtem sprechen die auch nicht!«

Es klingelte. Frau Eigner erhob sich und ging zur Tür. Die Männer verharrten im Schweigen.

»Ist mein Mann hier?«, hörte Heller da eine ihm vertraute Stimme fragen. Herr Eigner hob theatralisch die Hände, riss wie ein Zirkusmagier die Augen auf, als hätte er Karin herbeigezaubert. Heller stand auf und ging in den Flur.

»Mutti!«, schrie Anni, die das Klingeln gehört hatte. Sie schoss an Heller vorbei und sprang Karin in die Arme, die alle Mühe hatte, das Kind zu halten. Heller stand etwas verlegen vor ihr, und sie gab ihm einen flüchtigen Kuss, ganz so, wie sie sich verabschiedet hatte.

»Hast du mein letztes Telegramm nicht bekommen?«

»Nein. Nichts. Keines«, sagte Heller erstaunt.

»Kein einziges? Vier Stück hab ich geschrieben!« Karin schüttelte den Kopf und versuchte Anni abzusetzen, doch die klammerte sich fest und küsste Karin immer wieder auf den Hals, was diese veranlasste, zu lachen und die Schulter hochzuziehen.

»Ich musste ganz anders fahren. Über Magdeburg und Berlin. Ich bin schon seit gestern Mittag unterwegs. Zweimal musste ich bei Kontrollen alles auspacken. Stell dir das mal vor. Alles! Ich bin völlig kaputt.«

»Wie bist du denn hierhergekommen mit den Koffern?« Dass ihm die Telegramme vorenthalten worden waren, entfachte einen regelrechten Zorn in ihm. Doch Karin ließ ihm keine Zeit, wütend zu sein. Sie hatte mittlerweile Anni abgesetzt.

»Also, das hätte ich allein nicht mehr geschafft. Weißt du, was ich gemacht habe? Vom Fernsprecher am Bahnhof hab ich den Werner angerufen und ihn gebeten, mich zu fahren. Hier ging ja keiner ans Telefon. Sonst wäre ich noch viel später angekommen.«

»Wo ist Werner denn?« Heller schaute fragend zur Tür hinaus.

»Der wollte gleich wieder los. War wohl zum Abendessen eingeladen. Aber Max, weißt du, ein Auto könnten wir auch gut gebrauchen. Aber wollen wir nicht mal hinübergehen? Nicht dass Frau Marquart anfängt, meine Koffer auszupacken.« Karin streckte Ehepaar Eigner die Hand entgegen. »Vielen Dank für alles. Morgen Abend komme ich zu Ihnen und revanchiere mich. Versprochen!«

»Anni, geh dir die Hände waschen und sieh mal nach, was Frau Marquart macht«, bat Karin das Kind, als sie in ihrer Küche angelangt waren. Anni nickte und sauste aus dem Zimmer.

Als sie alleine waren, drehte sich Karin lächelnd zu Heller um. Sie legte den Kopf ein wenig schief und sah ihn mit einem seltsamen Blick an. Heller kam näher, worauf sie anscheinend nur gewartet hatte. Sie legte ihm die Arme um den Hals und gab ihm einen Kuss.

»Mensch, Max, wir sind jetzt Großeltern, glaubst du das?«

Heller hielt seine Frau etwas von sich, um ihr besser in die Augen sehen zu können. Es war schön und traurig zugleich, dass er es jetzt erfuhr und dass es aber nicht so bald möglich sein würde, seinen ersten Enkel zu sehen.

»Ein kleiner strammer Bursche und er sieht ganz aus wie unser kleiner Erwin.« Karins Augen glänzten. »Ich habe Fotos machen lassen, sieh nur!« Sie machte sich von Heller los, begann, in ihrer Tasche zu kramen und holte dann einen Briefumschlag hervor, in dem ein paar Fotografien steckten. Heller nahm ihn ihr ab und zog die Bilder heraus. Er konnte dabei nicht verhindern, dass seine Finger zitterten.

Ein richtiger Mann war Erwin geworden. Das blonde Haar kurz frisiert, die schmale Nase, die er von Karin hatte, die wachen Augen, die mittlerweile durch eine Brille blickten. In ihnen steckte immer noch etwas von dem Burschen, der den großen Bruder mit Frechheiten gepiesackt hatte. Heller spürte auf einmal einen Kloß in seinem Hals, schluckte, spürte, wie es ihm die Tränen in die Augen trieb. Aber er wollte seine Schwäche nicht zeigen, nicht jetzt, nicht hier. Er widerstand dem Bedürfnis, sich über die Augen zu wischen und wagte nicht zu blinzeln.

Karin, die das natürlich bemerkt hatte, überspielte die Situation und gab sich geschäftig und redselig.

»Ein richtiger Anwalt ist er schon, ausstudiert. Doktor will er noch werden, er schreibt gerade seine Dissertation. Diesen Ehrgeiz kannte ich gar nicht an ihm. Und hier, das ist Monika. Das Foto ist noch aus der Schwangerschaft. Und das ist er, unser Enkel!« Sie deutete auf ein Foto.

Ein Säugling in der Wiege. Es hätte jedes andere Kind sein können. So fern, so unwirklich alles, dieser Mann, der einmal Erwin gewesen war. Eine Frau, die er noch nie gesehen hatte, und nun ein Kind. Sein Enkel. Vermutlich brauchte es eine Zeit, bis er sich an den Gedanken gewöhnen würde. Großvater.

»Wie heißt er denn eigentlich?«

Karin lachte ihn an. »Max.«

Heller sah seine Frau an. »Ach was?«

Karin nickte und jetzt musste Max Heller doch blinzeln.

23. September 1951, Nacht

Es war spät geworden. Sie hatten sich ins Bett gelegt, doch an Schlaf war nicht zu denken. So viel hatte es zu erzählen gegeben. Nun sah Karin ihn an, streng und nachdenklich zugleich. Und plötzlich lachte sie laut auf.

»Eine Betrügerin? Ausgerechnet dir passiert das, Max.«

Heller nickte resigniert, doch insgeheim war er über Karins Reaktion erleichtert.

»Sie ist offenbar schon seit längerem mit dieser Masche unterwegs. Horcht ältere, alleinstehende Frauen aus und gibt sich als entfernte Verwandte aus. Und dann bringt sie sie dazu, ihr das Ersparte zu überlassen. Sofort danach verschwindet sie. Sehr geschickt. Nun versuchen wir, nachzuvollziehen, wo sie überall schon zugeschlagen hat. Eine mühsame Arbeit, denn sie ist nicht sehr kooperativ.«

Karin schüttelte ungläubig den Kopf. »Also, so was!« Sie hatte sich zu ihm herübergeschoben und schmiegte sich an ihn. Mit einem Mal schien alles gesagt zu sein. Zumindest für heute.

»Wie du riechst«, flüsterte Heller, als er spürte, wie sich Traum und Realität langsam vermischten.

»Morgen wasche ich meine Haare, heute hatte ich keine Kraft mehr«, murmelte Karin schlaftrunken.

»Nein, so meine ich das nicht. Du riechst gut. Ganz anders.«

Jetzt war Karin wieder wach. »Ach ja? Wie denn?«

Heller roch noch einmal in ihrem Haar. »Nach … Kaffee und Parfüm und … ich weiß nicht, Pfirsich vielleicht?«

Sie lagen eng umschlungen da und Karin hatte ihr Gesicht ganz nah zu Heller gedreht.

»Max, gut geht es denen da drüben. Alles gibt's dort, glaub mir, alles. Die Schaufenster sind voll. Die Menschen haben zu essen. Das war wohl nicht immer so. Aber jetzt will dort keiner mehr was vom Krieg wissen, am liebsten würden sie tun, als sei nichts gewesen. Und der Erwin, der wird nicht wiederkommen, Max. Nicht, solange die Russen hier sind.«

»Und der Klaus wird niemals in den Westen gehen«, sagte Heller leise.

»Ich weiß«, flüsterte Karin und drängte sich dicht an ihn. »Ich weiß.«

Glossar

CIA	Central Intelligence Agency, Nachrichtendienst der USA
FDGB	Freier Deutscher Gewerkschaftsbund
HO-Gaststätte	die Handelsorganisation war ein staatliches Einzelhandelsunternehmen
HVA	Haftvollzugsanstalt
KgU	Kampfgruppe gegen Unmenschlichkeit, antikommunistische Widerstandsgruppe mit Sitz in Westberlin
MfS	Ministerium für Staatssicherheit der DDR
MGB	Ministerium für Staatssicherheit der UdSSR
Mitropa-Wagen	Speisewagen der Bewirtungsgesellschaft MITROPA AG
NKWD	Volkskommissariat für innere Angelegenheiten der UdSSR
Organisation Gehlen	ein von US-Behörden aus deutschem Personal gebildeter Nachrichtendienst, Vorgänger des Bundesnachrichtendienstes
RIAS	Rundfunk im amerikanischen Sektor: Rundfunkanstalt mit Sitz in Westberlin
SED	Sozialistische Einheitspartei Deutschlands
ZK der SED	Zentralkomitee der SED: administrative und ausführende Einrichtung der Sozialistischen Einheitspartei Deutschlands